BASTEI
LÜBBE
TASCHENBUCH

Weitere Titel der Autorin,25

Zum Teufel mit David
Im Garten meiner Liebe
Wilde Rosen
Wellentänze
Glücksboten
Eine Liebe in den Highlands
Geschenke aus dem Paradies
Sommernachtsgeflüster
Festtagsstimmung
Eine kostbare Affäre
Cottage mit Aussicht
Glücklich gestrandet
Sommerküsse voller Sehnsucht
Botschaften des Herzens
Das Glück über den Wolken
Sommer der Liebe
Fünf Sterne für die Liebe
Eine unerwartete Affäre

Titel in der Regel auch als Hörbuch und E-Book erhältlich

Über die Autorin

Katie Fforde lebt mit ihrer Familie in Gloucestershire und hat bislang 21 Romane veröffentlicht, die in Großbritannien allesamt Bestseller waren. Ihre romantischen Beziehungsgeschichten wurden erfolgreich für die ZDF-Sonntagsserie *HERZKINO* verfilmt.

Katie Fforde

EINE UNGEWÖHNLICHE BEGEGNUNG

Roman

Aus dem Englischen von
Ingrid Krane-Müschen

BASTEI
LÜBBE
TASCHENBUCH

BASTEI LÜBBE TASCHENBUCH
Band 27 124

Dieser Titel ist auch als E-Book erschienen

MIX
Papier aus verantwortungsvollen Quellen
FSC® C083411

Vollständige Taschenbuchausgabe

Titel der englischen Originalausgabe: »Stately Oursuits«

Titelillustration: © Shutterstock.com/mubus7;
Shutterstock.com/LiliGraphie
Umschlaggestaltung: FAVORITBUERO, München
Satz: Urban SatzKonzept, Düsseldorf
Gesetzt aus der Garamond
Druck und Verarbeitung: CPI books GmbH, Leck – Germany
ISBN 978-3-404-27124-5

5 4 3 2 1

Für meine Mutter,
Barbara Gordon-Cummings,
1912–1996

Danksagungen

Mein Dank gilt meiner Lektorin Richenda Todd,
Miranda Ward-Kirkby für eine Idee,
Barbara John für ihre Hilfe bei der Recherche und
wie immer meiner Agentin Sarah Molloy.

Prolog

Hetty summte vor sich hin, als sie den holprigen Feldweg zu Alistairs Cottage entlangfuhr. Sie liebte dieses Haus – ein richtiges Schmuckkästchen. Es hatte echte Sprossenfenster mit rautenförmigen Scheiben, einen überdachten Eingang mit einer verschnörkelten Kassettentür und Pfefferkuchenfachwerk bis zum Dach. Hetty hätte gern dauerhaft dort gelebt, und sie konnte kaum erwarten, es im Sommer zu sehen, wenn die Kletterrosen die Luft mit ihrem süßen Duft erfüllten. Alistair betrachtete es eher als vielversprechende Investition.

Hetty parkte den Wagen hinter Alistairs Porsche, stieg aus und holte eine Kiste mit Lebensmitteln von der Rückbank. Sie hatte all seine Lieblingssachen gekauft: entrahmten Gloucester-Käse mit Brennnessel aus einem bestimmten Käseladen in Covent Garden, schottischen Wildlachs, für den sie eine halbe Stunde angestanden hatte, und hausgemachte Schokoladentrüffel aus einer erlesenen Patisserie. In einer Isotasche hatte sie selbst gemachtes Eis. Nur auf diesem Weg konnte sie sich seine Lieblingssorte leisten, und sie verwöhnte ihn gern.

Sie hatte trotzdem alles zeitig geschafft, es war erst zehn Uhr. Das ganze wunderbare Wochenende in trauter Zweisamkeit lag vor ihnen, und auch das ruppige Januarwetter konnte ihre Laune nicht dämpfen. Sie liebte Winterspaziergänge, vorausgesetzt es gab heiße Crumpets mit Butter vor dem Kamin zur Belohnung. Sie hatte sowohl die flachen Kuchenbrötchen als auch Butter besorgt, für den Fall, dass Alistair es vergessen hatte.

Hetty besaß einen Schlüssel zum Cottage für Fälle wie diesen, wenn sie nicht zusammen herkommen konnten. Sie trat ein, stellte ihre Kiste ab und rief: »Alistair? Bist du da?«

Sie wusste, dass er zu Hause war, denn sein Wagen parkte draußen, und er stand nie früh auf am Wochenende. Vielleicht schlief er sogar noch, eine weiche Haarlocke auf der Wange und die Lider mit den langen, gebogenen Wimpern geschlossen, sodass sein Gesicht eine jungenhafte Unschuld hatte, von der nichts übrig blieb, wenn er wach war. Einen Moment wünschte sie, sie hätte nicht gerufen, sondern wäre auf Zehenspitzen die Treppe hinaufgeschlichen, um ihn mit einem Kuss zu wecken. Aber es war zu spät.

»Komm rauf«, rief er, eindeutig wach und vermutlich von Zeitungen umgeben. »Ich bin im Bett.«

Hetty lächelte nachsichtig und überlegte, ob er im Bett geblieben war, um sie hineinzulocken, oder einfach nur ausgeschlafen hatte. Sie wusste, er war gestern Abend bei einem halb geschäftlichen Dinner gewesen, darum hatten sie nicht zusammen herkommen können. Wenn es spät geworden war, war er sicher müde.

Sie stieg die Wendeltreppe hinauf, drückte die Klinke der Schlafzimmertür und trat ein.

Nicht halb gelesene Samstagsbeilagen umschmiegten Alistair, sondern die Arme einer großen, schlanken, blonden Frau, ein paar Jahre älter als Hetty und ein paar Klassen abgebrühter.

Als Hetty eintrat, fuhr das Paar nicht schuldbewusst auseinander, wie die Konvention es doch eigentlich vorschrieb. Sie blieben, wo sie waren, und Alistair hatte der Frau trotzig den Arm um die Schultern gelegt.

Hetty starrte sie an, unfähig, das Bild zu deuten, das sich ihr bot und das um so bizarrer schien, als sie den Eindruck hatte, dass die beiden sie erwartet hatten. Halb rechnete sie damit, dass sie plötzlich aus dem Bett springen und ihr verkünden würden, sie habe irgendeinen obskuren Preis gewonnen. Aber nichts dergleichen. Sie blieben einfach liegen und erwiderten ihren Blick, Alistair selbstzufrieden, die Blondine mehr als nur ein bisschen unbehaglich.

Hettys Unfähigkeit, das Offensichtliche zu glauben, verflog, stattdessen stellte sich das Gefühl ein, sie habe sich eine schwere Grippe gefangen. Ihr war schwindelig, und der Fußboden schien sie mit enormer Kraft zu sich hinunterzuziehen. Sie erkannte, wenn sie sich nicht vorsah, würde sie in Ohnmacht fallen.

»Tut mir Leid, dass wir dich so damit überfallen, Hetty«, sagte Alistair, »aber zwischen uns war ja nie etwas Ernstes, und alle guten Dinge müssen irgendwann enden. Das hier schien der beste Weg, es dir beizubringen.«

»Ah ja?«, hörte Hetty sich sagen. »War dir das Telefon zu konventionell? Du fandest nicht, dass du es beiläufig hättest in die Unterhaltung einfließen lassen können, als wir gestern zusammen zu Mittag gegessen haben?«

Alistair schüttelte in aller Gelassenheit den Kopf. »Ich hatte eine wichtige Besprechung am Nachmittag, da konnte ich wirklich keinen zusätzlichen Ärger gebrauchen.«

Hetty fühlte keine Wut, sie *wurde* die personifizierte Wut, so heiß und tödlich wie das weiß glühende Zentrum eines Vulkans. Sie trat ohne bewussten Entschluss an das Bett und fegte das Federkissen zu Boden.

»Hey«, sagte die Frau. »Hören Sie, es tut mir Leid ... aber ... was tun Sie denn da?«

Alistair schlief unter Leinenlaken – nichts Synthetisches durfte seine Haut je berühren, mit Ausnahme, stellte Hetty wie aus großer Distanz fest, der blonden Haarpracht an seiner Seite. Eins dieser Laken, ein Erbstück von seiner Mutter, bedeckte ihn und seine Bettgenossin auch jetzt. Es hatte ein eingesticktes Monogramm in einer Ecke und breite Säume an Kopf- und Fußende. Sie hatte persönlich zwei Stunden damit verbracht, es zu bügeln, weil sie es irgendwie versäumt hatte, es in die Wäscherei zu geben. Wie aus dem Nichts tauchte die Erinnerung auf, dass das Laken im oberen Drittel ein winziges, sorgsam gestopftes Loch aufwies.

Sie hätten eigentlich gewarnt sein sollen, als Hetty das Federbett wegzog, aber Alistair und seine Freundin rechneten nicht mit Tätlichkeiten. Hetty riss ihnen das Laken mühelos aus kraftlosen Fingern, was der Blondine einen entsetzten Schrei und Alistair ein empörtes »Hey!« entlockte.

Doch sie brauchten sich ihrer Blöße nicht zu genieren, Hetty würdigte sie keines Blickes, sondern packte das Laken, schlug die Zähne in den weichen Stoff und riss mit den Händen daran, mit den fließenden Bewegungen eines Zauberers, der bunte Taschentücher aus seinem Mund hervorzieht. Der Laut, mit dem das antike Leinen zerriss, hatte etwas wunderbar Befriedigendes und übertönte Alistairs Protestschreie und die Vorhaltungen der Blondine. Erst als das Laken in zwei Hälften zu ihren Füßen lag, hob Hetty den Kopf.

Die Frau hatte das Federbett aufgehoben und verkroch sich darunter. Alistair war wütend aus dem Bett gesprungen und kam auf sie zu.

»Du kleines Miststück! Das ist eine Antiquität, die du da ruiniert hast. Und du wirst es kunststopfen lassen!«

Auf ihrer Zorneswolke fühlte Hetty sich erhöht, unüberwindlich. Trotzdem wich sie Alistairs wütendem Angriff lieber aus, verließ das Schlafzimmer und schloss die Tür. Dann rief sie: »Du bist ein Dreckskerl, Alistair! Ein Feigling und ein Dreckskerl! Du hast mir nicht gesagt, dass es aus ist, weil es dir zu viel Mühe gemacht hätte. Also hast du deine Freundin geholt, um dir dabei zu helfen.«

»Es besteht keine Notwendigkeit, ausfallend zu werden…«

»Es besteht vielleicht keine Notwendigkeit, aber es ist verdammt noch mal gerechtfertigt!«

Sie trat hastig den Rückzug an und lief die Treppe hinab, ehe Alistair seine seidenen Boxershorts gefunden hatte und die Verfolgung aufnehmen konnte. Sie verließ das Haus, ließ die Tür weit offen, fand den Schlüssel in der Manteltasche und schloss den Wagen auf.

Die blinde Wut ebbte ab. Sie brauchte ein paar Versuche,

ehe der Wagen ansprang, und legte versehentlich den ersten statt des Rückwärtsgangs ein. Der Wagen machte einen Satz nach vorn und prallte gegen Alistairs Porsche.

Das war keine Absicht gewesen, und sie hatte nur die Stoßstange geküsst und wenig Schaden angerichtet. Aber es tat ihr so gut, dass sie ein Stück zurücksetzte und das Manöver mit mehr Gas wiederholte. Der nächste Aufprall hatte schon deutlich mehr Karacho. Beim drittenmal fuhr sie Alistair eine richtige Beule in den Wagen, hörte aber ebenso ein unheilvolles Scheppern an ihrem eigenen. Sie setzte gerade zum vierten Versuch zurück, als Alistair in der Tür erschien.

Das Laken war schon schlimm genug, aber sie konnte es sich wirklich nicht leisten, die Reparatur seines Porsche zu bezahlen. Besser er merkte nicht, was sie getan hatte, ehe sie weit weg war. Also legte sie den ersten Gang ein und floh.

Sie war den ganzen Weg von London hergekommen, es war ausgeschlossen, jetzt wieder zurückzufahren. Das Zornkorsett, das sie bislang aufrecht gehalten hatte, löste sich auf. Sie hatte zu zittern begonnen und würde in absehbarer Zeit in Tränen ausbrechen.

Ihre Eltern. Obwohl sie in der Nähe wohnten und Hettys Mutter in regelmäßigen Abständen Einladungen zum sonntäglichen Mittagessen aussprach, wenn Hetty und Alistair das Wochenende auf dem Land verbrachten, waren sie nie hingefahren. Alistair hielt Eltern für eine ausgesprochen anstrengende Spezies, die man außer in begründeten Ausnahmefällen – etwa finanziellen Engpässen – tunlichst meiden sollte. Darum wusste Hetty den Weg nicht, aber als sie auf die Hauptstraße zurückkam, fand sie ein Hinweisschild zu einer Ortschaft, die sie kannte. Sie war vielleicht zehn Meilen gefahren, als ihr Auto zu streiken begann.

»Bring mich nur hin«, flehte sie, als Dampf aus dem Kühler aufzusteigen begann. »Bitte, egal wie, aber bring mich hin.«

Der Wagen tat sein Bestes, aber er war ein altes Gefährt,

ein betagter Ford Escort, dessen Anschaffung sie ihre gesamten Ersparnisse gekostet hatte und dessen Unterhalt inzwischen den Großteil ihrer liquiden Mittel aufzehrte. Er war nicht daran gewöhnt, als Angriffswaffe missbraucht zu werden, und auch wenn er ihr treu ergeben war, gab er doch kurz vor dem Ziel den Geist auf.

Hetty schaffte es gerade noch, an den Straßenrand zu rollen, und stieg dann hastig aus, für den Fall, dass der Wagen explodierte. Dann rannte sie den Weg zum Bungalow ihrer Eltern hinab und hämmerte an die Tür. Ihre Mutter öffnete. »Hallo, Liebling. So eine Überraschung. Hast du Alistair mitgebracht?«

Hetty öffnete den Mund und fing an zu schluchzen.

1. Kapitel

»Jetzt wirst du doch sicher zurechtkommen, nicht wahr, Liebling«, sagte Hettys Mutter. Es war mehr ein Befehl als eine Frage.

»Wenn nicht, dann ist es deine Schuld«, murmelte Hetty, als sie das Köfferchen ihrer Mutter im Kofferraum des Clio verstaute.

»Was sagst du?« Ihre Mutter kam wieder zum Vorschein, nachdem sie irgendetwas auf der Rückbank abgelegt hatte.

»Nichts.« Hetty rang sich ein Lächeln ab. »Ich werde bestens zurechtkommen.«

»Ganz bestimmt.« Mrs Longden sprach, als habe es daran nie den geringsten Zweifel gegeben. »Das Geld sollte vorläufig erst einmal reichen, Samuel scheint damit reichlich gesegnet. Aber lass mich wissen, wenn es knapp wird. Und ich werde dir ein Auto besorgen. Dann kannst du Samuel besuchen und bist hier nicht so isoliert.« Sie sah den schmalen Weg entlang, der durch den ehemaligen Park des großen Landsitzes führte. Der Weg war von wundervollen Bäumen gesäumt, aber man konnte weit und breit kein anderes Haus sehen. »Nun, du wirst nicht wirklich isoliert sein …«

Sie wussten beide, dass das gelogen war.

»Ich sagte doch, ich komm' zurecht«, wiederholte Hetty. »Und wenn du jetzt nichts losfährst, bleibst du in Guildford im Berufsverkehr stecken.«

Hetty war nicht gerade glücklich darüber, mitten im Nirgendwo in einem verfallenen Landhaus ausgesetzt zu werden, wo es vermutlich spukte, aber da das nun mal ihr Schicksal war, wünschte sie, ihre Mutter ließe sie allein, damit sie sich damit vertraut machen konnte.

»Im Laden im Dorf gibt es alles, was man sich nur denken

kann, und du kannst auf Samuels Namen anschreiben lassen. Er hat gesagt, das sollst du. Und es sind nur zehn Minuten zu Fuß.« Da ihre Mutter niemals irgendwohin zu Fuß ging, musste diese Einschätzung nicht unbedingt richtig sein. »Und es sind so *reizende* Leute.«

Mit »reizend« meinte Hettys Mutter »gebildet« und »der Mittelschicht angehörend«. Beim Kauf einer Flasche Milch und eines Pakets Cornflakes hatte sie in Erfahrung gebracht, dass die Ladenbesitzer aus London kamen und kurz vor dem letzten Börsenkrach aufs Land geflüchtet waren, um die Annehmlichkeiten des Stadtlebens gegen ländliche Idylle zu tauschen.

»Ich weiß. Du hast es mir schon gesagt. Ich werde vorbeigehen, wenn du weg bist«, sagte Hetty. »Ich brauche Katzenfutter.«

Ihre Mutter runzelte die Stirn. »Hm. Samuel hätte die Katze erwähnen sollen. Nun ja, sie sieht steinalt aus. Ich bin sicher, sie lebt nicht mehr lange.« Sie öffnete die Fahrertür. »So, jetzt muss ich aber wirklich los.«

Nach diversen Abschiedsküssen, längerem Schlüsselsuchen und Türenschlagen sah Hetty den Wagen ihrer Mutter schließlich davonfahren. Sie seufzte tief, und dann fiel ihr ein, dass sie vergessen hatte, ihre Mutter daran zu erinnern, das Telefon wieder anschließen zu lassen. Mist! Sie rang ein heftiges Gefühl von Verlassenheit nieder und ging zurück ins Haus.

Der Landsitz war seit der Zeit der Rosenkriege im Familienbesitz der Courtbridges, war in ununterbrochener Linie vom Vater an den Sohn gegangen, bis im Ersten Weltkrieg drei männliche Erben ums Leben kamen und das Erbe an das entfernteste, dünnste Zweiglein des Stammbaums fiel. Diese Linie war längst nicht so fruchtbar. Hettys Großonkel Samuel, der vor einer schweren, möglicherweise lebensbedrohlichen Operation stand, war nur ein entfernter Verwandter des letzten Erblassers gewesen. Und sein Erbe wiederum war nicht nur genealogisch in weiter Ferne, sondern auch geographisch. Das letzte Mal hatte er sich aus einem Winkel der Welt gemeldet, der vormals Teil der UdSSR gewesen war.

Hettys Mutter war das einzige Familienmitglied, das wusste, wer wen geheiratet hatte und wer zu wem in welchem Verwandtschaftsverhältnis stand. Sie hatte ein ausgeprägtes familiäres Pflichtbewusstsein, und als ihr Onkel – »Er ist eigentlich gar nicht mein Onkel, Liebling, sondern ein Cousin dritten Grades, aber die Generationen sind alle durcheinander geraten.« – krank wurde, war Hettys Mutter diejenige, an die er sich gewandt hatte. Er hatte sie gebeten, mit seinem Quasi-Neffen Kontakt aufzunehmen und ihn zu bitten, herzukommen und nach dem Haus zu sehen. Auf keinen Fall dürfe es länger als ein paar Tage leer stehen.

Aber nach tagelangen Kämpfen mit Telefon und Fax, die ihr nichts weiter einbrachten als trommelfellgefährdende Piepstöne, hatte sich selbst Mrs Longdens Entschlossenheit erschöpft. Als sie den Hörer schließlich resigniert einhängte, wandte sie sich zu Hetty um.

»Ich glaube sowieso nicht, dass er gekommen wäre. Er kommt nie zu Familienfesten, sonst hätten wir ihn kennen gelernt. Vermutlich ist er zu sehr damit beschäftigt, Geld zu machen, um seine Pflicht zu tun.« Dann hatten sich ihre Augen plötzlich verengt. »Du weißt doch eigentlich im Moment sowieso nichts Rechtes mit dir anzufangen, Liebling. Du könntest dich nicht vielleicht ein Weilchen um das Haus kümmern? Es ist ein wundervolles altes Haus in einer malerischen Gegend. Kannst du dich noch erinnern, als du dort Brautjungfer warst? Du warst damals enorm beeindruckt von dem Haus.«

»Mutter, ich war fünf Jahre alt …«

Und so kam es, dass Hettys Leid in Form einer abrupt beendeten Beziehung des anderen Freud' wurde.

»Wenn du schon nicht glücklich sein kannst, dann kannst du dich wenigstens nützlich machen«, hatte ihre Mutter gesagt, als Hetty Einwände erhob. Nachdem sie drei Wochen versucht hatte, Hetty »aus dem Sumpf zu ziehen«, hatte sie alle Hoffnung fahren lassen, ihre Tochter je wieder lachen zu hören.

Hetty hatte all ihre wohlmeinenden Bemühungen über sich ergehen lassen, aber sie dachte, wenn sie sich noch länger ein strahlendes Lächeln für die Freundinnen ihrer Mutter abringen musste, während sie mit ihnen Essen auf Rädern verteilte oder den Verkaufsstand der Fraueninitiative bemannte, dann hätte sie wirklich Grund, allem ein Ende zu bereiten. Und nachdem sie die Unabhängigkeit ihrer Wohnung in London zusammen mit ihrem Job und Alistair aufgegeben hatte, fand sie es schwierig, wieder zu Hause zu leben. Diese Möglichkeit, ungestört zu leiden, hatte durchaus ihren Reiz. Sie willigte ein, das Haus zu hüten, bis ihre Mutter den Erben aufgespürt hatte oder ihr Onkel Samuel weit genug genesen war, um heimzukommen.

Das Haus hatte ein bisschen Fürsorge bitter nötig, dachte sie, als sie in die Küche zurückkehrte. Das Bild, das sich ihr bot, war grauenhaft genug, um sie von ihrem Kummer abzulenken.

Die Küche war voll gestopft mit antiken Küchenutensilien, noch voller gestopft mit Gerümpel und besaß keinerlei moderne Annehmlichkeiten.

Mannigfaltige Schränke reihten sich an den Wänden auf, sodass es so gut wie keine Arbeitsfläche gab. Manche der Schränke waren aus billigem Kunststoff, andere mochten unter den diversen Farbschichten Nadelholz verbergen, einer, der ziemlich verschrammt war, war aus Mahagoni. Sie alle verband eine dicke Staubschicht, und sie waren so mit Geschirr voll gestopft, dass man die Türen nur mit Brachialgewalt schließen konnte.

Ein großer Küchentisch, die einzige horizontale Fläche außer dem Abtropfbrett der Spüle, stand voll mit allem möglichen Zeug. Salztöpfe aus Steingut, rostige Brotkörbe, ein paar Milchkannen aus Kupfer, Bonbongläser und ein

Butterfass, das nicht dort stand, um dem Raum Charakter zu verleihen, sondern weil niemand es je weggeräumt hatte, geblümte Keksdosen, antike Vorratsgläser und eine altmodische Schreibmaschine – möglicherweise ein früher Prototyp – rangelten Schulter an Schulter mit einem Gestell billigen Bistrobestecks und einem Berg Stapelkisten aus Plastik. Antiquitätenmesse *meets* Tupperware-Party. Selbst in ihrem Zustand tiefer Depression konnte Hetty sich angesichts dieses bizarren Stilllebens ein Lächeln nicht verkneifen.

Unter all dem Plunder mochten sich ein paar Schmuckstückchen verbergen, dachte Hetty, die ein paar hundert Pfund brachten, wenn man sie den richtigen Londoner Geschäften anböte. Und in diesen antiken Schränken und Vorratsgläsern wimmelte es vermutlich von Rüsselkäfern, Mehlwürmern, Silberfischen und Bohrasseln. Da sie hier ihre einsamen Mahlzeiten zubereiten musste, würde sie sich des Problems bald annehmen müssen. Nur gut, dass sie nicht so pingelig war wie ihre Mutter, die sie so bedenkenlos dazu verurteilt hatte, in dieser Mischung aus Trödelladen und Insektenzoo zu leben.

Jetzt war sie jedenfalls hier, also musste sie irgendwie damit zurechtkommen. Hetty wandte den Blick vom Tisch ab und nahm den Herd in Augenschein.

Wo einst ein gewaltiger Kohleofen über die Küche und ein Heer von Mägden geherrscht hatte, stand jetzt ein Herd irgendeines obskuren Fabrikats. Er wirkte verloren unter dem Rauchabzug seines um ein vielfaches größeren Vorgängers, lief aber im Gegensatz zu diesem mit Öl und war auf kleinster Flamme eingeschaltet geblieben, damit die Wasserrohre nicht einfroren. Nach einer längeren Experimentierphase war es Hetty und ihrer Mutter gelungen, ihn auf volle Kraft hochzufahren. Während sie mit Hähnen und Reglern herumhantierten, hatten sie die Tür des untersten Ofens weit geöffnet, und eine alte Katze war herausgetaumelt. Nachdem sie die Milch getrunken hatte, die Hetty ihr augenblicklich hinstellte, verschwand sie wieder dahin, woher sie gekommen war, und blieb die ganze Nacht dort.

Jetzt ließ Hetty den Blick über die Küche schweifen, um festzustellen, ob die Katze wieder aufgetaucht war. Sie wollte ihr ihre restlichen Cornflakes anbieten. Aber sie lag immer noch im Ofen.

Da ihr selbst diese wenig tröstliche Gesellschaft verwehrt blieb, nahm Hetty die Teller und Cornflakesschälchen, die sie und ihre Mutter gebraucht hatten, und stellte sie in die rissige Porzellanspüle. Es hatte etwas unendlich Deprimierendes, das Geschirr von zweien abzuwaschen, wenn man allein war.

Und der Zustand der Küche trug nicht gerade dazu bei, sie aufzuheitern, obwohl hier nichts war, das sich mit gründlichem Saubermachen und ein paar Möbelkäufen nicht beseitigen ließ. Für einen Rittersaal war der Raum zu klein, dachte sie, aber er eignete sich hervorragend als Familienküche – vorausgesetzt, die Familie war etwa so kinderreich wie die der Trapps.

Aber wie dem auch sein mochte – Selbstmitleid brachte sie nicht weiter. Sie wusste nicht so recht warum, jedenfalls holte sie Luft und entließ die ersten Töne von »Little Girl Blue« in die staubige Luft.

Im Gegensatz zu ihrer Stimme, die eingerostet war, war die Akustik der Küche sehr gut. Die hohe Decke, überzogen mit einer Patina aus Staub, Fliegendreck und Spinnweben, verlieh den leisen Klängen ein angenehmes Echo.

Es war so lange her, seit sie zuletzt gesungen hatte. Bevor sie ihr Elternhaus verlassen hatte, um nach London zu ziehen, war es ein Hobby. Sie hatte mit einer Freundin zusammen gesungen, vorzugsweise Jazz, aber eigentlich auch alles andere bis auf Oper. Sie führten die örtlichen Carol Singers an, veranstalteten regelmäßig ein offenes Singen im Altersheim oder sonst wo und hatten einen Heidenspaß dabei.

Aber Alistair hatte gleich zu Beginn ihrer Beziehung deutlich gemacht, dass er ein Opera-buffa-Liebhaber war.

Amateure (und zu dieser Kategorie zählte Hetty eindeutig) waren ihm unerträglich. Seither hatte sie lediglich im Auto gesungen, und das auch nur, wenn sie alleine fuhr. Doch seit dem bedauerlichen Hinscheiden ihres Autos und dem katastrophalen Ende ihrer Beziehung hatte sie weder Gelegenheit noch Lust gehabt zu singen.

Sie wünschte, sie hätte eine etwas weniger melancholische Nummer ausgewählt, summte aber weiter und trat ans Fenster, um festzustellen, ob der Schmutz eher innen oder außen an den Scheiben haftete. Ihr feuchtes Papiertaschentuch wurde schwärzlich, doch es bewirkte keine erkennbare Besserung des Durchblicks. Der Dreck war also beidseitig, und das Efeu, das an der Mauer wucherte, hatte sich weit aufs Glas vorgewagt. Was sie brauchte, war ein tatkräftiger Fensterputzer aus dem Ort, der das Efeu zurückschnitt und die Scheiben polierte. Da solche Figuren aber so fiktiv waren wie der Weihnachtsmann, würde sie sich auf die Suche nach Eimer, Putzlappen und einer Leiter begeben müssen.

Als ihr Lied zu Ende war, spähte sie in den Ofen. »Komm raus, Miez«, rief sie. »Komm und sag deiner Tante Hetty guten Tag. Zeig mir, dass du noch lebst.« Ein steifer kleiner Katzenleichnam würde sie schnurstracks zurück in die Abgründe der Depression befördern.

Die Katze tat ihr den Gefallen und streckte vorsichtig eine Pfote heraus. Doch obwohl es im Ofen langsam heiß wurde, wagte sie sich nicht in die Küche hinaus. Hetty konnte sie gut verstehen. Sie hatte den Ofen die ganze Nacht auf voller Kraft laufen lassen, doch der einzige spürbare Temperaturunterschied zwischen der Küche und der freien Natur bestand darin, dass der eisige Februarwind hier drinnen nicht wehte.

»Na, komm schon.« Sie streckte die Hand aus. »Komm raus und erzähl mir, wer dich gefüttert hat.«

Die Katze miaute fast lautlos, ließ sich dazu herab, die Hand zu beschnüffeln, und ehe Hetty wusste, wie ihr geschah, hatte das Tier sich ihre jeansbekleideten Beine bis zu ihrer Schulter hinaufgekrallt. Sehr lautes Schnurren drang ihr ins Ohr. Hetty war ein wenig überrumpelt, aber immerhin dankbar, dass sie wegen der Kälte jedes Kleidungsstück trug, das sie mit hergebracht hatte. Sie stellte fest, dass die Katze extrem schlechte Zähne hatte.

»Ich glaube kaum, dass es im Laden Mundwasser für Katzen gibt, selbst wenn das Sortiment so wunderbar ist, wie Mum behauptet«, sagte sie. »Aber ich sollte trotzdem mal hingehen.«

Die Katze blieb auf ihrer Schulter, während sie sich auf die Suche nach ihrer Handtasche machte. Es war eine warme, tröstliche, wenn auch etwas schwere Präsenz. Hetty summte in der Tonlage des Schnurrens. Man konnte es kaum als singen bezeichnen, doch das Wiedererwachen ihrer Stimmbänder hob ihre Laune.

Hetty befreite sich von der Katze und zog die Barbour-Jacke ihres Vaters an, die sie ohne sein Wissen geborgt hatte, und begab sich dann über den baumgesäumten Weg zu der kleinen Ansammlung von Cottages, die zusammen mit dem Dorfladen, der Kirche, der ehemaligen Schule und dem Pub die präsentable Hälfte des Örtchens ausmachte. Die Sozialwohnungsbauten, Autowerkstätten und Gewerbebetriebe hatte man außer Sichtweite des erhaltungswürdigen Ortskerns errichtet.

Am Ende der Allee hielt Hetty an und sah zum Haus zurück. Als sie am Abend zuvor angekommen waren, war es schon dunkel, darum war dies die erste Gelegenheit, um es nach mehr als zwanzig Jahren wieder in Augenschein zu nehmen.

Drei ungleiche Giebel aus graugoldenem Stein reckten sich gen Himmel. Aus einem ragte ein Erker mit drei Fensterreihen hervor, gekrönt von einem brustwehrartigen Balkon. Das war vermutlich der jüngste Teil des Hauses, aus der Zeit, da der Wollhandel den Reichtum ebenso wie die Schafherden der Gegend anschwellen ließ. Offenbar hatte die Familie ihren Wohlstand aller Welt zeigen wollen. Sie stellte sich die fein gekleidete Dame des Hauses im sechzehnten Jahrhundert vor – die eine auffällige Ähnlichkeit mit ihrer Mutter hatte –, die seine Lordschaft aufforderte, den Erker anbauen zu lassen, damit sie ein sonniges Plätzchen zum Sticken hatte.

Der mittlere Giebel war breiter und flacher, der ursprüngliche Kern des Hauses, wo sich die Halle und die Küche befanden. Er stand seit dem finsteren Mittelalter und war, nach der Küche zu urteilen, seither kaum verändert worden. Der dritte Giebel war kleiner und hatte ebenfalls einen Erker, der die Morgensonne für das einstige Damenzimmer einfing, das inzwischen zum Wohnzimmer degradiert worden war. Dachpfannen im gleichen Graugoldton lugten zwischen dem dichten Efeu hervor, das bis zu den Schornsteinen hinaufrankte, die in Dreiergruppen zusammengedrängt standen. Wann waren sie wohl zuletzt gefegt worden?, fragte sie sich.

Es war kein Haus für Puristen. Zu viele ungenehmigte Veränderungen waren vorgenommen worden, als dass man seine Geschichte deutlich hätte ablesen können. Es war kein perfektes Beispiel irgendeiner Epoche. Aber für Leute, die das Geheimnisvolle mochten, die gern rätselten, was wann und wo angebaut worden war, war es das reinste Paradies. Das letzte Mal hatte Hetty das Haus an einem warmen Sommertag gesehen. Ein riesiges Zelt war im Garten errichtet worden; es war die Hochzeit irgendeines Vetters. Hetty, die kleine Brautjungfer im Laura-Ashley-Rüschenkleid, war mit ihrer Partnerin durch das Haus gestreift und hatte gedacht, wie riesig und geheimnisvoll es doch war. Seltsamerweise war es mit den Jahren nicht kleiner oder weniger geheimnisvoll geworden.

Das Dorf, das sie gute zwanzig Minuten später erreichte, zeigte deutliche Anzeichen vom Kampf ums nackte Überleben. Die Schule, die dem Pub gegenüber auf der anderen Seite der Wiese stand, war kürzlich in ein privates Wohnhaus umgewandelt worden, wie man an den Blumenbeeten im Schulhof und dem schmiedeeisernen Schild »Die alte Schule« unschwer erkennen konnte.

Die Kirche, in der sie damals Brautjungfer gewesen war, war noch in Betrieb, genau wie der Pub. Doch immer mehr Leute zogen in die Nähe ihrer Arbeitsstätte, und ihre Cottages wurden als Wochenendhäuser an Londoner Yuppies verkauft, die es eher selten in die Kirche zog. Samuel hatte den Niedergang der ländlichen Gesellschaft beklagt, als sie ihn besucht hatten.

»Bald wird es in jedem Haushalt zwei Autos und keine Kinder geben«, hatte er gemutmaßt. »Und niemand gibt sein Geld mehr im Ort aus. Ich hoffe nur, diese jungen Leute im Laden können sich halten.«

»Die jungen Leute« taten jedenfalls ihr Bestes, doch die Bekanntmachungen, die im Schaufenster aushingen, schienen Samuels Befürchtungen zu bestätigen: Der Ortsverband der Fraueninitiative war mit dem des nächsten Dorfes fusioniert, der Pastor hatte Pflichten in anderen Gemeinden, und der Bus kam nur noch zweimal pro Woche. Kein Wunder, dass alle zwei Autos und keine Kinder hatten, dachte Hetty und öffnete todesmutig die Ladentür.

Selbst wenn sie nicht gerade an einer komplizierten Herzfraktur litt, war Hetty eher schüchtern. Die Vorstellung, einen kleinen Lebensmittelladen zu betreten, hätte sie normalerweise zwar nicht nervös gemacht, doch Hettys Mutter glaubte fest an den Grundsatz, dass geteiltes Leid halbes Leid ist, dass es also umso besser sei, je mehr Leute man daran teilhaben ließ, und sie hatte beim Dorfladen vermutlich keine Ausnahme gemacht. Jeder, angefangen von den Eigentümern bis hin zum Vertreter auf der Durchreise, der für ein Sportmagazin und ein Päckchen Zigaretten angehalten hatte, war mit Sicherheit über alles im Bilde, denn ihre Mutter hatte eine tragende Stimme. Ohne Zweifel hatte sie einen detaillierten Bericht über Hettys gemeinen, lüsternen Boss abgegeben, der sie schamlos verführt, ihr Herz gebrochen und dabei auch gleich noch ihre Karriere ruiniert hatte. Und deswegen erforderte selbst der Einkauf von ein paar Dosen Katzenfutter ein gerüttelt Maß an Mut.

Doch sie fühlte sich ohnehin schon so elend, überlegte Hetty, dass die öffentliche Demütigung es auch nicht mehr schlimmer machen konnte. Und es bestand immerhin die klitzekleine Chance, dass ihre Mutter ausnahmsweise einmal den Mund gehalten hatte. Es wäre doch eine Schande, die Katze grundlos verhungern zu lassen.

Trotz dieser aufmunternden Gedanken hatte sie immer noch das Gefühl, sie betrete das Wartezimmer beim Zahnarzt, als sie die Tür öffnete und das altmodische Glöckchen ihre Ankunft mit einem beklagenswerten Mangel an Diskretion ankündigte. Es fiel jedoch niemand über sie her, und Hetty konnte fast unbemerkt hineinschlüpfen.

Der Laden war in zwei Bereiche aufgeteilt. Der eine war ein gewöhnlicher Supermarkt mit allen lebenswichtigen Grundnahrungsmitteln: Brot in Scheiben, Dosensuppen, Corned Beef und Kekse. Die andere Hälfte war ein Feinkostladen für anspruchsvolle Yuppies. Hier war das Schlachtfeld des Überlebenskampfes – wenn dieser Laden unterging, dann lag es nicht daran, dass er nicht mit sonnengetrockneten Tomaten und Porcini sein Bestes gegeben hätte.

Schinken aus der hauseigenen Räucherkammer lagen auf Porzellansäulen, hausgemachte Würste mit Trüffeln und getrockneten Preiselbeeren lagen fett neben Schalen mit Kalamata-Oliven und Schafskäse aus der ortsansässigen Molkerei. Olivenöl in Weinflaschen, Arborioreis in Leinensäcken und Naturschokolade aus hundert Prozent echtem Kakao, alles appetitanregend in Weidenkörben präsentiert. Weiter gab es einen Stapel in Seidenpapier gewickelter Brotlaibe, dunkelbraun, gesund und kernig, gleich neben einem Berg Vollwert-Ciabattas, echten französischen Baguettes und einem Korb voller Croissants.

Die Eigentümer hatten sich offenbar zum Ziel gesetzt, jeden Geschmack zu treffen, den der einheimischen Bevölkerung, deren Kinder ihre Baked Beans gern schön orange gefärbt hatten, und den der ernährungsbewussten Wochenendler, die esoterischere Ansprüche stellten.

Der Mann hinter der Ladentheke war groß und gut aussehend. Er trug einen Strohhut und eine blau gestreifte Schürze und lächelte Hetty strahlend an, als sie hereinkam, statt augenblicklich danach zu fragen, wie sie hatte zulassen können, dass dieser Mistkerl ihr all diese furchtbaren Dinge antat. Ein gutes Zeichen. Entweder war er mit einem Mindestmaß an Taktgefühl gesegnet, oder ihre Mutter hatte nicht sämtliche Geheimnisse ihrer Tochter ausgeplaudert.

Sie sagte guten Morgen, nahm einen der Körbe – aus Weidengeflecht statt dem sonst üblichen Draht – und streifte die Regale entlang, bemüht, Interesse für irgendetwas aufzubringen, das ihre Mutter als nahrhaft bezeichnet hätte. Hetty verspürte kein Bedürfnis nach ausgewogener Kost – sie wollte Kummerfutter: heiß, süß und kalorienreich. Sie ergriff eine Dose Pilzsuppe als Zeichen ihres guten Willens, dann entdeckte sie die Raviolikonserven.

Sie überlegte gerade, ob die Katze eine bestimmte Futtermarke bevorzugte, als eine hübsche Frau in einem weißen Overall und einer langen Schürze herüberkam und ihre Hand ergriff.

»Hallo, ich bin Angela Brewster. Sie müssen Hetty Longden sein. Sie sind hergekommen, um nach dem Herrenhaus zu sehen?« Hetty schüttelte die Hand und nickte. »Ihre Mutter sagte, Sie seien hier. Wir sind ja so erleichtert, dass sich jetzt jemand um das Haus kümmert. Es steht schon viel zu lange leer. Außerdem hat mein Sohn keine Lust mehr, die Katze zu füttern.«

Hetty lächelte. »Er war das also? Das war sehr freundlich. Meine Mutter und ich wussten nicht, dass es eine Katze gibt, bis wir die Ofentür geöffnet haben und sie herausspaziert kam.«

»Typisch Katze, die kommen immer irgendwie zurecht.«

»Vielleicht können Sie mir sagen, wie sie heißt und welche Futtersorte sie mag?«

»Sein Name ist Clovis, und er mag die billigste Marke.« Sie nahm eine Dose in die Hand. »Leider.«

Das Glöckchen an der Tür klingelte wieder, und eine athletische Frau mit einem dichten Schopf grauer Haare und gesunden roten Apfelbäckchen trat herein. »Oh, da kommt Mrs Hempstead, ich werde Sie bekannt machen«, murmelte Angela. »Sie ist eine der Führerinnen.«

»Führerinnen?«, fragte Hetty verständnislos. Sie flüsterte genau wie Angela. »Wen führt sie und wohin?«

Angela schüttelte verwirrt den Kopf. »Sie macht die Führungen im Herrenhaus. Während der Besuchszeiten.«

Hetty entsann sich vage, dass ihre Mutter erwähnt hatte, das Haus sei im Sommer für Besucher geöffnet. »Ach so. Nun, ich glaube kaum, dass ich bis dahin noch hier sein werde.«

Angela schien überrascht. »Nein? Ich dachte, Ostern sei früh dieses Jahr? Jedenfalls sollten Sie sich von Mrs Hempstead nicht überfahren lassen«, fuhr sie fort. »Sie meint es gut, aber sie kann manchmal ein bisschen dominant sein, und sie scheint zu glauben, das Haus gehöre ihr. Sie ist eine eifrige Heimathistorikerin und lebt schon seit Ewigkeiten hier. Sie wird Sie fürchterlich herumkommandieren, wenn Sie nicht ... Mrs Hempstead! Wie gut, dass Sie gerade vorbeikommen. Dies ist Hetty Longden. Sie ist hergekommen, um sich um das Haus zu kümmern.«

Hetty ließ sich zu der Frau führen und überlegte immer noch, was Angelas Bemerkung über Ostern zu bedeuten hatte.

Mrs Hempstead ergriff Hettys Hand und überprüfte ihren Händedruck zweifellos auf Anzeichen verborgener Charakterschwächen. »Meine Güte, Sie sind ja noch so jung!«

»Vierundzwanzig«, sagte Hetty.

Mrs Hempstead schnalzte mit der Zunge. »Und was wissen Sie über die Arbeit, die ein so großes historisches Bauwerk mit sich bringt?«

»Nichts.«

Mrs Hempstead stieß die Luft aus. »Nun ja, Sie sind bestimmt immer noch besser als dieser schreckliche Neffe. Sie werden wenigstens keinen *Rummelplatz* daraus machen wollen.« Sie betonte das Wort so vielsagend, um glasklar zu machen, dass sie in Wirklichkeit »Lasterhöhle« meinte.

»Ähm, nein«, sagte Hetty. »Ich bleibe nur hier, solange der Onkel meiner Mutter krank ist.«

Mrs Hempstead schüttelte das Haupt, als prophezeie sie das Ende der Welt. »Er ist ein alter Mann, der ein ausschweifendes Leben geführt hat. Seine Uhr kann jederzeit ablaufen.« Ehe Hetty reagieren konnte, richtete Mrs Hempstead ihre Aufmerksamkeit auf die Wurstschneidemaschine. »Ich hätte gern ein halbes Pfund durchwachsenen Räucherschinken, sehr dünn geschnitten.« Sie wandte sich wieder an Hetty. »Ich werde natürlich tun, was in meiner Macht steht, um Ihnen zu helfen. Aber es wird nicht leicht für Sie werden. Ein Mädchen in Ihrem Alter.«

Hetty, die in letzter Zeit kaum genug Initiative hatte aufbringen können, um sich die Haare zu bürsten, stellte plötzlich fest, dass die Herausforderung sie reizte. »Oh, ich weiß nicht. Ich denke, ich komme schon zurecht...«

Mrs Hempstead schürzte die Lippen. »Zurechtkommen wird nicht ganz reichen. Und Ostern ist früh dieses Jahr.«

Hetty floh, während Mrs Hempstead über den Rand ihrer Brille hinweg den Ziegenkäse inspizierte. Sie fand sich beim Katzenfutter wieder und füllte ihren Korb mit einer recht beeindruckenden Anzahl an Konserven, ehe sie auf die Gefriertruhe stieß. Die Gefahr, von Mrs Hempstead herumkommandiert zu werden, hatte ihren Kampfgeist aus dem Koma erweckt. Vielleicht wird es mir einfach zu langweilig, das Opfer zu sein, überlegte sie.

Sie wollte den Laden gerade verlassen, als ein schlammbespritzter weißer Sportwagen vorfuhr und in einem gewagten Winkel einparkte. Eine blonde Frau in Lederhosen und einem auffälligen Hut stieg aus. Hettys Stimmung versank wieder in dem Abgrund, aus dem sie sich gerade befreit hatte. Niemand würde so eine Frau verlassen, dachte sie traurig. Sie erinnerte sich nur zu gut daran, dass sie für genau so ein schillerndes Wesen mit langen Beinen verlassen worden war. Hettys Beine waren nicht gerade kurz, aber sie machten sie auch nicht groß. Und wenn ihr Haar in der Sonne auch heller wurde, hatte es zu dieser Jahreszeit doch eine langweilige braune Farbe. Außerdem hätte sie dringend zum Frisör gemusst. Doch mehr als sich sauber zu halten und sich die Zähne zu putzen hatte Hetty nicht für ihre Erscheinung getan, seit Alistair aus ihrem Leben verschwunden war.

Um sich von diesem deprimierenden Thema abzulenken, legte sie sich zurecht, was sie ihrer Mutter sagen würde bezüglich der Frage, wann das Herrenhaus fürs zahlende Publikum geöffnet wurde. Voraussetzung dafür war allerdings, dass das Telefon wieder angeschlossen wurde oder aber sie eine Telefonzelle fand.

Doch sie wusste, ihre Mutter konnte im Grunde nichts dafür. Onkel Samuel war ein reizender, großzügiger Gentleman, der jedoch sehr ausweichend sein konnte, wenn es darum ging, sich zeitlich festzulegen.

Als sie ihm zum erstenmal begegnet war anlässlich der Hochzeit des entfernten Cousins, für die Courtbridge House festlich geschmückt worden war, hatte Onkel Samuel sie ein »einnehmendes kleines Ding« genannt. Sie war entsetzt gewesen, in der sicheren Annahme, er habe sie beobachtet, als sie eine der Erdbeeren vom Büfett stibitzt hatte. Erst Jahre später war ihr aufgegangen, dass er ihr ein Kompliment gemacht hatte.

Seither hatte sie ihn zweimal wiedergetroffen, einmal zu einer anderen Hochzeit, dann bei einer Beerdigung. Sie mochte ihn sehr, zweifellos auch deswegen, weil er eine so hohe Meinung von ihr hatte.

Hetty hatte ihn zusammen mit ihrer Mutter besucht, ehe sie nach Courtbridge House gekommen war, wenige Tage bevor er an der Prostatadrüse operiert werden sollte. Sein Anwalt war ebenfalls dort und hatte ein Dokument aufgesetzt, das Hetty eine beschränkte Handlungsvollmacht erteilte.

»Du musst Schecks ausstellen können, Liebes«, hatte Onkel Samuel erklärt, als sie andeutete, dass ihr so viel Verantwortung unheimlich sei. »Sonst wirst du nicht zurechtkommen. Du wirst auch meine Post öffnen müssen. Ich habe so ein Gefühl, es könnten ein paar Rechnungen dabei sein. Die Telefonleute haben schon Krach geschlagen.«

»Sie können nur Schecks bis zu zweitausend Pfund ausstellen«, erklärte der Anwalt, sein ernster Gesichtsausdruck schien sie zu warnen, sich die Sache nicht zu Kopf steigen zu lassen. Er reichte Hetty seinen Kugelschreiber. »Im Moment steht ein nettes Guthaben auf dem Konto, und dabei wollen wir es auch belassen.«

»Hetty muss an das Konto herankönnen, wann immer sie Geld braucht«, widersprach Onkel Samuel. »Es ist so reizend von ihr, dass sie mir aus der Klemme hilft. Ich will nicht, dass sie darben muss.«

»Nun, alle vertretbaren Verfügungen sind zulässig«, stimmte der Anwalt zu.

»Und so horrend kann die Telefonrechnung doch wohl nicht sein«, fügte Hettys Mutter hinzu.

Samuels Augen nahmen plötzlich einen uralten, müden Ausdruck an, und Hetty hatte den Verdacht, dass das durchaus seine Absicht war. »Es könnten andere Aufwendungen entstehen«, bemerkte er. »Hetty, wenn ich dich einen Moment sprechen könnte ...«

Doch in diesem Moment trat die Krankenschwester auf den Plan. Bislang hatte sie all die Besucher auf ihrer Station anstandslos toleriert, doch jetzt sagte sie: »Ich fürchte, ich muss Sie jetzt alle bitten zu gehen. Der Patient braucht Ruhe.«

»Oh, natürlich«, sagte Hettys Mutter. »Wiedersehen, Samuel. Hetty wird dich besuchen, sobald sie ein Auto hat.«

Hetty sah zu Samuel und bemerkte, dass seine Augen nicht länger abwesend wirkten, sondern fordernd. Er hatte ihr etwas sehr Wichtiges zu sagen. Doch statt sie zurückzuhalten und es zu sagen, schenkte er ihr nur ein schuldbewusstes Lächeln und ergab sich dem höflichen Kommandoton der Schwester.

2. *Kapitel*

Nach der Begegnung im Laden war Hetty kämpferischer Stimmung und stiefelte entschlossenen Schrittes nach Hause. Es war eine ziemliche Enttäuschung festzustellen, dass das Gutshaus immer noch genauso düster wirkte, wie sie es vor einer Stunde verlassen hatte. Doch als sie ein Paket mit durchwachsenem Räucherschinken aus ihrer Einkaufstasche holte, wurde sie an Mrs Hempstead erinnert, und sie spürte, wie ihre Lebensgeister sich regten – eine Erinnerung an die Hetty, die sie vor Alistair gewesen war.

Früher war sie häufig als quirlig und überschäumend vor Energie bezeichnet worden. Sie zuckte immer zusammen, wenn jemand das sagte, es klang so sehr nach einem Schokoriegel. Aber es stimmte schon. Sie konnte keiner Herausforderung widerstehen und ließ sich von neuen Ideen manchmal gar zu sehr mitreißen. Sie bezweifelte, ob sie so lange bei der Unternehmensberatung geblieben wäre, wenn sie sich nicht in ihren Boss, Alistair Gibbons, verliebt hätte. Aber es war nun einmal passiert, und so war sie geblieben, bis er sie wegen einer älteren Frau verließ.

Sie versuchte gerade, Onkel Samuels alternative Kochmöglichkeit – einen Zwei-Flammen-Campingkocher – in Gang zu bringen, als sie ein Klopfen an der Hintertür vernahm. Nach ein paar Fehlversuchen stemmte Hetty die Tür auf. Es war die Blondine mit dem Sportwagen.

»Hi! Ich bin Caroline.« Die Frau lächelte. »Darf ich reinkommen? Ich wollte mir das Haus schon seit Ewigkeiten mal richtig anschauen, und als ich hörte, dass Sie allein hier sind, dachte ich mir, das ist die perfekte Gelegenheit.«

Hetty trat automatisch zurück, und Caroline fegte an ihr vorbei in die Küche.

»Hier.« Caroline kramte in den Taschen ihrer glänzenden

Lederjacke herum und förderte schließlich ein Schokoladenei von Cadbury's ans Licht. »Ich hab Ihnen was mitgebracht. Genau das Richtige für ein gebrochenes Herz.« Hettys sinkender Mut sackte noch ein bisschen tiefer. Diese langbeinige Schönheit wusste alles und war gekommen, um sie gönnerhaft zu bemitleiden. »Tut mir Leid.« Caroline sah tatsächlich so aus, als täte es ihr Leid. »Das hätte ich nicht sagen sollen.«

Hetty seufzte resigniert. »Weiß das ganze Dorf Bescheid?«

Caroline setzte sich an den Küchentisch und schüttelte den Kopf. »Ich glaub nicht. Aber Ihre Mutter hat es Angela Brewster erzählt, und Angela mir. Nicht, weil sie den Mund nicht halten könnte, sondern weil sie weiß, dass ich Expertin bin.« Sie holte ein zweites Schokoladenei hervor und begann, das Stanniol abzupellen. »Ich ziehe Scheißkerle an wie schwarze Klamotten Katzenhaare.« Caroline fuhr mit der Hand über ihr bislang noch makelloses schwarzes Lederhosenbein. »Aber selbst wenn sie es jedem erzählt hätte, niemand würde sich dran erinnern. Alle sind viel zu sehr mit der bangen Frage beschäftigt, was Sie hier wohl anstellen werden.«

»Oh, ich werd überhaupt nichts anstellen. Ich hüte einfach das Haus, bis mein Großonkel aus dem Krankenhaus kommt.«

»Wie langweilig! Und schlecht für Sie, Liebes. Sie werden eingehen vor Kummer, wenn Sie hier einfach nur wohnen, ohne irgendwas zu *tun.«* Caroline wischte ein bisschen gelbweiße Kremfüllung ab, die ihr aufs Kinn getropft war. Das passte nicht so recht zu dem Image, das das perfekte Make-up, der lässig geknotete Hermès-Schal und die gigantischen, täuschend echt wirkenden Goldohrringe ihr gaben. »Was ich vermutlich wirklich meine, ist, dass *ich* vor Langeweile eingehen würde, wenn ich nichts täte. Mein Mann – übrigens kein Scheißkerl – ist ziemlich häufig auf dem Kontinent, und ich muss mich irgendwie beschäftigen, damit ich mich nicht in Schwierigkeiten bringe. Oder jedenfalls sagt er das.«

Hetty war sich noch nicht ganz sicher, ob diese Frau unglaublich aufdringlich und distanzlos war – eine jüngere, modernere Version ihrer Mutter – oder unwiderstehlich sympathisch. Jedenfalls schien sie nicht überheblich.

»Ich glaube nicht, dass ich Ihnen da helfen kann«, sagte sie, um sich abzusichern. »Ich meine, die einzige Unterstützung, die ich brauchen werde, sind Reinigungskräfte. Und ich kann mir nicht vorstellen, dass Sie an einer Putzstelle interessiert sind.«

Caroline schüttelte den Kopf. »Nicht besonders, nein. Obwohl ich eigentlich eine ziemlich gute Putzfrau bin, wenn ich mir Mühe gebe. Aber ich will keinen Job, sondern ein Projekt.« Das Glitzern in ihren Augen hatte etwas höchst Beunruhigendes.

»Was meinen Sie damit?«

»Ich brauche etwas, worin ich mich so richtig verbeißen kann. Und das sind Sie.«

Hetty wimmerte unwillkürlich.

»Oh, keine Bange. Ich bin keine Kannibalin. Ich will sie nur retten, Ihr gebrochenes Herz kurieren und Sie als stärkere Frau zurück in die Welt entlassen.«

O mein Gott, dachte Hetty verzweifelt und betrachtete die Frau, die es sich an ihrem Küchentisch gemütlich gemacht hatte. Da bin ich hergekommen, um meiner Mutter zu entfliehen, nur um in die Klauen dieser Frau zu geraten, die noch viel tyrannischer ist. Das nannte man wohl vom Regen in die Traufe kommen.

»Möchten Sie eine Tasse Tee oder so?«, fragte sie höflich, um die Situation unter Kontrolle zu bringen.

Caroline nickte. »Diese Eier sind so dermaßen eklig süß, ich brauch was zum Nachspülen. Was haben Sie denn da?«

Hetty durchforstete die Kiste mit Lebensmitteln, die sie

aus Hampshire mitgebracht hatte, und fand Instantkaffee. »Pulverkaffee oder Teebeutel. Nichts Ausgefallenes, fürchte ich.« Caroline stand vermutlich auf Lapsang Souchong oder Rose Pouchong oder solches Zeug.

»Tee, gut durchgezogen, bitte.«

Während Hetty Tee kochte, stand Caroline auf und streifte umher, nahm hier und da einen Gegenstand in die Hand und stellte ihn mit kleinen überraschten Ausrufen wieder ab. »Igitt!«, rief sie plötzlich unter vernehmlichem Geklapper. »Rattendreck!«

Hetty brach auf der Stelle der Schweiß aus. Achtlos ließ sie Teebeutel und Löffel fallen und eilte zu ihr hinüber. »Nein«, sagte sie dann. »Kaffeebohnen. Sie sind mir gestern hingefallen.«

»Tut mir Leid.« Caroline war ein bisschen kurzatmig vor Erleichterung. »Ich hab überreagiert.«

»Schon gut.« Hetty hatte selber weiche Knie. »Sie sehen irgendwie unheilvoll aus, wenn sie so verstreut sind. Und dieses Haus hat irgendwas an sich, das einen verleitet, immer gleich das Schlimmste zu befürchten.«

Caroline setzte sich wieder. »Aber es hat jede Menge Potential.«

Hetty reichte ihr einen Becher Tee. »Sie klingen wie ein Immobilienmakler.« Aus Familienloyalität fühlte sie sich verpflichtet, etwas Positives über das Haus zu sagen, aber die Fakten verurteilten sie zum Schweigen.

»Es hat ein Weilchen leer gestanden, und da bleibt es nicht aus, dass der Staub ein wenig akkumuliert«, sagte Caroline, und das war ein meisterhaftes Understatement. Sie nippte an ihrem Becher. »Also, wollen wir jetzt die Führung machen oder erst Ihren Liebeskummer hinter uns bringen?«

Hetty verbrühte sich den Gaumen und hätte um ein Haar ihren Becher fallen lassen.

»Es muss nicht sein«, fuhr Caroline fort, als sie Hettys Entsetzen erkannte. »Die Führung schon, darauf bestehe ich, aber Sie müssen mir nichts erzählen. Obwohl es hilft.«

Sie verzog das Gesicht. »Glauben Sie mir, Liebes, ich weiß, wovon ich spreche. Bevor ich Jack getroffen habe, hatte ich wenigstens drei *katastrophale* Beziehungen.«

»Ist das wahr? Das kann ich kaum glauben.« Aber Hetty war besänftigt. Caroline mochte umwerfend aussehen, aber sie war feinfühlig. Wie ein Model auszusehen bedeutete vermutlich nicht zwangsläufig, eine Zicke zu sein.

»O doch. Wer weiß, was aus mir geworden wäre, wenn ich Jack nicht begegnet wäre.« Hetty war durch ihren eigenen Schmerz sensibilisiert, und sie erkannte einen Ausdruck tiefer Traurigkeit in Carolines Augen. Caroline lächelte. »Soll ich vielleicht anfangen?«

»Natürlich ist es verrückt, bei einem Mann zu bleiben, der einen schlägt, aber er war so sexy und aufregend. Schließlich habe ich dann aber doch Vernunft angenommen«, schloss Caroline ihre Beichte und gähnte ungehemmt. »Jetzt bist du dran.«

Hetty hatte beabsichtigt, Caroline die zensierte Fassung zu erzählen, ohne den Schmerz, die Verlorenheit, das Gefühl, verstoßen worden zu sein, nicht wert, geliebt zu werden. Sie hatte in den vergangenen Wochen die Erfahrung gemacht, dass die Menschen nur bereit sind, sich anderer Leute Probleme anzuhören, wenn man sie amüsant erzählte. Wochenlange Praxis mit alten Schulfreundinnen, den Bekannten ihrer Mutter und ehemaligen Kolleginnen hatte ihre Geschichte zu einer geistreichen, witzigen kleinen Anekdote geschliffen, die es ihren Zuhörern erlaubte, mitfühlend zu lächeln. Nur ihrer Schwester hatte sie die ungeschönte Fassung erzählt.

Doch weil Caroline so ehrlich gewesen war, verzichtete sie auf die scherzhaften Bemerkungen und ließ sich zumindest andeutungsweise anmerken, wie verletzt sie war. Und so berichtete sie Caroline, wie sie, die junge Juniorsekretärin im Schreibbüro, im Bett des Mitinhabers der Unternehmensberatung gelandet war.

Es hatte angefangen, als seine Sekretärin in Urlaub ging. Er hatte es vorgezogen, sie um Hilfe zu bitten, statt eine Aushilfe zu nehmen. (»Denn meine Arbeit ist wichtig, und ich will keine dämliche Blondine, die um Punkt fünf den Griffel fallen lässt und nur ihr Make-up im Kopf hat.«) Eigentlich war es eine enorme Zumutung, aber da sie ihn seit ihrem ersten Arbeitstag in der Firma insgeheim anhimmelte, hatte sie sich die zusätzliche Arbeit aufhalsen lassen. Nachdem seine reguläre Sekretärin zurück war, lud er Hetty zum Dank für ihre »effiziente und intelligente Unterstützung« zum Mittagessen ein. Doch ein unvorhergesehener Termin kam dazwischen, und er hatte sie überredet, stattdessen mit ihm zu Abend zu essen. Ihre Schwärmerei und seine eleganten Komplimente machten sie so blind, dass sie gar nicht auf die Idee kam, sich zu fragen, warum er ihre Mittagsverabredung nicht einfach auf einen anderen Tag verschoben hatte.

»Natürlich war ich unheimlich geschmeichelt«, fuhr Hetty fort. »Und als er fragte, ob ich Lust hätte, gelegentlich das Wochenende mit ihm in seinem Cottage zu verbringen, wusste ich, was er wollte, und ich war *selig.* Ich hab' sofort angefangen, die Pille zu nehmen.«

»Warst du noch Jungfrau?«

Sie nickte. »Die Letzte in England, schätze ich. Irgendwer hätte mich unter Denkmalschutz stellen sollen.«

»Hast du's ihm gesagt?«

»Ich hatte das Gefühl, das musste ich. Er hätte es ja so oder so gemerkt.«

»Und hat er anständig reagiert? Nicht gelacht, hoffentlich?«

»O nein. Er hat mir gesagt, es gäbe keine frigiden Frauen, nur schlechte Liebhaber.«

Jetzt lachte Caroline. »Wie herrlich! Wer so etwas im Ernst sagen kann, muss ein Holzkopf erster Klasse sein.«

Hetty nickte.

»Und war er ein guter Liebhaber?«

»O ja, ich denke schon. Sehr erfinderisch. Er hat ständig irgendwas mit meinen Füßen gemacht.«

»Du klingst nicht so wahnsinnig überzeugt.«

»Doch, es war in Ordnung.«

Carolines Brauen fuhren ungläubig in die Höhe, aber sie hakte nicht nach. »Also vermisst du den Sex?«, fragte sie stattdessen.

Hetty schüttelte den Kopf. »Nein, eigentlich nicht. Nicht den Akt selbst jedenfalls. Das hat es nie so richtig gebracht für mich, aber ich vermisse das Schmusen, die Nähe.«

Caroline schwieg einen Moment. »Und was passierte dann?«, fragte sie schließlich.

Hetty sah auf ihre Finger hinab, die sich um ein leeres Fischpastetenglas gekrallt hatten. »Wir waren am Wochenende in seinem Cottage verabredet. Er lag mit einer anderen – älteren Frau im Bett. Aus irgendeinem Grunde fand er, das sei der beste Weg, mir zu sagen, dass es aus ist.«

»Scheiße«, hauchte Caroline. »Was hast du gemacht?«

»Ich habe das antike Leinenlaken von seiner Mutter mittendurch gerissen und bin ihm ein paar Mal in seinen Wagen gefahren.«

»Oh, gut gemacht! Er war bestimmt fuchsteufelswild, was?«

»Über das Laken, ja. Den Wagen hab ich ihm ramponiert, während er sich anzog, und bin abgedüst, ehe er es gemerkt hat.«

»Wenigstens bist du kämpfend abgegangen.«

»Ja. Allerdings hat mein Auto dabei einen Totalschaden davongetragen …« Hetty seufzte. »In gewisser Hinsicht verstehe ich ihn sogar. Sie war all das, was ich nicht bin. Schlank und distinguiert. Ich bin pummelig und naiv.«

»Gegen ein bisschen Babyspeck ist überhaupt nichts einzuwenden …«

»Wärmsten Dank, aber ich hab die Pubertät inzwischen hinter mir.«

Caroline schien erleichtert über dieses Aufflackern von

bissigem Humor. »Was ich meinte, war, dass man sich rundliche Formen gut leisten kann, wenn man noch so jung ist.«

»Und ich werde für diesen Bastard Alistair sowieso keine Diät machen.«

Caroline reichte ihr das Schokoladenei. »Gut für dich. Und du bist ohne ihn ohnehin besser dran. Oder nicht?«, fragte sie.

Hetty zuckte die Achseln und versuchte, ihr Recht zu geben. Sie rollte das Ei zwischen den Handflächen.

»Ich sehe schon, ich werde meine liebe Mühe mit dir haben«, sagte Caroline. »Aber ich werde eine unerbittliche Feministin aus dir machen, ehe du es merkst, und die Männer werden dich anflehen, für dich über Glasscherben laufen zu dürfen.«

»Tut Jack das für dich?«

»Ähm ... nein. Aber ich bin auch schrecklich in ihn verliebt, also hat er es nicht nötig. Was wirst du wegen des Autos unternehmen?«

»Meine Mutter wird mir früher oder später eins besorgen, aber ich kann auch gut zum Laden laufen.«

»Unsinn, du brauchst einen Wagen, solange du in diesem alten, riesigen Kasten lebst.«

»So groß ist er nun auch wieder nicht«, versicherte Hetty. »Die Entfernung zwischen Küche und Wohnzimmer ist weniger als eine Meile.«

Caroline bedachte sie mit einem Stirnrunzeln. »Ich meinte, dass es so weit außerhalb ist. Du brauchst ein Transportmittel. Warum lässt du Jack nicht nach einem passenden Wagen für dich suchen?«

»Oh, ich kann doch nicht ...«

»Doch. Er sammelt Autos wie andere Leute streunende Katzen. Er kann den Gedanken einfach nicht ertragen, dass sie ungekauft und einsam auf dem Hof der Autohändler zurückbleiben. Lass ihn doch. Er kommt bald nach Hause, und es wäre so eine Freude für ihn.«

»Na ja, aber es darf nicht teuer sein.« Jacks streunende Autos hatten vielleicht alle einen Stammbaum.

»Das wird es nicht, ich verspreche es dir.« Sie sah auf ihre Cartier-Uhr und stand auf. »Mist! Jetzt habe ich keine Zeit mehr, das Haus anzuschauen. Wenn ich jetzt nicht fahre, verpasse ich meine Putzfrau, und ich hab' sie seit Wochen nicht bezahlt, die Ärmste.« Sie hängte sich ihre übergroße Ledertasche über die Schulter. »Aber ich werde jemanden für dich suchen, der dich diesen Alistair vergessen lässt«, kündigte sie an.

»O nein, bitte nicht!«

Caroline lachte. »Nun, ich werde es nicht tun, wenn du wirklich nicht willst. Und sind wir mal ehrlich, geeignete Kandidaten sind ziemlich rar hier in der Gegend. Aber wirklich, die beste Methode, über einen Mann hinwegzukommen, ist, einen anderen zu finden. Du weißt, was man sagt: Wenn man vom Pferd fällt, muss man sofort wieder in den Sattel steigen.«

»Such mir ein Pferd, und ich werde mein Bestes tun«, sagte Hetty und sah ihrer neuen Freundin fest in die Augen.

Caroline kicherte leise. »Jetzt muss ich wirklich los. Es ist wunderbar, dass wir uns kennen gelernt haben. Ich komme wieder, und nächstes Mal bring ich was zu essen mit. Hast du eine Mikrowelle?«

»Nein. Meine Mutter und ich haben gestern Abend nachgeschaut.«

»Ich leihe dir meine alte«, bot Caroline an. »Ich habe jetzt eine, die sprechen kann.«

»Das ist wirklich furchtbar nett...«

»Unsinn. Sie steht sowieso nur im Weg rum. Mark Twain hat gesagt, es gibt keine selbstlosen Handlungen. Wenn du mir erlaubst, dich zu retten, erweist du der ganzen Gemeinde einen Dienst. Von Jack ganz zu schweigen.«

Als Hetty wieder allein war, fühlte sie sich völlig erledigt, aber gleichzeitig aufgeheitert. Caroline war witzig und sympathisch, und war es auch unwahrscheinlich, dass sie ihr gebrochenes Herz kurieren konnte, so brachte sie doch wenigstens ein bisschen Licht in die Düsternis.

Hetty machte sich auf den Weg zum Hauptportal des Hauses und fand einen Poststapel auf der Fußmatte. Und weil Samuel sie instruiert hatte, seine Post zu öffnen, legte sie die Telefonrechnung zur sofortigen Überweisung beiseite und sortierte den Rest. Einiges wanderte umgehend in den Papierkorb, aber es blieb immer noch ein beachtlicher Stapel übrig.

Sie holte tief Luft, ehe sie den ersten Brief öffnete. Sie war Samuels Haussitter, nicht seine Sekretärin, und »Persönlich/vertraulich« bedeutete gewöhnlich genau das. Aber weil sie versprochen hatte, es zu tun, suchte sie sich einen Brieföffner und schlitzte den Umschlag auf.

Jeder Brief von einer Bank verursachte Hetty nervöse Magenbeschwerden. Dieser hier hätte wohl selbst den hartgesottensten Betrüger nach seinem Valium greifen lassen. Samuel hatte offenbar einen riesigen Kredit aufgenommen.

Bei der Durchsicht unserer Unterlagen haben wir festgestellt, dass Ihre monatliche Rate noch nicht eingegangen ist, schrieb die private Kreditgesellschaft. *Wir möchten in aller Höflichkeit daran erinnern, dass bei Zahlungsrückständen die vereinbarte Vertragsstrafe geltend gemacht wird.* Es folgte eine verwirrende Aufstellung von Zahlen mit effektivem Jahreszins, Prozentsätzen und Ratenverrechnungen, die mit einer schweißtreibenden Summe endete. Samuel konnte doch unmöglich eine so hohe monatliche Rate vereinbart haben?

Sie durchwühlte ihre Tasche nach dem Zettel, auf den der Anwalt Samuels Kontostand notiert hatte. Das Guthaben reichte etwa für drei Raten, erkannte sie. Aber waren es nur Zinsen, oder wurde mit den Raten auch Kapital zurückgezahlt? Das musste sie herausfinden. Wie dem auch sein mochte, sie hatte genug, um sich die Kredithaie für ein Weilchen vom Hals zu halten, aber kein Geld für andere Ausgaben.

Sie würde zur Bank gehen müssen und die Situation erklären. Samuel hatte vermutlich noch andere Konten, und sie musste darum bitten, dass man ihr etwas Geld für die laufenden Kosten auf das Konto überwies, über das sie verfügen durfte. Wirklich, wenn sie gewusst hätte, welche Verantwortung damit einherging, hätte sie Courtbridge House seinem Schicksal überlassen.

Hetty hatte die Teebecher gespült und überlegte, ob sie den Rest des Hauses erkunden oder ihren Koffer packen und verschwinden sollte, als es an der Hintertür klopfte.

Wer konnte das sein? Sie fühlte sich belagert. Bei ihrem Glück war es vermutlich ein Vertreter für Patiotüren oder – sie musste lächeln – Gebäudeversicherungen. Sie hoffte, es sei Caroline, die für ihren Rundgang zurückkam.

Doch auf der Schwelle stand ein Mann – groß, breitschultrig, aber schlank. Nicht gerade gut aussehend, aber freundlich, mit dunklen Augen, Brauen und Wimpern und einer Unmenge dunkler Haare. Er trug einen riesigen dicken Zopfmusterpullover, ausgebleichte Jeans und schwere Stiefel.

Ehe er auch nur Hallo sagen konnte, schossen zwei kleine Hunde an ihm vorbei ins Haus und rissen ihm ihre Leinen aus den Fingern. Hetty und der Mann folgten ihnen zur Wohnzimmertür, an der sie aufgeregt kratzten. Hetty öffnete sie hastig, und beide Hunde sprangen aufs Sofa und fingen an, darin herumzugraben, bellten entzückt, während sie mit den Hinterpfoten Kissen auf den Boden beförderten. Im nächsten Moment ließen sie sich nieder, wedelten mit den Schwänzen und grinsten zu Hetty und ihrem Besucher hinüber.

»Machen Ihre Hunde das immer?«, fragte Hetty erstaunt.

Der Mann lachte. »Nein, nie. Aber das hier sind nicht meine Hunde, sondern Ihre. Oder genauer gesagt, Samuels.«

»O mein Gott«, hauchte Hetty.

»Ich bin Peter Lassiter. Ich wohne auf der anderen Seite des ehemaligen Guts, hinter dem Wald. Ich hatte Samuels Hunde zu mir genommen. Aber als ich gehört habe, dass Sie hier allein sind, dachte ich, Sie hätten sie vielleicht gern bei sich.« Er zögerte, als er Hettys verwirrte Miene bemerkte. »Wenn Sie sie nicht wollen, kann ich sie gern wieder mitnehmen.«

»Nein, nicht nötig. Ich werde froh sein über ihre Gesellschaft, aber ich verstehe mehr von Katzen.«

»Die beiden hier haben ihren eigenen Kopf, aber glücklicherweise meinen sie es immer gut und stellen nie anderer Leute Federvieh nach oder ähnlich peinliche Dinge.«

»Was für Hunde sind es?«

Peter Lassiter sah Hetty ernst an. »Kleine braune.«

Hetty lächelte wider Willen. »Verstehe. Und wie heißen sie?«

»Talisker und Islay. Nach Samuels bevorzugten Malt Whiskeys.«

»Ah.«

»Tja, damit wären die Hunde und ich vorgestellt…«

»Oh, Entschuldigung. Hetty Longden.« Sie hob vage die Hand, nicht sicher, ob ein Händedruck angezeigt war.

Er schnappte sich ihre Hand und schüttelte sie. Seine war groß, warm und schwielig – sie hatte etwas enorm Tröstliches. »Hallo.«

Hetty lächelte. Er war nett, dieser Mann. Und war sie auch noch viel zu verletzt, um auch nur im Traum daran zu denken, irgendetwas anderes als einen Freund in ihm zu sehen, hätte Caroline ihn sicher als durchaus akzeptables Pferd angesehen, um ihr nach ihrem Sturz neues Selbstvertrauen einzuflößen.

»Möchten Sie Kaffee oder Tee oder so?«

»Sehr gern.«

»Dann geh ich und koch welchen.«

»Möchten Sie vielleicht, dass ich inzwischen schon mal

das Feuer anzünde?«, fragte Peter. »Dieses Haus wird schrecklich feucht, wenn man nicht jeden Tag ein Feuer macht im Winter. Eigentlich bis zum Frühsommer.«

»Das ist mir auch schon aufgefallen. Und ich wäre dankbar, wenn Sie es anzünden. Wir haben Zentralheizung zu Hause, und ich war nicht bei den Pfadfinderinnen.«

Er hatte ein sympathisches Lachen. »Ich bin überzeugt, Caroline könnte Ihnen beibringen, mit trockenen Orangenschalen ein Feuer in Gang zu bringen. Sie leitet die hiesige Wichtelgruppe. Pfadfinderinnen.«

Hetty wandte sich abrupt um. »Doch nicht die Caroline, die ich heute kennen gelernt habe? Blond, todschick, fährt einen Sportwagen?«

Er nickte. »Genau die. Sie sollten sie in ihrer Uniform sehen: schwarze Nylonstrümpfe, und der Rock endet fünfzehn Zentimeter über dem Knie. Sie hat nie Mühe, für ihre Veranstaltungen freiwillige Helfer zu finden, die Väter reißen sich darum. Vor allem, wenn es irgendwas mit Wettrennen zu tun hat.«

Hetty musste lächeln. »Darauf wette ich.« Plötzlich kam ihr ein grässlicher Gedanke. »Hat sie Sie hergeschickt?«

»Nein, ich hab sie heute früh noch gar nicht gesehen. Ich habe im Laden gehört, dass Sie hier sind«, wiederholte er.

Hetty vergaß ihre Manieren. »Und hat man Ihnen dort auch erzählt, dass ich an gebrochenem Herzen leide?«

»Nein. Tun Sie das?« Seine buschigen Brauen hoben sich, mitfühlend und fragend zugleich.

Hetty hätte sich treten können. Der einzige Mensch, dem ihre Mutter die traurige Geschichte nicht anvertraut hatte – und sie hatte nichts Besseres zu tun, als das sofort nachzuholen. Sie nickte. »Ja. Und an heftigen Anfällen von Indiskretion.«

»Wie wär's, wenn Sie einfach den Kaffee machen, und ich kümmere mich ums Feuer? Ich verspreche, ich werde nicht eine einzige unangenehme Frage stellen.«

Sie trocknete die Becher ab, kochte Kaffee und brachte ihn zusammen mit ein paar Ingwerplätzchen zurück ins Wohnzimmer. Die Hunde, Talisker und Islay, lagen zusammengerollt auf dem Sofa. Peter hockte vor dem Feuer, das schon ordentlich prasselte, und legte Kohlen auf. Er hatte die Vorhänge zurückgezogen, und Hetty sah sich um. Erhellt von Feuer und Tageslicht, wirkte der Raum weitaus freundlicher als am Abend zuvor, als ihre Mutter und sie nur kurz hineingespäht und wegen des feuchten Geruchs gleich wieder den Rückzug angetreten hatten.

»In der Scheune ist jede Menge trockenes Holz«, sagte Peter, als sie eintrat. »Und trockenes Anzündholz. Haben Sie's gesehen?«

»Ich habe noch gar nichts gesehen.« Auf den Beistelltischen lagen diverse Ausgaben von *Horse and Hound* und *The Field* verstreut, sodass sie nur mit Mühe Platz für ihr Tablett fand. »Wir sind gestern erst ziemlich spät angekommen, und ich hatte noch keine Zeit, mich richtig umzuschauen.«

»Ich führe Sie herum, wenn Sie möchten. Ich bin ein Freund Ihres Onkels. Ich hab immer Holz für ihn gehackt und so weiter.« Er nahm den Kaffeebecher, den sie ihm reichte, lehnte das Zuckerpaket und den Löffel aber ab.

Er schien ganz zufrieden, seinen Kaffee zu trinken und schweigend in die Flammen zu starren, aber Hetty war zu sehr die Tochter ihrer Mutter, um nicht das Bedürfnis zu haben, mit Fremden eine Konversation zu führen.

»Und was machen Sie so?« Keine sehr einfallsreiche Eröffnung, aber es war das Beste, was ihr einfiel. Wenn sich jetzt herausstellte, dass er arbeitslos war, und er vor ihren Augen in tiefe Depression verfiel, dann wäre das nur wieder mal ihr typisches Pech.

»Ich bin Möbelschreiner, Drechsler, Flickschuster, Förster, was auch immer.« Er lächelte freundlich und herzerwärmend, ganz und gar nicht deprimiert. »Das meiste Geld verdiene ich mit Einbauküchen. Ich wohne hinter den Stallungen, drüben auf der anderes Seite des großen Felds. Da ist ein Dickicht. Wissen Sie, wo?«

»Ähm ... nicht so genau.«

»Es war eins der Forsthäuser des Guts. Ihr Onkel hat mir früher die alte Schmiede als Werkstatt überlassen. Dafür habe ich hier im Haus dies und das erledigt.«

»Verstehe. Aber Sie benutzen die Schmiede nicht mehr?«

Er schüttelte den Kopf. »Nein, ich habe mir eine eigene Werkstatt eingerichtet, die genau auf meine Bedürfnisse zugeschnitten ist. Aber ich kümmere mich nach wie vor um das Haus.«

»Das ist sehr freundlich von Ihnen.«

»Ach was. Ich mochte ... mag ihn gern.«

Hetty versuchte sich vorzustellen, dass Alistair einem alten Mann half, sein Haus in Ordnung zu halten, weil er ihn gern mochte, aber ihre Phantasie reichte nicht aus. »Es ist trotzdem freundlich.«

»Ich bin wirklich froh, dass Sie gekommen sind, um das Haus zu hüten. Ich wusste nicht, wer Samuels Verwandte sind, und fing langsam an, mir Sorgen um den alten Kasten hier zu machen.«

Wenn er sie damit durch die Blume nach ihren Referenzen fragen wollte, dann war sie nicht beleidigt. Er hatte das Recht. »Ich bin nur eine ganz entfernte Verwandte. Samuel ist irgendwie ein Cousin meiner Mutter. Sie hat mir erklärt, um wie viele Ecken, aber ich habe nicht richtig zugehört. Ein Cousin soundsovielten Grades oder so ähnlich.«

»Aber es gibt einen Neffen?«

Hetty nickte. »Auch so ein entfernter Vetter, genaugenommen, aber Mum konnte ihn nicht erreichen. Sie hat wirklich alles versucht, aber er ist an irgendeinem Ort mit unaussprechlichem Namen, irgendwo in Russland.«

»Also hat man Sie verhaftet?«

»Nein, eigentlich nicht. Aber ich ... wusste im Moment nichts Rechtes mit mir anzufangen und stand daher zur Verfügung.«

»Es muss ein enormer Schock für Sie sein. Oder haben Ihre Eltern auch so ein Haus?«

Hetty schüttelte den Kopf. »Einen Fünf-Zimmer-Bungalow mit Blick auf einen Golfplatz. Ich bin nur vorübergehend wieder nach Hause gezogen …« Sie kam ins Stocken und schlug eine andere Richtung ein. »Erzählen Sie mir alles über dieses Haus. Wenn ich hier wohnen soll, muss ich so viel wie möglich wissen.«

Er zögerte, als überlege er, wie viel er sagen sollte. »Sie sind ja nur hier, bis Samuel zurückkommt, stimmt's? Das dauert vielleicht nur einen Monat oder so.«

»Na ja, das hoffe ich um Samuels willen. Aber in seinem Alter mag es ein bisschen länger dauern, bis er sich erholt hat.«

»Ich weiß, aber … schon hier zu leben, kann problematisch genug sein. Sie wissen, dass das Haus für Besucher geöffnet wird?«

Hetty nickte. »Zu Ostern.«

»Und Ostern ist früh dieses Jahr.«

»Das hab ich auch schon gehört.« Sie lächelte fragend. »Es gibt doch nichts Bedeutungsvolles, was man mir bislang verschwiegen hat, oder? Spukt es hier vielleicht?«

»Nein, das glaube ich wirklich nicht.« Peter klang sehr sachlich und wenigstens in diesem Punkt beruhigend. »Und Samuel hat letztes Jahr das Dach erneuern lassen. Größtenteils jedenfalls …«

»Aber?«

Peter seufzte und streckte seine langen Beine vor dem jetzt lebhaften Feuer aus. »Wussten Sie, dass dieser Neffe – oder Cousin – die Absicht hat, das Haus in einen Themenpark zu verwandeln?«

»Mrs Hempstead erwähnte so etwas, vorhin im Laden.«

»Es wäre eine furchtbare Schande.«

Hetty wollte ihm nicht gern widersprechen, und Geschichte und Baudenkmäler waren ihr auch nicht gleichgültig, aber bedachte man, in welchem Zustand sich das Haus befand, war der Themenpark vielleicht keine so üble Idee.

»Es würde jede Menge Arbeitsplätze schaffen.«

»Aber nicht die richtige Sorte von Arbeitsplätzen! Es würden hunderte von Teenagern eingestellt, davon vielleicht zwei hier aus dem Dorf. Aber für niemand sonst käme ein Job dabei heraus, Handwerker, Kaufleute, Hausfrauen.«

»Sind Sie sich da so sicher?«

»Allerdings. Connor Barrabin, Samuels Erbe – aus ersichtlichen Gründen hier nur als Conan der Barbar bekannt – wird ein riesiges Vermögen machen, und das Dorf wird nicht davon profitieren.«

»Woher wollen Sie wissen, dass das seine Absicht ist? Oder hat er es Ihnen so gesagt?«

Peter schüttelte den Kopf. »Ich bin ihm noch nie begegnet. Er arbeitet im Ausland, und er ist nie da, wenn ich Samuel besuche. Ich kann mir nicht helfen, aber ich frage mich manchmal, ob das wirklich nur ein Zufall ist. Jedenfalls hat Samuel mir gesagt, sein Neffe sei der Ansicht, das Haus solle zu einem Themenpark umgebaut werden. Eine interessierte Baufirma war an Samuel herangetreten, verstehen Sie, und er hat seinen Neffen nach seiner Meinung gefragt, der ihm natürlich geraten hat, die Idee weiterzuverfolgen.«

»Oh. Aber Samuel war ... ist nicht einverstanden?«

»Ganz und gar nicht. Er liebt das Haus. Er hätte sicher nicht all das Geld für ein neues Dach ausgegeben, wenn es anders wäre.«

»Es wäre schon traurig, es als Vergnügungspark zu sehen. Als Kind war ich einmal hier, zu einer Hochzeit. Ich war Brautjungfer. Es erinnerte mich an das verfallene Schloss in ›Die Schöne und das Biest‹.« Sie unterbrach sich kurz. »Und das war damals. Seither ist es mit dem Haus ziemlich bergab gegangen.«

»Sie können Samuel keinen Vorwurf machen«, wandte

Peter ein, der offenbar glaubte, das wolle sie. »Der Unterhalt verschlingt ein Vermögen.«

»Vielleicht meint sein Neffe deswegen, es wäre besser zu verkaufen.«

Peter schauderte. »Das bezweifle ich wirklich. Er will sich hier nur eine goldene Nase verdienen, ganz gleich, wie Samuel darüber denkt.«

»Aber vermutlich hat er doch gar keinen Einfluss auf die Entscheidung, bis er das Haus tatsächlich erbt?«

Peter schüttelte den Kopf. »Samuel scheint seine Meinung zu respektieren. Und in letzter Zeit ist er viel häufiger als früher zu Besuch gekommen. Zweifellos um ein Auge auf seine Erbschaft zu haben.«

»Oder nach einem älteren Onkel zu sehen?«

Peters Ausdruck wurde sanfter. »Sie sind nicht so zynisch wie ich, und vielleicht haben Sie ja Recht. Aber irgendwie...«

Er beendete den Satz nicht, darum konnte Hetty nicht nachfragen, warum er so gegen Samuels Neffen eingenommen war – der fortan natürlich nur noch Conan der Barbar bei ihr heißen würde –, warum Peter glaubte, er sei ein Philister, er sei jemand, der das schnelle Geld aus seiner Erbschaft herausschinden wollte.

Sie dachte seufzend an die Kreditraten und überlegte, dass der verschollene Neffe gar nicht so Unrecht hatte mit seiner Einstellung.

»Ich hätte Sie mit all dem nicht belasten sollen«, sagte Peter. »Es gibt nichts, das Sie tun könnten. Und vermutlich können Sie das Haus auch nicht allein eröffnen.« Doch seine Augen sagten etwas ganz anderes, sie bettelten, sie möge ihm widersprechen.

Er hat liebenswerte Augen, dachte sie. Ich würde ihm gerne sagen, was er hören möchte. »Oh, ich werde auf jeden Fall tun, was ich kann, um zu eröffnen. Es könnte schließlich das letzte Mal sein.«

Er sah ihr tief in die Augen und ergriff ihre Hände. »Es ist schwierig für Sie zu verstehen, aber wenn dieses Haus restauriert wäre und sich einen Namen als Touristenattraktion machen würde, könnte es die Rettung für das ganze Dorf sein.«

Hetty unterdrückte ein Seufzen. Peter wusste offenbar nicht alles. Wusste beispielsweise nichts von den Kredithaien. So schön das Haus auch sein mochte, es wäre vielleicht trotzdem besser für Samuel, wenn er es los wäre und von dem Erlös in Frieden leben könnte.

»Ich bin noch nicht lange genug hier, um zu wissen, was ich bewerkstelligen kann oder was das Beste ist. Aber ich verspreche, ich werde das Haus nicht im Stich lassen ...« Sie hätte gerne die Finger gekreuzt, aber er hielt immer noch ihre Hände, »... ohne Ihnen vorher Bescheid zu sagen.«

3. Kapitel

»Ich komme mir schrecklich vor, Sie jetzt einfach so zu verlassen«, sagte Peter. »Aber wenn Sie meinen … Und Sie würden mich auch ganz bestimmt anrufen?«

Hetty brachte es einfach nicht fertig, ihm zu sagen, dass das Telefon abgemeldet war, und sie war froh, dass sie dieses Mal die Finger kreuzen konnte, ehe sie sagte: »Und wenn es drei Uhr morgens ist.«

Er lachte leise. »Also, um die Zeit sollten es aber wenigstens Einbrecher sein. Oder zumindest eine Ratte. Auf jeden Fall haben Sie für ein paar Tage Feuerholz. Und die Hunde werden Ihnen Gesellschaft leisten.«

»Ja.« Im Augenblick sehnte Hetty sich vor allem danach, allein zu sein. Bei ihrem Glück würde sich vermutlich herausstellen, dass die Hunde sprechen konnten. »Ich werde ganz bestimmt klarkommen.«

»Wenn ich nicht so viel Arbeit hätte, würde ich nicht verschwinden.«

»Es besteht wirklich kein Grund, sich meinetwegen zu sorgen. Ich bin ein großes Mädchen.«

Er hätte noch weiter widersprochen, aber sie schob ihn energisch zur Hintertür und verkniff sich ihren erleichterten Stoßseufzer, bis sie ihn wegfahren hörte.

Er hatte ihr zwei uralte Decken gegeben, auf denen die Hunde theoretisch schliefen, ihre Leinen, einen Sack Hundefutter und zwei Näpfe. Außerdem hatte er sie genauestens instruiert, wie man ein Feuer anzündet und dazu bewegt, die ganze Nacht durchzubrennen.

Als sie endlich wieder allein war, ging Hetty ins Wohnzimmer zurück und las den Brief der Kreditgesellschaft noch einmal. Sie verfluchte sich, dass sie nicht daran gedacht hatte, sich von Peter mit in die Stadt nehmen zu lassen, damit sie zur Bank gehen konnte. Er war so erpicht darauf gewesen, ihr zu helfen.

Hätte sie den Busfahrplan doch genauer gelesen, statt nun festzustellen, wie selten die Busse fuhren. Hätte sie doch nur ein Auto. Hätte sie sich doch nur nicht überreden lassen, in dieses Haus zu ziehen, das weniger einen Hüter brauchte als vielmehr ein Finanzgenie – eine Rolle, die ihr selbst in besserer Verfassung nicht gerade leicht gefallen wäre.

Aber, sagte sie sich streng, ein gebrochenes Herz ist kein ausreichender Grund, um zu kneifen – wie etwa ein gebrochenes Bein es gewesen wäre. Und wenn sie schon in eine fremde Stadt zu einem fremden Bankdirektor musste, um die komplizierten finanziellen Verhältnisse ihres entfernten Verwandten darzulegen, sollte sie es lieber gleich hinter sich bringen. Es würde eine Feuertaufe sein. Das würde ihr gut tun. Sie beschloss, Islay und Talisker als moralische Unterstützung mit zur Bushaltestelle zu nehmen. »Na, ihr beiden«, sagte sie munter. »Wie wär's mit einem Spaziergang?«

Die Hunde erkannten das Wort, sprangen vom Sofa und um sie herum wie aufgezogene Spielzeughündchen, bis Hetty ihre Leinen geholt hatte. Dann saßen sie stockstill, mit gespitzten Ohren und erwartungsvollen Blicken, während sie sie ihnen über den Kopf streifte. »Das macht ihr wirklich gut«, lobte sie überschwänglich, genau wie Peter ihr geraten hatte. »Ich hoffe nur, ihr seid genauso vorbildlich darin, bei Fuß zu gehen. Ich will nicht, dass alle Welt sieht, wie wenig ich von Hunden verstehe. Ich wette, Mrs Hempstead ist ebenso eine Expertin für Hunde wie für alte Herrenhäuser.«

Es mochte Loyalität oder einfach gutes Benehmen sein, jedenfalls liefen die Hunde durchaus gesittet die Straße entlang. Wenn sie auch nicht unbedingt bei Fuß gingen, so zerrten sie doch auch nicht zwei Meter vor ihr an den Leinen. Hetty fand ihre Gegenwart überraschend tröstlich. Niemand würde sie anstarren und sich fragen, warum sie allein die Straße entlangkam, jetzt da sie zwei Hunde auszuführen hatte.

Der Busfahrplan hatte nichts Gutes zu vermelden. Der nächste Bus fuhr erst Ende der Woche, und sie hatte das Gefühl, so lange durfte sie nicht warten. Sie wollte nicht gänzlich unverrichteter Dinge heimgehen, also band sie die Hunde vor dem Laden an und ging hinein, erstand ein Paket Plätzchen und fragte Angela Brewster, wie man ohne Auto und Bus am besten in die Stadt kam. »Gibt es hier im Ort vielleicht ein Taxi?«

Angela nickte. »Ja. Aber warum fragen Sie nicht Phyllis Hempstead? Sie wird sie gern mitnehmen, sie fährt jeden Dienstag in die Stadt zum Markt. Da kauft sie ihr Bio-Gemüse.« Angelas Gesicht nahm einen versonnenen Ausdruck an. »Ich müsste die Frau mal aufsuchen, die es verkauft. Wenn wir hier wirklich gutes Bio-Gemüse anbieten könnten ... Oh, Entschuldigung. Ja, warum bitten Sie Phyllis nicht einfach, Sie mitzunehmen?«

Hetty lehnte ab. Lieber wollte sie ein Vermögen für ein Taxi verschleudern, als jemanden um einen Gefallen bitten, den sie kaum kannte.

Angela winkte ab. »Unsinn. Mrs Hempstead würde mir nie verzeihen, wenn ich Sie mit dem Taxi fahren ließe, obwohl ich doch weiß, dass sie in die Stadt fährt.« Angela schnitt eine Grimasse. »Schon allein weil es eine unnötige Verschwendung fossiler Brennstoffe wäre.«

Hetty kam sich vor wie ein kleines Mädchen, das zum größten Geizkragen des Dorfes geschickt wird, um eine Spende zu erbitten. Sie tauschte ihre Kekse gegen Schoko-Haselnussplätzchen um, die, so versicherte ihr Angela, Mrs Hempsteads Lieblingssorte waren.

»Sie wirkt manchmal wie ein ziemlicher Drachen, aber wenn Sie sie erst einmal besser kennen, werden Sie feststellen, dass sie ein Herz aus Gold hat«, sagte Angela und reichte Hetty eine hastig gekritzelte Wegbeschreibung.

Mrs Hempstead wohnte in einem Steincottage mit einem steingedeckten Dach. Es war ein perfektes Beispiel seiner Epoche, und der Garten, mutmaßte Hetty, würde sich im Frühjahr als perfekter Cottagegarten entpuppen. Sie verspürte eine schwache Übelkeit, als sie an die Tür klopfte. Angenommen, Mrs Hempstead verabscheute Hunde? Angenommen, sie sprangen auf ihr Sofa, wie sie es zu Hause taten? Warum hatte sie sie nur mitgenommen? Warum war sie überhaupt hergekommen? Sie klopfte an und trat einen Schritt zurück in den Garten, um sich einen Vorsprung zu geben, sollte sie plötzlich die Flucht ergreifen müssen.

Mrs Hempstead starrte sie ein paar Sekunden ausdruckslos an, als sie öffnete. »Das Mädchen aus Courtbridge House?«

Hetty nickte.

»Hallo! Wie ich sehe, haben Sie die Hunde übernommen.«

»Ja. Offensichtlich sind sie sehr gut erzogen.« Sie hielt die Leinen fest umklammert. »Aber ich weiß nicht, welcher welcher ist.«

»Der Rüde ist Talisker, die Hündin Islay«, erklärte Mrs Hempstead, unfähig, nicht schulmeisterlich zu klingen, obwohl sie sich bemühte.

»Das dachte ich mir schon. Aber ich weiß trotzdem nicht ... Sie sehen beide ...«

Mrs Hempstead schnaubte und unterbrach Hetty. »Ach, das ist doch ganz einfach. Der Rüde hebt das Bein, die Hündin hockt sich hin.«

In diesem Moment hob einer der Hunde wie aufs Stichwort das Bein am Lavendelbusch, und der andere folgte augenblicklich seinem Beispiel. Kein Wunder, dass man sagt, Hunde seien loyal, dachte Hetty, als sie sie wiederholen sah, was sie in regelmäßigen Abständen auf dem ganzen Weg hierher getan hatten.

»Ach«, machte Mrs Hempstead. Offenbar missbilligte sie diesen Verstoß gegen die klassische Rollenverteilung der

Geschlechter. »Nun, sie haben ihr ganzes Leben zusammen verbracht, und Islay hat das wohl von Talisker übernommen.«

»Also gibt es keine andere Methode, sie zu unterscheiden?«

Mrs Hempstead sah sie streng an. »Sehen Sie unten drunter nach.«

»Oh«, sagte Hetty eilig, ehe Mrs Hempstead ihr sagte, wonach genau sie Ausschau halten sollte. »Darauf bin ich nicht gekommen.« Tatsächlich hatte sie es durchaus erwogen, aber es schien ihr ein recht distanzloser Übergriff, bedachte man, dass sie und die Hunde sich gerade erst kennen gelernt hatten.

»Kommen Sie schon, stehen Sie da draußen nicht herum. Und lassen Sie die Hunde los. Sie kennen sich im Haus aus.«

Hetty befreite ihre Eskorte ein wenig zögerlich. In diesem Moment erschien ein schwarzer Labrador, begrüßte Talisker und Islay mit einem oberflächlichen Schnüffeln und nahm dann Hettys Ärmel zwischen die Zähne, um sie ins Haus zu führen. Es war eine freundliche Willkommensgeste, die Hetty sehr zu schätzen wusste.

»Ich habe Ihnen ein paar Kekse mitgebracht«, sagte sie und hielt die Packung hoch.

Mrs Hempstead beäugte sie argwöhnisch, als wüsste sie genau, dass sie bestochen wurde. »Das war nicht nötig, Kind. Aber trotzdem vielen Dank. Kommen Sie in die Küche, da ist es warm.«

Hettys Hunde ließen sich sofort vor dem verschrammten Küchenherd nieder, und Hetty setzte sich an den Tisch, wohin der Labrador sie geführt hatte. Erst dann ließ er sie los.

»Also«, begann Mrs Hempstead. »Wo liegt das Problem?«

»Ich muss morgen in die Stadt. Ich habe Mrs Brewster im Laden nach einem Taxi gefragt, aber sie sagte, Sie führen immer ... Sie war sicher ...«

»Sie meinen, sie hat gesagt, ich würde Sie mitnehmen? Aber natürlich. Ich fahre jeden Dienstag in die Stadt zum Markt. Ich kaufe mein Bio-Gemüse dort.«

»Das hat Mrs Brewster auch gesagt.«

»Eine patente Frau, Angela Brewster. Sie hat den Laden wieder in Schwung gebracht. Er war so gut wie tot, nachdem die Schule geschlossen wurde. Wenn man die Kinder mit dem Wagen zur Schule bringen muss, kann man ebenso gut im Supermarkt in der Stadt seine Einkäufe machen. Aber die Leute, die kein Auto haben, bleiben auf der Strecke.« Mrs Hempstead atmete tief durch. »Entschuldigen Sie. Das ist mein Hobby, der Niedergang der ländlichen Gesellschaft. Darum ist Courtbridge House von so großer Bedeutung.«

Mrs Hempstead öffnete einen Schrank und holte eine Weinflasche mit einem irgendwie unheilverkündenden, handbeschriebenen weißen Etikett heraus. *Pflaume* stand darauf. Hetty schloss, dass der Inhalt selbst gemacht war. »Ein Schlückchen gegen die Kälte?«, schlug Mrs Hempstead vor. »Ich freue mich immer, wenn ich jemanden habe, mit dem ich mich ausgiebig unterhalten kann.«

Sie füllte zwei Sherrygläser mit einer beunruhigend tiefroten Flüssigkeit. »Auf eine gute Besuchersaison!«

Hetty nippte misstrauisch. Es schmeckte überraschend angenehm, stark und süß und nur ein klein bisschen nach Hustensaft.

»Das Haus könnte eine Goldmine sein«, erklärte Mrs Hempstead. »Wenn wir nur verhindern können, dass es diesem Neffen in die Hände fällt.«

Wie in aller Welt sollten sie das anstellen, schließlich war er Samuels Erbe, überlegte Hetty und sagte: »Erzählen Sie mir von ihm. Peter sagte, er will das Haus zu einem Themenpark umbauen lassen oder so etwas?«

Mrs Hempstead nickte. »Das Baugesuch wurde in der Zeitung abgedruckt. Wir haben alle hingeschrieben und Protest eingelegt, und die Genehmigung wurde verweigert. Doch es hat uns gezeigt, in welche Richtung er denkt.«

»Aber wenn er keine Genehmigung bekommen hat…«

»Ich fürchte, das war nur die erste Runde. Er wird ganz bestimmt einen neuen Antrag stellen. Solche wie er tun das immer.« Hetty hätte ihre Gastgeberin gerne gefragt, ob sie ihm begegnet war, aber selbst mit der Unterstützung des Pflaumenweins brachte sie den Mut nicht auf. »Also warum wollen Sie in die Stadt? Der Laden hier im Dorf ist hervorragend sortiert, wissen Sie. Und Sie sollten immer im Dorf einkaufen, wenn es möglich ist.«

Das wusste Hetty inzwischen – so viele Leute hatten ihr das eingeschärft. »Ich muss zur Bank.«

»Ah. Dafür müssen Sie tatsächlich in die Stadt fahren.«

Mrs Hempstead kündigte schließlich an, sie um Punkt halb neun am nächsten Morgen abzuholen, und Hetty machte sich auf den Heimweg. Sie trank zwei Gläser Wasser, um die Wirkung von Pflaumenwein auf nüchternen Magen zu mildern. Dann machte sie sich ein Sandwich und beschloss, das Haus gründlich zu erforschen und sich eine eigene Meinung zu bilden, auf wessen Seite sie denn nun stand, auf der von Peter und Mrs Hempstead und – wollte man ihnen glauben – der Mehrheit der Dorfbewohner oder auf der des bösen Neffen, auch Conan der Barbar genannt.

Sie wollte mit den Außenanlagen anfangen und kämpfte sich durch ein Labyrinth aus Abstellräumen und Vorratskammern, alle unbenutzt und voller Gerümpel, bis sie in den Hof hinter dem Haus gelangte.

Eine gewaltige Kastanie stand in der Mitte. Ihre Zweige streichelten die Dächer und Regenrinnen der umstehenden Gebäude. Eine alte Wagenscheune erhob sich gleich neben einem prachtvollen Torbogen, hoch genug, dass Pferde und Kutschen hindurchpassten. Ein paar Klematiszweige hingen von der Mitte herab wie vergessener Weihnachtsschmuck. Sie überquerte den Hof und gelangte zu einer Reihe von Wirtschaftsgebäuden, die ebenso mit Gerümpel voll gestopft waren wie die ungenutzten Zimmer im Haus. Doch die Stallungen waren fast leer und schienen völlig unverändert seit den Tagen, als hier noch Kutsch- und Reitpferde und Ackergäule für den Gutsbetrieb untergebracht waren. In den Krippen lagen sogar noch ein paar vereinzelte Heubüschel.

Es war traurig, sie so verlassen zu sehen, wenn man bedachte, dass sie einmal voller Leben gewesen waren, erfüllt vom Stampfen der Hufe auf dem Kopfsteinpflaster des Bodens. Über einer der Türen war sogar noch ein Name erkennbar. Sie fuhr die Buchstaben mit dem Finger nach: FESTE. Nostalgie hüllte sie ein, die Sehnsucht nach einer Vergangenheit, die sie niemals gekannt hatte. Sie war drauf und dran, ein bisschen vor sich hin zu heulen, als einer der Hunde sie mit der Nase in die Kniekehlen stieß. Sie fuhr zusammen und rief sich ins Gedächtnis, dass sie mit klinischer Distanz hatte abwägen wollen, ob das Haus erhaltenswert sei oder ein Themenpark werden sollte. Doch sie sah sich außerstande, eine objektive Entscheidung zu treffen, und ging zurück ins Haus, wo der Verfall weniger romantisch war.

In der Küche war es jetzt warm, aber alles andere als gemütlich. Jetzt da das Tageslicht schwand, warf die einzelne Birne, die von der Decke baumelte, Schatten in alle Ecken. Ihre nostalgische Melancholie drohte sich in eine ordinäre Depression zu verwandeln. Sie schob den Kessel auf die heiße Platte des Küchenofens, ehe sie ihren Rundgang fortsetzte.

Die große Halle war ein dämmriger, hallender Schatten des Saales, den sie aus ihrer Kindheit in Erinnerung hatte. Spinnweben hingen in den staubigen Wandteppichen, und die Wandleuchter schufen mehr Schatten als Licht. Die hohen Fenster waren mit Efeu überwuchert, und hätten die Hunde nicht so unbekümmert ihre Umgebung erschnüffelt, hätte Hetty geschworen, ein Geist gehe hier um. Und vielleicht war es auch so, ein Geist des Lachens und der Musik, die den Saal vor all den Jahren erfüllt hatten. Man konnte glauben, seither sei niemand mehr hier gewesen.

Sie ließ die übrigen Zimmer im Erdgeschoss aus. Sie waren dunkel und voll alter Möbel; sie brauchten Sonnenschein. Da die Sonne nicht zur Verfügung stand, hastete Hetty zurück ins Wohnzimmer, wo das Feuer anheimelnd prasselte, und zündete die Kerzen in den angelaufenen Silberhaltern an. Der Raum wirkte jetzt behaglich, das Porzellan auf den Regalen reflektierte das tanzende Kerzenlicht.

Das Haus war ein hoffnungsloser Fall, entschied sie. Es war in einem furchtbaren Zustand, zu groß, um darin zu wohnen, zu klein für alles andere. Es würde ein Vermögen verschlingen, es wieder in Ordnung zu bringen. Selbst neue Vorhänge (die derzeitigen waren zerrissen, sobald sie versucht hatte, sie zu öffnen) wären schon unerschwinglich. Warum Samuel das Dach hatte erneuern lassen, wo doch offensichtlich war, dass das Haus das Ende seiner natürlichen Lebensspanne erreicht hatte, konnte sie sich nicht vorstellen. Aber ebenso wenig konnte sie sich dieses Gemäuer als Themenpark vorstellen.

Es nützte alles nichts – die Logik hatte versagt, die Romantik obsiegt. Sie wollte das Haus um jeden Preis erhalten. Es war dumm, undurchführbar, vielleicht albern, aber sie hatte das Gefühl, sie müsse dieses wundervolle, verfallene Bauwerk gegen die Anfechtungen des gesunden Menschenverstands, der Praktikabilität und des Fortschritts verteidigen. Um jeden Preis. Dann fiel ihr der Brief auf dem kostbaren cremefarbenen Papier ein. Das führte ihr vor Augen, wie hoch der Preis sein würde, und sie ging in die Küche und kochte Tee.

In der Küche war das leise Hintergrundrauschen des Ofens zu vernehmen, das vermutlich bedeutete, dass es inzwischen genug heißes Wasser für ein Bad gab. Sie könnte sich ein schönes heißes Bad einlassen. Aber die Vorstellung, sich in einem fremden, gruseligen, vermutlich spinnenverseuchten Bad auszuziehen, war wenig verlockend. Das wollte sie lieber auf morgen verschieben. Morgen würde sie sich zweifellos besser fühlen.

Wovor Hetty wirklich graute, war, allein in diesem Haus zu schlafen. Sie war nie gern allein gewesen, was vermutlich vor allem daran lag, dass sie wenig Übung darin hatte. Aber Courtbridge House war etwas völlig anderes als der Bungalow mit dem Blick auf den Golfplatz.

Ihre Mutter hatte keine Ahnung von den Ängsten ihrer Tochter. Hetty hatte nichts davon sagen wollen, es war zu erbärmlich. Und sie hatte sich nach Alistair erbärmlich genug gehen lassen. Sie schimpfte sich selbst neurotisch und nahm ihren Teebecher mit ins Wohnzimmer.

Das Feuer brannte nach wie vor lebhaft, und trotz der finsteren, unerforschten Ecken machten die Tischlampen das Zimmer einladender als die Küche, und sie fühlte sich sicherer hier. Es hätte ein wunderschöner Raum sein können. Alles, was er brauchte, war ein Frühjahrsputz und eine behutsame Renovierung. Auf dem Tisch in der Halle hatte Hetty eine Informationsbroschüre gefunden, die besagte, die derzeitige Raumausstattung mit ihren holzgetäfelten Wänden und dem Stucksims stamme aus dem frühen achtzehnten Jahrhundert. Zwei Rundbogennischen auf beiden Seiten des Kamins enthielten eine Porzellansammlung, die vermutlich eindrucksvoll war, wenn man sie mal abstaubte. Aufwendiger Stuck zierte die Decke.

Obwohl der Raum in der Broschüre beschrieben wurde, war er für Besucher nicht zugänglich, hatte Hetty gelesen. Vermutlich weil es Samuel zu lästig war, ihn aufzuräumen, dachte sie kritisch.

Die Wandtäfelung war in hellen Grautönen gestrichen. Entweder das, oder aber die Farbe war stark verschmutzt. Ob man wohl renovieren müsste, um den Raum für die Öffentlichkeit zugänglich zu machen? Oder reichte es, wenn man gründlich sauber machte? Und wenn nicht, könnte man gewöhnliche Wandfarbe verwenden, oder müsste sie irgendeine aristokratische Spezialfarbe ausfindig machen, die Gnade in den Augen derer fand, die sich auf alte Herrenhäuser verstanden? Sie würde Mrs Hempstead fragen.

Hetty fuhr leicht zusammen. Sie hatte ihr Zimmer im Haus ihrer Eltern ein einziges Mal renoviert und hatte zu dem Zweck nicht einmal ihre Schulbücher beiseite geräumt. Mrs Hempstead war zweifellos eine von der ganz gründlichen Sorte, die die Wände erst mit Seifenlauge abwusch, die Flächen mit Sandpapier aufraute und dem Grundsatz folgte, dass eine gründliche Vorbereitung der erste Schritt zum Erfolg sei. Aber glücklicherweise war Hetty ja nicht zum Renovieren hergekommen, sondern einfach nur um hier zu sein. Sollte sich jemand anders den Kopf über Farbablöser und Lackverdünner zerbrechen und über die beste Methode, frische Farbe zu »antiquieren«.

Schon von der Vorstellung fühlte sie sich ganz erschöpft, vermutlich weil sie erschöpft *war*. Aber sie konnte nicht zu Bett gehen, ehe sie entschieden hatte, wo sie schlafen wollte. Da, wo sie die letzte Nacht verbracht hatte? Oder wo ihre Mutter geschlafen hatte, das etwas vornehmere Schlafzimmer mit dem großen Himmelbett und dem altertümlichen Marmorwaschbecken? Samuels Schlafzimmer hatten sie nach einem kurzen Blick durch die Tür verworfen. Es roch nach Medizin und alten Büchern. Es war ein Raum, den man besser bei hellem Sonnenschein mit einer Dose Luftverbesserer und in Begleitung einer guten Freundin betreten sollte.

Sie hatte immer noch nicht entschieden, welches das geringere Übel war, als die Hunde kamen und sie auffordernd knufften. Entsetzt ging ihr auf, dass sie vergessen hatte, sie und den alten Kater Clovis zu füttern. Sie sprang auf und ging zurück in die Küche.

Das kommt davon, wenn du immer nur an deine eigenen Probleme denkst, schimpfte sie im Stillen mit sich, während sie das Hundefutter in die Näpfe füllte. Du vergisst einfach, die Tiere zu füttern.

Während die Hunde ihre Näpfe geräuschvoll über den Steinfußboden schoben, schüttelte Hetty die Asseln aus einer Pfanne und machte sich ein paar Rühreier. Es wurde wirklich Zeit, dass sie sich ein bisschen zusammennahm.

Sie machte es sich mit ihrem Abendessen im Wohnzimmer gemütlich und hatte den Großteil ihrer Toastrinde schon an die Hunde verfüttert, als ihr einfiel, dass sie das eigentlich nicht sollte. »Na, ja«, sagte sie, »ich glaube nicht, dass ihr es ausplaudert.« Ein paar Schlückchen Old Sack hatten sie ein wenig entspannt.

Sie beobachtete die Hunde, die sich genüsslich vor dem Feuer zusammengerollt hatten, und dachte an das riesige, hallende Obergeschoss, in das sie sich hinaufwagen musste, um zu entscheiden, in welchem Schlafzimmer es sie am wenigsten gruselte. Dann kam ihr eine Eingebung. Sie würde ihr Bettzeug herunterholen und sich zu den Hunden vor dem Feuer gesellen.

Am nächsten Morgen wachte Hetty früh auf. Das Schnüffeln und Kratzen ihrer Mitbewohner weckten sie ebenso wie die bange Frage, was der Tag wohl bringen mochte. Das Sofa war nicht besonders gemütlich, darum fiel es ihr nicht schwer aufzustehen, obwohl es kaum sechs Uhr war.

Sie ließ die Hunde in den Hof hinaus, füllte den Kessel und versuchte sich einzureden, dass sie wirklich in dieses Haus gehörte und nicht nur hier kampierte – selbst wenn ihr Bettzeug im Wohnzimmer darauf hinzudeuten schien. Doch es war nicht so einfach, Optimismus für Courtbridge House aufzubringen.

Mrs Hempstead kam kurz nach acht. Hetty empfing sie im Hof, wo sie die Hunde beobachtete, die emsig den neuen Tag erschnüffelten, das Bein hoben und den Tau beschnupperten.

»Guten Morgen. Entschuldigen Sie, dass ich zu früh bin. Ich stehe immer beim ersten Hahnenschrei auf und vergesse manchmal, dass nicht alle Leute dazu neigen.«

Während der ganzen Fahrt redete Mrs Hempstead ohne Unterlass, sodass Hetty keine Chance hatte, darüber nachzudenken, was sie sagen wollte, nicht einmal einwerfen konnte, dass Mrs Hempstead mit ihren flammenden Reden wider den Niedergang der ländlichen Gesellschaft und für mehr Gemeinschaftsgeist bei Hetty offene Türen einrannte.

Als die ältere Dame vor einem beeindruckenden Granitpalast anhielt und sagte, dies sei Samuels Bank, stand Hetty allerdings kurz davor, die Seiten zu wechseln.

»Ich lasse Sie hier raus. Ich muss weiter, absolutes Halteverbot.«

Hetty blieb gerade noch Zeit, sich ihre Tasche zu schnappen, ehe sie sich auf dem Bürgersteig wiederfand. Mrs Hempsteads Vehemenz katapultierte sie förmlich durch das Portal der Bank. Sie trat an den Informationsschalter, wo man sie Platz nehmen und warten hieß. So hatte sie genug Zeit, um sich zurechtzulegen, was sie sagen wollte, und um sich zu fragen, ob der Bankangestellte, auf den sie wartete, gewillt sein würde, Samuels finanzielle Angelegenheiten mit einer Frau in schmuddeligen Jeans zu erörtern.

Nicht sehr, war die Antwort. Tatsächlich brauchte Hetty zehn Minuten, um den jungen aufstrebenden Sachbearbeiter zu überzeugen, dass sie genug über Onkel Samuels private Finanzlage wusste, um zu rechtfertigen, dass er auch nur seine Akte in ihrer Anwesenheit aus dem Schrank holte.

»Also«, sagte er schließlich, nachdem er ewig lang auf seiner Computertastatur herumgehämmert hatte und sich alle möglichen Unterlagen hatte vorlegen lassen. »Was kann ich für Sie tun?«

»Ich glaube, mein Onkel ist in finanziellen Schwierigkeiten.«

»Habe ich erwähnt, dass ich über die Privatangelegenheiten unserer Kunden mit niemandem sprechen darf, auch nicht mit Verwandten?«

Das hatte er, bis zum Erbrechen. »Aber wenn ich Ihnen hypothetische Fragen stelle, könnten Sie dann eventuell mit ›ja‹ und ›nein‹ antworten?«

»Möglicherweise.«

»Wäre es, rein hypothetisch, möglich, einen Kreditvertrag nachzubessern? Wenn jemand beispielsweise Geld bei einem privaten Bankhaus aufgenommen hat (sie hatte das Gefühl, dass ihr Gegenüber nicht viel für den Ausdruck ›Kredithai‹ übrig hätte), zu einem eher ungünstigen Zinssatz. Könnten Sie dieses Darlehen dann zu besseren Konditionen ablösen?«

»Das hinge davon ab, welche Umsätze auf unserem Konto verzeichnet werden. Es wäre unwahrscheinlich, rein hypothetisch betrachtet, wenn das Konto beispielsweise schon beträchtlich überzogen wäre.«

Diese Andeutung erschreckte Hetty so sehr, dass sie die Hypothesen vergaß. »Aber der Anwalt hat gesagt, mein Onkel hätte ein größeres Guthaben auf seinem Konto. Er hat mir den Kontostand aufgeschrieben. Und außerdem müssten Sie eine Kopie der Vollmacht mit meiner Unterschrift haben. Ich kann Schecks bis zu zweitausend Pfund ausstellen, nach dem Wochenende jedenfalls, wenn Sie die Formulare ausgefüllt haben.«

Der junge Sachbearbeiter tippte wieder in seinen Computer. Dann schüttelte er den Kopf. »Hier ist nichts über eine solche Vollmacht vermerkt.«

Hetty fühlte Schweiß ihren Körper hinabrinnen und dachte, dass sie lieber ein paar Pullover hätte ausziehen sollen, ehe sie ein zentralbeheiztes Gebäude betrat. »Aber ich habe ein Scheckbuch. Sehen Sie.«

Er nahm das Scheckbuch, dass sie ihm entgegenstreckte. »Das ist die falsche Bank, Miss Longden.«

Hetty biss sich auf die Lippe und war froh, dass er nicht

sehen konnte, wie ihr die Schamesröte ins Gesicht stieg, weil es wegen der Hitze schon scharlachrot war. »O Mist«, murmelte sie. »Dann sollte ich vielleicht lieber dorthin ...«

»Nicht so hastig«, sagte der Bankangestellte, der anscheinend gern Gangsterfilme sah. »Gehe ich recht in der Annahme, dass auf diesem anderen Konto ein Guthaben steht?«

»Hören Sie«, sagte Hetty. »Sie wollten die Angelegenheiten meines Onkels nicht mit mir erörtern. Ich glaube nicht, dass ich sie jetzt mit *Ihnen* erörtern sollte.«

»Ihr Onkel schuldet uns sehr viel Geld. Wenn er über Mittel verfügt, ist er verpflichtet, seinen Überziehungskredit hier zurückzuführen.«

»Blödsinn! Sie verdienen sich eine goldene Nase an seinem Überziehungskredit.«

»Nur wenn er die Zinsen bezahlt.«

»Nun, ich hüte ja eigentlich nur sein Haus.«

»Aber Sie können Schecks ausstellen?«

»Nur für die laufenden Kosten des Haushalts. Und nicht höher als zweitausend Pfund pro Scheck.«

»Zweitausend Pfund sind eine Menge Haushaltsgeld.«

»Und weiter?«

»Hören Sie, Miss Longden, wir waren Ihrem Onkel gegenüber bisher sehr kulant wegen seines Alters und seiner Erkrankung. Aber sollten wir feststellen, dass er nicht absolut ehrlich zu uns war, könnte es mit unserer Kulanz bald vorbei sein.«

»Das klingt verdächtig nach einer Drohung.« Hetty ging auch gelegentlich ins Kino.

»So war es nicht gemeint.« Er seufzte. »Aber ich bin überzeugt, Sie verstehen unsere Position. Banken sind keine wohltätigen Vereine. Unsere Kunden müssen gelegentlich auch einmal Geld einzahlen, statt immer nur welches abzuheben.«

Er wirkte müde, und plötzlich tat er Hetty Leid. »Hm«, machte sie so mitfühlend, wie sie konnte.

»Außerdem ist die Versicherungsprämie für das Haus fällig. Wenn Sie mir einen Scheck ausstellen könnten, wäre ich sehr dankbar.«

Hetty seufzte. »Borgen Sie mir einen Stift. Wie viel?« Er nannte ihr die Summe. »Dafür muss ich zwei Schecks ausstellen.« Sehr zögernd reichte sie sie ihm. »Lösen Sie sie nicht vor dem Wochenende ein.«

»Wissen Sie eigentlich, dass Sie eine Sicherheitsbescheinigung der Versicherung brauchen, wenn Sie das Haus für Besucher öffnen?«

»Oh.« Hettys Stimme war belegt.

»Andernfalls ist der Versicherungsvertrag nichtig.« Sie holte ein gebrauchtes, zerknülltes Papiertaschentuch aus ihrer Tasche. Von der Hitze hatte ihre Nase zu laufen begonnen. Aber der junge Bankangestellte missverstand ihr Motiv. »Dieses Haus könnte eine Goldmine sein, wenn es richtig vermarktet würde«, sagte er. »Ich war letzten Sommer mit meiner Freundin da. Es hat echtes Potential. Alles, was es braucht, ist jemand mit ein bisschen Energie.«

Hetty, die die Nacht auf dem Sofa verbracht hatte, kam müde auf die Füße. »Vielen Dank«, sagte sie und schob ihren Stuhl zurück. Sie war schon an der Tür, als er sie zurückhielt.

»Wegen dieser Bescheinigung. Die Leute von der Versicherung werden vorbeikommen, um festzustellen, ob das Gebäude sicher ist. Es könnte ziemlich teuer werden, ihre Auflagen zu erfüllen.« Er wirkte betrübt und ein bisschen beschämt. »Ich werde versuchen, Sie vorzuwarnen, bevor sie kommen.«

»Danke.« Hetty ging hinaus und bewahrte nur mit Mühe die Fassung.

4. Kapitel

Hetty stand so unter Schock, dass sie vollkommen vergessen hatte, wo sie mit Mrs Hempstead verabredet war. Glücklicherweise fand Mrs Hempstead sie, als sie ziellos durch die Straßen streifte.

»Da sind Sie ja, Kind«, sagte sie, ohne Hettys desorientierten Zustand zu bemerken. »Tut mir Leid, dass ich zu spät komme. Ich habe eine alte Freundin getroffen. Wie ist es gegangen?«

»Furchtbar. Es war die falsche Bank.«

»Wirklich? Dann ist es meine Schuld. Ich hätte schwören können, dass Samuel die gleiche Bank hat wie ich.«

»Oh, er hat ein Konto da, nur kein Geld. Ich musste die Versicherung für das Haus bezahlen. Und wenn wir für Besucher öffnen wollen, brauchen wir eine Sicherheitsbescheinigung der Versicherung.«

»O je.«

»Sie werden kommen und überprüfen, ob das Gebäude sicher ist.«

»O Gott!«

»Aber der Mann von der Bank will versuchen, mich vorzuwarnen.« Ihr kam ein Gedanke. »Ich sollte lieber die Telefonrechnung bezahlen, wo ich schon mal hier bin.«

Mrs Hempstead führte Hetty in ein Café, das hausgemachte Kuchen und eine unglaubliche Auswahl an Tee anbot und die Gäste mit Vivaldi berieselte. Während Hetty noch unentschlossen an der Theke stand, bestellte Mrs Hempstead zwei Stücke Schokoladentorte – die *spécialité de la maison* – und eine Kanne Assam für zwei.

»Und jetzt, mein Kind«, begann sie, als sie an einem kleinen Kiefernholztisch Platz genommen hatten, »erzählen Sie mir die ganze Geschichte.«

Hetty erzählte ihr beinah die ganze Geschichte. Sie ließ die Kredithaie aus, berichtete aber von Samuels zweitem Konto, auf dem sich das Guthaben befand, und von seinem gewaltigen Überziehungskredit. »Und jetzt auch noch diese grässliche Bescheinigung.«

»Du meine Güte.« Mrs Hempstead bohrte ihre Gabel in den dreilagigen, mit Buttercreme und geschmolzener Schokolade gefüllten Kuchen. »Ich glaube nicht, dass Samuel je so eine Bescheinigung hatte.«

»Wir müssen überlegen, ob es die Sache wert ist.«

»Wie meinen Sie das?«

»Es könnte sein, dass es so teuer wird, diese Bescheinigung zu bekommen, dass wir das Geld mit den Eintrittspreisen nicht wieder reinholen. Ich meine, wie viel ist letztes Jahr zusammengekommen?«

Mrs Hempstead zuckte die Schultern. »Samuel hat natürlich nie vernünftig Bücher geführt, aber vermutlich war es so gut wie nichts. Allerdings, wenn Sie gewillt wären, weitere Räume im Haus und vielleicht ein paar der Wirtschaftsgebäude für Besichtigungen zugänglich zu machen, könnten wir die Eintrittspreise erhöhen und würden mehr Besucher anlocken. Aber das ist Ihnen wahrscheinlich zuviel Mühe. Ich würde natürlich alles tun, was in meiner Macht steht, um zu helfen, vermutlich würde das ganze Dorf jeden Versuch unterstützen, das Haus zu retten. Doch Sie wären diejenige, die die Verantwortung trüge.«

Hetty drückte ihre Gabel in das Cremehäubchen auf ihrem Kuchenstück und sah die Schokolade durch die Zinken quellen. Es war lange her, seit sie zuletzt ein Stück klebrigsüßer Torte in einem Teehaus gegessen hatte. Alistair war zu wählerisch und vornehm für so etwas und hatte, bis sie nach Courtbridge House gekommen war, jeden ihrer Gedanken beherrscht. Es war so eine Erleichterung, dass sie ihre Gedanken jetzt mit etwas beschäftigen konnte, auf das sie Einfluss hatte. Kein noch so herzerweichendes Sehnen würde Alistair zu ihr zurückbringen. Aber Courtbridge House war etwas, das sie verändern konnte.

»Ich glaube, die Herausforderung würde mir Spaß machen.«

Hetty stand im Wohnzimmer und versuchte zu entscheiden, ob es gestrichen werden musste oder nicht, als es an der Hintertür klopfte.

Es war Peter. Die Hunde waren beglückt, ihn zu sehen, fielen über ihn her und sprangen an seinen Beinen hoch. Hetty war zurückhaltender und begrüßte ihn mit einem breiten Lächeln. »Hallo. Schön, Sie zu sehen. Möchten Sie eine Tasse Tee oder so?«

Sein Lächeln war noch breiter. »Tee wäre wunderbar. Ich hab versucht, Sie anzurufen, um zu sagen, dass ich vorbeikomme, und bei der Gelegenheit festgestellt, dass Ihr Telefon nicht funktioniert. Das hätten Sie mir sagen sollen.« Es klang vorwurfsvoll.

»Es ist stillgelegt. Was hätten Sie schon tun können?«

»Ihnen mein Handy leihen.«

Hetty war gerührt. »Ich habe die Rechnung heute bezahlt, als ich mit Mrs Hempstead in der Stadt war. Es sollte in ein paar Tagen wieder angeschlossen sein.«

»Gut.« Peter betrachtete sie ernst. »Der Gedanke gefällt mir nicht, dass Sie hier ganz allein und ohne Telefon sind.«

Sie öffnete die Plätzchendose und schob sie in seine Richtung. Plötzlich hatte sie das Bedürfnis, ihn einzuweihen. Er war so freundlich, und ihm lag so viel an Samuel und Courtbridge House. »Ich war bei der Bank.«

»Ah ja? Samuels Finanzen sind eine heikle Angelegenheit, stimmt's?«

Sie nickte. »Außerdem brauchen wir eine so genannte Sicherheitsbescheinigung der Versicherung, ehe wir das Haus für Besucher öffnen können.«

»Ich glaube nicht, dass Samuel so etwas je hatte.«

»Nein, aber wir wollen viel mehr Räume öffnen als bisher. Das Haus soll seinen Unterhalt verdienen. Sie wissen selbst, dass es hier viel zu sehen gibt, was Besucher faszinieren würde.«

Er nickte. »Aber vielleicht macht es gar keinen Sinn, überhaupt zu öffnen, wenn Sie nicht genug reinholen, um die Kosten für diese Bescheinigung zu decken.«

»Ich weiß. Das ist ein Risiko, aber ich denke, wir müssen es eingehen. Für Samuel. Aber auch für das Haus selbst. Ich meine, wenn es sich nicht selbst tragen kann, dann verdient es, in einen Themenpark umgebaut zu werden.«

Peter betrachtete sie mit nachdenklichen braunen Augen. »Man muss es marktwirtschaftlich sehen, ja?«

»Ich denke schon.«

»Ich finde wirklich nicht, dass Sie sich das zumuten sollten, Hetty. Das wäre viel zu viel für Sie.«

Hetty lächelte. »Ich brauche eine Aufgabe. Ich kann hier nicht einfach rumsitzen, Einbrecher vergraulen und die Spinnweben anstarren.«

»Sie dürfen sich von Phyllis nicht tyrannisieren lassen mit dem Haus. Sie erwartet zu viel von Ihnen.«

Hetty schüttelte den Kopf. »Sie erwartet gar nichts von mir. Aber *ich*.«

Hetty stand auf einer Leiter und rückte mit einem alten Staubwedel den Spinnweben zu Leibe, die von nicht unbeträchtlichem archäologischen Interesse waren, weil sie genau wie Troja in mindestens sieben Schichten übereinander lagen, als ein schrilles Klingeln ihr verkündete, dass das Telefon wieder angeschlossen war. Sie kletterte von der Leiter und hob ab.

»Hallo, Miss Longden? Mark Rhys-Jones. Von der Bank.«

»Oh, hallo.«

»Ich rufe an, um Sie wissen zu lassen, dass der Mann von

der Versicherung beabsichtigt, Sie übermorgen aufzusuchen. Ist Ihnen das recht?«

Hetty schnappte nach Luft. Sie war erst seit drei Tagen hier, und obwohl sie sich ordentlich ins Zeug gelegt hatte, war noch kein erkennbarer Fortschritt eingetreten, was den Schmutz betraf. »Ja, sicher.«

»Was ihn vor allem interessieren wird, sind Dinge wie Notausgänge, unversperrte Durchgänge, eine ausreichende Anzahl an Feuerlöschern und sichere Elektroinstallationen. Verschwenden Sie Ihre Zeit also nicht mit Saubermachen.«

Hetty ließ den Staubwedel fallen. »Nein.«

»Ich hoffe, alles geht gut. Ich würde mir wirklich wünschen, das Haus wieder in Topform zu sehen.«

»Genug um mir ein bisschen Geld für Renovierungsarbeiten zu geben?«

»Ich fürchte, das liegt nicht in meiner Kompetenz. Und selbst wenn, offen gestanden, ich müsste nein sagen. Das könnten wir nur erwägen, wenn hohe Einnahmen aus der kommerziellen Nutzung des Hauses zu erwarten wären, und das kann niemand garantieren.«

»Oh, na ja. Jedenfalls vielen Dank für die Warnung.«

Trotz der mutigen Beteuerungen, die sie Peter gegenüber geäußert hatte, war Hetty plötzlich nervös. Sie atmete tief durch und erinnerte sich an Mrs Hempsteads Versprechen, sie zu unterstützen. Eine Suche im näheren Umfeld von Samuels Telefon brachte ein Stück Pappe ans Licht, auf dem mehrere Telefonnummern standen. Sie wählte die, die hinter dem Namen ›Phyllis‹ stand, und wenig später riet Mrs Hempstead ihr, nur ja die Ruhe zu bewahren, sie werde so bald wie möglich kommen und ihr auf jeden Fall zur Seite stehen, wenn der Versicherungsmensch kam.

Doch sie brauchte noch mehr moralische Unterstützung und rief Peter an. Er war nicht zu Hause, und Onkel Samuels Liste enthielt leider keine ›Caroline‹.

Niedergeschlagen und müde ging Hetty in die Küche und

setzte den Kessel auf. Als das Wasser gerade kochte, erschien, wie ein gottgesandter Engel, Caroline.

»Hi! Wie wäre es jetzt mit meiner Führung?«

Sie redeten, während sie durchs Haus gingen und Caroline in Schränke spähte und die Schönheit der eingestaubten Möbelstücke pries. Manche waren so riesig, dass sie nur an Ort und Stelle gebaut worden sein konnten. Hetty eröffnete Caroline, dass das Haus zwar durchaus romantisch anmutete, aber gleichzeitig hoffnungslos verschuldet war. Die ganze Geschichte sprudelte heraus – mit Ausnahme der Sache mit den Kredithaien – bis hin zum bevorstehenden Besuch des Versicherungsvertreters.

»Möchtest du, dass ich hier bin, wenn er kommt?«, erbot sich Caroline. »Als moralische Unterstützung?«

»Nein, danke. Das ist wirklich sehr lieb von dir, aber Mrs Hempstead wird schon hier sein.«

»Und ihre Unterstützung ist moralischer als meine. Schon verstanden, Liebes.«

»Das ist es nicht …«

»Ich weiß. War nur Spaß. Ich werde meine Qualitäten unter Beweis stellen, wenn du Handwerker suchst. Wir haben so viel umgebaut an unserem Haus, ich habe praktisch für jede nur denkbare Arbeit einen Namen und eine Telefonnummer. Die meisten sind Väter meiner Wichtel, und sie werden dir alle einen Nachlass gewähren, wenn du sie bar bezahlst.«

»Ich habe kein Bargeld.«

»Aber das wirst du. Wenn du eine Spendenaktion startest.«

»Wir könnten niemals genug sammeln.«

»Doch, sicher. Bevor wir hierher gezogen sind, habe ich immer alle möglichen Wohltätigkeitsveranstaltungen für das örtliche Hospiz organisiert. Ein Trödelmarkt zum Beispiel ist ein Heidenspaß. Du könntest hier im Hof einen abhalten.«

»Ich glaube, das wäre so ziemlich das Letzte, was ich mir jetzt aufhalsen will.«

Aber drei Tage später änderte sie ihre Ansicht. Der Mann von der Versicherung war gekommen, hatte das Haus auf den Kopf gestellt und erklärt, dass der Sicherungskasten im Obergeschoss jeden Moment in Flammen aufgehen könne.

Nachdem er sich verabschiedet hatte, ließ Mrs Hempstead sich aufs Sofa fallen, während Hetty den Rest von Samuels Sherry einschenkte.

»Das wird ein Vermögen kosten«, sagte Mrs Hempstead.

»Caroline meint, wir sollten einen Flohmarkt veranstalten.«

Mrs Hempstead riss die Augen auf. »Wissen Sie, das ist gar keine üble Idee. Wir müssen hier ohnehin gründlich ausmisten. Warum nicht das Gerümpel verkaufen und ein bisschen Geld damit machen?«

»Es klingt nur nach so schrecklich viel Arbeit.« Hetty hatte die Augen geschlossen.

»Nun, hier im Dorf gibt es zahllose Leute, die nur auf einen guten Zweck warten, dem sie sich widmen können. Nachdem wir uns erfolgreich gegen die Autobahn gewehrt haben, die mitten durchs Dorf führen sollte. Sie haben doch bestimmt davon gehört? Wir waren mehrmals in den Nachrichten.« Hetty brummte unbestimmt. »Nachdem wir gewonnen hatten, waren wir natürlich überglücklich, aber wir fühlten uns auch ein bisschen nutzlos. Es war schrecklich, für unsere Heimat kämpfen zu müssen, aber es hat uns auch mobilisiert und motiviert.« Hetty beschloss, sich Vitaminpillen zu besorgen. »Und schließlich brauchen wir Geld für all die Feuerlöscher und die neuen Elektroleitungen.«

»Wissen Sie, Mrs Hempstead, Samuel hat ein bisschen Geld …«

Mrs Hempstead schnaubte. »Und viele Löcher, die er

damit stopfen muss, könnte ich mir denken. Ich fresse einen Besen, wenn er kein Geld aufgenommen hat, um das Dach neu decken zu lassen. Und nennen Sie mich Phyllis, Kind.«

Phyllis machte eine Armee von Frauen einer bestimmten Altersgruppe mobil, während Caroline eine Schar Mädchen unter elf zusammentrommelte, kleiner, uniformiert, aber nicht weniger unbezähmbar. Keine Dachkammer, kein Wandschrank und kein Kellerraum blieb von der Suche nach verkäuflichen Objekten verschont.

»Die Leute sind immer glücklich, wenn sie all die ungeliebten Geschenke loswerden können und dabei noch einen guten Zweck unterstützen«, meinte Caroline.

»Ist es ein guter Zweck?«, fragte Hetty. »Es ist nicht dasselbe wie hungernde Kinder oder Tierschutz.«

»Natürlich ist es das. Es ist Kulturerbe«, widersprach Caroline. »Meine Wichtel werden Plakate machen.«

»Aber nur, wenn ein Teil des Geldes, das die Wichtel einnehmen, auch in die Wichtelkasse fließt.«

»Aber wozu sollten wir das brauchen?«, fragte die Oberste der Wichtel.

»Was weiß ich. Ausflüge, neue Räumlichkeiten, einen Minibus, irgendwas!«

Caroline seufzte. »Wenn wir einen Ausflug machen wollen, frage ich einfach Jack. Er zahlt. Unser Pfadfinderheim ist gerade renoviert worden, und wenn wir einen Bus brauchen, leiht Fred Lovings uns seinen kostenlos. Ehrlich, wir sind eine rundum zufriedene, gut situierte Wichtelgruppe.«

»Gut situiert oder nicht, es wird den Kindern gut tun, das Geld für ihre Ausflüge zu verdienen und nicht immer alles vorgesetzt zu bekommen.«

»Woher weißt du plötzlich so viel über Kinder?«

Hetty zuckte die Schultern. »Ich hab's vermutlich irgendwo gelesen. Aber ernsthaft, ich bin so dankbar für die Hilfe der Wichtel, aber wenn ich ihnen nichts abgeben darf, werd ich ein schlechtes Gewissen haben.«

Caroline murmelte irgendetwas vor sich hin und versprach, ihre Gruppe werde Kuchen für die Teestände backen, die sie auch bemannen sollten. »Die Muttis können ihnen helfen. Das wird ihnen Spaß machen. Ein Flohmarkt macht jedem Spaß.«

Hetty gab nach.

Phyllis – Hetty gab sich große Mühe, Mrs Hempstead so zu nennen – half ihr, Samuels Schränke nach Trödel zu durchforsten. Sie wusste, was wertvoll war und was nicht, und sie beruhigte Hettys schlechtes Gewissen mit der Behauptung, dass der freie Schrankraum mehr wert war als das größtenteils angeschlagene Geschirr.

»Er hat immer Restbestände an Tellern und Tassen aufgekauft für die Gartenpartys, die er früher zur Unterstützung der Kirche gegeben hat. Das Zeug ist wertlos, aber die Leute werden es kaufen, weil sie glauben, es stammt aus einem alten Herrenhaus.«

»Was ist das denn für ein hässliches Ding?« Hetty hielt ein ganz besonders abscheuliches Gefäß hoch, das eine Vase sein konnte, aber ebenso gut eine Urne.

»Clarice Cliff. Ist ein Vermögen wert. Stellen Sie es zu den Sachen, die wir zum Antiquitätenhändler bringen.«

»Aber vielleicht hängt Samuel daran. Wenn es wertvoll ist, denke ich nicht, dass wir es verkaufen sollten.«

»Ein Feuerlöscher ist für Samuel weitaus wertvoller, glauben Sie mir. Und ich weiß, dass er das Ding nicht ausstehen kann, er hat es mir gesagt.«

Hetty nahm sich vor, Caroline nach einem Antiquitätenhändler zu fragen, der sie nicht übers Ohr hauen würde. Hetty war inzwischen überzeugt, dass die Eltern von Carolines Wichteltruppe alle nützlichen Berufsgruppen vertraten. Und sie würde eine Wichtel-Baseballkappe fressen, wenn kein Antiquitätenhändler darunter war.

Der Mann, der die Stromleitungen erneuern sollte, war äußerst hilfsbereit. Sein Kostenvoranschlag war allerdings gewaltig. Hetty kam zu dem Schluss, dass sie sich nur eine teilweise Erneuerung leisten konnten (auch wenn der Mann von der Versicherung eine Kompletterneuerung vorgezogen hätte), denn auch die würde immer noch ein paar tausend Pfund verschlingen, und das war schon ein Freundschaftspreis.

»Ich bezahle gleich nach dem Trödelmarkt«, versprach sie. Und sobald wir ein paar Erbstücke verkauft haben, fügte sie im Stillen hinzu.

»Bar?«

Sie nickte.

Der Elektriker grinste breit.

Er hatte einen Bekannten, der ihnen günstig Feuerlöscher besorgen konnte. Auch er wollte bar bezahlt werden. Hetty konnte sich nicht erlauben, sein Angebot auszuschlagen, aber sie fragte sich, ob ein Flohmarkt und der Erlös aus dem Verkauf von ein paar Antiquitäten wirklich genug einbringen konnten. Vielleicht würde sie doch auf das Geld für die Kreditraten zurückgreifen müssen. Sie gestand Caroline ihre Befürchtungen, die sie samt und sonders beiseite fegte.

»Mach dir nur keine Sorgen. Du hast eine Wichtelmannschaft hinter dir, von Mrs Hempstead ganz zu schweigen.«

»Und ihre Armee.«

Die sich als einschüchternd erwies, aber sie hatten trotzdem jede Menge Spaß. Viele der Frauen, die kamen und ihre Hilfe anboten, hatten Erinnerungen an Courtbridge House, entweder selbst erlebte oder die ihrer Eltern.

»Meine Mutter hat hier in der Molkerei gearbeitet. Sie hat immer herrliche Butter und Sahne gemacht.«

»Wo ist denn hier eine Molkerei?«, fragte Hetty. Und als sie hingeführt wurde, stellte sie fest, dass sie vollkommen unberührt geblieben war, seit sie nicht mehr in Betrieb war, und man nur gründlich sauber machen und ein bisschen anstreichen musste, um sie wieder auf Vordermann zu bringen.

»Sie verstehen nicht zufällig etwas von Butter- und Käseherstellung?«, fragte sie die Frau, die sie hergebracht hatte.

Sie lachte. »Allerdings. Wenn Sie hier Ordnung schaffen, dann komme ich und mache Vorführungen für Ihre Besucher. Ich hab es Samuel schon vorgeschlagen, aber er war immer ziemlich niedergeschlagen in letzter Zeit und hatte kein Interesse.«

Hetty fragte sich gerade, ob die ganze Sache vielleicht völlig aus dem Ruder gelaufen war, als Caroline erschien. »Hi! Tut mir Leid, dass ich ein paar Tage nicht hier war, Jack ist zurück. Er hat dir ein Auto besorgt.«

Hetty bestand darauf, sofort einen Scheck für die leuchtend gelbe Ente auszustellen. Ganz gleich, wie lautstark Jack und Caroline protestierten, sie ließ sich nicht umstimmen.

»Macht euch keine Sorgen, meine Mutter gibt mir das Geld zurück«, sagte sie. »Sie hat mir ein neues Auto versprochen, um mich zu ködern, hierher zu kommen. Und damit ich Samuel besuchen kann. Sie war nur einfach nicht so schnell wie Jack.«

Jack quittierte das Kompliment mit einer galanten Verbeugung.

Hettys erster Ausflug mit ihrem neuen Wagen führte sie zu Samuel, der in keiner guten Verfassung war. Er freute sich, Hetty zu sehen, aber nachdem sie berichtet hatte, dass die Vorbereitungen für die Besuchersaison liefen und Hetty und Phyllis Freundinnen geworden waren, wollte er nichts über das Haus hören. Hetty erfuhr auch nicht, was er ihr hatte anvertrauen wollen, als sie ihn mit ihrer Mutter besucht hatte. Vielleicht dachte er sich, dass sie das inzwischen so oder so herausgefunden haben musste.

Tatsächlich hatte Hetty wenige Tage zuvor einen weiteren Brief der Kreditfirma bekommen. Er war an sie adressiert – offenbar war aufgefallen, dass sie diejenige war, die den Scheck unterschrieben hatte. Sie fragten an, ob es mit der Kreditrückführung irgendwelche Probleme gäbe und erinnerten noch einmal an die drohenden Vertragsstrafen im Falle eines Zahlungsverzuges. Leider nannten sie keine Einzelheiten bezüglich dieser Vertragsstrafen, auch nicht den Termin, zu dem der Kredit zurückgezahlt sein musste, und Hetty wusste immer noch nicht, ob sie nur Zinsen oder auch Tilgung bezahlte. Sie schrieb einen forschen Brief und verlangte unverzügliche Aufklärung. Aber eine neuerliche Kalkulation hatte zu dem tröstlichen Ergebnis geführt, dass es sich unmöglich nur um Zinszahlungen handeln konnte, es sei denn, Samuel hätte Millionenbeträge aufgenommen.

Ein beißender Wind hatte den Himmel leer gefegt und den Winter weggepustet, doch der Frühling ließ noch auf sich warten. Die Sonne schien, Lämmer sprangen auf der Weide umher, Veilchen und Primeln sprossen hier und da aus dem jungen Grün hervor, das praktisch über Nacht an Baum und Strauch erschienen war. Aber es war immer noch bitterkalt.

Trotz der Temperaturen war Hetty voller Optimismus, was den Erfolg des nächsten Tages anging. Sie hatten sechs große Tische voller Trödel aus dem Haus und den Beutezügen der Wichtel zusammenbekommen – gute fünfhundert Pfund wert, schätzte Mrs Hempstead.

Handgemalte Plakate – von einem Wichtel-Vater mit Schutzfolie überzogen – säumten die Auffahrt und zierten jeden Baum und Laternenpfahl im Umkreis von zehn Meilen. Hetty hatte in den örtlichen Zeitungen inseriert, und Caroline hatte jeden Ladenbesitzer in der Gegend überredet, ein Plakat ins Fenster zu hängen. Außerdem hatte Caroline den Polizisten auf dem kleinen Revier im Dorf Honig um die Bärte geschmiert und ausgeführt, dass dies eine einmalige Angelegenheit sei, sie nicht die Absicht hätten, regelmäßig Trödelmärkte zu veranstalten, und es sich daher gar nicht lohnen würde, etwaige Verstöße gegen kommunale Verordnungen zu verfolgen.

Hetty hatte vorgeschlagen, herauszufinden, ob sie eine Genehmigung brauchten und wenn ja, welcher Art und von wem. Aber Caroline war dagegen.

»Wenn du die Vorschriften kennst, musst du dich daran halten. Wenn nicht, kannst du immer sagen, du hast nichts davon gewusst.«

Hätte Hetty nicht so schrecklich viel zu tun gehabt, hätte sie eingewandt, dass Unwissenheit niemanden vor Strafe schützt, aber sie musste auch noch den benachbarten Farmer fragen, ob sie seine beiden Weiden benutzten durften – eine als Parkplatz, die andere als Verkaufsfläche. Glücklicherweise stellte sich heraus, dass er am meisten zu verlieren hatte, wenn Conan der Barbar sich mit seiner Themenparkidee durchsetzte, darum war er äußerst entgegenkommend.

Peter, dessen Hilfe sie brauchte, war weniger enthusiastisch. »Wenn es matschig ist, werden sie alle stecken bleiben«, protestierte er, als Hetty ihn zu einer Bestandsaufnahme auf die Wiesen hinausgezerrt hatte.

»Es wird nicht matschig sein. Es hat seit Tagen nicht geregnet. Außerdem könntest du dir ein paar Pfund nebenher verdienen, wenn du sie mit deinem Land Rover wieder rausziehst.«

Peter, der durchaus zu Recht das Gefühl hatte, dass das ganze Vorhaben ein Glücksspiel war, ließ sich von der allgemein optimistischen Stimmung im Dorf nicht anstecken. Doch er willigte ein, das Geld zu kassieren und die Fahrzeuge auf dem Parkplatz einzuweisen. Außerdem erbot er sich, einen Freund in Somerset anzurufen, der echten Cider machte. »Für dich, Hetty. Nicht für diese wahnwitzige Veranstaltung.«

Hetty belohnte ihn mit einem Kuss auf die Wange, aus

dem er gern etwas Handfesteres gemacht hätte, aber Hetty war noch nicht bereit, den Status quo mit Peter zu ändern. Sie brauchte ihn als Freund. Und auch wenn sie in letzter Zeit kaum noch an Alistair dachte, lösten Worte wie »Beziehung« oder »Liebhaber« immer noch Alarmsirenen bei ihr aus. Sie lachte, als Caroline Peter als »Snak« bezeichnete, was »Sensibler-New-Age-Knabe« heißen sollte, aber mehr als einen sittsamen Wangenkuss ließ sie trotzdem nicht zu.

Am Abend vor dem Trödelmarkt war Hetty sicher, dass sie keine Sekunde schlafen würde. Sie fand eine Ausgabe von Samuel Richardsons *Pamela* und hoffte, die Schrift wäre so klein, das Licht so schlecht und das Erzähltempo so langsam, dass sie umgehend einschlafen würde. Und wenn ihre Augen auch davon nicht zufallen wollten, dann tat sie wenigstens etwas für ihre Bildung. Tatsächlich war sie jedoch so müde, dass sie nicht einmal die erste Seite schaffte.

Sie wusste nicht, wie lange sie geschlafen hatte, jedenfalls war es draußen noch stockfinster. Sehr widerstrebend gestattete sie ihrem Gehirn, ein unbekanntes Geräusch zur Kenntnis zu nehmen. Es war nur schwach und klang, als schlage jemand Töpfe und Pfannen aneinander. Vermutlich war es nur irgendwelches Gerümpel, das im Wind klapperte, entschied sie. Dann horchte sie wieder. Draußen war kein Wind, und die Geräusche kamen nicht vom Hof, sondern aus der Küche.

Es blieb ihr nichts anderes übrig, als nachzuschauen. Vermutlich war es etwas völlig Harmloses, vielleicht stand ein Fenster offen und eine Brise spielte mit den Töpfen und Pfannen. Die Hunde, die jetzt mit gespitzten Ohren aufrecht neben ihr saßen, würden sie beschützen.

Sie schälte sich aus ihrem Bettzeug, ergriff den Schürhaken, schlich auf Zehenspitzen in den Flur hinaus und öffnete ganz langsam und so leise wie möglich die Küchentür.

5. Kapitel

Ein Mann stand mit dem Rücken zu ihr am offenen Kühlschrank und starrte hinein. Er trug Kordhosen und einen sehr dicken Pullover, die Sorte Kleidungsstücke, in denen man problemlos Kap Hoorn umsegeln konnte. Als die Hunde ihn sahen, drängten sie sich an Hetty vorbei auf ihn zu und stießen ihn in die Kniekehlen. Er zuckte zusammen, fuhr herum, und als er Hetty entdeckte, gab er einen Laut von sich wie im Film jemand, der angeschossen wird, und er wandelte es hastig in lästerliches Fluchen um.

»Was zur Hölle haben Sie hier verloren?«, fragte er dann heiser.

Hetty richtete sich auf und versuchte, in ihrem Pyjama eine würdevolle Figur abzugeben. »Die Frage ist ja wohl vielmehr, wer sind *Sie*?«, erwiderte sie steif.

Aber sie wusste es schon. Er war Conan der Barbar.

Groß, hünenhaft und ein bisschen verlottert. Sein zerfurchtes Gesicht zeigte eine Mischung aus vollkommener Erschöpfung und Wut. Er sah aus wie einer jener rauen Gesellen, die Shetlandwolle auf der Haut tragen konnten, ohne dass sie sie kratzte.

Er ließ noch ein paar Flüche vom Stapel, und sie erkannte, dass sie ihn zu Tode erschreckt haben musste. »Connor Barrabin«, krächzte er dann. »Was zum Teufel tun Sie hier?«

»Ich hüte das Haus.«

Er gab eine Art Grunzen von sich, womit er offenbar einräumte, dass das Haus einen Hüter nötig hatte, ohne allerdings auch nur einen Hauch von Dankbarkeit zu äußern, dass sie ihr Leben aufgegeben hatte, um sich um seine Erbschaft zu kümmern. Stattdessen wandte er sich wieder zum Kühlschrank. »Und wer sind Sie?«, raspelte er über die

Schulter, während er Hettys Käse und zwei Tomaten ans Licht förderte.

»Hetty Longden. Marjorie Longdens Tochter. Sie wissen schon, die Frau, die Ihnen all die Nachrichten hinterlassen hat.«

Er brummte wieder. Man konnte unschwer erkennen, wie er zu seinem Spitznamen gekommen war: Es lag an seiner Größe, seinem beschränkten Vokabular und seinem extrem ungehobelten Benehmen. Aber es war ja auch zwei Uhr nachts. »Sie haben nicht zufällig Whiskey im Haus? Hab zwar welchen im Auto, ist mir aber zu lästig. Hab mir irgendwas gefangen. Halsschmerzen.«

Er klang in der Tat, als habe er eine böse Halsentzündung. Hetty legte den Schürhaken beiseite. »Samuel hat Whiskey. Ich hole ihn. Ich hab auch Zitronensaft.« Sie hielt einen Augenblick inne. »Soll ich Ihnen einen heißen Toddy machen?«, fragte sie dann, ein bisschen zögernd, weil Alistair eine schlimme Erkältung gehabt hatte, kurz bevor er sie verließ, und ihr war der Gedanke gekommen, er sei vielleicht nur deshalb bis zu seiner Genesung bei ihr geblieben, weil ihre Toddys so gut waren.

Möglicherweise lächelte Conan der Barbar. Vielleicht war es auch nur ein zufälliges Zucken der stoppeligen Mundpartie, aber sie war fast sicher, dass sie etwas Weißes aufblitzen sah, wobei es sich nur um Zähne handeln konnte. »Das wäre wunderbar.«

Hetty ging zurück ins Wohnzimmer, um den Whiskey zu holen, und dachte mit Überschallgeschwindigkeit nach. Morgen war der Trödelmarkt. Was sollte sie tun? Ihm davon erzählen? Kein Wort sagen, bis er es selbst rausfand? Ihn in einen Sack stecken und fortschaffen und erst zurückbringen, wenn alles vorbei war?

Ihre vernünftige Seite befand, sie sollte es ihm sagen. Es war schließlich nichts Illegales, und es war für eine gute Sache. Aber irgendwie konnte sie sich nicht vorstellen, dass Conan der Barbar glücklich darüber sein würde, dass auf dem Grundstück seines Onkels ein Flohmarkt stattfand, nachdem er gerade erst vom anderen Ende der Welt heimgekehrt und noch dazu erkältet war. Aber konnte man einen Trödelmarkt geheim halten? Sie dachte an die Plakate, die Annoncen, all die Menschen und kam zu dem Schluss, dass die Antwort ›nein‹ lautete. Aber sie würde es ihm trotzdem nicht sagen, jedenfalls nicht heute Nacht. Vielleicht würde er ja gewalttätig. Sie packte die Whiskeyflasche am Hals und ging zurück in die Küche.

Sie hieß ihn am anderen Ende des Küchentischs Platz nehmen und gab Zitronensaft, Zucker, einen großzügigen Schuss Whiskey und ein wenig Wasser in einen Topf. Während sie die Mischung erhitzte, stellte sie den Kessel auf. Konnte sie den Toddy so stark machen, dass er für vierundzwanzig Stunden bewusstlos sein würde? Oder auch nur für zwölf?

»Irgendwas ist anders«, krächzte er und sah sich um, wobei seine Haarmähne sein Blickfeld ein wenig einschränkte. »Nicht so voll gestopft. Haben Sie aufgeräumt?«

Hetty stockte der Atem. Sie dachte an die zahllosen Kisten voller Trödel, die sie und Phyllis für den Markt aussortiert hatten. »So in der Art.« Sie rührte in ihrem Topf, um festzustellen, ob sich der Zucker schon aufgelöst hatte.

Er brummte wieder.

Hetty probierte den Toddy, fügte noch einen Spritzer Zitronensaft hinzu und einen Schuss siedendes Wasser. Als das Gebräu fast kochte, schenkte sie es in einen Becher. Ihre Mutter bemängelte immer, dass sie das ganze Vitamin C abtötete, wenn sie den Toddy so heiß machte. Aber Hetty war der Auffassung, dass ein heißer Toddy keine Erkältung kurierte, man fühlte sich einfach nur besser. Und wer Vitamin C wollte, der sollte eben Pillen schlucken. Sie reichte Connor den randvollen Becher und setzte sich ihm gegenüber.

Sein erster Schluck hatte eine Menge Gesichtsmuskelaktivität zur Folge. Hetty konnte beinah fühlen, wie der Toddy sich einem Lavastrom gleich seine Kehle hinabbrannte. Dann gab er das gleiche, wohlige Brummen von sich, das Alistair anstimmte, wenn er zufrieden war. Noch etwas an ihm erinnerte sie an Alistair, auch wenn sie nicht auf den ersten Blick sagen konnte, was es war. Connor war viel ungeschliffener, größer, kein bisschen gut aussehend und im Moment extrem ungepflegt. Aber er strahlte die gleiche Arroganz aus wie Alistair. Hetty rief sich in Erinnerung, dass es ihm nicht gut ging, dass er vermutlich viele Stunden im Flieger oder auf der Straße verbracht hatte und dass sie ihrem dringenden Wunsch, ihm mit dem Schürhaken eins überzuziehen, keinesfalls nachgeben durfte. Sie wollte ihn nicht gegen sich aufbringen.

»Kommen Sie von weit her?«, fragte sie, nachdem mehrere kochend heiße Schlucke Zeit gehabt hatten zu wirken.

»Turkmenistan.«

Hetty war nicht viel klüger. »Oh. Meine Mutter hat alles versucht, um sie zu erreichen.«

Er nickte. »Darum bin ich hier.«

»Ich bin seit vier Wochen hier.«

»Schön für Sie.«

»Ich meine, Sie sind nicht sofort hergekommen«, sagte Hetty aufgebracht.

»Nein.«

»Und? Warum nicht?« Hetty war durchaus gewillt, seine Gründe gelten zu lassen, aber er sollte sich wenigstens rechtfertigen.

»Turkmenistan ist weit weg. Kommunikation oft schwierig. Musste meinen Vertrag erfüllen.«

»Oh.«

»Sagen Sie ...« Er gab sich einen sichtlichen Ruck, um in vollständigen Sätzen zu sprechen. »In welchem Zimmer schlafen Sie? Ich muss ins Bett. Ich kann mich nicht entsinnen, wann ich zuletzt in einem Bett geschlafen hab.«

»Welches Zimmer möchten Sie denn? Onkel Samuels? Ich könnte das Bett in null Komma nichts beziehen.« Sie wollte nicht gestehen, dass sie auf dem Sofa schlief, in Gesellschaft der Hunde, die jetzt vor dem Ofen lagen und vernehmlich schnarchten.

»Gut. Ich hole meine Tasche aus dem Wagen.«

Hetty untersagte sich, sich bei dem Gedanken zu fürchten, allein ins dunkle Obergeschoss zu gehen. Aber sie wünschte, sie hätte zumindest das Licht einschalten können. Mit der Taschenlampe, die Peter ihr geborgt hatte, stellte sie sich ihren Ängsten.

Tatsächlich war sie die Ruhe selbst, als sie den Wäscheschrank nach Bettbezügen durchforstete. Sie und Phyllis hatten den Schrank eingehend untersucht und alles herausgeholt, was sich als Tischdecke verwenden ließ, darum wusste sie, wo das gute Leinen lag. Onkel Samuel hatte noch ein altmodisches Federkissen statt einer Steppdecke auf seinem Bett, und das machte die Dinge schwieriger.

»Warum funktioniert keine der verfluchten Lampen?«, verlangte Connor zu wissen, als er die Treppe heraufgepoltert kam.

Inzwischen war das Bett fast fertig. Als er es sah, vergaß Connor die Lampen und ließ sich vollständig bekleidet darauf fallen.

»Die Elektroleitungen sind nicht sicher«, erklärte Hetty. »Jeden Moment hätte ein Feuer ausbrechen können.«

»O Scheiße.« Im Schein der Taschenlampe sah Hetty ihn wie vor Schmerz die Augen zukneifen. »Ich wusste es, diese verfluchte Ruine kann man nur noch abreißen.«

Hetty brummelte ihren Widerspruch. »Es macht Ihnen doch nichts aus, wenn ich die Taschenlampe mitnehme?«

Seine Augen waren geschlossen, sein Mund offen, seine Brust hob und senkte sich rhythmisch. Seufzend zog sie ihm die Schuhe aus, deckte ihn zu und ging hastig wieder nach unten.

Als sie ins anheimelnde Licht der Küche zurückkam, war sie hellwach und kam schnell zu dem Schluss, dass ein heißer Toddy für sie selbst sicher auch das Beste war. Sie machte ihn fast so stark wie für Conan den Barbaren, und während sie ihn schlürfte, überdachte sie die Situation. Selbst durch heißen Whiskey und Zitronensaft entschärft, sah die Realität alles andere als gut aus.

Wusste er über den Kredit seines Onkel Bescheid oder nicht? Was würde er tun, wenn er am nächsten Vormittag aufwachte, sich von seinem Krankenlager erhob und feststellte, dass im Hinterhof ein Flohmarkt im Gange war? Würde er sie kurzerhand auf die Straße setzen und nebenbei vielleicht noch wegen Missbrauchs eines ihr anvertrauten Landgutes verklagen? Das wäre nicht nur grauenhaft peinlich, sondern obendrein auch noch furchtbar schade. Das ganze Dorf hatte sich für den Flohmarkt engagiert, alle hatten so viel Zeit und Mühe geopfert. Wenn Samuels böser Erbe das nun alles verdarb, würde aus der Farce eine Tragödie. Aber so sehr sie sich auch das Hirn zermarterte, Hetty wusste einfach nicht, was in aller Welt sie hätte tun können, um es zu verhindern. Allenfalls hätte sie dem nächtlichen Eindringling Barbiturate einflößen können.

»Aber woher kriege ich die mitten in der Nacht und hier auf dem Land?«, fragte sie Clovis, der ein bisschen durcheinander war und glaubte, es sei Zeit fürs Frühstück. Er sah Hetty desinteressiert an und stufte ihre Frage völlig zu Recht als rein rhetorisch ein.

Hetty gab ihm eine kleine Portion Katzenfutter und kam zu der Erkenntnis, dass sie Courtbridge House um keinen Preis verlassen wollte. Nicht jetzt, da sie sich selbst und das ganze Dorf für seine Errettung mobilisiert hatte. Aber wenn Connor Sowieso sie aufforderte zu gehen, was blieb ihr dann übrig? Schließlich trug er die Verantwortung für das Haus. Sie war nur hier, weil er sich nicht darum hatte kümmern können. Sie hatte kein Recht, hier zu bleiben, wenn er es nicht wollte.

Und warum sollte er das wollen? Sie hatte ein paar hässliche, aber wertvolle Antiquitäten aus seiner potentiellen Erbmasse verhökert – die Clarice-Cliff-Vase war die hässlichste und wertvollste von allen gewesen. Und sie beabsichtigte, noch jede Menge anderer Dinge zu verkaufen, um Geld für die Sanierung des Hauses zu sammeln, das er doch ohnehin in einen Themenpark verwandeln wollte. Es war also relativ unwahrscheinlich, dass sie ihm ein besonders willkommener Gast war.

Doch langsam fing der Toddy an zu wirken, und Hetty akzeptierte die Tatsache, dass es keinen Zweck hatte, einen Plan zu machen, solange sie nicht wusste, was passieren würde. »Es ist immer noch früh genug, sich zu sorgen, wenn die Katastrophe eintritt«, sagte sie zu den Hunden, nahm sie und ihren Becher mit ins Wohnzimmer und legte sich schlafen.

Drei Stunden später wachte sie in Panik auf, felsenfest überzeugt, dass der erste Wagen in exakt dem Moment eintrudeln würde, da Conan der Barbar die Treppe herunterkam. Als sie sich gewaschen, die Hunde in den Hof gelassen und sich eine Tasse Tee gekocht hatte, stellte sie fest, dass es erst sechs Uhr war.

Ihr dringendstes Anliegen war Connor. Weil es vermutlich das Beste war, ihm bewaffnet gegenüberzutreten, machte sie für ihn auch Tee und trug ihn nach oben. Vernehmliches Schnarchen drang durch die Tür. Erleichtert ging sie hinein und stellte den Tee neben dem Bett ab, auch wenn es unwahrscheinlich schien, dass er ihn trinken würde.

Er lag immer noch vollständig bekleidet auf dem Rücken und hatte die Bettdecke abgestrampelt. Er hatte sie nicht hereinkommen hören, und als sie ihm behutsam die Hand auf die Stirn legte, rührte er sich nicht. Er fühlte sich furchtbar heiß an. Wäre der Flohmarkt nicht gewesen, hätte sie vielleicht einen Arzt gerufen. Aber so hatte sie wichtigere Dinge zu tun, als sich um fiebrige, weit entfernte Cousins zu kümmern. Sie kam allerdings zu dem Schluss, dass er es bequemer hätte – und daher nicht so leicht aufwachen würde – wenn sie ihn ausziehen würde.

Er wog eine Tonne. Anfangs schien es, als würde sie ihn nicht mal aus seinen Kordhosen befreien können. Sie zerrte und ruckte und erkannte, wie felsenfest er schlief. Es mochte bedeuten, dass er ernstlich krank war, aber viel entscheidender war, dass er vermutlich den ganzen Tag in seinem Zimmer bleiben würde. Als er schließlich nur noch seine Boxershorts trug, deckte sie ihn sorgsam zu. Nicht weil es sie kümmerte, ob er überlebte oder zu Tode fror, versicherte sie sich, sondern damit er ihr nicht in die Quere kam.

Sie ging nach unten und warf drei Sprudelaspirin in ein Glas Orangensaft. Drei würden ihn nicht umbringen – er hatte die Ausmaße eines Ochsen – aber vermutlich brauchte es schon drei Tabletten, um ihn für den gewünschten Zeitraum komatös zu halten. Flüssigkeit war überhaupt eine gute Idee, fand sie, nicht nur wegen seines Fiebers, sondern weil es verhindern würde, dass er vor Durst aufwachte. Als sie wieder in seinem Zimmer war, machte sie sich daran, ihn kurzfristig zu wecken.

»Trinken Sie das!«, brüllte sie ihm ins Ohr. »Das wird Ihnen helfen!« Sie legte ihm den Arm um die Schultern und richtete ihn auf.

Conan der Barbar, der langsam das Bewusstsein wiedererlangte, stierte erst Hetty und dann das Glas finster an. »Mir geht's gut«, krächzte er. »Lass mich zufrieden.«

»Ihnen geht es überhaupt nicht gut. Sie haben Fieber. Trinken Sie!«

Glücklicherweise war er zu schwach, um lange Widerstand zu leisten. Er öffnete die Lippen, sodass sie ihm den Orangensaft einflößen konnte. Mit dem Laken wischte sie ihm den Mund ab.

»So ist gut.« Sie sprach jetzt freundlicher, wollte ihn wieder in den Schlaf lullen. »Bleiben Sie einfach liegen. Ich sehe später noch mal nach Ihnen.«

Sie holte ein Glas Wasser und noch mehr Aspirin, die sie neben das Bett stellte. Aber er schlief schon wieder tief. Er lag jetzt auf der Seite und schnarchte nicht mehr, seine Stirn schien kühler. Überzeugt, dass ihre Rosskur ihm geholfen hatte und er vermutlich den ganzen Tag durchschlafen würde, ließ sie ihn allein.

Caroline hatte ihr gesagt, dass viele Autos und Minibusse weit vor Veranstaltungsbeginn um zehn Uhr eintreffen würden. Trotzdem hatte sie nicht um acht mit ihnen gerechnet, aber um genau diese Zeit bog der erste ehemalige Posttransporter in den Hof ein, um sich den besten Verkaufsstand und die besten Schnäppchen zu sichern.

Glücklicherweise hatte Hetty die Klapptische schon aufgestellt, die Mrs Hempstead vom Gemeindehaus geborgt hatte. Sie standen alle entlang der Hauswand, sodass den Wichteln und der Fraueninitiative die strategisch günstigste Position sicher war. Peter hatte ihr am Vorabend schon helfen wollen, die Tische aufzustellen. Nur gut, dass sie abgelehnt hatte, sonst hätte Conan der Barbar sie niederwalzen müssen, um seinen Wagen zu parken.

Hetty sah die Händler aus ihren Autos steigen und betete, Caroline möge nur ein einziges Mal in ihrem Leben pünktlich sein.

»Morgen, Kindchen, wo ist deine Mum?«, fragte ein beohrringter, tätowierter Mann mit Bierbauch und Pferdeschwanz.

Hetty stand am Ufer ihres persönlichen Rubikon. Sie konnte entweder erröten und stammeln und sich entschuldigen, weil sie nicht älter oder erfahrener war oder auch einfach nur, weil sie existierte, oder sie konnte zurückschlagen. Noch vor einem Monat wäre sie mit einer gemurmelten Ausrede ins Haus geflüchtet. Aber heute nicht mehr.

»Zu Hause im Bett, hoffe ich. Und wo ist deine?« Sie grinste breit. »Gut, dass ihr so früh dran seid. Ihr könnt euch die besten Plätze aussuchen. Sag deinen Kumpels, dass sie gleich neben dir parken sollen.«

Der Mann war ein erfahrener Trödelhändler und vermutlich gewohnt, Mädchen wie Hetty zwischen zwei Bieren als Snack zu verschlingen. Er wirkte ein bisschen verdattert. »Du bist hier der Boss?«

»Stimmt genau. Ich komm später vorbei, um die Standgebühr zu kassieren. Da, guck mal! Da kommen die Nächsten schon. Beeil dich, oder sie schnappen dir den Stand weg.«

Der Anblick von mehreren Transportern, voll gestopft mit dem Zeug, das regelmäßig auf Flohmärkten auftaucht und gelegentlich die Besitzer wechselt, bewog den Mann, zu seinem Wagen zurückzueilen und mit dem Ausladen zu beginnen.

Phyllis Hempstead traf wenig später ein. Voller Energie und Tatendurst kam sie auf Hetty zu. »Haben wir nicht einen wunderbaren Tag erwischt? Und schon so viele Händler sind gekommen!«

»Das ist unglaublich, nicht wahr?« Hetty gelangte zu dem Schluss, dass es keinen Sinn hatte, Phyllis von Connors Ankunft zu erzählen. Sie konnte ja auch nichts tun, und es hatte keinen Sinn, dass sie sich beide halb zu Tode sorgten.

Sie lotste die Wichtel und die Damen von der Fraueninitiative zu ihren Ständen, kassierte die Standgebühren und sorgte dafür, dass Peters Freund mit seiner Ciderpresse einen günstigen Standort erhielt, und zwischendurch flitzte sie nach oben und sah nach ihrem Patienten.

Er zeigte deutliche Aufwacherscheinungen. Hetty befürchtete, er könne ernsthaft munter werden, schälte drei weitere Aspirin aus ihrer Alufolie, warf sie in ein Glas Wasser und zwang das Gebräu seine Kehle hinab. »Hier, davon wird Ihnen bestimmt besser …« Sie strich ihm über die Stirn. »Sie haben immer noch Fieber.« Sie hatte keine Ahnung, ob das stimmte, aber ihre Mutter hatte das auch immer gesagt, als sie klein war, und es klang so teilnahmsvoll.

Connor grunzte. Er sah nach wie vor schrecklich aus. Dunkle Schatten lagen unter seinen Augen, dichte Goldstoppeln überwucherten seine untere Gesichtshälfte, und die Lippen wirkten spröde.

»Ich komme später noch mal vorbei. Hier steht Wasser, wenn Sie durstig werden, aber verlassen Sie auf gar keinen Fall das Bett.«

Unter heftigen Gewissensbissen ergriff sie die Flucht, ehe er sich nach dem Grund für den Lärm draußen erkundigen konnte, und beschloss, für alle Fälle neues Aspirin zu besorgen.

Der Flohmarkt wurde ein Riesenerfolg. Anbieter und Kauflustige stellten sich in Scharen ein, teils aus Neugier, teils in der Überzeugung, dass der Trödel einfach wertvoll sein musste, wenn er vor so prächtiger Kulisse verhökert wurde.

»Sie sind gekommen, um Antiquitäten zu kaufen, und alles was wir zu bieten haben, ist angeschlagenes Porzellan«, sagte Hetty ein wenig verschämt zu Mrs Hempstead, als sie eine Verschnaufpause einlegten.

»Es ist doch ganz egal, *warum* sie gekommen sind. Hauptsache, sie sind hier. Und außerdem ist das Porzellan teilweise wirklich hübsch, wenn auch nicht antik.«

Hettys Laune sank nur ein wenig, als es fünf Uhr wurde und ein paar Kaufwillige an Mrs Hempsteads Stand immer noch über den Preis einer ganz besonders hässlichen selbst gemachten Tonvase feilschten. Aber zu guter Letzt packte auch Phyllis zusammen und ehe sie nach Hause ging, reichte sie Hetty eine ganze Tasche voller Scheine und Münzen.

»Gut gemacht, Kind. Das haben Sie *wirklich* gut gemacht.«

»Aber Sie haben doch viel mehr getan, Mrs … Phyllis. Sie haben schließlich das ganze Porzellan aussortiert und Ihre Freundinnen mobilisiert.«

»Das meinte ich nicht. Sie haben den Stier einfach bei den Hörnern gepackt. Sie sind mutig und couragiert. Viele Mädchen wären nach Hause gefahren und hätten gesagt, damit könnten sie nicht fertig werden. Aber Sie nicht.«

Hetty war gerührt. Und erfreut. Und sie überlegte, ob sie Mrs Hempstead nicht von Connor erzählen sollte, solange sie noch so strahlender Laune war. Aber sie konnte sich nicht dazu überwinden. Sie war zu erledigt, und Mrs Hempstead würde zweifellos verlangen, dass sie Connor im Schlaf vergiftete. Mutig und couragiert mochte sie sein, aber weder ihr Mut noch ihre Liebe zu Courtbridge House reichten so weit, dass sie einen Mord begehen wollte.

»Ich hätte das niemals ohne Sie und Ihre Freundinnen auf die Beine stellen können, Phyllis.«

»Ach, Unsinn, Kind. Wir haben solchen Spaß gehabt!« Mrs Hempstead machte sich auf den Heimweg, ihre Schultertasche ganz ausgebeult von all den Schnäppchen, die sie ergattert hatte.

Caroline und Jack verabschiedeten sich als Nächste. Sie wollten Hetty überreden, mit ihnen in den Pub zu kommen. Wäre Connor nicht gewesen, diese Zeitbombe in Menschengestalt, hätte sie es gern getan. Es kostete sie einige Energie, Caroline zu überzeugen, dass sie lieber daheim bleiben wollte.

Sie sah nach ihrem Patienten, der jetzt auch ohne Schmerzmittel tief und fest schlief. Dann setzte Hetty sich an den Küchentisch und zählte ihr Geld. Sie hatte genug für Carolines Elektriker, der am nächsten Tag mit der Erneuerung der Stromleitungen anfangen wollte, und beinah genug für die Feuerlöscher, die bestellt waren und im Laufe der Woche geliefert werden sollten. »Nicht schlecht, was?«, sagte sie zu Clovis, der maunzte und sie dabei in eine Mundgeruchwolke hüllte, mit der man einen Kanarienvogel hätte umbringen können.

Hetty räumte die Küche auf und ließ alle Beweise verschwinden, die auf stattgefundene kommerzielle Aktivitäten hindeuteten. Es war unwahrscheinlich, dass sie alle Spuren des Trödelmarktes beseitigen konnte, aber sie musste Connor ja nicht mit der Nase darauf stoßen.

Er zeigte sich jedoch nicht, also ging Hetty bald selber schlafen und war froh, dass ihr peinliche Konfrontationen und Ausflüchte für diesen Tag erspart geblieben waren.

Am nächsten Morgen ging sie gleich nach dem Aufstehen noch oben, um nach ihm zu sehen. Er schlief immer noch, hatte aber das Wasser getrunken und noch ein paar Aspirin genommen. Hetty wurde es gar zu langweilig, auf den Stoß des Damoklesschwertes zu warten, also machte sie sich querfeldein auf den Weg zu Peter, um ihm für seine Hilfe zu danken, von Connor zu erzählen und ein Frühstück zu erbetteln.

Es war ein wunderschöner Morgen – einer dieser frühen Frühlingstage, an denen die Leute zueinander sagen: »Das ist der Sommer, mach das Beste draus!« Primeln blühten am Fuße der Hecken, und das erste zarte Grün zeigte sich an den Bäumen. Die Hunde schienen das Vibrieren der wiedererwachenden Natur zu spüren, sie sprangen übermütig umher, bellten ausgelassen und rangelten miteinander. Trotz der Gummistiefel wurde Hetty bis zu den Oberschenkeln nass vom Tau auf Wiesen und Sträuchern. Die Schönheit, die sie umgab, schnürte ihr die Kehle zu. Sie wollte all das nicht aufgeben und nach London zurückkehren oder, was in gewisser Weise noch schlimmer wäre, in die weit weniger malerische ländliche Einöde, wo ihre Eltern lebten. Und ebenso wenig wollte sie sich vorstellen, dass diese uralten Weiden zugepflastert und mit lärmenden Fahrgeschäften voll gestopft würden – Metall und Plastik statt lebender Dinge.

Sie würde es einfach nicht zulassen, entschied sie und richtete ihre Gedanken auf Schinken, Vollkorntoast und Kaffee, voller Optimismus, dass Peter all das zu bieten hatte. Er war ja so verlässlich.

Als sie die Hand hob, um an die Hintertür zu klopfen, kam ihr der Gedanke, dass sie Peter vielleicht ausnutzte, genau wie ... na ja, nicht genau so, aber moralisch gesehen in der gleichen Weise, wie Alistair sie ausgenutzt hatte. Aber sie verwarf den Gedanken gleich wieder und klopfte an. Peter half anderen gern.

»Hallo, Peter. Bist du schon munter, oder komme ich zu früh?«

Peter wirkte auf attraktive Weise zerzaust. Er kam offenbar gerade aus der Dusche. Seine Haare waren nass, und er trug kein Hemd unter dem Pullover.

»Ähm ... nein. Höchstens ein bisschen. Alles in Ordnung?«

»Bestens. Ich hab Neuigkeiten. Und ich dachte, ich könnte mich bei dir zum Frühstück einladen.«

»Komm rein. Ich zieh mich nur eben fertig an.«

»Also?« Peter hatte Kaffee gemahlen, Champignons in Scheiben geschnitten und legte jetzt Speckscheiben auf den Grill. »Was für Neuigkeiten?«

»Conan der Barbar ist hier.«

Peter wandte sich zu ihr um, eine Speckscheibe baumelte vom Messer. »Was?«

»Er ist Freitagnacht angekommen. Stand einfach plötzlich auf der Matte. Er muss wohl doch all die Nachrichten von meiner Mutter bekommen haben.«

»Du willst sagen, während draußen all das Getöse war und der Trödelmarkt stattfand, war Samuels Erbe irgendwo oben im Haus?«

Es klang wirklich ein bisschen bizarr. »Ja. Zum Glück ist er krank und hat die ganze Sache verschlafen.«

»Du meine Güte. Heißt das, dass du nach Hause fährst?« Peter legte die letzte Scheibe auf den Grill und stellte den Kessel auf. Er schien beunruhigt.

Hetty schüttelte den Kopf. »Keine Ahnung. Ich hoffe wirklich, das wird nicht nötig sein.«

»Und wird er Courtbridge House in einen Vergnügungspark umbauen?«

Hetty zuckte die Achseln. »Ich weiß es nicht. Zwei Uhr

morgens ist nicht die günstigste Zeit, um solche Fragen zu stellen.«

»Was macht er?« Zwei Tomaten folgten den Speckscheiben auf den Grill.

»Schläft immer noch, hoffe ich. Kuriert seine Grippe und seinen Jetlag aus. Und bis er aufwacht, kann ich nicht rausfinden, wo er steht. Heute Nachmittag kommt übrigens einer von Carolines Handwerkern wegen der Leitungen.«

»Am Sonntagnachmittag?«

Sie nickte. »Er macht es schwarz.«

»Und was wirst du tun, wenn der Barbar dich auffordert zu verschwinden? Ich frage nur«, fuhr er hastig fort, »weil du in dem Fall gern zu mir ziehen könntest. Gästezimmer oder mein Schlafzimmer. Ein Ei oder zwei?«, fügte er hinzu, um seine Verlegenheit zu überspielen.

»Das ist wirklich furchtbar lieb von dir, Peter. Und ich gebe zu, zu dir zu kommen war mein erster Gedanke.«

Peter legte die Eierschalen auf die Arbeitsplatte. »Wirklich?«

Hetty ging auf, dass er falsche Schlüsse zog. »Ich meine, ich war sicher ... ich dachte, wenn ich wirklich nicht weiterweiß, könnte ich bestimmt bei dir unterkommen.«

»Du musst nicht erst vollkommen ratlos sein, ehe du bei mir unterkommen könntest, Hetty.«

Hetty fuhr sich mit der Zunge über die Lippen und zwang sich, ihm in die Augen zu sehen. »Ich weiß, Peter. Du bist wunderbar. Ich weiß nicht, was ich ohne dich täte.« Sie versuchte, ehrlich zu sein, aber sie war sich bewusst, dass jedes Wort, das sie sagte, ihn weiter in die Richtung führte, die einzuschlagen sie noch nicht bereit war. »Ich bin noch lange nicht bereit für eine neue Beziehung. Aber wenn ich es wäre, dann wärst du der Erste ... Ich meine ...« Sie wusste nicht, was sie meinte, also hielt sie den Mund.

Peter sah sie lange an. Dann füllte er ihr Frühstück auf und setzte ihr den Teller vor.

»Danke«, sagte Hetty erleichtert.

6. Kapitel

Als sie von Peter zurückkam, betrat Hetty die Küche wie eine Figur in einem James-Bond-Film, ließ den Blick durch den Raum schweifen auf der Suche nach Anzeichen eines Eindringlings. Nichts zu sehen. Conan der Barbar schlief offenbar nach wie vor.

Lautlos schlich sie die Treppe hinauf. Sie kam sich immer noch wie ein Spion vor, und ihre Mission bestand darin festzustellen, ob er das Schlafzimmer verlassen hatte. Das war der Fall. Er war im Bad gewesen und hatte die Klobrille hochgeklappt gelassen. Beruhigt über dieses Lebenszeichen, wenn auch verstimmt über die Nachlässigkeit, betrat sie auf Zehenspitzen sein Zimmer. Er lag vollkommen reglos, aber das Wasserglas war wieder geleert. Sie füllte es im Bad und ließ ihn dann allein.

Sie war enttäuscht. Sie hatte sich für eine Konfrontation gewappnet, und die wurde ihr nun vorenthalten. Jetzt da der Trödelmarkt sicher überstanden war, musste sie herausfinden, wie viel er über Samuels Finanzkrise wusste.

Außerdem brauchte sie neuen Zündstoff, um ihn wieder richtig hassen zu können. Wenn man sich um jemanden kümmerte, hatte sie festgestellt, selbst in so minimaler Weise, wie sie sich um Conan den Barbaren kümmerte, entwickelte man einfach ganz unweigerlich so etwas wie einen Beschützerinstinkt.

Sie entschied, dass jetzt ein geeigneter Zeitpunkt sei, sich ein Schlafzimmer auszusuchen und es zu beziehen. Ihr Claim abzustecken. Wenn er herausfand, dass sie auf dem Sofa kampiert hatte, würde es ihre Anwesenheit vorübergehend, provisorisch erscheinen lassen. Ein Schlafzimmer war ein Revier. Außerdem würde es oben bald wieder Licht geben, wenn Carolines Elektriker wie versprochen kam.

Und ganz gleich wie unsympathisch und schauderhaft ihr entfernter Cousin auch sein mochte, er wirkte zumindest einigermaßen solide und ungespenstisch und hatte, soweit sie es beurteilen konnte, genau die Art skeptischer Persönlichkeit, die jedes Wesen in die Flucht schlagen würde, das nicht ganz und gar aus Fleisch und Blut war. Sie wählte das Zimmer, in dem sie die erste Nacht verbracht hatte, als ihre Mutter noch da gewesen war.

Sie summte leise vor sich hin, während sie ihr Bett machte, die Kissen aufschüttelte und ab und zu aus dem Fenster sah, um nach dem Elektriker Ausschau zu halten. Dann lief sie hinunter, pflückte ein paar Primeln für ihr Zimmer, legte Kerzen, Streichhölzer und ein Buch auf ihrem Nachttisch ab und sang dabei die ganze Zeit. Als sie schließlich fertig war, kam ihr in den Sinn, dass sie vermutlich ziemlich viel Lärm gemacht hatte. Aber zu ihrer Erleichterung rührte der Patient sich nicht.

Es war ein herrliches Gefühl zu spüren, wie ihre eingerostete Stimme sich langsam wieder zu ihrer alten Form entwickelte. In der sicheren Küche ließ sie sie beim Abwaschen zu den staubigen Deckenbalken aufsteigen und von den fettverschmierten Wänden zurückhallen.

Erst als sie oben im Flur Schritte hörte, die darauf schließen ließen, dass der Kranke erwacht war, fiel ihr das Geld auf dem Küchentisch wieder ein. Wie sollte sie ihm die sechs Margarinekartons voll sortierter Münzen und die Einkaufstasche voller Scheine erklären? Sie stopfte die Kartons in den Schrank hinter die Marmeladengläser und die Tasche in eine Schublade voll alter Plastiktüten. Sie hatte sie gerade geschlossen, als Connor in die Küche trat.

»Hallo«, sagte sie fröhlich, überzeugt, dass man ihr die Heimlichtuerei an der Nasenspitze ansehen konnte. »Wie fühlen Sie sich?«

»Furchtbar.«

Er sah wirklich krank aus. All die vielen Stunden Schlaf hatten weder die dunklen Ringe unter den Augen noch den finsteren Gesichtsausdruck vertreiben können. Obwohl Letzterer vermutlich mehr mit seiner Persönlichkeit denn mit Jetlag oder Halsentzündung zu tun hatte.

»Soll ich Ihnen einen Tee kochen oder so was?«

Sie hatte letzte Nacht den Entschluss gefasst, dass sie keinesfalls unterwürfig sein wollte, um ihn bei Laune zu halten. Aber auf der anderen Seite war es vielleicht eine gute Idee, ihn ein bisschen zu besänftigen, ehe sie versuchte, Informationen aus ihm herauszuholen. Was sie wirklich brauchte, war irgendeine Mixtur, die seine Zunge lösen und anschließend die Erinnerung daran auslöschen würde.

»Danke. Hab mir auf dem Heimweg wohl irgendeinen Virus gefangen. Fühl mich lausig.«

»Sollten Sie nicht lieber im Bett bleiben?« Hetty hörte die Stimme ihrer Mutter aus ihrem eigenen Mund kommen und hoffte, er nahm es nicht übel.

Er nickte. »Ich brauch was Heißes zu trinken. Danach leg ich mich wieder hin.«

»Es ist noch ein bisschen früh für einen heißen Toddy...«

»Finde ich nicht. Würden Sie mir einen machen?« Seine Züge eigneten sich irgendwie nicht dazu, einen bittenden Ausdruck anzunehmen. Vermutlich war er es eher gewöhnt, Befehle zu erteilen. Aber mit Halsschmerzen ist es einigermaßen schwierig, Kommandos zu bellen. »Ich hab Duty-Free-Whiskey in meiner Tasche. Ist noch im Auto. Soll ich ihn holen?«

Sie zögerte. Ihr Gluckeninstinkt war beinah überwältigend. Er sah so krank aus. Aber auch Alistair hatte so ausgesehen, und was hatte ihre aufopferungsvolle Fürsorge ihr letztlich eingebracht?

Aber Connor litt nicht einfach nur an einer schlichten Erkältung, und auch wenn sie nichts über ihn wusste, das für ihn sprach, beruhte ihre Einschätzung bislang ja nur auf Informationen aus zweiter Hand. Es war immer noch früh genug, kühl und abweisend zu sein, wenn er sich weit genug erholt hatte, um damit fertig zu werden. »Nicht nötig. Wir haben noch genug Whiskey. Möchten Sie vielleicht ein Bad nehmen? Möglicherweise macht es alles noch schlimmer, aber wenn Ihre Muskeln verspannt sind, wird es helfen.«

»Gibt es denn genug heißes Wasser?«

Hetty nickte. »Ich sag Ihnen was: Ich lasse Ihnen ein Bad ein, während Sie ein Auge auf den Topf haben, dann können Sie Ihren Toddy in der Wanne trinken.«

Sie wurde mit einem Aufblitzen weißer Zähne belohnt, das kurz zwischen den Stoppeln und den tiefen Furchen erschien. Hetty verspürte plötzlich das Bedürfnis, ihn zu bügeln.

Sie wartete den ganzen Nachmittag auf den Elektriker, arrangierte derweil die Nippesfigürchen im Salon um und telefonierte mit ihrer Mutter. Hetty hatte sich den Hörer zwischen Ohr und Schulter geklemmt und spielte immer noch mit den Figürchen aus Meißener Porzellan, und nach ein paar Minuten ging ihr auf, dass ihre Mutter irgendetwas für sie eingefädelt hatte, das sie nicht so ganz mitbekommen hatte. »Kannst du das noch mal wiederholen?«

Ihre Mutter seufzte und gab ihrer Tochter eine kurze Zusammenfassung des Gesagten, wobei sie auf die unwesentlichen Details verzichtete.

»Also eine Rubinhochzeit, aber du weißt nicht, wann genau?«, fasste Hetty zusammen.

»So ist es. Sie wird dich anrufen – nicht Mrs Graham – die Frau mit der Hochzeit. Du klingst nicht gerade begeistert, Liebling. Ich dachte, du bist froh um jede Einnahmequelle für das Haus.«

Hetty dachte an Connor, der oben schlief, und an seine gekrächzten Worte nach seiner Ankunft Freitagnacht. Sie beschloss, ihn nicht zu erwähnen, ihre Mutter würde nur in Panik geraten. »Bin ich auch. Es ist nur so, dass wir eigentlich noch nicht so weit sind, dass wir hier Feste ausrichten könnten.«

»Vermutlich ist es noch Monate hin. So was organisieren die Leute doch immer weit im Voraus.«

»Hm.«

»Sie wird dich jedenfalls anrufen. Ich habe ihr gesagt, du seiest…« Es folgte ein kurzes Schweigen, während ihre Mutter erkannte, dass sie mit einem Fuß im Fettnäpfchen stand, und versuchte, ihn wieder herauszuziehen.

»*Was* hast du ihr gesagt?!«

»Ich habe kein Wort von Alistair gesagt, ich schwör's. Ich habe nur erwähnt … dass du noch nicht sehr viele Leute in der Gegend kennst.«

Dieses Mal seufzte Hetty. Wenn das nur wahr wäre!

Als ihr klar wurde, dass der Elektriker sie versetzt hatte, stattete sie mit den Hunden Phyllis Hempstead einen Besuch ab. Um ihr zu berichten, wie viel Geld sie eingenommen hatten, aber auch, um Connors Erscheinen beiläufig in die Unterhaltung einzustreuen – falls das möglich war, ohne ein Feuerwerk auszulösen.

»Mein liebes Kind!«, rief Phyllis aus und schenkte Pflaumenwein in zwei Gläser. »Wollen Sie mir weismachen, dass die ganze Zeit, während der Trödelmarkt im Gange war, Samuels unausstehlicher Neffe oben im Haus lag und schlief?«

Hetty nickte. »Er hat nichts davon mitbekommen. Er muss wirklich ziemlich krank sein.«

Phyllis brummte. »Meiner Meinung nach kann er gar nicht krank genug sein. Haben Sie ihn wegen seiner Pläne zur Rede gestellt?«

»Ich habe noch kaum mit ihm gesprochen. Es geht ihm zu schlecht.«

Hetty hatte den Verdacht, Phyllis werde sie auffordern, dahingehend auf seine Krankheit einzuwirken, dass er sich nie mehr erholte, womöglich unter Anwendung der uralten Pferdemedizin, die sie gefunden hatten. Darum fuhr sie hastig fort: »Man kann nicht auf jemanden einschlagen, der am Boden liegt, oder?«

Phyllis' Nasenflügel blähten sich missfällig. »Das würde ich nicht unbedingt sagen. Aber da Sie zumindest vorübergehend mit ihm unter einem Dach leben müssen, sollte ich Ihnen wohl schon selbst überlassen, wie Sie sich verhalten.«

»Zumal die Gefahr besteht, dass er mich vor die Tür setzt. Und was machen wir dann? Ich bin schließlich nur zum Haushüten gekommen.«

Phyllis seufzte, ihr Kampfgeist hatte sie für den Moment im Stich gelassen. Aber nur für den Moment. »Sie könnten zu mir ziehen und das Geld vom Trödelmarkt für einen Konterangriff verwenden. Ich sehe die Spruchbänder schon vor mir: RETTET COURTBRIDGE HOUSE! VERHINDERT DEN THEMENPARK!«

»Ich hoffe nicht, dass es dazu kommt. Solange ich im Haus wohne, kann ich sicher mehr ausrichten, mitten im feindlichen Lager, sozusagen.«

Kurz darauf verabschiedete sie sich und dachte, dass der Pflaumenwein es ganz schön in sich hatte.

Connor hütete auch den ganzen Montag das Bett, und Hetty brachte ihm in regelmäßigen Abständen heiße Getränke oder kaltes Wasser. Sie verordnete ihm ausdrücklich strenge Bettruhe, denn mit einem Tag Verspätung war der Elektriker eingetrudelt.

Den ganzen Tag blieb der Strom abgestellt, und Andy schlug den Putz ab, riss die alten Kabel von den Wänden und ließ seine Bohrmaschine dröhnen. Connor hatte Lärm und Chaos wieder einmal ahnungslos verschlafen. Jetzt war es sechs Uhr, und Hetty verabschiedete Andy unten in der Halle, als die Haare in ihrem Nacken sich plötzlich aufrichteten. Ihre Schonfrist war abgelaufen.

Sie hörte Schritte oben auf dem Korridor und hielt den

Atem an, entspannte sich jedoch wieder, als sie erkannte, dass sie Richtung Badezimmer abgebogen waren. Nimm ein schönes, heißes Bad, drängte sie ihn in Gedanken. So heiß, dass dir schwindelig wird und du anschließend gleich wieder ins Bett musst. Nur bis ich Andy losgeworden bin.

»Sie waren einfach wunderbar.« Sie nahm Andys Arm und führte ihn Richtung Tür. »Kommen Sie morgen wieder?«

»Und übermorgen auch, Liebes. Ich habe hier noch ein paar Tage zu tun.«

O Gott! Ein paar Tage! So lange würde sie seine Anwesenheit niemals geheim halten können. »Aber es wird nicht teurer als veranschlagt?«

»Nein, nein. Es sei denn, ich stoße hier auf irgendwas ganz Furchtbares.« Er lachte unbeschwert in sich hinein, wie Leute es tun, wenn sie über das Haus eines anderen reden, nicht über ihr eigenes. »Das Gute an diesen alten Kästen ist, dass der Putz wirklich ganz problemlos runterkommt.«

Hetty versuchte, sich von seiner Fröhlichkeit anstecken zu lassen. »Also dann bis morgen?«

Sie hörte, wie die Badezimmertür sich öffnete. Würde Connor zurück ins Bett gehen? Oder fühlte er sich besser?

»So gegen acht. Da sind Sie doch auf, oder?«

»O ja.« Sie hätte sich auch bereit erklärt, um fünf aufzustehen oder die Nacht durchzumachen, wenn sie Andys Anwesenheit damit vor Connor hätte verheimlichen können.

Sie öffnete die Tür und schob ihn beinah hinaus. »Ich will Sie nicht aufhalten. Es ist so nett von Ihnen, dass sie nach Feierabend noch herkommen.« Sie merkte, dass sie zu überschwänglich war.

»Kein Problem, Liebes. Für Carolines Freunde tu ich alles.« Er war schon fast über die Schwelle, als er sich noch einmal umwandte. »Lassen Sie mich wissen, wenn ich Ihnen sonst noch irgendwie helfen kann. Und wenn Sie neue Rohrleitungen brauchen, da wüsste ich jemanden.«

Hetty schubste ihn fast zur Tür hinaus. »Gut, ich werd dran denken.«

Endlich war er verschwunden.

Connor war in der Küche, als Hetty eintrat. Die Hunde sprangen um ihn herum, als wäre er ihr bester Freund und nicht der erbittertste Feind ihres vorübergehenden Frauchens. Er strich ihnen kurz über die Köpfe, aber er machte sich nicht die Mühe, Hetty zu begrüßen. Kein »Hallo, wie geht's« oder wenigstens »Was hat dieser Typ hier gemacht« – er sagte nur: »Wie wollen Sie ihn bezahlen?«

Hetty rang den Impuls nieder, »Mit meinem Körper« zu antworten. Sie wusste, kindisch zu sein würde sie nicht weiterbringen. »Mit Bargeld.«

»Wessen Bargeld?«

Gute Frage. Wem gehörte das Geld, das derzeit unter einem Haufen Supermarkttüten in der Küchenschublade versteckt lag? »Nun, ich habe nicht die Absicht, Ihre Taschen zu plündern. Es sei denn, Sie wollten Ihre Hilfe anbieten?«

»Bestimmt nicht. Was hat er gemacht?«

»Er verlegt neue Elektrokabel.«

Connors Brauen hoben sich gefährlich. »Ist das nötig?«

»Allerdings! Die Leitungen waren nicht sicher. Die Versicherung hätte uns nicht erlaubt, das Haus fürs Publikum zu öffnen, solange jeden Moment ein Feuer auszubrechen droht. Sie sind ein bisschen komisch in der Hinsicht.«

»Weiß Samuel davon?«

»Nein.«

»Meinen Sie nicht, Sie sollten ihn erst fragen, ehe Sie größere Summen seines Geldes ausgeben? Völlig unnötigerweise?«

Hetty war bewusst, dass sie eigentlich mit Samuel hätte reden müssen. Aber es wäre schwierig gewesen, die neuen Elektroleitungen zu erwähnen, ohne auf Geld zu sprechen zu kommen, und er war ohnehin schon so niedergeschlagen. »Ich wollte ihn nicht damit belasten. Er ist alt und krank.« Obwohl sie versuchte, im Brustton der Überzeugung zu sprechen, hatte sie in Wahrheit ein ziemlich schlechtes Gewissen.

»Also woher nehmen Sie das Geld für den Elektriker? Bezahlt Ihre Mutter ihn?«

»Nein!«

»Wer dann?«

Hetty hatte langsam genug von dieser Unterhaltung. Und ihr wurde höchst unbehaglich. »Da es nicht Ihr Geld ist, und ich sehe nicht, dass Sie zu Ihrem Scheckbuch greifen, warum sollten Sie sich dann Gedanken darüber machen?«

»Ich bin lediglich besorgt, dass Sie Samuel gedrängt haben könnten, Geld für Dinge auszugeben, die er sich nicht leisten kann. Es hat keinen Sinn, Geld in dieses Haus zu investieren. Es wäre unbezahlbar, es in Ordnung zu bringen.«

Wusste er nichts von dem neuen Dach? Hetty beschloss, sich auf die Suche nach den Dachdeckerrechnungen zu machen, um festzustellen, wann es gemacht worden war. Ihr ging auf, dass er es bei seiner Ankunft im Dunkeln durchaus übersehen haben konnte. »Sie wollen es also einfach verfallen lassen?«

Er nickte. »Wenn Samuel stirbt, lasse ich es abreißen.«

Hetty wurde ganz schwach. Mit dem Fuß zog sie einen Stuhl heran und setzte sich ihm gegenüber. »Das kann nicht Ihr Ernst sein«, hauchte sie.

Er schien beinah amüsiert über ihre Reaktion. »Die wiederverwertbaren Materialien zu verkaufen wird einen Teil der Erbschaftssteuer abdecken.«

Während Connor krank gewesen war, niedergerafft vom

Jetlag und einem hartnäckigen Virus, hatte Hetty sich an die Hoffnung geklammert, dass er vielleicht ganz anders sein würde, als alle behaupteten, wenn es ihm wieder besser ging. Sie hatte geglaubt, dass sich unter dem wenig vielversprechenden Äußeren vielleicht ein Herz aus Gold verbarg. Jetzt wünschte sie, sie hätte ihn wirklich im Schlaf erstochen oder ihm die alte Pferdemedizin in den Tee geträufelt.

»Da das Haus in so schlechtem Zustand ist, ist es doch bestimmt nicht viel wert. Die Erbschaftssteuer kann also nicht so hoch sein.«

Connor schüttelte den Kopf. »Das Grundstück ist ein Vermögen wert. Aber Geld in das Haus zu stecken wäre so, als versuche man, ein Fass ohne Boden zu füllen.«

»Samuel ist anderer Ansicht, sonst hätte er bestimmt nicht das Dach erneuern lassen!« Zu spät erinnerte sich Hetty, dass sie das nicht hatte erwähnen wollen.

Aber Connor zuckte nicht mit der Wimper. Er wusste offenbar Bescheid. »Samuel wollte im Trockenen sterben. Aber es war ein Fehler, das Dach zu erneuern. Und ich werde diesen Fehler nicht fortsetzen.«

Plötzlich hatte Hetty das Gefühl, dass alles besser wäre, als das Haus abzureißen. »Ich habe gehört, Sie wollten hier einen Themenpark errichten. Sollte das Haus nicht die Hauptattraktion werden?«

»Das Anwesen ist nicht sehr groß. Letztlich läge die Entscheidung nicht bei mir, aber die Investoren tendieren zu der Meinung, dass der Platz für sie von größerem Wert wäre als das Haus.«

»Wie denkt Samuel darüber?«

Connor fuhr sich mit der Hand durch die wilde Mähne, die sein Sichtfeld beträchtlich einschränkte. »Er glaubt nicht, dass er noch so lange lebt, dass es ihn betreffen wird. Ich hoffe, Sie wollen ihn nicht damit behelligen?«

Er hatte also doch so etwas wie ein Gewissen. »Natürlich nicht. Aber das ganze Dorf weiß von dem Themenpark. Wenn er nach Hause kommt, wird bestimmt irgendwer mit ihm darüber reden, vor allem…« Im letzten Moment bremste sie sich, ehe sie hinzufügen konnte: »Jetzt da die Leute wissen, dass Sie hier sind.«

»Vor allem was?«

»Vor allem, wenn das Haus für Besucher geöffnet wird«, improvisierte sie. »Es ist doch natürlich, dass die Leute wissen wollen, wie es weitergehen soll.«

Connor zuckte die Achseln. »Er ist fast achtzig und hatte eine schwere Operation. Vielleicht ergibt sich die Gelegenheit gar nicht mehr, ihn damit zu überfallen. Vielleicht kommt er gar nicht mehr nach Hause.«

All ihre Träume und Pläne schienen zunichte, all die harte Arbeit umsonst. »Und wenn doch? Angenommen, er hat nicht mehr lange zu leben und die Ärzte sagen, es wäre besser, wenn er seine Tage in seinem Heim beschließen könnte? Wollen Sie, dass er ein Haus ohne Elektrokabel vorfindet, ohne Licht im Obergeschoss, ohne…« Fieberhaft suchte sie nach anderen Missständen im Haus, die Samuels Bequemlichkeit beeinträchtigen könnten. »Ein Haus, das verlottert und verkommen wirkt?«

»Es sollte keine Unsummen verschlingen, das Haus gepflegt und ordentlich erscheinen zu lassen.«

Hetty holte Luft, um zu protestieren, aber in diesem Punkt gab sie ihm Recht. Sie fühlte sich erschöpft und mutlos und erkannte, dass das zum Großteil daran lag, dass sie ausgehungert war. Das Erbgut ihrer Mutter machte es ihr unmöglich, zu kochen und zu essen, ohne ihm etwas anzubieten, also schob sie ihre Animosität beiseite und fragte ihn, ob er etwas essen wolle.

»Haben Sie Suppe? Mein Hals ist immer noch ein bisschen rau.«

Das war einfach, theoretisch jedenfalls. »Dosensuppe?«

»Prima.«

Sie war erleichtert. Alistair aß nur selbst gemachte Suppe oder höchstens Fertigsuppen gefeierter Edelmarken. Sie musste endlich aufhören zu denken, Connor sei genauso wie Alistair. Sie hatte genug Gründe, Connor zu verabscheuen, ohne auch diesen noch hinzufügen zu müssen.

»Dann gehen Sie doch schon mal ins Wohnzimmer und sehen nach dem Feuer.« Was sie meinte, war: »Verschwinde und steh mir nicht im Weg rum.« Sie hatte das Gefühl, dass er das sehr wohl verstand, aber nicht gewillt war, sich herumkommandieren zu lassen.

»Ich nehme schnell ein Bad. Wenn's Sie nicht stört.«

Mit einem Süßstofflächeln ließ sie seinen Sarkasmus von sich abprallen.

Als sie allein in der Küche war und mit Dosen und Töpfen hantierte, erforschte sie ihre Gefühle. Ein Teil von ihr wäre am liebsten vor der ganzen Situation davongelaufen. Connors Pläne waren noch viel schlimmer, als irgendwer befürchtet hatte. Niemand war im Traum darauf gekommen, dass das Haus abgerissen werden sollte, lediglich von Schnellrestaurants und riesigen Parkplätzen umgeben. Und niemand außer ihr wusste von dem gigantischen Kredit.

Ihre andere Hälfte wollte sie dazu verleiten, sich vor der Eingangstür anzuketten und sich der Abrissbirne in den Weg zu stellen und so in die Neun-Uhr-Nachrichten zu kommen. Praktisch alles zu tun, um ihn daran zu hindern, das Haus abzureißen. Aber was konnte sie, realistisch betrachtet, gegen seine Pläne unternehmen, die ja schon lange beschlossen schienen?

Sie füllte die Suppe auf, stellte die Tassen auf ein Tablett und ging zum Wohnzimmer hinüber. Das Feuer prasselte angenehm. Connor und die Hunde hatten sich alle drei aufs Sofa geflegelt. Es hätte ein Bild harmonischer Idylle sein können, wäre die menschliche Komponente für solche Bilder nicht so denkbar ungeeignet gewesen.

Wie schade, dass ausgerechnet Connor Samuels Erbe sein musste, dachte sie, während sie schweigend ihre Suppe löffelten. Wenn Samuel doch nur verheiratet gewesen wäre, sein jüngerer Bruder doch nur nicht gestorben wäre, dann würde das Haus an einen netten, aufgeschlossenen Menschen übergehen, dem daran gelegen war, die Familientradition fortzuführen.

Andererseits war es durchaus möglich, dass Connor verheiratet war. Vielleicht gehörte seine Frau zu der Sorte, die gerne in einem hochherrschaftlichen Haus leben würde. Möglicherweise hatte Connor ihr Courtbridge House einfach verheimlicht, weil er nicht hier wohnen wollte. Es gab nur einen Weg, um das herauszufinden. Caroline hätte keine Skrupel gehabt, geradewegs zur Sache zu kommen. Aber Hetty musste sich erst mit ein paar Löffeln Suppe stärken, ehe sie ihre Frage herausbrachte.

»Sind Sie verheiratet?« Im flackernden Feuerschein schien sein Gesicht einen Ausdruck puren Entsetzens anzunehmen. »Oder leben mit jemandem zusammen?«, schwächte sie ab.

»Nein. Sie?«

»Nein. Also keine Kinder?«

Connor warf ihr unter buschigen Brauen einen seltsamen Blick zu. »Nein. Sie?«

Hetty versagte sich im letzten Moment ein ungehaltenes »Natürlich nicht« und beschränkte sich auf ein knappes »Nein«.

»Warum so neugierig? Wollen Sie einfach die Konkurrenz sondieren?«

»Was meinen Sie mit Konkurrenz?«

»Sie stellen Fragen über mein Privatleben, um festzustellen, ob Sie sich reinen Gewissens an mich heranmachen können«, führte er aus.

Hetty war zu wütend, um verlegen zu sein. Aber sie nahm sich zusammen. Wenn sie ihrem Ärger Luft machte, würde sie ihm nur weitere Munition liefern. »Was für eine drollige Idee«, sagte sie schließlich.

Connor lachte. »Nicht so drollig, wie Sie vielleicht glauben. Nach meiner Erfahrung heiraten Frauen entweder sehr jung oder wenn sie Kinder wollen.«

»Ich habe die Absicht, erst im hohen Alter zu heiraten. Im sehr hohen Alter.«

»Und wie alt sind Sie jetzt? Achtzehn?«

»Vierundzwanzig.«

»Ah. Erste Beziehung gerade vorbei, ja?«

Hetty wurde heiß und kalt. Es konnte doch nicht sein ... Nein. Nicht einmal ihre Mutter würde solche Angelegenheiten einem Anrufbeantworter anvertrauen. Nur die Ruhe. Er weiß es nicht, es ist nur geraten. »Wie kommen Sie auf so was?«

»Warum sonst sollten Sie hier sein und diesen verfallenen alten Kasten hüten, der Sie gar nichts angeht? Wenn Sie nur arbeitslos wären, würden Sie sicher nicht hierher kommen, um nach einem Job zu suchen.«

»Ich hatte im Moment einfach nichts Besseres zu tun«, erklärte Hetty streng. »Meine Mutter hat ...«

»Ihre Mutter ...«, begann Connor.

»Was ist mit ihr?«, unterbrach sie. Ihr stand es zu, ihre Mutter zu kritisieren, ebenso ihrem Vater und ihrer Schwester, aber niemandem sonst. Nur Leuten, die sie liebten.

»Sie mischt sich ständig in alles ein«, schloss er zahm.

Hetty wartete darauf, dass ihre Wut auf ein ausreichendes Maß anstieg, um mit den Fäusten auf ihn loszugehen, aber nichts tat sich. Es hatte so sachlich geklungen, so neutral, als betrachte er die Neigung, sich in anderer Leute Angelegenheiten einzumischen, als eine genetisch bedingte, unabänderliche Eigenart, wie zu große Zähne.

»Sie meint es gut«, murmelte Hetty in ihren Rollkragen.

»Genau.«

Hetty leerte ihre Suppentasse, ohne weitere Konversation zu riskieren. Alles, was sie sagte, würde sie entweder als naiv oder neugierig entlarven.

»Also, was wird diese neue Verkabelung in etwa kosten?«

Hetty sagte es ihm. Connor zog die Brauen hoch. »Günstig. Aber trotzdem Verschwendung.«

»Nicht wenn Samuel zurückkommt und seine Tage hier beschließt. Nicht einmal Sie können riskieren wollen, dass er im Bett verbrennt.«

»Genauso wenig möchte ich riskieren, dass er sich um unbezahlbare Kredite sorgen muss.«

Das tut er doch längst, dachte sie, aber wenn Connor davon nichts wusste, konnte sie es ihm nicht sagen. Ebenso wenig wagte sie, ihm zu sagen, aus welcher Quelle das Geld für den Elektriker kommen sollte. Sie schloss die Augen. »Wenn wir größere Teile des Hauses für Besucher zugänglich machten, würden die Einnahmen die Kosten decken.«

»Das Haus sollte überhaupt nicht mehr geöffnet werden, ganz gleich, was Samuel sagt.«

»Warum nicht?«

»Zeitverschwendung.«

»Wessen Zeit? Ihre? Wenn Sie glauben, irgendwer erwartet, dass Sie sich damit herumplagen, seien Sie unbesorgt. Wir machen das schon.«

»Wer ist ›wir‹?«

»Ich. Mrs Hempstead, Peter, Caroline – die ganze Gemeinde.«

»Wieso glauben Sie das?«

»Wir haben einen Trödelmarkt...« Wiederum zu spät entsann sie sich, dass sie auch das hatte verschweigen wollen.

»*Was*?« Er schien zu wachsen, während er das Wort ausspuckte.

»Am Samstag haben wir einen Trödelmarkt abgehalten. Während Sie geschlafen haben.« Sie sprach leise in der Hoffnung, dass er sie vielleicht nicht verstehen würde. »Alle aus dem Dorf haben irgendetwas beigetragen. Die Fraueninitiative, die Pfadfinder, der Gartenclub, die Kirche, der Pub – alle. Sie haben Trödel gestiftet, die Verkaufsstände bemannt, Kuchen gebacken. Bill Winters hat uns seine Weiden als Parkplatz zur Verfügung gestellt. Sie alle haben geholfen, weil diese Sache einen jeden betrifft. Sie können nicht einfach so tun, als lebten Sie in einem Vakuum! Was Sie tun, hat Folgen für andere Menschen.« Je mehr sie sich in Hitze redete, um so lauter wurde ihre Stimme. Sie atmete tief durch, ehe sie fortfuhr: »Aber vermutlich wäre es Ihnen gleich, wenn das ganze Dorf um das Haus trauern würde. Die ganze *Grafschaft.* Sie sind ja nicht hier und müssen es nicht sehen. Sie sind dann ja längst wieder in irgendeinem gottverlassenen Winkel der Erde, um Ihr blödes Geld zu verdienen, oder ziehen in irgendein Steuerparadies und leben von dem, was Sie für das Haus hier kriegen.«

»Und was kümmert es Sie? Sie werden auch nicht hier sein.«

Es war eine ziemlich lahme Reaktion auf ihren flammenden Vortrag. Aber sie hatte auch nicht damit gerechnet, dass er sich vor die Stirn schlagen und sagen würde: »Mein Gott, Sie haben Recht, so hab ich die Sache noch nie betrachtet.«

»Mich kümmert es, weil ich ein paar Wochen hier gelebt habe. Das haben Sie vermutlich noch nie. Und mir liegt auch etwas an dem Haus. Es ist wunderschön. Und obwohl es bestimmt viel Geld verschlingen würde, es wieder in Ordnung zu bringen – da gebe ich Ihnen völlig Recht – hat es doch so viel Potential. Man könnte hier Feste ausrichten, größere Teile für Führungen öffnen, die Ställe als Werkstätten verpachten, all solche Sachen. Okay, Sie würden vielleicht nicht so einen Haufen Geld verdienen, als wenn Sie das ganze Objekt verkaufen, aber Sie würden etwas für die Leute hier tun, Arbeitsplätze schaffen ...«

»Bestimmt nicht so viele wie ein Themenpark bringen würde.«

»Aber das wären nicht die richtigen Jobs! Nur für Studenten oder Aushilfen den Sommer über. Aber wenn das Haus selbst als Touristenmagnet genutzt würde, würde das den Leuten im Dorf dauerhaft Arbeit bescheren.«

»Das sehe ich anders.«

»Das hier ist ein wunderbares Bauwerk. Sie könnten so viel Geld damit verdienen. Aber dann müssten Sie ein bisschen Zeit und Energie investieren und würden nicht auf einen Schlag den großen Reibach machen. Also rechtfertigen Sie den Verkauf mit der Behauptung, er würde Arbeitsplätze schaffen.«

»Das hab ich nicht. Ich sagte lediglich, dass es mehr Jobs geben würde, wenn ich verkaufe.«

»Das kommt auf dasselbe heraus.« Hetty nahm ihre Suppentasse. Sie war erschöpft, kam sich vor wie eine Mücke, die versucht, durch die Haut eines Elefanten zu dringen. Und sie war wütend. Es war alles sinnlos. Sie hatte die Schlacht um das Haus verloren, noch ehe sie richtig begonnen hatte. Ehe sie auch nur hatten eröffnen können. Sie kam auf die Füße, wollte weg von diesem Kerl, ehe sie Gefahr lief, ihm mit dem Schürhaken eins überzuziehen. »Wenn Sie aufgegessen haben, bringe ich Ihre Tasse in die Küche.« Sie riss sie ihm aus den Fingern und stolzierte hinaus.

Sie feuerte die Suppentassen in die Spüle und drehte den Kaltwasserhahn auf. Ihr war ganz heiß vor Zorn. Sie benetzte ihre Wangen mit kaltem Wasser, ehe sie das Gesicht in einem Küchenhandtuch vergrub. Es roch schwach nach Zwiebeln und Spülmittel. Sie bereute gerade, dass sie ihre Nase so unbedacht hineingesteckt hatte, als sie Connor hereinkommen hörte. Hetty stöhnte erstickt in ihr Tuch. Konnte man hier nicht mal in Ruhe aus der Haut fahren?

7. Kapitel

»Wissen Sie, Sie haben vielleicht nicht einmal so Unrecht...«

Hetty hob den Kopf. Waren diese Worte wirklich aus seinem Mund gekommen? In dieser Reihenfolge?

Er zog einen Hocker unter dem Tisch hervor und setzte sich. »Mir war nicht bewusst, wie viel dieses Haus den Leuten im Dorf bedeuten muss. Meine Arbeit hat mich oft von hier fern gehalten, vor allem in letzter Zeit. Und obwohl ich regelmäßig nach Samuel sehe, habe ich nie viel Zeit im Dorf verbracht.« Hetty sah auf, vollkommen verdattert. Gerade wollte sie ihn verbal umarmen, als er fortfuhr: »Aber auch wenn ich jetzt ein klareres Bild habe, kann ich meine Pläne nicht ändern.«

Enttäuscht, dass sein Sinneswandel letztlich nichts änderte, brummelte sie in ihr Handtuch: »Natürlich nicht. Das würde Ihr Image ruinieren.«

»Aber ich bin bereit, das Haus instand zu halten, bis Samuel stirbt.«

Jetzt war der richtige Zeitpunkt, ihn zu fragen, ob er von dem Kredit wisse. Aber wenn das nicht der Fall war und sie es ihm sagte, würde er seine Meinung vielleicht wieder ändern. »Sie meinen, Sie werden das Haus nicht abreißen, solange er noch darin leben möchte?«, fragte sie stattdessen.

Er biss die Zähne zusammen, und Hetty fand, das war ganz gut so, andernfalls hätte er sie vermutlich gebissen. »Ich sagte, ich bin bereit, das Haus instand zu halten, es zur Besichtigung zu öffnen, bis Samuel stirbt. Und danach werde ich meinen ursprünglichen Plan wieder aufgreifen. Aber ich bin nicht bereit, große Summen für Flickwerk aufzuwenden. Abriss ist die einzig logische Möglichkeit.«

Er konnte nichts davon wissen, dass sie Vollmacht hatte, große Schecks auszustellen, und jetzt war sicher nicht der geeignete Moment, es zu erwähnen. »Aber wir müssen ein paar Sachen anschaffen, sonst erlauben sie uns nicht, das Haus zu öffnen«, sagte sie in der illusorischen Hoffnung, er werde vielleicht ein paar Feuerlöscher bezahlen.

»Wer sind ›sie‹?«

»Es gibt Vorschriften«, antwortete sie ausweichend. Und das stimmte ja auch. »Wir brauchen Rauchmelder und Feuerlöscher und solche Sachen. Nichts, was man nicht wieder verkaufen könnte«, fügte sie hastig hinzu. »Aber wir können nicht einfach so weitermachen, wie Samuel es früher getan hat. Wegen dieser Vorschriften«, betonte sie. »Er hatte anscheinend nicht viel damit im Sinn.«

»Vermutlich nicht.«

»Die Frage ist ...«

»Was?«

»Wie lange beabsichtigen Sie zu bleiben? Wollen Sie das Haus eröffnen und alles Notwendige organisieren, oder möchten Sie lieber, das jemand anders das macht?«

Der Ausdruck des Entsetzens auf seinem Gesicht war beinah komisch. »Ich werde todsicher nicht jeden zweiten Samstag alte Damen durch die Halle führen und ihnen erfundene Geschichten über die Revolution erzählen.«

Um der alten Damen willen war Hetty erleichtert. »Heißt das, dass Sie wieder fortgehen?«

»Tut mir Leid, Sie zu enttäuschen, aber nein, vorläufig nicht. Ich habe keinen neuen Auftrag angenommen, meine Wohnung untervermietet und mir gedacht, ich bleibe in der Nähe meines Onkels, der mein nächster Verwandter ist. Immer vorausgesetzt, dass seine Haussitterin nichts dagegen hat.«

Er war nicht der Einzige, der sarkastisch werden konnte. »Ich bin überzeugt, Samuel wird zutiefst gerührt sein, Sie an seinem Krankenbett sitzen zu sehen. Beschleunigen Sie sein Ende nur nicht allzu offensichtlich, ja? Ich möchte nicht in die Schlagzeilen geraten.« Und ich bin keineswegs sicher, ob ich hier wohnen möchte, solange du hier bist. Das sagte sie nicht, aber sie hatte so ein Gefühl, als errate er ihre Gedanken.

Connor stand auf, und Hetty wappnete sich wie ein Tennisspieler, der einen potentiell tödlichen Aufschlag erwartet. Aber bevor sie ihren Schlagabtausch fortsetzen konnten, ertönte ein Klopfen an der Hintertür, und Peter trat ein.

Auf der Schwelle hielt er an und sah von einem zum anderen. »Ich wollte sehen, wie es dir geht«, sagte er, als habe er erwartet, Hetty in einer Blutlache vorzufinden. Er warf ihr einen besorgten Blick zu, ehe er sich zu Connor umwandte. Seine ganze Haltung strahlte Feindseligkeit aus, und darunter lag ein Beschützerinstinkt, bereit, umgehend in Aktion zu treten.

Hetty war ärgerlich. Peter hatte kein Recht, hier so voller Aggressionen hereinzuplatzen. Schließlich wusste er doch, dass Connor hier war. Und wenn er feststellen wollte, ob es ihr gut ging, dann konnte er gefälligst vorher anrufen wie ein zivilisierter Mensch. Während sie noch überlegte, wie sie Peter beruhigen könne, antwortete Connor.

»Also noch hab ich sie nicht vergewaltigt, falls es das ist, was Ihnen Sorgen macht«, sagte er auf eine Art und Weise, die kaum dazu angetan war, irgendwelche Befürchtungen zu zerstreuen.

Hetty kam sich vor wie ein alter Knochen, der plötzlich wieder interessant wird, weil zwei Hunde gleichzeitig darauf stoßen.

»Peter hat sich ein bisschen um mich gekümmert, als ich allein hier war«, sagte sie hastig. Sie hatte das Gefühl, dass Connor mehr Anrecht auf eine Erklärung hatte, schließlich war es ja quasi sein Haus. »Das war ja so nett von ihm. Und er hat Samuels Hunde zu sich genommen, bis ich gekommen bin. Er ist ein Freund von Samuel.« Sie wandte sich an Peter, um Connor vorzustellen, holte tief Luft und versuchte, sich an seinen Nachnamen zu erinnern. Es war so was Ähnliches wie Barbar, aber nicht ganz. »Connor …«

»Connor Barrabin.« Connor streckte Peter die Hand entgegen, der immer noch Feindseligkeit ausstrahlte.

Peter ergriff die Hand und maß Connor mit einem abschätzenden Blick. »Peter Lassiter. Wie Hetty schon sagte, ich bin ein alter Freund von Samuel.«

Connor nickte, antwortete aber nicht. Hetty befürchtete, er werde irgendeinen verbalen Brandbeschleuniger von sich geben, und goss vorsorglich das traditionelle Öl aufs Wasser:

»Möchte jemand eine Tasse Tee? Oder Kaffee?«

»Oder Whiskey?«, schlug Connor vor. »Peter, möchten Sie etwas trinken?«

Peter zögerte, als überlege er, ob es seine Integrität irgendwie in Frage stellen könnte, wenn er von diesem Mann ein Glas zollfreien Whiskey annahm. »Ja, danke, das wäre sehr nett.«

»Hetty? Was ist mit dir?«

»Ja, danke.« Ein ordentlicher Drink schien ihr eine ausnehmend gute Idee.

Connor schenkte Whiskey in drei Gläser, während Hetty eine kleine Kanne aus dem Schrank holte und mit kaltem Wasser füllte. Connor reichte Peter ein Glas, dann ihr. »Du bist alt genug, um Alkohol zu trinken, nehme ich an?«

Hetty riss es ihm fast aus den Fingern. »Das weißt du verdammt gut.«

»Ich möchte nur vermeiden, dass Peter den Eindruck hat, ich wolle dich zu schlechten Gewohnheiten verführen.«

Sie erwiderte seinen amüsierten Blick finster. »Ich bin sicher, Peter weiß, dass du mich zu überhaupt nichts verführen könntest.«

Für einen Moment verkeilten sich ihre Blicke ineinander, und ein Funke – der Bewunderung oder Feindseligkeit, Hetty war sich nicht sicher – sprang über.

»Wirklich nicht?«, murmelte er.

Hetty wandte sich ab und hoffte, dass im funzeligen Küchenlicht keiner von beiden bemerken würde, dass sie errötete, und fragte sich dann, *warum* zur Hölle sie denn errötete. »Möchtest du Wasser, Peter?« Sie hielt ihm die Kanne hin, und er nahm sie. »Ich werd sehen, ob ich ein paar Cracker finde. Geht ihr nur vor ins Wohnzimmer. Hier können wir nicht sitzen.«

Kurz darauf kam Hetty mit einem Teller Cracker und Käse ins Wohnzimmer, wo die Männer gemütlich vor dem Feuer saßen, die langen Beine ausgestreckt. Peter saß in dem einzigen bequemen Sessel, Connor auf dem Sofa. Hetty setzte sich lieber auf den Fußboden als neben ihn. Wegen der tückischen Sprungfedern wäre sie Gefahr gelaufen, plötzlich gegen ihn zu kippen. Sie trank aus ihrem Glas und spürte Peters Blick. Er schien ein bisschen schockiert darüber, dass sie puren Whiskey trank.

Das Feuer prasselte, und die Hunde raschelten auf ihren Kissen, aber niemand sagte ein Wort. Hetty suchte verzweifelt nach einem neutralen Thema, was das Haus, Samuel, das Dorfleben und alles andere, das sie alle drei hätte verbinden können, ausschloss. Blieb höchstens das Wetter.

»Bist du schon mit der letzten Küche fertig?«, fragte sie Peter schließlich. »Peter ist Schreiner. Er baut wunderschöne Küchen.«

»Ach ja? Und kann man mit Küchenbau einen vernünftigen Lebensunterhalt verdienen?«, erkundigte sich Connor.

»Wie bitte?«, fragte Peter. Er glaubte offenbar, er habe sich verhört.

»Ich meine, wenn Sie Hetty den Hof machen, sollte ich feststellen, was sie zu erwarten hat, schließlich bin ich hier ihr einziger Verwandter. Im weitesten Sinne«, erklärte Connor.

Hetty hätte ihn erwürgen können, aber mit einem enormen Willensakt behielt sie die Fassung. »Oh, Connor«, sagte sie so leichthin wie möglich. »Da bist du aber vollkommen auf dem Holzweg. Peter macht mir ganz und gar nicht den Hof. Vermutlich hat er eine Freundin auf der anderen Seite des Dorfs, nicht wahr, Peter?«

»Eigentlich nicht.«

»Er und ich sind nur gute Freunde.« Sie warf Peter einen eher drohenden als freundschaftlichen Blick zu. »Stimmt's nicht?«

»Treib ihn nicht in die Enge«, sagte Connor. »Ein guter Freund ist schwieriger zu finden als ein Liebhaber. Meinen Sie nicht auch, Peter?«

Hetty war danach, laut und vernehmlich aufzustöhnen.

»Ich denke, das eine kann zum anderen führen«, erwiderte Peter.

»Ah, die romantische Sichtweise. Ich fürchte, ich bin altmodisch. Zwei Männer können Freunde sein, ein Mann und eine Frau ein Liebespaar. Und ich bringe das nie durcheinander.«

»Das *ist* altmodisch«, bestätigte Hetty. »Und alles andere als *politically correct.* Männer können mit Frauen einfach nur befreundet sein, auch wenn beide heterosexuell sind.«

»Glaub mir, Sex kommt der Freundschaft früher oder später immer in die Quere. Jedenfalls für den Mann.«

»Nein, ich bin sicher, das stimmt nicht«, beharrte Hetty und war sich doch bewusst, dass es in Peters Fall vermutlich sehr wohl stimmte. »Außerdem wird mir das viel zu philosophisch. Jemand noch was zu trinken?«

Peter stand auf. »Nein, danke, ich muss los. Ich hab noch allerhand zu erledigen. Wollte nur mal vorbeischauen ...«

»... um zu sehen, ob mit Hetty alles in Ordnung ist«, schloss Connor für ihn.

Hetty erhob sich ebenfalls. »Halt doch die Klappe, Connor«, murmelte sie. »Ich bring dich zur Tür.« Und sie schob Peter aus dem Wohnzimmer, ehe Connor irgendwelche blöden Bemerkungen über Gute-Nacht-Küsse machen konnte.

»Wie lang bleibt er?«, fragte Peter, als sie außer Hörweite waren.

»Ich habe keine Ahnung. Und ich glaube, er auch nicht.«

»Es gefällt mir nicht, dass du hier allein mit ihm bist. Ich trau ihm nicht.«

»Oh, um Himmels willen, Peter! Er wird bestimmt nicht über mich herfallen oder irgendwas in der Art. Ich bin hier vollkommen sicher. Und es ist ja praktisch sein Haus, er hat ein Recht, hier zu sein.« Selbst wenn er es abreißen will.

»Und lässt er dich hier wohnen?«

»Ich denke schon. Er ist nicht scharf drauf, alte Damen durchs Haus zu führen.«

»Aber willst du denn wirklich hier bleiben? Unter einem Dach mit ihm?«

Hetty atmete tief durch. »Ich bin nicht sicher. Seit er angekommen ist, hat er die meiste Zeit im Bett verbracht. Ich möchte schon hier wohnen bleiben. Aber ich weiß nicht, ob wir es miteinander aushalten. Andererseits will ich nicht zulassen, dass er unsere Pläne vereitelt. Nicht wenn ich es verhindern kann.«

»Aber wie willst du das anstellen? Wenn das Haus ihm praktisch gehört?«

»Ich weiß es nicht, Peter. Erst mal will ich versuchen, hier zu bleiben, so lange es geht. Kannst du jetzt bitte gehen? Du lässt die ganze warme Luft entweichen.« Und machst mich wahnsinnig mit all den Fragen, auf die ich keine Antworten weiß.

Hetty ging zurück Richtung Wohnzimmer und überlegte, wie sie Connor begegnen sollte. Ihre Mutter hätte ihm ein Stück köstlichen Kuchen angeboten, denn sie vertrat die Ansicht, dass Männer meistens nur reizbar wurden, weil sie Hunger hatten. Doch Hetty hatte keinen köstlichen Kuchen zur Hand, und sie glaubte auch nicht, dass Connors eigentümliches Temperament in irgendeinem Zusammenhang mit seinem Kalorienverbrauch stand. Er hatte gerade einen Teller Cracker und Käse geleert, und da sie keinen Nachschub hatte, musste sie ihm unbewaffnet gegenübertreten.

Er stand mit dem Rücken zum Feuer, einen zweiten Whiskey in der Hand. Er reichte Hetty ihr Glas, ebenfalls wieder aufgefüllt. »Willst du nicht?«

»Sorry, ich war in Gedanken.« Hetty nahm ihr Glas dankbar entgegen. Es war so eine Erleichterung, ihn in versöhnlicher Stimmung vorzufinden.

»Das war also Peter.«

»Ja.«

»Ausgeprägter Beschützerinstinkt.«

»Ja.« Sie nahm einen stärkenden Schluck. »Er hat gefragt, ob ich hier wohnen bleibe, jetzt da du hier bist.«

»Und wirst du das? Ich könnte mir denken, die Vorstellung, dass du und ich hier unter einem Dach leben, ist Peter überhaupt nicht geheuer. Aber was ist mit dir?«

Hetty biss sich auf die Lippe. »Ich weiß nicht. Ich denke, es hängt davon ab, ob du mich hier haben willst oder nicht.«

Connor zuckte die Achseln. »Das ist mir ziemlich gleich. Du beanspruchst nicht viel Platz.«

»Und weiter?«

»Na ja, was willst du selbst, Hetty? Hier bleiben und dich um die Besucher und Mrs Hempstead kümmern? Oder zurück zu deinen Eltern ziehen?«

Es schien lang her zu sein, seit irgendwer Hetty gefragt hatte, was sie wollte. In letzter Zeit hatte man ihr immer nur gesagt, was sie tun musste, was von ihr erwartet wurde oder was zum Wohl der Gemeinschaft war.

Connor ließ sich auf der Sofakante nieder. »Ich könnte mir vorstellen, Peter möchte, dass du bleibst.«

»Ich bin sicher, das ist ihm völlig egal.«

»Oh, komm schon. Er ist verliebt in dich. Das sieht doch

ein Blinder. Aber von Peter mal abgesehen, bist du glücklich hier? Oder möchtest du lieber verschwinden, solange du noch die Chance hast?«

Hetty wollte nicht, dass Connor glaubte, zwischen ihr und Peter liefe irgendetwas, selbst wenn es vielleicht eines Tages so kommen würde. »Von Peter mal abgesehen, bin ich hier gut beschäftigt und habe das Gefühl, ich kann mich nützlich machen. Ich bin mehr oder weniger gegen meinen Willen hergekommen, aber als ich dann gesehen habe, was zu tun ist, fing es an, mich zu interessieren. Ich würde es gern zu Ende bringen.« Sie nahm einen viel zu großen Schluck. »Obwohl mir klar ist, dass deine Ankunft hier die Dinge ändert.«

»Inwieweit?«

»Na ja, das Haus braucht jetzt keinen Hüter mehr. Und deine ... Pläne ... sehen ganz anders aus als meine Träume.« Wäre der Whiskey nicht gewesen, hätte sie das Wort »Träume« vor so jemandem wie Connor niemals in den Mund genommen.

»Dass ich hier wohne, braucht nichts zu ändern. Wie ich schon sagte, du beanspruchst nicht viel Platz, obwohl Platz das Einzige ist, was dieser verdammte alte Kasten in Hülle und Fülle zu bieten hat. Und was deine Träume betrifft ...« Er zögerte und lächelte beinah. »Du bist jung, du hast ein Anrecht auf Träume, so impraktikabel sie auch sein mögen.«

»Sie sind durchaus praktikabel. Ich meine, mein Plan würde vermutlich nicht so viel Geld einbringen wie andere Möglichkeiten, aber wenn die Sache erst mal richtig in Schwung käme, würden wir genug verdienen, dass das Haus sich selbst trägt.« Jetzt war der Moment, den Kredit für das Dach zu erwähnen, da er einigermaßen zugänglich war. Aber sie konnte einfach nicht. »Wenn ... alle an einem Strang zögen.«

Connor schwieg so lange, dass Hetty ihr Glas geleert und die Hunde die Crackerkrümel vertilgt hatten, als er das nächste Mal sprach.

»Morgen besuche ich Samuel und werd sehen, wie er die Operation verkraftet hat. Und dann werde ich entscheiden, was das Beste ist. Aber wenn ich das Gefühl habe, dass er nicht mehr auf die Beine kommt, werde ich nicht zulassen, dass du hier die große Dame spielst und scharenweise Besucher herbringst. Ich lasse dich nur bleiben, wenn die Chance besteht, dass er noch mal aus dem Krankenhaus kommt.«

»Augenblick mal.« Hetty war nicht in Topform, was klares Denken anging. »Wer tut hier wem einen Gefallen? Wer ist hergekommen, um zu verhindern, dass deine Erbschaft ausgeraubt wird oder abfackelt? Und jetzt redest du davon, mich großmütig hier zu dulden?«

»Ich kann auf dich verzichten. Und du bist nicht für mich hergekommen. Ich habe dich nicht darum gebeten.« Er sagte es ruhig und leise, und leider war jedes Wort wahr.

Sie überlegte einen Moment. »Das heißt, ich kann hier bleiben und das Haus eröffnen, wenn es so aussieht, dass Samuel sich erholt? Und andernfalls kann ich verschwinden?«

»Du kannst so oder so verschwinden, wann immer du willst. Wie gesagt, mir tust du hier keinen Gefallen.«

»Ich bin hergekommen, um Samuel zu helfen.«

»Dann bleib so lange, wie Samuel dich braucht.« Er knöpfte ihr das Glas ab. »Und jetzt sollten wir etwas essen. Ein paar Cracker mögen für dich ausreichen, aber in meinem Fall sind sie nicht einmal genug für den hohlen Zahn.«

Hetty fiel ein, dass er seit Tagen nichts gegessen hatte, und folgte ihm in die Küche, angesichts seines angeschlagenen Zustandes bereit, ihn zu bekochen. Doch er hatte die Kühlschranktür schon geöffnet, holte alles Mögliche heraus und brummelte vor sich hin, weil die Auswahl so gering war.

»Kann ich helfen?«, fragte sie und sah zu, wie er die weichen Stellen an zwei Tomaten und einer Paprikaschote abschnitt.

»Nur wenn du vernünftigen Toast machen kannst.«

Sie warf ihm einen vernichtenden Blick zu, schnitt zwei Scheiben Brot ab und steckte sie in den Toaster. Sie bewachte sie mit Argusaugen. So wie sie ihr Glück kannte, würde der Toaster sonst in Flammen aufgehen und das Brot verkohlen.

Aus dem Augenwinkel sah sie zu, wie er ein Essen aus den spärlichen Zutaten zauberte, die ihm zur Verfügung standen: Rühreier, gebackene Bohnen, Grilltomaten, eine halbe Paprikaschote – über der Gasflamme geröstet und dann gehackt – und die letzte Speckscheibe in Stückchen geschnitten über die Eier gestreut. Für einen so überzeugten Macho eine ziemliche Leistung.

»Du bist sehr erfinderisch beim Kochen«, bemerkte sie, als er ihr den Teller reichte.

»An den Orten der Welt, wo ich die meiste Zeit verbringe, muss man das sein.« Er häufte Rührei auf seine Gabel. »Allerdings ist die Infrastruktur hier auch nicht viel besser. Wie kommt Samuel ohne Grill aus?«

Hetty zuckte die Achseln.

»Und du scheinst auch nicht gerade eine begnadete Küchenfee zu sein, nach dem Kühlschrankinhalt zu urteilen.«

»Tut mir Leid.« Ihre Stimme troff von Sarkasmus. »Hätte ich gewusst, dass du kommst, hätte ich eine Auswahl internationaler Spezialitäten besorgt.«

Er ignorierte ihren Hohn und akzeptierte die Entschuldigung mit einem huldvollen Nicken. »Aber sicher nicht hier im Dorf, oder?«

Hetty gab es auf. »Na ja, der Laden ist erstaunlich gut sortiert. Da gibt es praktisch alles bis auf Fleisch. Er ist teuer, aber sehr praktisch.«

»Gibt's den Fleischer neben der Post nicht mehr?«

»Der Laden *ist* die Post. Und es gibt keinen Fleischer.«

»Oh. Schade.«

Die Kombination aus innerer Anspannung und Whiskey machte es Hetty unmöglich, aus diesem leisen Hauch von

Nostalgie Kapital zu schlagen. Aber sie beschloss, es sich für eine spätere Gelegenheit zu merken.

Am nächsten Morgen schneite Caroline in voller Kampfmontur herein: Lederhosen und ein kurzes Jäckchen, die ihre schmale Taille und schlanken Beine betonten. Sie warf ihre Handtasche achtlos auf den Küchentisch. In Anbetracht der rasanten Schnelligkeit, mit der Neuigkeiten im Dorf die Runde machten, hatte Hetty sich schon gefragt, wo sie blieb.

Caroline strahlte Connor an. »Tolles Auto! Wem gehört es? Und was ist es?«

Hetty, die kein so geschultes Auge für Autos hatte wie Caroline, hatte nicht bemerkt, dass der Wagen, der in einem der leeren Ställe stand, irgendetwas Besonderes war.

Connor schenkte Caroline ein warmes Lächeln, das den gefährlichen Wilden in etwas verwandelte, das sich mit »charmant« und »sexy« nur allzu treffend beschreiben ließ. »Es gehört mir und ist ein Citroën DS Kabrio.« Caroline war nicht nur ausnehmend attraktiv, sie sagte auch die richtigen Dinge.

»Jack wird umkommen vor Neid, wenn er es sieht. Er ist gerade wieder weggefahren, darum bin ich nicht eher gekommen. Und wer sind Sie?« Sie richtete ihren Wimpernklimperblick auf Connor. »Hetty hat offenbar nicht die Absicht, uns vorzustellen.«

Da hatte sie Recht. Hetty versuchte wieder einmal, das Wort »Barbar« aus ihren Gedanken zu bannen und durch Connors Nachnamen zu ersetzen. Es wollte wieder nicht klappen.

»Connor Barrabin«, sagte er, und seine Augen glitzerten lebhaft. »Und Sie?«

Während Caroline ihn anstrahlte, wobei sie die blonde Haarpracht über die Schulter zurückwarf, und sich von seinem Blick offensichtlich gar nicht mehr losreißen konnte, räumte Hetty den Frühstückstisch ab. Sie fühlte sich verdrängt, aus der Küche ebenso wie aus Connors Aufmerksamkeit. Aber Caroline konnte nichts dafür, das Flirten war ihr so selbstverständlich wie das Atmen. Und Connor, der offenbar über einen normalen männlichen Hormonhaushalt verfügte, konnte nichts dafür, dass er darauf reagierte.

»Und, Liebes?« Caroline wandte sich zu Hetty um. »Ist Andy gekommen?«

»Ist gerade dabei, oben die Lichter wieder einzuschalten, hoffe ich.«

»Und du hast genug Geld, ihn zu bezahlen? Sonst kann ich gern …«

»Nein, nein, ich habe genug.« Hetty wollte nicht, dass das heikle Thema Geld in Connors Gegenwart erörtert wurde. Er wusste immer noch nicht, was von seiner zukünftigen Erbmasse alles verkauft worden war, um die Mittel für Elektriker und dergleichen zu beschaffen.

»Und was haben Sie heute vor?«, fragte Caroline Connor.

»Ich fahre zu Samuel. Und anschließend muss ich einen Bericht schreiben.«

»Lassen Sie mich wissen, ob es Samuel gut genug geht, dass ich ihn besuchen kann. Ich würde gern bei ihm vorbeischauen. Ich hab ihn auf dem Dorffest kennen gelernt – so ein netter alter Knabe.«

»Ich bin sicher, ein Besuch von Ihnen würde ihn aufheitern. Ich werd Ihnen Bescheid geben, wie es ihm geht. Und wenn möglich herausfinden, wann er entlassen wird.«

Hetty wusste nicht, ob sie wünschen sollte, dass es Samuel besser ging. Wenn er heimkam, würde sie vielleicht gehen müssen, und was in aller Welt sollte sie dann anfangen? Sie spülte die Cornflakesschalen ab und stellte sie auf die Spüle. »Irgendwer eine Tasse Kaffee?«

»Nein, danke«, sagte Connor. »Ich muss los. Vom Krankenhaus aus muss ich noch bei der Bank vorbei. Ich werde auch einkaufen, wenn ich in der Stadt bin, aber ich weiß nicht, wann ich zurückkomme.«

Er tätschelte Hetty die Schulter, als er an ihr vorbeiging – offenbar war ihm entgangen, wie sie bei dem Wort »Bank« zusammengeschreckt war. Welche Bank?

Connor winkte Caroline zu. Nachdem er weg war, herrschte einen Moment Schweigen.

»Hm. Er ist gar nicht so übel. Auf eine Höhlenmenschen-Art.«

Hetty versuchte, Banken und Kredite aus ihren Gedanken zu verscheuchen. Sie konnte so oder so nichts tun, selbst wenn sie wüsste, zu welcher Bank er ging. »Er ist ein Barbar«, bemerkte sie.

Caroline zog die Brauen hoch. »Er hat dich nicht über seine Schulter geworfen und ins Schlafzimmer raufgetragen, oder?«

»Nein!«, rief Hetty entrüstet. »Er hat lediglich die Absicht, das Haus abzureißen, noch ehe Samuel unter der Erde ist!«

»Schade«, sagte Caroline viel zu gelassen.

»Was? Dass er mich nicht vergewaltigt hat oder dass das Haus abgerissen wird?«

»Ich glaube nicht, dass er es nötig hat, irgendwen zu vergewaltigen. Ich könnte mir vorstellen, dass er ein ziemlich raffinierter Liebhaber ist.«

»Na und? Hast du mir eigentlich zugehört? Ich sagte, er will das Haus abreißen. Wie können wir das verhindern?«

Caroline zuckte die Achseln. »Ich glaube kaum, dass wir es verhindern können, wenn er wirklich entschlossen ist. Wann soll das passieren?«

»Nicht solange Samuel lebt, es sei denn, er ist so krank, dass er nicht mehr nach Hause kommt. Aber er sagt, das Haus sei zu verfallen, um es zu retten.«

»Aber das stimmt doch nicht, oder?«

Hetty zuckte die Schultern. »Ich weiß nicht. Es hat ein neues Dach, und Andy meint, mit den Leitungen sei es gar nicht so schlimm. Aber vielleicht sollten wir einen Experten zu Rate ziehen. Vorzugsweise bevor Connor zurückkommt. Du hast nicht zufällig einen brauchbaren Architekten in deiner Tasche?«

»Leider nein. Warum die Eile?«

»Nun, wir können kaum einen Gutachter holen, der den Wert von Connors Erbschaft schätzen soll, während er hier ist, oder? Wenn das Ergebnis schlecht ist, soll er es ja nicht wissen.«

»Da hast du Recht.« Caroline schwieg nachdenklich. »Ich denke, wir könnten ihn umstimmen, ihn überreden, seine Pläne zu ändern.«

»Du vielleicht. Aber rechne dabei nicht mit mir.«

»Du hast nie gelernt, einen Mann zu manipulieren, was?«

Hetty schloss die Augen und schüttelte den Kopf. »Nein.« Sie wusste nicht, ob sie stolz auf sich sein oder sich schämen sollte.

»Ich könnte einen Kurs anbieten. Und du wirst meine erste Schülerin. Aber jetzt muss ich gehen und etwas Sinnvolles tun.« Sie stand auf. »Ich bin nur gekommen, um einen Blick auf den jungen Herrn zu werfen.«

»Du wirst nicht herumerzählen, dass Connor das Haus abreißen lassen will, oder? Ich möchte nicht, dass das ganze Dorf sich unnötig sorgt.«

»Nein, wie du willst. Und Hetty, du selbst solltest dich auch nicht sorgen. Wir kriegen Connor schon rum.«

»Ist das ›Wir‹ ein *Pluralis najestatis* oder schließt es mich ein?«

Kurz vor Mittag blätterte Hetty in den Gelben Seiten auf der Suche nach jemandem, der ihr sagen könnte, ob es sich noch lohnte, die diversen Reparaturen am Haus vorzunehmen, als Connor nach Hause kam. Er trat durch die Hintertür ein, die Arme voller Einkaufstüten. »Im Auto ist noch mehr«, sagte er.

Hetty klappte das Telefonbuch zu und ging nach draußen, um die Einkäufe zu holen. Erwartungsgemäß war sein Wagen genauso verlottert wie er. Er war alt genug, um ein Oldtimer zu sein, aber offenbar behandelte Connor ihn nicht entsprechend. Es war kein zweisitziges Cabrio mit Ledersitzen und einem lang gezogenen Kühler, sondern sah eher so aus, als sei es einmal der Stolz eines provençalischen Weinbauern gewesen. Jetzt hatte es eine Delle in der Fahrertür und brauchte dringend eine neue Lackierung. Alistairs Porsche kam ihr in den Sinn. Und der Zustand, in dem sie ihn zuletzt gesehen hatte. Wenn sie Connor je verletzen wollte, erkannte sie, dann musste sie einen anderen Weg finden.

Sie belud sich mit den restlichen Tüten und ließ nur eine Kiste mit Flaschen zurück. Connor hielt ihr den Telefonhörer hin, als sie hereinkam. »Für dich. Irgendeine Frau.«

Sie nahm das Telefon und betete, es möge nicht Phyllis Hempstead sein. Sie konnte ihr unmöglich von Connor erzählen, während er zuhörte. »Hallo?«

»Hetty? Ich bin Felicity Makepiece. Ich habe mit Ihrer Mutter gesprochen. Wegen der Rubinhochzeit.«

»Oh, natürlich.« Hetty nahm Papier und Bleistift zur Hand, um sich Notizen zu machen.

»Ich würde gerne die Einzelheiten mit Ihnen besprechen, aber eigentlich rufe ich an, um Sie zum Abendessen einzuladen.«

»Oh! Wie nett von Ihnen.«

»Am übernächsten Donnerstag. Können Sie das einrichten?«

Das war zwei Tage vor der Eröffnung, aber Hetty sagte trotzdem zu.

Felicity Makepiece war schon dabei, sich zu verabschieden, nachdem sie sich vergewissert hatte, dass Hetty motorisiert war, und ihr eine seitenlange Wegbeschreibung durchgegeben und alle möglichen unwesentlichen Details erklärt hatte, als sie ganz nebenbei eine Bombe platzen ließ:

»Ach, das hätte ich beinah vergessen.« Sie lachte. »Ein lustiger Zufall. Einer der jungen Leute, die uns über Ostern besuchen, sagt, er kennt Sie.«

»Ach ja? Wer ist es?«

»Alistair Gobbins.«

Hetty wurde für einen Moment schwarz vor Augen, und sie kam gerade noch rechtzeitig zu Verstand, ehe Mrs Makepiece endgültig auflegte.

»Kann ich jemanden mitbringen?«

Es folgte ein kurzes Schweigen. »Nur wenn es ein Mann ist, Liebes. Ich hatte solche Mühe, die gleiche Anzahl an Männer und Frauen zusammenzubekommen.«

»Es ist ein Mann.«

»Das wäre wunderbar. Also, bis dann. Wiedersehen!«

8. Kapitel

Erleichtert erkannte Hetty, dass Connor nicht zugehört hatte, also brauchte sie auch nichts zu erklären. Er stellte die Kiste mit den Flaschen auf einen Stuhl – auf dem Tisch war kein Platz mehr.

»Und wie geht es Samuel?«, fragte sie, ehe er sich nach dem Grund des Anrufes erkundigen oder etwas von der Bank erzählen konnte.

»Tja.« Er schob sich die Haare aus der Stirn und biss sich auf die Lippe. »Die Ärzte wollen sich nicht festlegen. Du weißt vermutlich, dass er die Operation ganz gut überstanden hat, aber er erholt sich nicht so, wie sie gehofft hatten.«

Hetty hatte sich so etwas schon gedacht. »Hat er sich gefreut, dich zu sehen?«

»Nicht sonderlich.« Er grinste flüchtig. »Aber er ist froh, dass ich hier bin und ein Auge auf das Haus habe.«

»Aber er wusste doch, dass ich hier bin!« Hetty war empört.

»Stimmt. Aber er hatte das Gefühl, es sei ein bisschen viel verlangt, dass du hier ganz allein wohnst.«

»Er schien ganz zufrieden mit der Regelung, als es keine andere Möglichkeit gab«, brummte sie wütend und füllte Kaffeebohnen in die Handmühle, die sie gefunden hatte.

»Aber jetzt gibt es eine andere Möglichkeit...«

»Heißt das, er will, dass ich verschwinde?«

»Nein. Er will, dass ich hier bleibe. Bei dir.«

Hetty gab kochendes Wasser in die Warmhaltekanne, um sie vorzuwärmen. »Aber was ist mit dem Haus? Wird er sich weit genug erholen, um heimzukommen, oder nicht?«

»Wie gesagt, die Ärzte sind sich nicht sicher. Aber wo wir gerade vom Haus reden, Hetty...« Er sah sie so finster an, dass ihr Herz sank.

»Was denn?«

»Ich habe mit den Bankdirektoren gesprochen. Mit beiden. Und ich habe eine Menge Dinge erfahren, die du mir hättest sagen müssen.«

Hetty spürte, wie ihr das Blut in die Wangen schoss. »Oh.«

»Der Erste hat mir von Samuels Überziehungskredit berichtet, was schlimm genug war. Dann hat er mir eröffnet, dass du die Versicherung für das Haus mit einem Scheck von einer anderen Bank bezahlt hast.«

»Oh?«

»Nachdem ich herausgefunden hatte, um welche Bank es sich handelt, bin ich dorthin gegangen und habe erfahren, dass du eine Vollmacht hast, Schecks bis zu zweitausend Pfund auszustellen.« Er betonte die Zahl. »Und dass du schon eine ganz beträchtliche Summe ausgegeben hast.«

»Oh« schien dieses Mal keine ausreichende Erwiderung. »Ich frage mich, wie du all das erfahren hast. Ich konnte sie kaum zu der Aussage bewegen, dass Samuel überhaupt ein Konto bei ihnen hat.«

»Was hast du mit dem Geld gemacht, Hetty? Wenn ich herausfinde, dass du es verjubelt hast, um neue Leitungen zu legen und zu renovieren...«

Unbewusst hatte Hetty sich auf ihrem Stuhl zusammengekauert. »Ich habe nur Geld ausgegeben, um das Telefon wieder anschließen zu lassen, und für den Kredit.«

»Welchen Kredit?«

»Den Samuel bei einer privaten Kreditvermittlung aufgenommen hat. Vermutlich um das Dach reparieren zu lassen.« Sie sprach ganz leise und hatte die Augen geschlossen.

Connors Stimme war kaum lauter. »Was?«

Hetty öffnete die Augen. »Hast du's nicht gesehen? Das Dach auf dem hinteren Teil des Hauses ist neu gedeckt...«

»Meinst du, ich bin blind? Natürlich weiß ich, dass das

Dach erneuert worden ist, aber ich wusste nicht, dass er einen Kredit dafür aufgenommen hat. Zu welchen Konditionen?«

»Ich weiß es nicht. Ich warte auf einen Brief, der das klärt.«

Connor wandte sich abrupt ab. »Wie hast du davon erfahren?«

»Ich habe Samuels Post geöffnet. Er war mit der Zahlung in Verzug geraten. Da ich das Scheckbuch und die Vollmacht hatte, habe ich die Rate bezahlt. Ein paar Tage später bekam ich einen Brief, an mich adressiert, der mich warnte, dass Vertragsstrafen fällig würden, wenn die Raten nicht pünktlich gezahlt werden. Ich hab zurückgeschrieben und gebeten, mir die Fälligkeitstermine mitzuteilen, aber ich habe noch nichts gehört.«

Connor fluchte. Leise zuerst, aber seine Phonstärke steigerte sich mit seiner Aufregung.

»Du wusstest also nichts davon?«, fragte Hetty, als er endlich fertig war.

»Natürlich nicht. Denkst du, ich hätte zugelassen, dass er sich an diese Kredithaie wendet? Warum hat er mich nicht um das Geld für das Dach gebeten?«

Es war eine rhetorische Frage, aber Hetty antwortete trotzdem. »Könnte es sein, dass er dich nicht bitten wollte, ihm Geld für das Dach zu leihen, da er wusste, wie du über das Haus denkst?«

Connor legte die Fäuste an die Schläfen. »Aber er kann doch nicht geglaubt haben, ich würde ihm das Geld nicht geben.«

»Vielleicht dachte er ja, du hättest nicht so viel?«

Er ließ die Hände sinken. »Auch das ist gut möglich. Er weiß, dass ich so ziemlich alles, was ich hatte, in das verfluchte Auto gesteckt habe. Wenn ich gewusst hätte, was er tun würde, hätte ich die blöde Kiste niemals gekauft.«

Langsam fing Connor an, ihr Leid zu tun. »Na ja, niemand kann Gedanken lesen.«

»Ganz sicher nicht, wenn man am anderen Ende der Welt ist.«

»Und ich bin sicher, er hätte nicht gewollt, dass du auf ein Auto verzichtest.«

Er warf ihr unter den buschigen Brauen einen lodernden Blick zu. »Es gibt Autos und Autos. Meins war besonders teuer.«

»Keine Bange«, murmelte Hetty ganz leise. »Man sieht's nicht.«

Er sah sie finster an, ging aber nicht darauf ein. »Je eher ich das Anwesen verkaufe, um so besser.«

»Nein!«

»Was schlägst du stattdessen vor?«

Hetty holte tief Luft. »Hör mal, ich weiß, dass all das ein großer Schock für dich ist, aber ich hatte Zeit, darüber nachzudenken. Ich könnte mir vorstellen, dass wir die Kreditraten von den Einkünften aus dem Haus bestreiten könnten.«

»Und wie willst du das Kapital zurückzahlen, wenn wir noch nicht mal wissen, wie viel es ist?«

»Ich glaube, dass die Zahlungen schon Tilgungsraten enthalten. Bedenkt man die Höhe der Raten, müsste er einen astronomisch hohen Kredit aufgenommen haben, wenn es nur Zinsen sein sollten. Genug, um das ganze Haus zu sanieren. Und das hat er offenbar nicht. Es sei denn, er hat es für etwas anderes ausgegeben.«

»Aber genau weißt du's nicht? Warum hast du nicht versucht, es herauszufinden?«

»Ich wollte nicht in seinen Unterlagen schnüffeln.«

Connor fegte ihre Skrupel beiseite, und zusammen durchsuchten sie Samuels Schreibtisch Schublade für Schublade, bis sie die Rechnung für die Dachreparatur fanden. Es war ein vergleichsweise geringer Betrag. Sie kramten noch ein bisschen weiter, bis sie den Kreditvertrag fanden.

Connor pfiff vor sich hin. »Scheiß Blutsauger.«

»Was glaubst du, warum er so viel aufgenommen hat, wo das Dach nur die Hälfte gekostet hat?«

»Sieh dir den Zinssatz an. Er hat genug aufgenommen, um einen Teil der Raten damit zu zahlen. Aber natürlich nicht alle.«

»Aber wieso?« Hetty studierte den Vertrag noch einmal, als könne er es ihr verraten. »Es ergibt keinen Sinn, Geld zu leihen, das man nicht zurückzahlen kann. Nur die ersten paar Raten zu zahlen nützt nichts.«

»Ich bin überzeugt, er weiß das. Aber vermutlich hat er sich gedacht, dass das nicht mehr seine Sorge sein würde.«

»Wie meinst du das?« Hetty saß am Boden, umgeben von allen möglichen Papieren, und spürte die ersten Anzeichen von Kopfschmerzen.

Connor sah auf den Brief in seiner Hand hinab. »Die letzte Rate ist am dritten Juni fällig. Wahrscheinlich hat er angenommen, dass es dann mein Problem sein würde, nicht mehr seins.«

Hetty massierte ihre Kopfhaut. »Versteh ich immer noch nicht.«

»Der arme Samuel. Er hat offenbar beschlossen, den Frühling noch zu erleben, aber vor dem Sommer zu sterben.« Hetty stöhnte. »Er wusste, dass er krank ist«, fuhr Connor fort. »Er glaubte, es sei unheilbar, und ist nicht zum Arzt gegangen, bis ich ihn schließlich hingeschleift habe.«

»Oh, der Ärmste.«

»Und jetzt da er operiert ist, könnte er noch Jahre leben. Wenn er nicht so deprimiert wäre.«

»Und der Grund, warum er so deprimiert ist, ist seine Sorge über diesen Kredit?«

Connor nickte. »Wahrscheinlich.«

Hetty vergrub das Gesicht in den Händen, damit sie nachdenken konnte.

»Was für ein Dilemma«, sagte Connor. »Ich kann das Haus jetzt verkaufen und ihm das Herz brechen oder warten, bis er sich zu Tode gesorgt hat, und dann verkaufen.«

Hetty sah auf. »Es gibt noch eine Alternative.«

»Stimmt. Ich kann die verdammte Karre verkaufen …«

»Vergiss den Wagen! Konzentrier dich auf das Haus! Es ist wunderschön, es ist interessant, es könnte hunderte von Besuchern anlocken. Ich habe schon eine Frau an der Hand, die hier eine Rubinhochzeit feiern will. Wenn wir ordentlich zupacken, könnten wir die fehlenden Raten zusammenkratzen. Wir haben bis zum dritten Juni Zeit.«

»Du weißt, wie hoch die Raten sind. Denkst du wirklich, das Haus bringt genug ein, um den Fehlbetrag zusammenzubekommen?«

»Jetzt ist nicht die Zeit zu denken, sondern die Sache in Angriff zu nehmen. Wenn wir es nicht schaffen und das Haus verkauft werden muss, wird Samuel zumindest wissen, dass wir unser Bestes getan haben. Und wenn wir wenigstens einen Teil zusammenbekommen, können wir sie vielleicht bitten, die Frist zu verlängern. Verdammt, wenn wir laufende Einnahmen vorzuweisen haben, können wir einen Kredit bei einer anständigen Bank bekommen und die Kredithaie damit bezahlen. Du siehst alles viel zu schwarz!«

»Ah ja? Und du lebst in Wolkenkuckucksheim.«

»Kann sein, aber wenigstens treibe ich Samuel nicht ins Grab. Sag ihm, du weißt über den Kredit Bescheid! Sag ihm, du hast die Sache im Griff. Sag ihm, wir können die Raten zahlen, dann stirbt er wenigstens nicht an Mutlosigkeit!«

»Es wäre gelogen.«

»Nein! Keine Lüge, sondern …« Sie suchte nach den richtigen Worten. »Vielleicht überoptimistische Spekulation. Du weißt doch nicht, dass wir es nicht schaffen. Ebenso wenig wie ich weiß, ob wir's schaffen. Aber wir wissen beide, dass wir's versuchen können. Und mit dem Dorf hinter uns haben wir ganz gute Erfolgschancen.«

»Ach richtig, das Dorf. Wie könnten wir untergehen, solange wir Mrs Hempstead auf unserer Seite haben«, bemerkte er sarkastisch.

»Stimmt genau. Und selbst wenn wir nicht erfolgreich sind, haben wir uns wenigstens nicht in den Morast gelegt und vom Bulldozer überfahren lassen.«

Etwas wie ein Lächeln stahl sich in Connors finstere Miene. »Ohne mich. Ich denke immer noch, wir sollten verkaufen.«

»Und Samuel das Herz brechen?«

»Herzen brechen so leicht nicht.«

»Nein, ich weiß.« Auf dem Gebiet war Hetty schließlich eine Autorität. »Aber sie kriegen Beulen, und ich glaube, das wird er in seinem Alter nicht mehr gut verkraften.«

Connor seufzte. »Das fürchte ich auch. Na schön. Aber erwarte keine Hilfe von mir. Ich habe die Absicht, das Problem anders anzugehen.«

»Aber du wirst uns nicht behindern?«

»Nur wenn es sein muss. Aber ich möchte wirklich nicht, dass Samuels private finanzielle Situation das Gesprächsthema im ganzen Dorf wird. Sag also bitte niemandem etwas von dem Kredit.« Hetty nickte. »Und du musst mir versprechen, mir alles zu sagen, was ich erfahren muss, und mich nicht anzulügen.«

Hetty nickte noch einmal. »Nur wenn es sein muss.«

»Wenn du es tust und ich dich erwische«, sagte er in demselben ruhigen Tonfall, »werde ich extrem unangenehm werden.«

Hetty beschloss, ihn nicht zu verärgern, wenn es sich irgendwie vermeiden ließ. Das war sicher keine schöne Erfahrung.

Nach dem Essen, das Connor unter hochmütiger Ablehnung jedweder Hilfe gekocht hatte, verschwand er mit seinem Laptop nach oben. Hetty räumte die Küche auf und machte dann einen Spaziergang mit den Hunden. Sie besuchte Peter. Sie konnte einem Wiedersehen mit Alistair einigermaßen gelassen ins Auge sehen, wenn sie Peter an ihrer Seite hatte. Wie es in den Liedern so schön hieß, sie war nicht mehr das verängstigte kleine Mädchen, das er verlassen hatte. Jener grauenvolle Morgen lag zwar vielleicht noch nicht lange zurück, aber sie war inzwischen um Jahre der Erfahrung reifer.

Peter war wie üblich hocherfreut, sie zu sehen. »Komm rein. Bist du hier, weil du vor diesem Rüpel fliehen musstest?«

Hetty hatte sofort das Gefühl, sie müsse Connor in Schutz nehmen. »Er ist gar nicht so schlimm. Und er hat gesagt, ich kann tun, was immer nötig ist, um das Haus zu eröffnen.«

»Wie großmütig. Und wer hat letztlich den Vorteil davon?«

»Nun, er jedenfalls nicht. Wenn Samuel stirbt, will er das Haus abreißen lassen.«

Peter ließ den Kessel fallen, den er gerade gefüllt hatte. »Was?!«

»Hab ich dir das nicht erzählt?«, fragte sie kleinlaut und erinnerte sich, dass sie sich dagegen entschieden hatte.

»Nein. Gibt es sonst noch was, das du mir nicht gesagt hast? Beispielsweise, dass ihr eine Affäre habt? Oder irgendwelche Nebensächlichkeiten dieser Art?«

»Es besteht kein Grund, wütend zu werden. Ich habe es dir nur nicht gleich gesagt, weil ich hoffte, ich könnte ihm das ausreden.«

»Das ist selbst bei deinen Überredungskünsten ein bisschen viel verlangt, oder?«

»Eigentlich nicht. Ich meine, ja schon ... Das verstehst du nicht.« Und da sie nicht vorhatte, ihm von dem Kredit zu erzählen, konnte sie es ihm auch nicht befriedigend erklären. Sie holte tief Luft und versuchte es mit ein paar sparsamen Wahrheiten. »Er hat Samuel heute besucht. Connors Pläne für das Haus hängen von Samuels Gesundheit ab.«

»Oh. Und wie erholt er sich?«

»Nicht so schnell, wie die Ärzte gehofft hatten. Aber er

liegt auch nicht im Sterben. Wir haben also ein bisschen Zeit.«

»Und worauf hat der Barbar sich eingelassen?«

»Ich kann meine Pläne weiterhin verfolgen, bis sich absehen lässt, wie es weitergeht. Wenn Samuel sich erholt, ist alles in Ordnung, jedenfalls solange er lebt. Aber wenn er nicht mehr nach Hause kommt ... Connor meint, es habe keinen Sinn, dann noch weiter in das Haus zu investieren.«

»Verstehe. ›Barbar‹ wird ihm nicht annähernd gerecht, oder?«

»Ich möchte wirklich nicht, dass das bekannt wird, Peter. Ich meine seine Pläne, das Haus abzureißen. Ich hab es Caroline erzählt ...«

»Du willst nicht, dass es bekannt wird, und erzählst es *Caroline*? Warum setzt du deine Geheimnisse nicht gleich in die Lokalzeitung?«

»Ich wollte es ihr ja gar nicht sagen. Aber ich war so durcheinander. Ich habe ihr das Versprechen abgenommen, es nicht weiterzuerzählen.« Peter schnaubte. »Aber ich will nicht, dass das ganze Dorf es erfährt. Nicht solange es nur ein vager Plan ist.«

»Sie werden ihn lynchen. Oder den Pranger wieder aufstellen.«

»Das dürfen wir nicht zulassen«, sagte Hetty streng. »Stell dir den Skandal vor.«

Peter betrachtete sie mit einem unfreiwilligen Lächeln, den Kopf leicht zur Seite geneigt. Sein Ärger verflog. Er wischte das verschüttete Wasser auf und füllte den Kessel wieder. »Entschuldige, ich wollte dich nicht anbrüllen. Ich war auch durcheinander.«

»Natürlich. Ich hoffe immer noch ... Ich meine, er ist nicht vollkommen unzugänglich für vernünftige Argumente. Ich hoffe, ich kann ihn überzeugen, dass es schrecklich wäre, das Anwesen zu verkaufen.«

»Aber fühl dich nicht verpflichtet, mit ihm zu schlafen,

um ihn umzustimmen.« Er hob begütigend die Hand. »War nur Spaß. Ich weiß, dass du das nie tun würdest.«

Hetty wollte ihm gerade vorwerfen, dass er besitzergreifend sei, als ihr klar wurde, dass sie ihn auf ihrer Seite brauchte. Er reichte ihr eine Tasse Tee, die sie nicht wollte, und sie lächelte dankbar.

»Was anderes, Peter. Könnte sein, dass wir bald eine Rubinhochzeitsfeier ausrichten. Ich hab den Eindruck, es soll ein gediegenes Fest werden, wir könnten Tausende verdienen. Na ja, tausend jedenfalls, vielleicht mehr.«

»Das ist gut. Plätzchen?«

Sie schüttelte den Kopf. »Die Sache ist nur, die Frau will mir die Einzelheiten bei einer Dinnerparty erklären.«

»Ein bisschen ungewöhnlich, oder?«

»Na ja, schon, aber die Frau ist irgendeine Bekannte von meiner Mutter und fühlt sich verpflichtet, mich einzuladen. Sie weiß, dass ich allein hier bin ... und so weiter. Meine Mutter hat ihr alles Mögliche erzählt.«

»Verstehe.«

»Also, das Verrückte ist ... Es ist wirklich ein grässlicher Zufall, aber sie hat beiläufig erwähnt, dass Alistair dort sein wird.«

»Alistair?«

»Ja. Du weißt schon. Der Mann, der ... sich so abscheulich benommen hat. Du hast doch sicher gewusst ...«

»Ja, ungefähr. Du hast was von einem gebrochenen Herzen erwähnt, als wir uns das erste Mal gesehen haben.«

»Stimmt. Dabei wollte ich überhaupt nicht, dass irgendwer etwas davon erfährt. Aber wie auch immer, Alistair ist derjenige, welcher. Und er wird auf dieser Dinnerparty sein.« Sie schloss die Augen. »Und ich hab mich gefragt, ob du mich wohl eventuell begleiten würdest.«

»Wann ist das?«

»Übernächsten Donnerstag.«

»Oh, das tut mir furchtbar Leid, Hetty, aber ich bin die

ganze übernächste Woche weg. Ich muss in Shropshire eine Küche zusammenbauen.«

Das war ein schwerer, völlig unerwarteter Schlag. »Könntest du für den Abend nicht zurückkommen?«

»Es ist schrecklich weit.« Er sah sie traurig an, die braunen Augen mitfühlend, aber unnachgiebig. Hetty kam in den Sinn, dass Zahnärzte einen genauso anschauten, ehe sie einem sagten, dass sie leider eine kleine Füllung machen müssten und es werde fast gar nicht wehtun.

Fieberhaft suchte sie nach einer Möglichkeit, ihn zu überreden, eine kleine Tour von hundert Meilen pro Strecke auf sich zu nehmen, um sie zu einem Abendessen zu begleiten. Sich drei Lagen Kleidung herunterzureißen und einen angegrauten BH zu entblößen würde wahrscheinlich nicht viel nützen. Und Peter mochte sie gern. Wenn sie ihn trotzdem nicht bewegen konnte, ihr diesen kleinen Gefallen zu tun, wie konnte sie dann jemals hoffen, Connor zu überreden, seine Pläne bezüglich des Hauses fallen zu lassen?

»Hör mal, es ist furchtbar, furchtbar wichtig, dass ich nicht allein dort erscheine.«

»Caroline würde dich bestimmt begleiten.«

»Schon, aber als ich gefragt hab, ob ich jemanden mitbringen kann, sagte Mrs Makepiece, es müsse ein Mann sein.«

»Das ist ja lächerlich. Wer ist diese Frau?«

»Sie ist einfach nur die Frau, die einen Haufen Geld für ein Fest in Courtbridge House ausgeben will.«

»Es besteht kein Anlass, dass du dich prostituierst, Hetty. So wichtig ist Geld auch wieder nicht.«

Hetty hätte ihm am liebsten den Becher an den Kopf geworfen. »Jetzt ist es sogar extrem wichtig. Wichtiger als je zuvor.« Sie wünschte, sie könnte Peter erklären, warum. »Wenn wir Connor beweisen können, dass einigermaßen regelmäßig Geld hereinkommt, dass das Haus mehr einbringen kann, als es verschlingt…«

»Aber so ist es doch nicht, oder?«

»Noch nicht! Aber das könnten wir ändern.« Wenn ich nur nicht von so negativen, miesepetrigen, Nein-ich-kann-dich-nicht-zur-Dinnerparty-begleiten-Typen umgeben wäre.

»Ja, das könnten wir sicher.« Jetzt sprach er beschwichtigend. Hettys Drang, den Becher zu werfen, wurde fast übermächtig. »Aber ob du in Begleitung zu diesem Abendessen gehst oder nicht, wird keinen Unterschied machen.«

Hetty fuhr sich mit der Zunge über die Lippen und nippte an ihrem Tee. »Es würde für mich einen Unterschied machen.«

Peter schüttelte den Kopf. »Es tut mir wirklich Leid. Ich wünschte, ich könnte dir helfen. Aber ich fürchte, in diesem Fall muss ich passen. Du weißt, dass ich alles für dich tun würde. Innerhalb vernünftiger Grenzen.« Er brauchte nicht ausdrücklich hinzuzufügen, dass diese Bitte offenbar außerhalb dieser Grenzen lag.

Es war zwecklos. Hätte sie ins Krankenhaus gemusst, hätte er einen Weg gefunden, sie hinzubringen. Das Problem war, er war eben ein Mann und konnte somit den Ernst der Lage nicht erkennen. Sie erwog, einen letzten Versuch zu starten, entschied sich aber dagegen. Es war nicht gerade förderlich für ihr Selbstbewusstsein, dass sie nicht einmal jemanden, der sie gern hatte, der vielleicht sogar in sie verliebt war, überreden konnte, ein paar hundert Meilen weit zu fahren, um einen todlangweiligen Abend mit ihr zu verbringen. Ihr zuliebe.

Sie lächelte steif. »Schon gut, Peter. Ich weiß, du würdest mir helfen, wenn du könntest. Ich werd Caroline fragen. Sie kennt ganz sicher eine Reihe präsentabler Männer, die mich begleiten könnten. Mir wäre einfach lieber gewesen, du wärst es, das ist alles.« Sie blickte trübsinnig auf ihre Teetasse hinunter und hoffte, dass sein Gewissen ihn plagte.

Praktischerweise war Caroline in Courtbridge House, als Hetty heimkam. Sie flirtete mit Connor in der Küche, als sei er nicht der Mann, der beabsichtigte, sein Geburtsrecht zu verkaufen, sein Erbe zu entweihen und jede Denkmalpflegegruppe im Land zu brüskieren.

Connor hatte seinen Charme bis zum Anschlag aufgedreht: Sein schiefes Lächeln entblößte seine schiefen Zähne unter seiner schiefen Nase. Es war doch wirklich verblüffend, wie positiv eine gehobene Stimmung das Erscheinungsbild eines Menschen beeinflusste. Connor würde niemals gut aussehen, aber wenn er lächelte, war er beinah attraktiv.

»Hi!«, sagte Hetty fröhlich und verbarg ihren Unwillen darüber, dass die beiden offenbar so großes Vergnügen an der Gesellschaft des anderen fanden – ein schmerzlicher Kontrast zu ihrem Misserfolg mit Peter. »Worüber amüsiert ihr euch denn so königlich?«

»Dies und das«, sagte Caroline.

»Samuel«, antwortete Connor.

»Es gibt doch nichts Neues, oder? Kein Anruf aus dem Krankenhaus?« Hetty fühlte ihr Herz schwer werden, und im nächsten Moment hatte sie Gewissensbisse, als sie erkannte, dass sie nicht allein um Samuels Gesundheit besorgt war – sie hatte sehr eigennützige Beweggründe, warum sie seine Genesung wünschte.

Connor schüttelte den Kopf. »Nein. Kein Grund, gleich in Panik zu geraten. Gibt es hier einen großen Topf? Ich will eine Fleischbrühe kochen.«

Hetty war einigermaßen sicher, dass sie den einzig wirklich großen Topf verkauft hatte. »Sieh mal im Schrank dahinten nach«, regte sie an, weil es der am weitesten entfernte Schrank war, und sie Connor außer Hörweite wünschte. »Caroline, wärst du wohl so gut, mit nach oben zu kommen und das Schlafzimmer mit mir anzusehen? Du weißt schon, das mit dem Himmelbett, das ich zur Besichtigung öffnen will?« Sie ruckte den Kopf zur Tür, wie man es tut, wenn man jemanden unter vier Augen sprechen, dies aber die übrigen Anwesenden nicht merken lassen will.

»Oh!« Caroline verstand sofort. »Probleme mit deinem Snak?«, fragte sie leise, aber nicht leise genug.

»Ihr was?«, erkundigte sich Connor und richtete sich wieder auf.

Es folgte ein kurzes Schweigen, während dessen beide Frauen auf eine plausible Lüge sannen, dann entschied Caroline, dass es keine gab. »Sensibler- New-Age-Knabe.«

»Oh, du meinst Peter.«

»Eigentlich sind es nur die Bettlaken, die mir Kopfzerbrechen bereiten«, sagte Hetty. »Sollen wir antikes Leinen nehmen, oder wird man das unter der Bettdecke sowieso nicht sehen?«

»Das hängt davon ab, wer die Laken waschen muss, Hetty«, sagte Connor. »Wenn das Peters Job ist, bleibt lieber bei Spannbetttüchern. Sie müssen ja sicher häufiger gewechselt werden, könnte ich mir vorstellen, und du willst doch bestimmt nicht, dass der arme Junge seine Energien mit stundenlangem Bügeln vergeudet.«

Hetty schloss für einen Moment die Augen. »Du bist mal wieder total auf dem Holzweg, Connor, wie üblich. Ich rede von dem Schlafzimmer hier im Haus. Peters Bettlaken gehen mich nichts an.«

»Oh, trüben gar erste Verstimmungen das junge Glück? Das tut mir aber Leid.«

Hetty stolzierte aus der Küche und hoffte, Caroline werde ihr folgen. Wie konnte er so völlig danebenliegen und gleichzeitig den Nagel so genau auf den Kopf treffen?

»Also?«, fragte Caroline, als sie oben angekommen waren. »Geht's um die Laken oder Peter?«

»Na ja, um beide. Aber Peter ist das drängendere Problem.«

»Warum? Was hat er getan?«

»Es geht eher darum, was er nicht tun will. Ich bin zu einer Dinnerparty eingeladen, und ich muss um jeden Preis in männlicher Begleitung hin.«

»Wieso?«

»Weil Alistair da sein wird.«

»Ach du heilige Scheiße!« Caroline hatte ihr *Alter Ego* als Pfadfinderin vorübergehend vergessen.

»Ich habe Peter gefragt. Aber er muss arbeiten und sagt, er kann nicht mitkommen. Weißt du sonst jemanden, den ich mitnehmen kann?«

»Du meinst, irgendwen, der Single und vertrauenswürdig ist und halbwegs anständig aussieht?«

»Wenn's geht.«

»O ja, ich wüsste jemanden. Aber mein Vorschlag wird dir nicht gefallen.«

»Warum nicht? Wen kennst du, der in Frage kommt, den ich auch kenne?«

Caroline wandte sich zu ihr um. »Connor.«

Hetty schloss die Augen. »Das kann nicht dein Ernst sein. Außerdem erfüllt er die Kriterien nicht. Er sieht nicht halbwegs anständig aus.«

»Er ist nicht hübsch, aber das hat er auch nicht nötig. Er ist umwerfend in seiner Hässlichkeit.«

»Findest du?«

»Du etwa nicht? Ich meine, ich weiß, dass seine Nase krumm ist und er diese Narbe auf der Oberlippe hat und dringend zum Frisör müsste. All diese Dinge. Aber er ist so sexy. Selbst einer Frau mit gebrochenem Herzen muss das doch auffallen?«

»Caroline, ich würde lieber sterben, als mit ihm hinzugehen, selbst wenn er bereit wäre, mich zu begleiten. Du weißt doch, dass er andauernd irgendwelche unhöflichen Bemerkungen macht und Leute in Verlegenheit bringt. Die Situation wäre bestimmt ein gefundenes Fressen für ihn ...«

Caroline zuckte die Achseln. »Wäre Jack zu Hause, würde ich ihn dir leihen. Aber wenn Peter sich weigert, sehe ich nicht, was dir anderes übrig bleibt. Es sei denn, du möchtest, dass ich die Väter meiner Wichtel anrufe und frage?«

Hetty musste wider Willen lächeln. »Du könntest ein

Abzeichen dafür erfinden. Ein kleines Bild von einem Mann im Smoking mit einer Frau im Abendkleid an seiner Seite. Das ›Eskorte-Abzeichen‹.«

Caroline nickte. »Passt genau zwischen ›Die gute Gastgeberin‹ und ›Die tüchtige Hausfrau‹. Aber im Ernst, ich würde das tun, wenn du willst, nur fällt mir niemand ein, der auch nur entfernt in Frage käme. Sicher, da wäre Alan Brewster aus dem Laden, aber er muss morgens um fünf aufstehen, darum wär's nicht fair, ihn zu bitten.«

»Das würde mir im Traum nicht einfallen!«, wehrte Hetty entsetzt ab. »Aber bist du sicher, dass es sonst niemanden gibt? Du musst doch haufenweise Freunde haben, die mich begleiten könnten.«

»Kein Einziger wohnt hier in der Nähe. Und ihre Frauen sind ebenfalls meine Freundinnen. Sie wären vermutlich nicht besonders scharf drauf, ihre Männer an eine attraktive junge Frau zu verleihen.«

»Ach, hör schon auf.«

»Nein, hör du auf, Liebes. Jetzt komm mit nach unten und frag Connor. Wenn er nein sagt, müssen wir uns was einfallen lassen.« Sie zögerte. »Kannst du nicht notfalls absagen?«

»Ich wünschte, ich könnte. Aber die Gastgeberin will ihren vierzigsten Hochzeitstag hier feiern. Sie will die Sache mit mir besprechen, und da sie eine Bekannte meiner Mutter ist, hat sie mich eingeladen. Außerdem … wenn ich nicht gehe, wird Alistair bestimmt irgendwie erfahren, dass ich eingeladen war, und wird glauben, ich habe gekniffen, weil ich ihm nicht gegenübertreten konnte.«

»Kannst du das denn?«

»Ja, aber nicht allein.«

»In Ordnung. Was ist mit Connor? Willst du *ihm* allein gegenübertreten, oder soll ich bleiben?«

»Nein. Er wird sicher unangenehm, und das verkrafte ich ohne Publikum besser.«

Sie wartete bis nach dem Abendessen: Connor hatte

Lammkoteletts mit neuen Kartoffeln und grünen Bohnen aufgetragen und anschließend ein Schokoladensoufflé, und alles war perfekt. Hetty fing langsam an zu verstehen, warum manche Frauen sich von kochenden Männern bevormundet fühlten.

»Geh nur schon ins Wohnzimmer, ich mache den Kaffee«, schlug sie vor.

Er sah sie ganz merkwürdig an. »Warum? Was willst du?«

»Nur weil ich mich erboten habe, den Kaffee zu ...«

»Also?«

»Ich muss zu einer Dinnerparty, und ich brauche unbedingt jemanden, der mich begleitet.«

»Wieso? Fährst du nicht gern im Dunkeln?«

Das tat sie wirklich nicht besonders gern. »Das ist es nicht, aber ... es ist jemand eingeladen, der ...«

»Ah. Der Ex.«

»Was weißt du davon?«

»Nur was du mir erzählt hast.«

»Aber ich habe kein Wort von ihm gesagt!«

»Daher weiß ich, dass er dich wirklich tief verletzt hat.«

»Na ja. Stimmt. Und aus verschiedenen Gründen will ich ihm nicht allein begegnen.«

»Stolz?«

»Auch. Und andere Dinge.« Sie legte keinen Wert darauf zu erklären, was mit Alistairs Wagen passiert war oder warum er vielleicht eine Stange Geld von ihr fordern würde.

»Ich nehme an, du hast Peter gefragt?«

»Er muss irgendwo eine Küche einbauen.« Hettys Tonfall machte klar, was sie von Peters Prioritäten hielt.

»Und es gibt sonst niemanden, den du bitten kannst?«

»Nein.«

»Tja, ich wünschte wirklich, ich könnte dir helfen, aber ich hab keine Lust.«

Hetty schloss die Augen. Wie hatte sie je glauben können, er würde ihr einen Gefallen tun? Er brauchte sie nicht, vermutlich war sie ihm lästig – warum sollte er dreißig Meilen hin und zurück fahren, um sich einen ganzen Abend lang fürchterlich zu langweilen?

»Andererseits kann ich nicht zulassen, dass du es allein mit diesem Mistkerl aufnehmen musst. Also komme ich mit.«

»Woher weißt du, dass er ein Mistkerl ist?«

»Er hat dich unglücklich gemacht, oder?«

9. *Kapitel*

Hetty trällerte fröhlich, während sie dem zweitbesten Schlafzimmer den letzten Schliff gab. Sie war ausgesprochen zufrieden mit sich. Sie hatte nicht nur die alles entscheidende Abnahmebescheinigung bekommen, sondern obendrein ein paar Komplimente. Der Mann von der Versicherung war vermutlich vom Bankdirektor vorgewarnt worden und hatte erwartet, eine verfallene Ruine vorzufinden. Staunend begutachtete er stattdessen das wiedererwachte ländliche Herrenhaus. Sie erfreute sich gerade mit der Erinnerung an Connors verdatterten Gesichtsausdruck bei den beifälligen Kommentaren des Gutachters, als Connor an der Tür erschien.

»Ich fahr in die Stadt zum Frisör, und Caroline wartet unten.« Er äußerte sich nicht über ihren Gesang. Vermutlich war er vollkommen unmusikalisch.

»O Schande!« Hettys Triumphgefühl verpuffte, als ihr die Dinnerparty einfiel, die sie erfolgreich verdrängt hatte. »Ich sollte bei ihr vorbeikommen, um mir für heute Abend etwas zum Anziehen zu borgen. Weißt du schon, was du anziehst?«

»Lästige kleine Cousinen«, brummte Connor und machte kehrt.

Er hätte das Zimmer wenigstens eines Blickes würdigen können, dachte sie ärgerlich, jetzt da es fast fertig ist. Es war frisch gestrichen, der Großteil der Möbel war fortgeschafft worden, die Bettvorhänge von Hand gewaschen, mühevoll gebügelt und wieder aufgehängt. Der Fußboden war mit einer Politur bearbeitet worden, deren Rezeptur Phyllis Hempstead in einem antiquarischen Buch mit Haushaltstipps entdeckt hatte. Es war das perfekte Jungmädchenzimmer von Anno dazumal. Vor dem Eröffnungstag wollte

Hetty noch ein Nachthemd aufs Bett legen, eine Vase mit Blumen auf die Fensterbank stellen und einen Gedichtband finden, der in die Epoche passte. Irgendwo würde sie schon eine Herrick-Ausgabe aufspüren.

»Hetty!«, rief Caroline von unten. »Willst du in deiner Latzhose zu dieser Party gehen?«

Zögernd verließ Hetty das Zimmer und schärfte sich ein, dass sie nicht vergessen durfte zu überprüfen, ob die Bilder an den Wänden auch wirklich aus der richtigen Zeit stammten. Sie wollte nicht von Phyllis belehrt werden, dass Schattenschnitte erst *viel* später aufkamen, Kind.

Hetty war furchtbar beschäftigt gewesen, und so hatte die Tatsache, dass sie nichts als Jeans und Pullis im Gepäck hatte, sehr weit unten auf ihrer Sorgenliste rangiert. Jetzt musste sie sich mit dem Problem befassen. Sie hatte eine heiße Verabredung, nichts anzuziehen, und Caroline war wild entschlossen, ihr einen »ganz neuen Look« zu verpassen. Sie schauderte, und ihre Gedanken schweiften wieder zurück zu all dem, was sie in den letzten Tagen zustande gebracht hatte.

Sie hatte einen Plan aufgestellt, der genau bezeichnete, was alles vor dem großen Eröffnungstag am kommenden Wochenende erledigt werden musste. Mrs Hempstead hatte die Aufgaben an all ihre Freundinnen verteilt, die ihre Hilfe angeboten hatten. Hetty kümmerte sich darum, dass jede, die an der Vorder- oder Hintertür erschien, die Farbe, Reinigungsmittel oder Werkzeuge zur Verfügung hatte, die benötigt wurden. Sie verbrachte viel Zeit im Auto, borgte Bohrmaschinen und Schleifhexen und so weiter oder kaufte neue Vorräte an Abbeize und Wandfarbe. Aber da das Haus jedes Mal ein bisschen besser aussah, wenn sie zurückkam, war sie durchaus zufrieden mit ihrer Laufburschenrolle.

Wenn sie nicht unterwegs war, hatte sie ihren Teil der Arbeiten zu erledigen – hauptsächlich solche Aufgaben, die man niemandem sonst zumuten konnte. Die Leute mochten Spaß daran haben, eine alte Molkerei wieder funktionstüchtig zu machen und zu renovieren (jedenfalls die beiden Leute, die dafür eingeteilt worden waren), aber niemand riss sich um undankbare Putzaufgaben mit minimalem sichtbaren Erfolg, wie etwa die Holztäfelung in den Fluren abzuwaschen. Hetty fing an der Eingangstür an und schrubbte sie entlang der vorgesehenen Führungsstrecke ab. Die Zimmer, die dem Publikum verschlossen blieben, ließ sie aus. Sie sang bei der Arbeit und hatte bald ihr gesamtes Repertoire wiedererlangt. Sie hatte gerade versucht, sich an diese Arie zu erinnern, die in letzter Zeit andauernd in der Fernsehwerbung vorkam, während sie dem Schmutz in der Schnitzerei mit einer alten Zahnbürste zu Leibe rückte, als Connor heraufkam, um ihr zu sagen, der Versicherungsgutachter sei gekommen. Hetty hörte mitten im Vers auf zu singen und fand es furchtbar peinlich, dass er sie sozusagen in flagranti erwischt hatte.

»Das Kleine Schwarze ist ein furchtbares Klischee, aber es erfüllt seinen Zweck«, sagte Caroline. »Möchtest du eher distinguiert-elegant oder unschuldig-hübsch aussehen?«

Hetty stand in Carolines Bademantel vor dem Kleiderschrank. Sie hatte noch niemals so viele Kleidungsstücke auf einmal gesehen, höchstens beim Schlussverkauf. Carolines Garderobe befand sich nicht im Schlafzimmer. Sie hatte ein eigenes Zimmer dafür – ein ziemlich großes Zimmer – aber es war trotzdem voll gestopft.

»Ich weiß nicht. Was meinst du?«

»Lass uns nach unten gehen und was trinken und darüber nachdenken.«

»Es ist erst fünf Uhr.«

»Schon? Verdammt, dann müssen wir aber schnell nachdenken. Vielleicht kann ich dich schminken, während Susie dir die Haare macht.«

Susie kam angerauscht, lehnte ein angebotenes Glas Wein ab und wickelte Hetty in einen Frisierumhang. Sie befühlte ihre nassen Haare.

»Hmm. Wissen Sie schon, wie Sie sie haben möchten? Soll ich nur die Spitzen schneiden, oder möchten Sie mal was Aufregenderes?«

»Aufregender«, entschied Caroline. »Vertrau ihr«, sagte sie zu Hetty. »Sie ist ein Genie.«

Als Susie sie um eine beachtliche Menge Haar erleichtert und den Rest gefönt hatte, fühlte Hetty sich tatsächlich sehr viel besser.

»Die Länge hat die Haare zu schwer gemacht«, erklärte Susie, als ihre geschickten Hände unerwartete Locken zum Vorschein brachten. »Jetzt zeigt sich die Naturwelle. Nehmen Sie nach dem Waschen einfach ein bisschen Schaumfestiger und kneten Sie die Haare beim Fönen.«

»Es sieht toll aus, Hetty«, sagte Caroline. »Jetzt lauf nach oben und such dir was zum Anziehen aus, während ich Susie zur Tür bringe.«

Hetty wusste, dass Caroline Susie bezahlt hatte, aber Caroline war so empört, als Hetty ihr das Geld zurückgeben wollte, dass sie es kein zweites Mal versuchte.

Caroline hatte Recht. Das Kleine Schwarze war ein Klischee, und außerdem war Carolines Modell vielleicht eine Spur *zu* klein für Hetty. Was sollte sie tragen? Alistairs Freundin, egal ob's noch dieselbe oder schon die nächste Ausgabe war, war sicher elegant und weltgewandt. Hetty war für Alistair nur ein kurzer Ausflug in die jugendliche Naivität gewesen, da war sie sicher. Also, wollte sie konkurrieren oder eher harmlos-niedlich wirken? Sie hatte sich immer noch nicht entschieden, als Caroline eintrat.

»Auf keinen Fall kannst du in diesem BH gehen.«

»Ich weiß, er ist ein bisschen grau, aber das sieht doch niemand.«

»Hat dir nie jemand beigebracht, dass man den BH unter der Kleidung sieht? Wenn er die Figur nicht aufmöbelt, warum sollte man dann einen tragen? Ich habe jede nur erdenkliche Variante. Mit Polster oder ohne, rückenfrei, schulterfrei, was immer du willst, findest du da in der Schublade. Und jetzt…« Sie wies auf den geöffneten Schrank. »Was möchtest du anziehen?«

»Gott, ich weiß es nicht! Vielleicht passt mir gar nichts. Ich bin nicht so schlank wie du.«

»Doch, das bist du, aber wenn du dir darüber Gedanken machst, lass uns nichts nehmen, was zu eng auf den Hüften sitzt. Aber ich bestehe darauf, dass es etwas ist, worin du sexy aussiehst.«

»Warum? Ich will Alistair nicht zurück.«

»Du wirst selbstsicherer sein, wenn du dich sexy fühlst.«

Schließlich suchte Caroline ihr ein ziemlich gewagtes schwarzes Kleid aus, und Hetty erklärte sich bereit, es unter einem scharlachroten Jackett mit schwarzen Samtaufschlägen zu tragen, das ihr besonders gut gefiel. Nachdem die Entscheidung endlich gefallen war, machte Caroline sich an Hettys Make-up.

Connor saß in Carolines Wohnzimmer auf dem Sofa, trank Ginger Ale und las die Sonntagszeitungen der letzten Woche. Er erhob sich, als Hetty und Caroline eintraten, aber obwohl er Hetty von Kopf bis Fuß inspizierte, gab er keinen Kommentar ab.

Hetty hatte Mühe, ihre Enttäuschung herunterzuschlucken, als sie auf Carolines hochhackigen schwarzen Wildlederpumps durchs Zimmer stakelte. Er war normalerweise so direkt, sie hatte erwartet, er werde entweder sagen, sie sehe phantastisch aus oder wie ein Flittchen – vermutlich eher Letzteres. Aber dass er nach all der Mühe, die sie sich gemacht hatten, keinen Ton sagte, brachte sie auf die Palme.

»Du siehst todschick aus«, sagte sie ihm, entschlossen, nicht zickig zu sein.

Genau wie sie hatte er sich den feinen Zwirn borgen müssen. Er hatte sich die Haare scheiden lassen, die sisalfarbenen Locken waren gestutzt und gezähmt und enthüllten, dachte Hetty gehässig, dass er tatsächlich eine Stirn besaß. Eine ziemlich hohe. Seine Brauen schienen weniger buschig – etwa mit Vaseline in Form gebracht? Und seine Nase, nach wie vor gekrümmt, wirkte mit einem Mal aristokratisch, jetzt da die Haare nicht mehr bis an ihre Wurzel reichten.

Jacks Smoking schadete seiner Erscheinung auch nicht gerade. Hetty war gewohnt, ihn in uralten Jeans oder Kordhosen und weiten Pullovern zu sehen – ganz ähnlich wie ihre eigene Alltagsmontur. Der feine, schwach glänzende schwarze Stoff und das schneeweiße Hemd darunter ließen ihn weniger kantig, beinah zivilisiert wirken. Nicht gut aussehend, natürlich, aber …

»Sehr verführerisch«, sagte Caroline unverblümt. »Beinah so schön wie Hetty, oder was sagst du, Connor?«

»Was fragst du mich? Ob ich denke, dass ich schön bin oder dass Hetty schön ist?«

»Was immer du vorziehst.«

»Ich bin kein Freund von zweideutigen Fragen. Wenn du noch was trinken möchtest, beeil dich«, sagte er zu Hetty. »Wir sollten bald fahren.«

Oben in Carolines Ankleidezimmer, mit Carolines BH und Carolines Make-up, hatte sie auch etwas von Carolines Selbstvertrauen gespürt. Aber Connors Mangel an Interesse war demoralisierend. Sie lehnte den Drink ab.

»Dann komm. Hol deinen Mantel. Sag Jack vielen Dank für den Smoking, Caroline – nachdem du ihm gesagt hast, dass du ihn mir geborgt hast.«

Caroline lächelte und umarmte Hetty. »Viel Glück, Liebes. Es wird reibungslos klappen, da bin ich sicher. Du siehst toll aus, glaub mir. Und was dich angeht, du unwiderstehlicher Koloss«, sie stieß Connor an der Schulter an. »Du hast keinen Kuss verdient. Aber du wirst gut auf sie aufpassen, nicht wahr?«

Hetty stieg in Connors verschrammten, wundervollen Wagen und hoffte, die Heizung werde funktionieren. Ihre Beine fühlten sich in den dünnen Nylonstrümpfen beinah nackt an, der Rock reichte nur bis knapp über die Knie, und als sie saß, rutschte er noch ein Stück höher. Hetty hoffte, Mrs Makepiece habe ausladende Stoffservietten, sodass sie sich bei Tisch anständig bekleidet fühlen würde. Wenigstens konnte Connor im dunklen Wageninnern ihre Oberschenkel nicht sehen, die, so fand sie, im Sitzen viel zu breit wirkten.

Sie bereute, nicht ihre eigenen Sachen zu tragen. Es wäre schön, ein altvertrautes Kleidungsstück am Leib zu haben, das ihr Selbstsicherheit gab. Aber vielleicht sollte sie mit Carolines Kleidungsstücken auch deren Persönlichkeit überstreifen. Das würde Alistair sicher Kopfzerbrechen bereiten.

Connor saß schweigend am Steuer. Er handhabte den großen Wagen geschickt, fuhr schnell, aber sicher. Er beschleunigte nicht kurz vor jeder Kreuzung, um dann abrupt abzubremsen, gab auch kein Vollgas, wenn er sie hinter sich ließ. Sie war dankbar, dass er sie im Gegensatz zu Alistair offenbar ans Ziel bringen würde, ohne dass ihr schlecht wurde.

»Soll ich dir die Wegbeschreibung geben?«, fragte sie schließlich, als ihr das Schweigen zu lang wurde.

»Erst wenn wir in den Ort kommen. Bis dahin weiß ich Bescheid.«

»Es ist sehr nett von dir, mich zu begleiten.«

»Ja.«

»Ich hätte natürlich problemlos allein fahren können …«

»Wenn Alistair nicht da wäre. Ja, das weiß ich alles.«

Hetty gab den Versuch auf, Konversation zu machen. Wäre er ihr Freund gewesen, hätte sie moralische Unterstützung einfordern können. Das hier war eine schwierige Situation für sie, er hätte sie unterstützen sollen, statt brummig zu sein. Aber er war nicht ihr Freund, also hatte sie kein Recht, Ansprüche zu stellen.

»Also, warum beunruhigt es dich so, Alistair wiederzusehen?«, fragte er in ihre ziemlich grantigen Gedanken hinein. »Ist damit zu rechnen, dass du in Tränen ausbrichst, wenn du ihn mit einer anderen Frau siehst?«

»Todsicher nicht. Aber ... ich habe ein bisschen Angst vor ihm.«

»Wieso?«

»Na ja, als wir uns getrennt haben, habe ich ... seinen Wagen gestreift.«

»Was heißt das?«

»Ich saß in meinem Auto. Er hat einen Porsche. Ich bin ein paar Mal reingefahren.«

»Ach du Scheiße!« Er war vorher schon nicht auf ihrer Seite gewesen, jetzt war er eindeutig auf Alistairs. »Kein Wunder, dass du Angst hast. Wenn du das mit meinem Wagen tätest, würde ich mit Sicherheit handgreiflich. Nicht dass ich es überhaupt erst so weit kommen ließe«, fügte er grimmig hinzu.

Sie verpasste ihm einen verbalen Schlag an der Stelle, wo sie wusste, dass es wehtun würde: »In deine Karre könnte man zehnmal reinfahren, ohne dass es auch nur auffällt.«

Sein bitterböser Blick wurde durch die huschenden Schatten noch finsterer, als sie die sporadischen Lichter eines Dörfchens passierten. »Das glaub lieber nicht. Ich kenne jede Beule und jedes Rostfleckchen, und wenn ich Zeit habe, werde ich die Karosserie restaurieren, sodass der Wagen wieder so ein Schmuckstück wird, wie er einmal war.« Er warf ihr einen hässlichen Blick zu, der eines Quasimodo würdig gewesen wäre. »Wenn du ihn auch nur schief anguckst, kannst du was erleben.«

Hetty ignorierte die Drohung und hakte bei der gänzlich unerwarteten Leidenschaft ein. »Warum kannst du für das Haus nicht genauso empfinden? Mit ein bisschen Engagement könnte man es auch wieder in ein Schmuckstück verwandeln.«

»Mit sehr viel Engagement und einem kleinen Vermögen, das ich nicht habe. Und wechsel nicht das Thema. Du willst also, dass ich dich vor Alistair beschütze und ihn daran hindere zu tun, was du verdient hast?«

»Ich habe keine Angst, dass Alistair mich schlägt. Er ist kein gewalttätiger Mensch.« Sie warf Connor einen anklagenden Blick zu, den er nicht bemerkte. »Ich will nur nicht, dass er mir die Rechnung für den Schaden präsentiert.«

»Das wundert mich nicht. Du musst ihn Tausende von Pfund gekostet haben.«

»Der Wagen war versichert.«

»Trotzdem. Er musste vermutlich die Selbstbeteiligung zahlen und hat seinen Schadenfreiheitsrabatt verloren.«

»Mein Auto ist bei der Sache draufgegangen.«

»Geschieht dir recht. Du solltest Autos mit etwas mehr Respekt behandeln.«

»Ich war verletzt.«

»Und deswegen war es völlig in Ordnung, ja?«

»Nein, aber es rechtfertigt ... die Heftigkeit meiner Reaktion.«

»Das bezweifle ich. Niemand ist glücklich, wenn er verlassen wird, aber es besteht kein Grund, so zu reagieren.«

Hetty biss die Zähne zusammen. »Er hat mich nicht einfach nur verlassen. Er wollte, aber er hat es nicht fertig gebracht, es mir zu sagen, also hat er es so arrangiert, dass ich ihn und sie im Bett überrascht habe.«

Der Wagen schlingerte ein wenig. Connor bekam ihn jedoch sofort wieder unter Kontrolle und hielt dann vor den Lichtern eines Pubs.

»Da sind wir. Lass mal die Wegbeschreibung sehen.« Er riss sie ihr aus den Fingern.

In diesem Augenblick hasste sie Connor mindestens so sehr, wie sie Alistair gehasst hatte. Sie überlegte, ob es irgendeinen Weg gab, nach Hause zu kommen, ohne ihn bitten zu müssen, sie zu fahren. Sie hatte zehn Pfund in der Handtasche, die Caroline für Notfälle hineingesteckt hatte. Aber es war vermutlich nicht genug für ein Taxi.

Er warf ihr die Wegbeschreibung zu, und sie landete auf dem Boden. »Also los, Cinderella, lass uns zusehen, dass du auf deinen Ball kommst.«

Er fand das Haus schnell und mühelos und parkte seinen Wagen in der Kiesauffahrt hinter einer Reihe teurer Firmenwagen. Connor nahm ihren Arm, als sie auf ihren hohen Absätzen über die dicken Kieselsteine stakste, und ließ ihn auch nicht los, als sie das Haus erreichten. Er klingelte, ohne Hetty Zeit zu lassen, ihren Lippenstift nachzuziehen oder die Haare zurechtzuzupfen.

Als die Tür sich gerade zu öffnen begann, raunte er: »Beim nächsten Mal solltest du ihm Zucker in den Tank schütten, dann ist der Motor hinüber.«

Mrs Makepiece öffnete und fand, dass einer ihrer Gäste ein ausnehmend verdattertes Gesicht machte.

Hetty hatte gehofft, Alistair wäre vielleicht nicht gekommen. Das war absolut möglich – er war durchaus fähig, eine Einladung platzen zu lassen, wenn sich etwas Interessanteres ergab. Doch während Hetty den Mantel abnahm und ihre Frisur in Ordnung brachte, stellte sie fest, dass das Haus zwar nicht groß, aber nichtsdestotrotz ausnehmend vornehm wirkte. Und Alistair hatte viel für Vornehmheit übrig. Sie seufzte, ärgerlich auf sich selbst, weil es ihr immer noch etwas ausmachte.

Sie wusste genau, was sie in ihm gesehen hatte. Er war gut aussehend, mächtig, und seine Aufmerksamkeit hatte ihr sehr geschmeichelt. Was sie ärgerte, war die Tatsache, dass sie lange genug in seinem Bann geblieben war, um sich in ihn zu verlieben und ihm ihre Unschuld zu schenken, wo ihr

Kopf ihr doch, lange bevor das passieren konnte, hätte sagen müssen, dass er ein egoistischer Snob war.

Zu ihrer Erleichterung und Überraschung wartete Connor an der Treppe auf sie. Er nahm wieder ihren Arm und führte sie in einen Salon hinauf, wo mehrere Leute standen und Champagner schlürften.

Der Raum war gut gefüllt, aber sie entdeckte Alistair auf Anhieb. Sie wartete auf den vertrauten, schmerzhaften Stich, den jeder Gedanke an ihn ausgelöst hatte, doch er blieb aus. Sie war immer noch wütend auf ihn, aber sie hatte keine Schmetterlinge mehr im Bauch, und auch das Sehnen nach einem Blick oder einem Lächeln hatte sich verflüchtigt. Sie war so erleichtert, dass sie schließlich breit lächelte, als ihre Blicke sich trafen. Dann fiel ihr sein Porsche ein, und ihr Magen schlingerte.

Sie war froh, dass sie sich doch für das Kleine Schwarze und das rote Jackett entschieden hatte. Es gibt Momente, da man sich von der Masse abheben, ein Statement abgeben und individuell sein will. Und es gab solche Momente wie heute Abend, da es eine gewisse Sicherheit bot, mehr oder minder die gleiche Uniform zu tragen wie alle anderen. Man lief weniger Gefahr, den Hyänen aufzufallen.

Mrs Makepiece stellte Connor und Hetty einem jungen Paar vor, das zu der Gruppe von Ostergästen gehörte. Alistair trat zu ihnen, als sie sich gerade über Segelflug unterhielten. Genauer gesagt, Connor unterhielt sich, und Hetty wärmte ihren Champagner in ihren heißen Händen und nickte höflich.

»Hetty«, setzte er vielsagend an. »Du siehst…«

»Ja?«, half sie nach.

Connor wandte sich zu Alistair um. »Wer ist das, Liebling?«, fragte er und legte eine Hand um ihre Taille, als stecke er sein Claim ab.

Hetty brachte das Vorstellmanöver zustande, obwohl sie über Connors Anrede ziemlich verblüfft war, von der Hand ganz zu schweigen.

Alistair war die Hand auch nicht entgangen. »Du hast mich eine ziemliche Stange Geld gekostet, Hetty.«

»Mich kostet sie auch eine Stange Geld«, sagte Connor. »Aber ich meine, sie ist es wert.«

»Sie sieht jedenfalls ...« Auch Alistair konnte sich nicht dazu durchringen, ihr ein Kompliment zu machen. Er und Connor hatten wirklich Gemeinsamkeiten. »... gut gepflegt aus«, beendete er den Satz. Und das war eine Beleidigung, entschied Hetty.

»O ja, Hetty hat ja jetzt mich. *Ich* kümmere mich um sie.« Connor gab den Worten ein Gewicht, sodass es beinah eine Warnung war.

»Und wo ist deine Freundin, Alistair?«, fragte Hetty. »Ist sie hier?«

»Ja. Nicht die, die du ... kennen gelernt hast.«

»Oh, keine Bange. Angezogen hätte ich sie sowieso nicht wiedererkannt.« Hetty musste sich ein gehässiges Grinsen verkneifen, weil es ihr gelungen war, diesen alten Witz in die Unterhaltung einfließen zu lassen. Klischees hatten auf jeden Fall ihre Vorzüge, seien es kurze schwarze Kleider oder antiquierte Macho-Sprüche.

Mrs Makepiece – sie hatte ihnen ihren Vornamen gesagt, aber Hetty konnte sich nicht daran erinnern – winkte auffordernd.

»Kommt und lasst uns essen. Ich habe Tischkarten aufgestellt, also sucht einfach eure Plätze und setzt euch. Es wird ein bisschen eng, fürchte ich.«

Die Tafel war aus mehreren Tischen zusammengefügt, nicht alle hatten die gleiche Höhe, und sie füllten das kleine, aber sehr hübsche Esszimmer komplett aus, sodass alle sich aneinander vorbeischlängeln und -schieben mussten. Hetty verstand, warum Mrs Makepiece für ihren Hochzeitstag größere Räumlichkeiten brauchte.

Natürlich war es unvermeidbar, dass Connor in ihrer Nähe saß, doch dass er genau ihr gegenüber landete und jede ihrer Bewegungen verfolgen konnte, war ein bisschen beunruhigend. Aber es wäre schlimmer, wenn es Alistair wäre, beruhigte sie sich.

Eine Schar junger Leute, die Kinder der Gäste, reichte das Essen herum. Schwankende Berge hauchdünner Toastscheiben, Butterteller und große Schüsseln mit Pâté rangelten um Platz auf dem Tisch, auch Rot- und Weißweinflaschen wurden irgendwie untergebracht. Alles war ungezwungen, und unter anderen Umständen hätte Hetty das Essen genossen, doch mit Alistair und Connor war es ein zweifelhaftes Vergnügen.

Hettys Tischnachbar schenkte ihr ein Glas Rotwein ein. Er hatte ein sympathisches, wenn auch unauffälliges Gesicht und schien allein gekommen zu sein.

»Und was machen Sie so?« Zu spät ging ihr auf, dass er ihr die gleiche Frage stellen würde, und dann würde sie ihm von Courtbridge House erzählen müssen, mit Connor in Hörweite. Sie nahm einen tiefen Zug aus ihrem Glas.

»Ich bin Architekt.«

»Tatsächlich? Und in welchem Bereich?«

»Nichts besonders Spannendes, fürchte ich. Ich habe hauptsächlich mit alten Häusern zu tun.«

Damit hatten sie zumindest etwas gemeinsam. »Ich wohne im Moment in einem sehr alten Haus«, murmelte sie und vergewisserte sich, dass Connor in eine Unterhaltung mit der Blondine an seiner Seite vertieft war.

»Ah ja?« Er wirkte nicht übermäßig interessiert, war aber gewillt, die Unterhaltung fortzusetzen.

»Hm. Ich werd Ihnen davon erzählen ...« Gerade wollte sie zu der traurigen Geschichte von dem alten Herrenhaus und dem uneinsichtigen Erben anheben, als sie Connors Blick auf sich spürte.

Seine Augen waren haselnussbraun, fiel ihr zum ersten Mal auf, und sie wirkten sehr scharfsichtig, was vielleicht der Grund war, warum er manchmal Dinge behauptete, die der Wahrheit beunruhigend nahe kamen. Sie schenkte Connor ein flüchtiges Lächeln, nahm die Pâté und bot sie ihrem

Nachbarn an. »Hier, nehmen Sie. Und etwas Toast?« Während sie ihm die Butter anreichte, murmelte sie unauffällig: »Und geben Sie mir Ihre Karte, wenn Sie eine haben. Ich bräuchte einen guten Architekten.«

Der Architekt hob die Brauen, nicht wenig geschmeichelt über Hettys Interesse. »Woher wollen Sie wissen, dass ich gut bin?«

»Ehrlich gesagt, ich kann es mir nicht erlauben, wählerisch zu sein.« Dann erkannte sie, dass das ziemlich unhöflich klang, und sie lächelte und tätschelte seine Hand, wie Caroline es getan hätte. »Kennen Sie Mrs Makepiece schon lange?«

»Felicity? Ja, mein ganzes Leben. Sie ist meine Patin. Sie hat mich eingeladen, um mich aufzuheitern. Ich bin seit letztem Jahr geschieden.«

»Oh, das tut mir Leid.«

»Nicht nötig. Felicity hat die Organisation meiner Rekonvaleszenz übernommen. Sie ist so was wie eine gute Fee – sie kümmert sich immer um die Leute, von denen sie annimmt, sie seien einsam.«

»Ja? Ich glaube, in die Kategorie gehöre ich auch.«

Er lächelte. »Sie müssen die Frau sein, die sie für mich eingeladen hat. Sie musste noch auf die Schnelle eine zusätzliche auftreiben, als Sie gesagt haben, Sie wollten einen Freund mitbringen.«

»Ach du meine Güte! Warum hat sie nicht einfach nein gesagt?« Hetty hatte Alistair und die Panik, in die diese Situation sie versetzt hätte, vorübergehend vergessen.

»Vermutlich dachte sie, es sei eine zu weite Fahrt für Sie allein. Ich heiße übrigens James Taylor.«

»Hetty Longden.«

»Und mit wem sind Sie gekommen?«

Sie nickte in Connors Richtung. »Mit ihm, aber wir sind nicht zusammen. Was ist mit Ihnen? Wen hat Felicity für sie eingeladen, nachdem ich alles durcheinander gebracht habe?« Er wies auf die Blondine, die Connors Aufmerksamkeit sichtlich genoss. »Oh.« Hetty hatte ein schlechtes Gewissen, Connor hatte die Partnerin des Architekten mit Beschlag belegt. »Tut mir Leid. Soll ich ihn zurückpfeifen?«

James schüttelte den Kopf. »Auf keinen Fall. Mir ist durchaus recht, wie es sich ergeben hat.«

Felicity Makepieces Mann rief vom Kopf des Tisches: »Reicht eure Teller rüber – Zeit fürs Gulasch!«

»Haben Sie eine Karte?«, fragte Hetty in dem kurzen Tumult. »Ich brauche wirklich jemanden wie Sie.«

Sofort spürte sie Connors Blick auf sich. Er hatte nicht nur diese etwas missverständliche Bemerkung gehört, sondern auch gesehen, wie sie James' Karte in ihre Handtasche schmuggelte. Nach seinem Ausdruck zu urteilen war er nicht beglückt.

10. Kapitel

»Wie Sie ja sehen, hier ist einfach nicht genug Platz für ein großes Fest. Aber ich will nichts zu Formelles. Machen Sie auch Gastronomie?«

Hetty und Mrs Makepiece saßen in der Diele auf dem Sofa, das normalerweise den Hunden gehörte, und besprachen die anstehende Feier.

»Ähm ... ja«, sagte Hetty und hoffte inständig, dass sie das mit ihren Kontakten zur Fraueninitiative würde auf die Beine stellen können.

»Und wie viel wird es kosten?«

Hetty räusperte sich. »Die Miete für die Halle – das ganze Haus, genau genommen – wird bei etwa eintausend Pfund liegen.« Sie wartete auf einen Ausruf des Entsetzens. Aber er blieb aus. »Das Essen käme noch hinzu. Der Preis hängt natürlich vom Menü ab.«

»Und besorgen Sie den Wein, oder sollen wir ihn mitbringen?«

Sie überlegte schnell. Würden sie eine Genehmigung brauchen? Vielleicht blieb noch Zeit, eine zu beantragen. »Das machen wir. Aber wir würden Ihnen ein gutes Angebot machen, Sie müssten keine normalen Restaurantpreise für den Wein zahlen.« Das war Jacks Gebiet. Er wusste ganz bestimmt, wie man so etwas organisierte.

»In Ordnung. Ich werde demnächst vorbeikommen, wenn Sie geöffnet haben, und mich einmal umsehen. Und wenn ich mir überlegt habe, was es zu essen geben soll, können Sie mir den Preis ausrechnen.« Mrs Makepiece stand auf. »Nur noch eins ...«

Hetty entdeckte Connor, der vom Esszimmer zum Wohnzimmer hinüberging, wo es den Kaffee gab. »Was denn?«

»Irgendein Unterhaltungsprogramm.« Mrs Makepiece gestikulierte kurz. »Ich denke, ein bisschen Programm, um das Eis zu brechen, wäre eine gute Idee, oder was meinen Sie? Bis die Stimmung in Schwung kommt, wissen Sie.«

Hetty schluckte. »Ja, sicher …«

»Was hätten Sie denn in dieser Richtung anzubieten?«

Wahnwitzige Vorschläge wie Karaoke, Luftballonskulpturen oder Zauberkünstler schossen ihr durch den Kopf wie Papierflugzeuge. Alle gleichermaßen ungeeignet, aber welche andere Unterhaltung gab es?

»Eine Sängerin«, sagte Connor hinter ihr. »Hetty hat ein sehr umfangreiches Programm.«

»Was?«, krächzte die Sängerin.

»Ach, sie ist furchtbar bescheiden, wenn es darum geht«, fuhr Connor fort. »Sie würde es nie von sich aus vorschlagen. Aber sie hat eine sehr schöne Stimme, und sie ist nicht unbezahlbar.«

»Das ist doch ideal! Warum haben Sie nichts davon gesagt, Sie Dummerchen? Ein paar Lieder zu Klavierbegleitung, was wäre schöner? Oh!« Mrs Makepieces Aufmerksamkeit wurde von irgendetwas abgelenkt, das sich hinter Connors Schulter abspielte. »Irgendwer hat Schwierigkeiten mit der Toilettenspülung und wird den Hebel abbrechen, wenn er es weiter versucht. Entschuldigen Sie mich bitte. Ich komme noch darauf zurück, Hetty. Augenblick!«, rief sie zur Gästetoilette hinüber. »Ich mach das schon!«

Als sie außer Hörweite war, wandte Hetty sich an Connor. »Was fällt dir ein!« Sie bebte vor Angst und Zorn. »Wie kannst du Mrs Makepiece vorschlagen, ich solle auf ihrer Feier singen? So was mache ich überhaupt nicht!«

»Aber warum denn nicht? Ich habe dich gehört, du hast eine wirklich gute Stimme.« Sie wartete auf die Spitze, etwa: »Du wirst sie alle so schnell vergraulen, dass wir die ganze Meute im Handumdrehen wieder los sind.«

Als sie ausblieb, fuhr sie fort: »Aber ich singe nicht in der *Öffentlichkeit* – oder zumindest habe ich das ewig nicht mehr gemacht. Und nie allein. Ich hatte eine Freundin, mit der ich zusammen gesungen habe, und einen Pianisten. Du hattest kein Recht, das über meinen Kopf hinweg vorzuschlagen.«

»Sie wollte Unterhaltung, ich hab ihr gegeben, was sie wollte. Das nennt man optimale Kundenbetreuung.«

»Herrgott noch mal, meine Singerei ist keine optimale Kundenbetreuung! Das ist Nachtklubmusik für Amateure. Ich bin keine Cleo Laine, weißt du.«

»Stell dein Licht nicht unter den Scheffel. Außerdem bist du doch diejenige, die behauptet, das Haus könne seinen Unterhalt selbst verdienen. Jetzt tu auch was dafür.«

»Aber bestimmt nicht, indem ich singe! Die Fenster könnten zerspringen!«

»Ach komm, du weißt genau, dass du gut singst.«

»Und da wäre immer noch das kleine Problem der Begleitung! Selbst wenn ich meine Freundin überreden könnte zu kommen, unser Pianist ist ausgewandert.«

Connor verengte die Augen. »Ich begleite dich.«

Hetty erlitt einen kurzen, übelkeitserregenden Schwindelanfall. Dann kam der rettende Gedanke. »Es gibt kein Klavier in Courtbridge House!«

Voller Erleichterung strahlte sie Mrs Makepiece entgegen, die gerade von der Gästetoilette zurückkam. Felicity strahlte ebenfalls, vielleicht eine Spur verwundert über die Breite von Hettys Lächeln. »Nun geht und trinkt euren Kaffee, ihr beiden, sonst ist keiner mehr übrig.«

Kaffee gab es reichlich, aber nur sehr wenige Sitzgelegenheiten. Connors Tischnachbarin hatte ihm einen Stuhl freigehalten, auf den sie einladend klopfte, als sie ihn eintreten sah. Hetty erkannte, dass sie sich auf die Kante von James' Sessel würde hocken müssen. Wenn er ihr auch ritterlich seinen Platz anbot, wollte sie doch lieber unbequem hangeln, als in einer Kissenflut versinken. »So geht es wunderbar, vielen Dank«, versicherte sie ihm und zog ihren Rock über die Knie.

»Dann lass mich dir wenigstens einen Kaffee holen.«

»Gern.« Nachdem er ihre Tasse aufgefüllt hatte, fuhr sie fort: »Die Heimlichtuerei tut mir Leid, aber der Freund, mit dem ich gekommen bin, soll nicht mitkriegen, dass ich mit dir rede.«

James warf einen beunruhigten Blick in Connors Richtung. »Er ist doch nicht krankhaft eifersüchtig, oder? Ich glaube, ich möchte lieber keinen Ärger mit ihm bekommen.«

»Nein, nichts dergleichen. Wie gesagt, wir sind nicht zusammen. Aber ich brauche einen Architekten, der mir sagt, ob das Haus, wo ich wohne – er wohnt übrigens auch da –, wirklich in so schlechtem Zustand ist, dass es preiswerter wäre, es abzureißen.«

»Dafür müsste es in einem wirklich erbärmlichen Zustand sein. Wo steht es?«

Hetty gab ihm die Adresse. »Im Moment ist es nicht in Gefahr, aber mein Großonkel ist alt und krank. Sein Erbe«, sie vermied es, Connor anzusehen, damit er ihren Blick nicht auffangen und merken konnte, dass sie gegen ihn intrigierte, »will es abreißen lassen und das Gelände für einen Vergnügungspark verkaufen.«

»Ist es nicht geschützt? Das Haus?«

»Wie bitte?«

»Alte Gebäude, selbst die langweiligen, stehen in der Regel unter Denkmalschutz. Damit Leute sie eben nicht einfach abreißen oder irgendwas Grauenhaftes mit ihnen anstellen können.«

»Du meinst, es würde gegen das Gesetz verstoßen, es abreißen zu lassen?«

»Genau.«

»Ach du Schande! Warum weiß ich so was nicht?«

Er suchte nach einer Entschuldigung für ihre Ignoranz. »Na ja, ich denke, wenn man nicht gerade in dem Geschäft ist, erfährt man erst davon, wenn man anfängt, ein Haus zu suchen.«

»Einige werden in Häusern geboren, einige erwerben Häuser, und einigen werden sie zugeworfen«, erwiderte Hetty seufzend und glaubte beinah zu hören, wie Shakespeare sich im Grabe umdrehte. »Ich habe Courtbridge House nicht gerade gesucht. Es war eher umgekehrt.« Das Gleiche galt für Connor, aber das hieß nicht zwangsläufig, dass er ebenso unwissend war wie sie. »Heißt das auch, er … es könnte nicht in einen Themenpark umgewandelt werden?«

»Nicht unbedingt. Das würde davon abhängen, welche Baumaßnahmen durchgeführt werden sollen. Aber ich denke, das Haus selbst ist sicher.«

»Das Haus öffnet am Samstag fürs Publikum. Du hättest nicht vielleicht Lust vorbeizukommen, dich umzusehen und mir zu sagen, was du vom Zustand der Bausubstanz hältst? Ich würde gerne deine Meinung hören, ob die Architektur wohl interessant genug ist, dass Leute zu dem Zweck hinkommen.«

»Ich könnte schon. Aber es wäre besser, wenn ich ein paar Geräte mitbringe und mich gründlich umsehe. Außerdem hab ich Samstag schon was vor.«

Hetty war augenblicklich von Reue erfüllt und legte die Hand auf seinen Ärmel. »Entschuldige bitte. Ich bin so mit diesem Haus beschäftigt, dass ich andauernd vergesse, dass andere Leute auch noch andere Dinge zu tun haben.«

»Ist es am Sonntag auch geöffnet?«

»O ja. Es wird mehr oder minder jeden Tag der Woche geöffnet sein müssen. Mir graut davor, die Besucher herumzuführen. Ich weiß so schrecklich wenig über das Haus. Tausendmal mehr als am Tag, als ich hingekommen bin, aber …«

Er lächelte. »Also dann am Sonntag.«

»Super. Und ich werde mein Bestes tun, Connor aus dem Weg zu schaffen.« Wenn er Wind davon bekam, dass seine

Abrisspläne vielleicht durchkreuzt würden, würde er vielleicht in Panik geraten und das Haus auf der Stelle verkaufen, ehe irgendwer ihn hindern konnte. Außerdem war sie immer noch furchtbar wütend auf ihn, dass er sie über ihren Kopf hinweg als Abendunterhaltung angeboten hatte. Nicht zum ersten Mal bereute sie ihre völlig unangebrachten moralischen Bedenken, die sie gehindert hatten, Connor zu ermorden, als sie die Gelegenheit hatte.

»Warum musst du ihn aus dem Weg schaffen?«

»Oh, er ist derjenige, der es abreißen lassen will.«

»O mein Gott«, sagte James und bereute sein großmütiges Angebot bitterlich.

»Keine Bange. Er wird nicht da sein.« Sie lächelte ihn an, versuchte, ihn zu beruhigen, und wünschte, ihr wäre nicht so heiß.

Ein kurzer Rundblick sagte ihr, dass die meisten Frauen ihre Jacken schon ausgezogen hatten, aber ihre schwarzen Kleider waren auch nicht ganz so kurz wie ihres. Andererseits hatten ihre Wangen vermutlich einen Rotton angenommen, der sich mit dem der Jacke biss.

»Ist dir zu warm? Kann ich dir die Jacke abnehmen?«, erbot sich James.

Damit war die Entscheidung gefallen. Es war ihr viel zu peinlich zuzugeben, dass sie fürchtete, zu viel nacktes Fleisch zu zeigen. Eine solche Bemerkung würde erst recht die Aufmerksamkeit darauf lenken.

»Danke. Das wäre sehr nett.«

Wenigstens hatte das Kleid Ärmel. Kleine, kurze Ärmel. Und vorne war es nur ein klein bisschen mehr als durchschnittlich tief ausgeschnitten. Dafür hatte es überhaupt keinen Rücken. Und aufgrund irgendeines physikalischen Gesetzes, das Hetty bislang unbekannt gewesen war, hatte Carolines rückenfreier BH ihre Brust hochgeschoben und ließ sie ein paar Nummern größer wirken, als sie tatsächlich war. Folglich hatte Hetty das Gefühl, als habe sie einen gewaltigen Vorbau, und kam sich außerdem nackt vor.

Das schien die Aufmerksamkeit der Männer anzuziehen, als sei sie eine Motte, die Pheromone verströmte. Alistairs Blick kehrte wie der Kegel eines Suchscheinwerfers wieder und wieder zu ihr zurück. Er ignorierte die Blondine, die ohne weiteres die hätte sein können, mit der Hetty ihn im Bett erwischt hatte, und ließ die Pointe des Witzes, den sie ihm gerade erzählte, an seinem Hinterkopf abprallen.

Auch Connor wandte seinen trägen Blick von der für James gedachten Tischnachbarin ab, und sein Blick hörte in dem Augenblick auf, träge zu sein, als er auf sie fiel. Sie lächelte schwach und straffte die Schultern.

James holte ihr gerade noch eine Tasse Kaffee, als Alistair zu ihr herüberkam. Hetty richtete sich kerzengerade auf und wünschte ihre Position, mit dem Rücken zur Wand, wäre nicht so symbolträchtig.

»Hallo.« Sie sah ihm in die Augen und betete, ihr Kleid möge nicht rutschen.

»Du siehst wirklich wunderbar aus, Hetty. Viel besser, als ich gedacht hätte. An dem Tag letzten Winter habe ich einen Augenblick gedacht, ich hätte dir das Herz gebrochen.«

»Für einen Augenblick hast du das auch. Aber dann kam der Frühling, und ich hab's überwunden.«

»Und wer ist das, mit dem du jetzt zusammen bist?«

Sie öffnete den Mund, um zu erklären, sie sei mit niemandem »zusammen«, doch dann erinnerte sie sich an Connors besitzergreifende Geste vorhin, und sie wollte nicht so tun, als sei es nie passiert, für den Fall, dass sie diese Art Schutz noch einmal brauchte.

»Ich hab euch doch vorgestellt.«

»Er sieht aus wie ein Gorilla.«

Hetty hatte nicht übel Lust, ihm Carolines Absatz in den Fuß zu rammen. Connor war nicht im herkömmlichen Sinne gut aussehend, das wollte sie gerne zugeben. Aber er war kein Gorilla. »Nein, er ist nur nicht ganz so saft- und kraftlos wie deine Freunde«, erwiderte sie glattzüngig. »Er muss weder auf sein Gewicht achten noch ins Fitnessstudio gehen. Im Gegensatz zu dir sitzt er nicht zwölf Stunden am Tag am Schreibtisch.« Tatsächlich hatte Hetty keine Ahnung, was Connor beruflich machte, aber sie war einigermaßen sicher, dass es wenig mit Schreibtischarbeit zu tun hatte.

»Du bist härter geworden«, bemerkte Alistair. »Du warst so ein süßes kleines Ding, als ich dich kennen gelernt habe.«

»Wirklich? Nun, Menschen verändern sich.« Sie gab sich große Mühe, nicht sarkastisch zu klingen, aber er hatte offenbar erwartet, sie als ein Häuflein Elend vorzufinden und war neugierig zu erfahren, warum das nicht der Fall war.

James kam zurück, ihre Tasse in der Hand.

»Aber alles in allem«, fuhr Alistair fort und ignorierte James, »ist es eine Steigerung.«

Hetty nahm James die Tasse ab und trank. Sie wünschte, sie könnte Alistair den Kaffee ins Gesicht spucken, ohne einen Skandal oder Flecken auf dem Teppich zu verursachen. Sie wollte ihm sein Kompliment um die Ohren hauen, es war so beleidigend. Aber andererseits hatten sie und Caroline keine Mühen gescheut, um genau den Eindruck zu erwecken, sie als das Gegenteil des gekränkten, einsamen Mädchens erscheinen zu lassen, und sie war wütend gewesen, weil Connor sich nicht zu dem Ergebnis geäußert hatte. Sie schluckte den Kaffee und bleckte die Zähne zu einem falschen Lächeln.

Ihre enthusiastische Gastgeberin trat ins Zimmer. »Wir haben die Halle ausgeräumt, und ich will euch alle tanzen sehen! Los, los!«

Die meisten Gäste erstarrten, sämtliche Herzen rutschten nicht nur in die Hosen, sondern bis in die unbequemen, eleganten Abendschuhe hinab.

Die einzige Ausnahme war Hetty. Sie war Mrs Makepiece etwas schuldig. Sie wollte große Summen und ihren Ruf als

Gastgeberin riskieren, indem sie ihr Fest in Courtbridge House ausrichten ließ. Wenn sie wünschte, dass Hetty tanzte, dann würde sie genau das tun. »Komm, James, lass uns tanzen gehen.« Sie nahm seine Hand und führte ihn aus dem Raum, ihr bloßer Rücken fühlte sich von den vielen Blicken, die sich hineinbohrten, ganz heiß an. Sie erhaschte Connors Blick aus dem Augenwinkel. Er wirkte verwundert und nicht sehr erfreut. Das geschah ihm nur recht. Dafür, dass er Mrs Makepiece erzählt hatte, sie könne singen.

Verdattert folgten die anderen Gäste ihr und James in die Halle hinaus, folgsam wie eine Schafherde. Von irgendwoher erklang Musik, und James nahm sie in die Arme.

Er hatte es nicht leicht. Es war einfach unmöglich zu vermeiden, dass er ihre nackte Haut berührte, doch er war schüchtern und fühlte sich nicht wohl dabei, das nach so kurzer Bekanntschaft zu tun. Er bemühte sich um Schadensbegrenzung, indem er einen Finger dort platzierte, wo das Kleid wieder anfing, ein paar Zentimeter unterhalb ihrer Taille. Als die Tanzfläche sich jedoch füllte und er sich entspannte, zog er sie fester an sich und ließ seine Hand abwärts gleiten. Hetty war es gleich. Der ganze Abend war ohnehin eine Aneinanderreihung von Albträumen gewesen, es konnte einfach nicht mehr schlimmer werden.

Es wurde schlimmer. Alistair drängte sich zwischen sie und versuchte, sein altes Territorium zurückzuerobern. Es war grauenvoll, aber Hetty wollte keine Szene machen. Wie hatte seine Berührung sie nur je vor Wonne erschauern lassen können? Jetzt schauderte sie vor Abscheu. Seine Hand auf ihrer Haut fühlte sich wie eine Qualle an, auch wenn sie fairerweise einräumen musste, dass sie warm war.

»Ich glaube, es wird höchste Zeit, dass wir nach Hause fahren«, sagte Connor laut. Er hatte sich neben sie geschlängelt.

Hetty war schon vor der Party müde gewesen, jetzt fühlte sie sich vollkommen ausgelaugt von der Anstrengung, spritzig und extrovertiert zu sein. Aber es widerstrebte ihr, Connors Befehl widerspruchslos zu gehorchen. »Okay. Aber ich möchte noch einmal mit James tanzen.« Sie befreite sich von Alistair und ging zu James hinüber, der allein an der Wand lehnte und so aussah, als bräuchte er ein bisschen moralische weibliche Unterstützung.

»James, hast du Lust? Noch ein letztes Mal?«

Connor zwang sie praktisch in ihre Jacke, während ihre Finger noch in die James' verschränkt waren. »Komm schon. Gehen wir uns verabschieden. Und zwar kurz und bündig«, fügte er hinzu, als sie außer Hörweite waren.

Mrs Makepiece saß im Wohnzimmer, hatte die Schuhe ausgezogen und hielt ein Glas Whiskey in der Hand. »Wollen Sie fahren? Es war ja so schön, dass Sie da waren. Ich freue mich schon darauf, Courtbridge House zu sehen. Ich rufe noch an und sage, wann ich komme.«

»Auf Wiedersehen, Felicity«, sagte Connor und küsste ihre Wange. »Es war ein wunderbarer Abend. Herrliches Essen.«

Hetty fand es unmöglich, Mrs Makepiece Felicity zu nennen, obwohl sie sie dazu aufgefordert hatte. »Es war göttlich. Der ganze Abend. Hoffentlich sind Sie nicht zu erschöpft.«

Die Gastgeberin schnitt eine Grimasse. »Ich werde bald schlafen gehen und die jungen Leute sich selbst überlassen. Aber ich bin froh, dass Sie sich amüsiert haben. Und ich freue mich ja so darauf, Sie *singen* zu hören.«

»Wie konntest du mir das antun?«, begann Hetty, kaum dass sie im Auto saßen. »Wie konntest du ihr das vorschlagen, ohne es vorher mit mir zu besprechen?«

»Ich dachte, mit solchen Absprachen hättest du nicht viel im Sinn. Du hast dir nicht ein einziges Mal die Mühe gemacht, irgendwas wegen des Hauses mit mir zu besprechen.«

Das wedelte sie beiseite. »Du warst nicht da! Ich musste

alles allein entscheiden. Außerdem interessierst du dich doch überhaupt nicht für das Haus, höchstens als Geldquelle.«

»Ich habe den Eindruck, dein Interesse ist genau das gleiche. Warum sonst solltest du es für Rubinhochzeiten und dergleichen hergeben? Demnächst werden wir wahrscheinlich mittelalterliche Gelage mit vollbusigen Mägden anbieten.«

»Du weißt ganz genau, warum. Ich will Samuel aus seinen Schulden helfen. Und das Haus so profitabel machen, dass du es nicht abreißt.« Sie beobachtete ihn aus dem Augenwinkel. Ob er wohl wusste, dass er das wahrscheinlich gar nicht konnte?

»Dann solltest du mir dankbar sein, dass ich es dir ermögliche, noch zweihundert auf die Rechnung draufzuschlagen.«

»Ich werde es nicht tun. Abgesehen davon haben wir, wie ich schon sagte, kein Klavier. Du weißt nicht besonders viel über deine Erbschaft, was?«

Connor warf ihr einen triumphalen Blick zu. »Es ist sogar ein Flügel.«

»Es gibt in dem ganzen verdammten Haus keinen Flügel! Und selbst wenn«, – es war unwahrscheinlich, aber immerhin möglich, dass er in einem der Nebengebäude stand, die sie nicht gründlich erforscht hatte – »er wäre in so schlechtem Zustand, dass er unbrauchbar wäre.«

»Das meinst du.«

Hetty seufzte vernehmlich. »Du bist kindisch. Warum behauptest du, es gäbe ein Klavier, wo es keins gibt?«

»Aber das sage ich doch die ganze Zeit, es gibt eins.«

»Aber wo denn, verdammt?«

»Phyllis Hempstead hat es.«

»Was?«

»Samuel hat ihr den Flügel auf unbestimmte Zeit geliehen, weil er befürchtete, er werde leiden, wenn er in dem praktisch unbewohnten Haus steht.«

»Ehrlich? Aber trotzdem, wenn er bei ihr ist, können wir ihn nicht benutzen. Es sei denn, du willst den Gästen einen kleinen Fußmarsch von zwei Meilen zumuten. Und dann dürfen sich alle in Phyllis Wohnzimmer zwängen ...«

»Wir können ihn zurückholen.«

»Aber es geht doch nicht allein um den Transport. Selbst wenn Phyllis ihn regelmäßig hat stimmen lassen, wird er nach dem Transport wieder total verstimmt sein.«

Er schaltete, und der Motor heulte auf. »Wer ist hier der Pianist? *Ich* werde dich begleiten, denk dran.«

Hetty vergrub das Gesicht in den Händen und stöhnte.

Sie schlief die meiste Zeit während der Heimfahrt und wachte mit dem Bewusstsein auf, dass sie und Connor gestritten hatten und sie sich trotzdem bei ihm bedanken musste, weil er sie begleitet und chauffiert hatte. Und in vieler Hinsicht *war* sie ihm auch dankbar. Er war wunderbar mit Alistair fertig geworden. Aber all das andere, was er getan hatte, machte es ihr so schwer, Dankbarkeit zu empfinden.

Sie kämpften sich durch die freudige Begrüßung der Hunde, und Hetty schob den Kessel auf die heiße Platte. Sie zog die Jacke aus, hängte sie dort auf, wo sie keine Flecken abbekommen konnte, und streifte sich hastig ihre Strickjacke über, die über der Stuhllehne hing. Sie fühlte sich seltsam auf der nackten Haut an. Und unzureichend. Sie wickelte sie fester um sich.

Ihr Schlummer hatte sie erfrischt, und sie fühlte sich zu aufgedreht, um sofort schlafen zu gehen. Außerdem musste sie noch an ihrer Einstellung arbeiten, damit sie Connor als jemanden betrachten konnte, dem sie dankbar war, und nicht als jemanden, den sie langsam und qualvoll ermorden wollte.

»Möchtest du was trinken?«, fragte sie.

»Denkst du nicht, du hattest genug?«

»Nein! Und was geht es dich überhaupt an, wie viel ich trinke?« O Gott, das lief überhaupt nicht so, wie sie beabsichtigt hatte. »Ich meinte Tee oder Kakao«, log sie. In Wirklichkeit hatte sie den Kessel für ihre Wärmflasche aufgestellt, das Angebot war rein symbolisch gewesen.

»Das wäre auch besser für dich. Du solltest ein, zwei Flaschen Wasser trinken, sonst hast du morgen früh einen mörderischen Kater.«

»Wie kommst du nur darauf, ich hätte zu viel getrunken? Zwei Gläser Wein zum Essen, das war alles.«

»Wirklich? Ich dachte, du müsstest betrunken sein, so wie du dich diesem Mann an den Hals geworfen hast.«

»Welchem Mann?«, fragte sie, ehe ihr aufging, dass das den schlechten Eindruck, den er von ihr hatte, nicht gerade abmildern würde.

»Es waren so viele, dass du sie gar nicht mehr auseinander halten kannst, ja? Ich meinte den, neben dem du beim Essen gesessen hast. Obwohl Alistair auch einen ziemlich genauen Einblick bekommen hat, wenn ich es mal so sagen darf.«

Ihr kam der Gedanke, dass Connor vielleicht physiologisch unfähig war, etwas zu ihr zu sagen, das sie nicht auf die Palme brachte. Vielleicht sollte er es mal mit einer Hormontherapie versuchen.

»Ich habe mich niemandem an den Hals geworfen«, sagte sie so ruhig wie möglich. »Ganz bestimmt nicht Alistair.«

»Okay, ich gestehe dir zu, dass du von ihm nichts wissen wolltest, aber der andere Kerl wusste ja gar nicht, wie ihm geschah!«

»Blödsinn! Wir haben nur geredet.« Es war die Unterhaltung gewesen, die den armen James so aus der Fassung gebracht hatte.

»Du hast zugelassen, dass er die Hand auf deinen Hintern legt.«

»Nur beim Tanzen! Irgendwo musste er sie schließlich hinlegen, verdammt noch mal! Und was geht dich das überhaupt an? Wenn es dein Hintern gewesen wäre, dann könntest du dich beschweren.«

»Das heißt also, du hattest keine Einwände?«

»Nein, es heißt, *du* hast kein Recht, welche zu haben.« Sie wusste nicht mehr ganz genau, was es heißen sollte. Vielleicht hatte sie wirklich zu viel getrunken.

Connor durchquerte die Küche, und ehe sie erraten konnte, was er vorhatte, packte er sie und setzte sie auf den schmalen Küchenschrank neben dem Herd. »Jetzt wirst du mir mal zuhören, du …«

11. Kapitel

Er beugte sich über sie, und das Ausmaß seiner Wut schien ihr vollkommen unverhältnismäßig. »Ich bin *verantwortlich* für dich …«

»Das bist du nicht! *Ich* bin verantwortlich für mich. Du magst ein Mann sein und hier wohnen, aber du bist nicht mein Hüter …«

Sie verstummte. Es war schwierig, ihn anzuschreien, während sie so unsicher auf der Kante des Schrankes hockte. Er war ihr so nah, er hätte sie aufgefangen, wenn sie gefallen wäre, aber seine Nähe hinderte sie gleichzeitig daran, herunterzuspringen. Außerdem hätte das so ausgesehen, als liefe sie davon. Völlig zu Recht. Sie umklammerte die Kante der Arbeitsplatte und lehnte sich zurück, um ihren Schwerpunkt zu verlagern. Die einzelne Glühbirne über dem Tisch warf seltsame Schatten, verwandelte den so vertrauten Raum in einen fremden, schaurigen Ort. Sie konnte sein Aftershave riechen und einen schwachen Hauch von Zigarrenrauch. Hatte er selbst eine geraucht? Oder nur in der Nähe gestanden?

»Ich habe Samuel versprochen, auf dich aufzupassen.« Sein Tonfall hatte sich verändert. Er beschimpfte sie nicht mehr, sondern klang jetzt eher müde und besorgt. »Dafür zu sorgen, dass dir nichts zustößt.«

»Was könnte mir auf einer absolut respektablen Dinnerparty schon passieren?«

»Die Dinnerparty mag respektabel gewesen sein, aber du nicht.«

»Was soll das heißen?«

»Du hast schamlos geflirtet. Ich weiß, es ging um deinen Stolz, du wolltest nicht, dass dieser Lackaffe denkt, er hätte dir das Herz gebrochen, aber du hast es ein bisschen übertrieben.«

Sie gab ein Quieken der Entrüstung von sich.

»Ich hab gesehen, wie du Telefonnummern mit deinem Tischnachbarn getauscht hast.«

»Na und? Was immer ich mit wem tausche, geht dich überhaupt nichts an!«

»Warum siehst du dann so höllisch schuldbewusst aus?«

Sie lief rot an und wusste nicht, was sie sagen sollte. »Ich habe überhaupt nicht ...«

»Du hast sehr wohl.«

Hetty biss sich auf die Unterlippe, um sich zu hindern, eine »Hab-ich-nicht-hast-du-wohl«-Debatte vom Zaun zu brechen, die nicht gerade zur Wahrung ihrer Würde beigetragen hätte.

»Ob es dir passt oder nicht, Hetty, du bist in meiner Obhut.«

»Das bin ich verdammt noch mal nicht! Ich bin selbst für mich verantwortlich!«

»Du würdest mir das Leben sehr erleichtern, wenn du dich entsprechend benehmen würdest.«

Die Neugier überwog ihre Empörung. »Warum? Was genau hast du Samuel versprochen?«

Connors Gesichtsausdruck wurde grimmig. »Ich habe ihm versprochen, dass dir nichts passiert, solange du dich unter diesem Dach befindest. Und außerdem hab ich versprochen ...«

»Ja?«

»Dich nicht zu verführen.«

Hetty schluckte. Er war ihr so nahe, dass sie eine winzige Fluse im Knopfloch seines Revers sehen konnte. Er hatte die Hände ebenfalls auf die Arbeitsplatte gestützt, und sie sah seine Brust sich heben und senken. Seine Atmung schien seltsam beschleunigt für jemanden, der so gut in Form war. Sie rückte ein Stück nach hinten, und die Strickjacke fiel vorn auseinander. Als sie die Hände hob, um sie wieder festzuziehen, verlor sie das Gleichgewicht. Connor umfasste ihre Taille und schob sie nach hinten, sodass sie sicherer saß. Seine Hände fühlten sich warm und fest an.

»Es ist eher unwahrscheinlich, dass das passiert, oder?«, fragte sie, als liege das allein bei ihm.

Er schüttelte den Kopf. »Das kommt darauf an.«

»Worauf?«

»Ob meine Selbstbeherrschung ausreicht.«

Er hatte den Blick gesenkt, und aus irgendeinem Grund legte sie die Hand auf seine Schulter. Die Schulter war kühl und muskulös, und sie wusste, sie sollte die Hand wegziehen, aber sie konnte nicht. »Das Wasser kocht«, sagte sie, um ihm einen Grund zu geben, sich von ihr zu lösen.

»Ah ja?« Er rührte sich nicht, und sie wollte auch nicht, dass er Abstand zwischen sie brachte. Sie richtete sich weiter auf und legte ihm auch die andere Hand auf die Schulter. Dieses Mal war es ihr gleich, dass die Strickjacke auseinander rutschte.

Connor hielt den Blick gesenkt. »Das solltest du wirklich besser nicht tun.«

»Was?«

»Mich so halten.«

»Wenn ich loslasse, falle ich runter. Und du hast mich hier hingesetzt.«

Er räusperte sich und richtete sich auf, sodass ihre Hände abrutschten. »Ich mache Tee.«

Hetty klammerte sich wieder an die Kante und sah ihm zu. Er ging in der Küche umher, suchte Becher und Milch zusammen, und sie fragte sich, warum ihr noch nie aufgefallen war, wie katzenhaft geschmeidig er war. Die sparsamen Bewegungen, mit denen er seiner Aufgabe nachging, waren äußerst anziehend.

»Fertig.« Er sah sie nicht an.

»Ich kann nicht runterspringen.«

Endlich hob er den Kopf. »Wieso nicht?«

»Meine Füße sind eingeschlafen. Wenn ich springe, werden sie höllisch wehtun.«

Er kam wieder zu ihr und hob sie hoch. Einen Augenblick drückte er sie an sich, dann ließ er sie zu Boden gleiten. Selbst bei dieser behutsamen Landung taten ihre Füße weh. »Autsch.«

»Was ist los?« Er umfasste ihre Schultern und sah sie besorgt an.

»Nichts, nur meine Füße. Du weißt doch bestimmt, wie das ist? Hat irgendwas mit Blutversorgung zu tun.«

Connor hielt sie weiterhin fest. Die Wolle der Strickjacke kratzte unter dem Gewicht seiner Hände auf ihrer Haut. »Ich denke, wir sollten den Tee trinken«, sagte er.

»Lass uns ins Wohnzimmer rübergehen.« Hetty wollte den Abend noch nicht beenden, und sie wollte nicht in der Küche bleiben.

»Nein, ich werde mich nicht mit dir aufs Sofa setzen.«

»Warum nicht?«

Er wandte sich abrupt von ihr ab und nahm seinen Becher. »Ich glaube einfach, es ist keine gute Idee, dir zu nahe zu kommen, solange du dieses Kleid trägst und in dieser Stimmung bist.«

»Was soll das schon wieder heißen? Wie ist meine Stimmung denn?«

»Gefährlich.« Sie wollte protestieren, aber er kam ihr zuvor: »Nimm dich in Acht, ich bin drauf und dran, dich zu packen, über die Schulter zu werfen und nach oben ins Bett zu tragen. Peter und Samuel und dieses ganze verdammte Dorf denken, ich hätte es längst getan.«

»Ich bin überzeugt, niemand denkt irgendwas in der Art«, hauchte sie und versuchte, das Bild zu ignorieren, das seine Worte in ihrer Vorstellung hervorriefen.

»Mach dir nichts vor, Hetty, jeder denkt das. Und da ich es vorziehe, nicht auf das Niveau ihrer Erwartungen herabzusinken, wäre ich dankbar, wenn du nichts mehr tust, das mich zwingt, dir nahe zu kommen.«

»Soll das heißen, du *willst* mit mir ins Bett?«

»Ich müsste tot sein, um nicht zu wollen. Nicht mal

du kannst so naiv sein, dass dir das nicht aufgefallen ist!«

Zumindest war es ihr nicht bewusst gewesen, aber jetzt da er es gesagt hatte, stellte sie fest, dass sie es ebenso wollte. Das musste an Carolines Kleid liegen. Ihr plötzliches Verlangen nach starken Armen, nach Gefahr, nach Connors Geruch hatte irgendetwas mit ihrer Aufmachung zu tun.

Entschlossen trat sie an den Tisch, ergriff ihren Becher und trank. Der Tee war glühend heiß, und es ging nichts über eine verbrannte Zunge, um eine Frau wieder auf den Boden der Tatsachen zu bringen.

»Die gute alte Tasse Tee«, bemerkte er, während er sie beobachtete. »Das funktioniert immer.«

»Wie meinst du das?«

»Eine Tasse Tee hilft in jedem Notfall. Sofort ist alles wieder in Butter.«

»Ist das hier ein Notfall?«

Er nickte. »Gerade noch mal gut gegangen.«

Hetty senkte den Blick, als sie ihren Becher abstellte, denn sie war nicht sicher, welche Signale er in ihren Augen lesen würde, wenn sie sich ansahen. Es muss daran liegen, dass ich so lange Zeit keinen Sex hatte, dachte sie sachlich. Das ist rein hormonell und hat nichts mit Gefühlen oder Liebe oder sonst irgendwas Akzeptablem zu tun. Ich will ihn nur deshalb so sehr, weil ich so lange überhaupt niemanden hatte. Warum konnte es nicht Peter sein, der dieses Gefühl in ihr auslöste? Warum ausgerechnet Connor? Der nette, ungefährliche Peter. Sie versuchte, ihr Verlangen auf Peter zu übertragen, aber es war unmöglich.

Sie nahm noch einen kleinen Schluck. »Ich denke, ich nehme die Tasse mit nach oben. Ich bin schrecklich müde.«

»Ein Augenblick …«

Hettys Herz schlug einen Purzelbaum, halb Furcht, halb Lust.

»Du hast deine Wärmflasche vergessen.«

»Oh. Stimmt.«

»Ich mach sie dir.«

»Das wäre sehr nett.«

Wie betäubt vor Enttäuschung sah sie zu, während Connor die Wärmflasche von ihrem Haken an der Küchentür nahm und mit kochendem Wasser füllte. Konnte es eine unerotischere Handlung geben?

»Hier.« Er kam ein paar Schritte näher und reichte sie ihr.

Jetzt. Tu irgendwas. Küss mich, fass mich an – irgendwas, um mir zu zeigen, dass du dich nicht so absolut unter Kontrolle hast, wie es scheint, bettelte sie in Gedanken und starrte auf ihre Füße. Aber er tat nichts dergleichen. Er streckte ihr lediglich ihre Wärmflasche entgegen.

»Gute Nacht, Hetty.«

»Ich vermute, ein Gutenachtkuss kommt nicht in Frage?«

»Du vermutest richtig. Gute Nacht.«

Hetty seufzte und ärgerte sich, dass sie sich so weit vorgewagt hatte, aber sie fühlte sich nicht wirklich zurückgewiesen, denn sie wusste, dass Connor sie in Wahrheit nur zu gern geküsst hätte.

Erst oben in ihrem Zimmer fiel ihr wieder ein, dass sie einen Weg gefunden hatte, seine Pläne zu durchkreuzen. Sie saß auf dem Bett, hatte sich zu einem kleinen Ball zusammengerollt, und die widersprüchlichsten Empfindungen pumpten das Adrenalin durch ihre Adern. Was wäre passiert, wenn sie ihren Kopf durchgesetzt hätte und sie zusammen ins Bett gegangen wären? Hätte sie immer noch hinter seinem Rücken Ränke schmieden können? Hatte Alistair eine Frau aus ihr gemacht, die Männer nur für Sex benutzen konnte? Oder war sie schon immer so gewesen und hatte es bislang nur noch nicht herausgefunden?

Natürlich war es nicht überraschend, dass Samuel Connor untersagt hatte, sie zu verführen. Das sah ihm wirklich ähnlich, und vermutlich hatte ihre Mutter ihn dazu angestachelt. Was hingegen überraschend war, war, wie heftig sie sich wünschte, Connor würde das Verbot missachten. Sie sehnte sich danach, seine Hände auf ihren Brüsten zu spüren, seine Lippen auf ihrem Mund, seine starken Arme zu fühlen. Als er sie hochgehoben hatte, hatte sie eine Ahnung von der Kraft seiner Arme bekommen, jetzt wollte sie mit den Händen über ihre harte, glatte Form streichen, ohne dass lästige Kleidungsstücke im Weg waren. Sie verspürte ein heftiges Verlangen, ihre Wange auf seine Brust zu drücken und sein Herz hämmern zu hören.

Sie wusch sich das Gesicht mit kaltem Wasser, um sich von allen warmen Empfindungen zu befreien, und nachdem sie in ihr Zimmer zurückgekehrt war, spazierte sie nackt umher, damit ihr so richtig kalt wurde. Die Laken waren eisig, als sie sich hinlegte, und hätten sie von allen sinnlichen Gefühlen befreien sollen. Aber ihr fehlte die nötige Charakterstärke, auf die Wärmflasche zu verzichten, die Connor ihr gemacht hatte.

»Das sieht diesem verdammten Mistkerl doch wirklich ähnlich«, brummelte sie bei dem Versuch, die vertraute, sichere Wut auf ihn wiederzufinden und angelte sich einen Pullover, um die viel zu heiße Gummiflasche darin einzuwickeln. »Nicht einmal seine Wärmflasche kann ich gefahrlos anfassen.«

Weder Connor noch Hetty erwähnten mit einem Wort, was nach der Dinnerparty vorgefallen war, doch sie beide erstatteten Caroline ausführlich Bericht über die Party selbst. Hettys Fassung war allerdings wesentlich länger als die Connors, und den Großteil erzählte sie Caroline, als sie ihr das Kleid zurückbrachte.

»... er ist Architekt und hat sich auf alte Häuser spezialisiert. Am Sonntag will er vorbeikommen und es sich ansehen. Und er sagt, das Haus steht vermutlich unter Denkmalschutz, was bedeutet, dass Connor es gar nicht abreißen kann. Sind das nicht super Neuigkeiten?«

»Wieso habe ich das Gefühl, dass noch mehr gute Neuigkeiten kommen und dass sie irgendwas mit mir zu tun haben?«, fragte Caroline.

»Das siehst du völlig richtig. Wir müssen Connor aus dem Weg schaffen, damit James sich in Ruhe umsehen kann.«

»Und du meinst, ich bin die Richtige, um Connor aus dem Wege zu schaffen?«

»Absolut. Du weißt doch, wie...« scharf er auf dich ist, lag ihr auf der Zunge, aber sie wandelte es im letzten Moment ab. »... sehr er dich mag.«

»Na ja. Ich bin ja förmlich verrückt nach Connor – ich weiß, das dürfte ich eigentlich nicht, aber es ist so. Nur weiß ich wirklich nicht, wie ich ihn einen ganzen Nachmittag unterhalten soll. Unter Wahrung des Anstands, meine ich.«

Hetty dachte scharf nach. Caroline konnte schlecht vorschlagen, einen schönen weiten Spaziergang zu machen, denn alle Welt wusste, dass sie Spaziergänge verabscheute. Auch konnte sie nicht anregen, ein Schloss oder herrschaftliches Gutshaus in der Gegend zu besichtigen, nicht wenn Connor im Spiel war. Was sonst konnte man an einem Sonntag auf dem Land tun?

»Ich hab's! Warum bittest du ihn nicht, einen Wagen mit dir zu besichtigen? Irgendwas Ausgefallenes wie seinen. Sag, du willst ihn für Jack kaufen und brauchst einen Expertenrat.«

»Er würde mir raten, den Automobilclub anzurufen.«

Hetty überdachte den Einwand. Caroline hatte Recht, der Vorschlag wäre typisch für Connor. »Dann sag ihm, du willst, dass er ihn Probe fährt. Dass du glaubst, er wird Jack gefallen, wenn er Connor gefällt.«

»Und wenn er Connor gefällt, muss ich ihn kaufen?«

»Natürlich nicht! Du kannst nachher immer noch sagen, es sei doch nicht das Richtige. Ihr müsst ihn nur besichtigen. Ganz einfach.«

»Und wie soll ich einen passenden Wagen finden? Es ist Ostersonntag!«

»Automenschen sind nicht religiös. Du musst einfach in *Exchange & Mart* nachsehen. Also wirklich, Caroline, du bist mit einem Autonarren verheiratet und weißt die einfachsten Dinge nicht.«

»*Exchange & Mart* ist eine nationale Zeitung. Vielleicht ist das einzige Auto, das in Frage kommt, in Schottland oder auf der anderen Seite von London!«

Hetty strahlte. »Da siehst du, wie genial mein Plan ist!«

Erst als sie wieder zu Hause in Courtbridge House war, erkannte Hetty, wie unglücklich der Gedanke sie machte, dass Connor und Caroline einen ganzen Tag zusammen verbringen sollten. Connor hatte Samuel schließlich nicht versprochen, dass er Caroline nicht verführen werde. Und auch wenn sie eigentlich nicht glaubte, dass Caroline Jack betrügen würde, kannte sie sie doch noch nicht lange genug, um sicher zu sein. Letzte Nacht hatte Hetty gespürt, dass Connor nicht so immun gegen ihre Reize war, wie er vorgab, und sie wollte nicht, dass dieses kleine Gefühl von Carolines achtzehnkarätiger erotischer Ausstrahlung ausgelöscht wurde.

Sie tat diese Gedanken als albern und egoistisch ab und konzentrierte sich stattdessen darauf, Connor und Mrs Hempstead wenigsten so weit zu bringen, dass sie bis zum Eröffnungstag diplomatische Beziehungen aufnahmen.

Connor hatte Phyllis Hempstead vom ersten Tag an als ›alte Zicke, die sich in alles einmischt‹ abgetan und so lange wie möglich vermieden, ihr zu begegnen. Mehrmals hatte er ihren Volvo vorfahren sehen und sich rechtzeitig verdrückt, aber schließlich kam der Tag, da Phyllis einfach zu schnell für ihn war. Hetty hatte sie einander vorgestellt und sah beide zusammenzucken, als sie dem Erzfeind die Hand reichen mussten. Seither waren sie einander wieder aus dem Weg gegangen. Mrs Hempstead hatte ein paar spitze Bemerkungen über »kräftige Männer, die zu faul sind, etwas zum Erhalt ihres Erbes beizutragen« gemacht, aber da Connor immer außer Hörweite war, hatten sie zu nichts geführt.

Am Tag vor der großen Eröffnung verschwand Connor schon früh morgens. Wäre er im Haus gewesen, hätte nicht einmal er die Frau meiden können, die Hetty und Peter insgeheim die »Klemmbrettkönigin« getauft hatten.

Phyllis Hempstead hatte ihre Bestimmung verfehlt. Sie hätte eigentlich General oder Industriekapitän werden sollen oder doch wenigstens Revolutionsführer. Ihr Organisationstalent war unübertroffen.

Für den Eröffnungstag wurde jeder der ehrenamtlichen Damen eine Aufgabe und eine Position für den großen Moment zugeteilt, da Menschenmassen unbekannten Ausmaßes durch die alte Eingangstür einfallen würden. Wenn alles gut lief, würden sie von dort ins Wohnzimmer strömen, das jetzt der Salon hieß. Dann, so war vorgesehen, sollten sie im geordneten Vormarsch ins Damenzimmer vorrücken, in das vermutlich einmal die Morgensonne geschienen hatte, ehe die Kastanien vor dem Fenster so groß wurden, und dann weiter in die große Halle. Anschließend durften sie die Treppe hinaufsteigen, um die drei Schlafzimmer zu bewundern, in denen Hetty sich so abgerackert hatte, und schließlich das Badezimmer, ein später Neuzugang. Es war nicht besonders viel, das sie zu sehen bekamen, aber Hetty hoffte, es wäre ausreichend.

Sie hatte keine festgelegte Aufgabe, außer dass sie darauf zu achten hatte, dass nichts Stilbrüchiges oder sonst wie Unanständiges unter den Betten hervorschaute. Außerdem oblag es ihr, zu entscheiden, was sich mit den Wirtschaftsgebäuden anfangen ließ und welche, abgesehen von der renovierten Molkerei, besichtigungsreif waren. Hetty ging allerhand durch den Kopf, das nicht unmittelbar mit dem Haus oder seinen Antiquitäten zusammenhing, und sie war froh, dem eigentlichen Schlachtfeld zu entrinnen.

Sie hatte die Schmiede gefegt und überlegte, ob es sinnvoll wäre, irgendetwas an der Einrichtung zu ändern, oder ob es nicht Zeit für eine Tasse Kaffee wäre, als Peter erschien.

»Hi! Bist du etwa gekommen, um zu helfen?«, fragte sie. Sie freute sich, ihn zu sehen. Er war so nett und zuverlässig, wirklich brauchbares Schwiegersohnmaterial.

»Natürlich. Sollen wir das da rüber schieben? Dann können die Leute den Blasebalg sehen und, wenn sie kräftig genug sind, auch betätigen.«

Einträchtig arbeiteten sie den ganzen Tag Seite an Seite, fegten, strichen, hämmerten und malten Schilder. Es war anstrengend, aber äußerst befriedigend.

»Glaubst du wirklich, es werden so viele kommen, wie Phyllis erwartet?«, fragte Hetty. Sie hielt den Pfosten, während Peter das »Parken-auf-dem-Rasen-verboten«-Schild einschlug.

Er ließ den Hammer ein letztes Mal niedersausen mit dem Ergebnis, dass das Schild sich ein wenig zur Seite neigte. »Schwer zu sagen. In allen lokalen Zeitungen standen Annoncen, auch in ein paar überregionalen. Und die Leute sind immer neugierig. Auch wenn das Haus schon seit Jahren zur Besichtigung offen stand, hat doch kaum jemand davon gewusst.«

»Tja, ich hoffe jedenfalls, sie kommen scharenweise. Nicht nur wegen des Eintrittsgeldes, das wir teilweise brauchen werden, um Andy zu bezahlen, sondern auch wegen der Frau im Dorf, die sich hat breitschlagen lassen, zweihundert Scones zu backen.«

»Kann man Scones einfrieren?« Peter war auch skeptisch, dass sie so viele Kuchenbrötchen brauchen würden. »Bei zwei Scones pro Nase bräuchten wir immer noch hundert Gäste.«

»Das hieße dreihundert Pfund bei drei Pfund pro Person. Für den Eintritt meine ich, nicht die Scones.«

Peter schüttelte den Kopf. »Das ist teuer. Samuel hat ein Pfund für Erwachsene und fünfzig Pence für Kinder genommen.«

»Wir könnten noch viel mehr verlangen, wenn wir ein bisschen mehr zu zeigen hätten. Phyllis liegt mir nach wie vor in den Ohren, die Küche zugänglich zu machen.«

»Das wäre ziemlich aufwendig, oder? Sie ist in einem grauenhaften Zustand.«

Vor Connors Ankunft hätte sie sich mit Feuereifer darauf gestürzt und nichts auf Peters Einwände gegeben. Doch jetzt, da die Zukunft des Hauses so unsicher war, fehlte ihr der nötige Enthusiasmus. »Wir müssten Connor fragen. Allerdings kann ich mir kaum vorstellen, dass er damit einverstanden wäre, irgendwen in der Küche herumfuhrwerken zu lassen. Er kocht so gern.«

Peter schnaubte verächtlich.

»Ich bin erledigt«, sagte Hetty, ehe Peter seine Meinung über den Erbprinzen kundtun konnte. »Lass uns hineingehen und irgendwas essen.«

Der Eröffnungssamstag brach unter den denkbar besten Vorzeichen an. Phyllis, erkannte Hetty, hatte offenbar einen heißen Draht zum Allmächtigen.

Sonne, kein Wind und genau die richtige Zahl Elstern grüßten Hetty, als sie um kurz nach sechs die Treppe herunterkam. Phyllis hatte sich für acht Uhr angesagt, um den letzten Schliff anzubringen und die Blumenarrangements zu machen. Hetty hätte sich ganz gern selbst um die Blumen gekümmert, aber Phyllis hatte so hart gearbeitet, hatte alles koordiniert und obendrein noch das Wetter bestellt, darum war es nur fair, sie damit zu belohnen, dass sie die Vasen mit Weidenkätzchen und frühen Narzissen füllen durfte. Um zehn sollten, wenn alles gut ging, die ersten Besucher eintreffen.

Hetty nutzte die stille Stunde, um von Zimmer zu Zimmer zu wandern und sich zu fragen, wie es auf einen Außenstehenden wohl wirken würde. Alle Möbel von geringem ästhetischen Wert hatten sie in einen Raum gestellt, der laut Phyllis einmal das Musikzimmer gewesen war.

»Ich habe den Flügel übrigens«, hatte sie erklärt. »Wenn Sie ihn zurückwollen, brauchen Sie es nur zu sagen. So ein hübscher Raum, ein Jammer, ihn nur mit Plunder voll zu stellen.«

Hetty war nicht sicher, ob sie über das großzügige Angebot erfreut oder entsetzt sein sollte. Sie deutete an, dass sie den Flügel vermutlich tatsächlich bald brauchen würde, und erklärte, wozu.

»Ich habe hin und wieder gesungen, bevor … ich nach London gezogen bin.«

Phyllis nickte. »Gute Idee. Sie müssten ihn natürlich in die Halle stellen für so eine große Gesellschaft, aber jede zusätzliche Einnahmequelle muss uns willkommen sein.«

Hetty stimmte ihr zu und war zu feige zu gestehen, wessen Idee die musikalische Unterhaltung gewesen war und wer sie am Klavier begleiten würde.

Jetzt da sie allein war, testete sie die Akustik in der Halle. Sie schloss die Augen und sang, erst ganz leise, dann lauter, bis ihre Stimme jeden im Saal erreicht hätte, selbst diejenigen, die ganz hinten saßen. Die Wandbehänge dämpften den Klang ein wenig, aber es war ja kein riesenhafter Raum – sie war sicher, sie konnte ihn stimmlich ausfüllen.

Blieb nur die Frage, wie gut Connor am Klavier war. Konnte er wirklich mehr spielen als »Chopsticks«, »Heart and Soul« oder die ersten fünf Takte der Mondscheinsonate? Hetty beschloss, ihn einer Prüfung zu unterziehen, sobald sie den Flügel zurückbekommen und gestimmt hätten.

Nach ihrer Privattour fällte Hetty ihr Urteil: Das Haus war wunderschön. Ein Juwel – ungeschliffen, eigenwillig, aber nichtsdestotrotz ein Juwel.

Phyllis, die eine Viertelstunde früher als verabredet eintraf, stimmte ihr zu. Sie überhäuften sich gegenseitig mit Dank und Gratulationen und wären sich um den Hals gefallen, wäre Mrs Hempstead nicht in einer Epoche verwurzelt gewesen, die Berührungen und Umarmungen als ganz und gar überflüssig betrachtete.

»Ich nehme an, der Barbar liegt noch in den Federn?«, fragte sie, als sie in die Küche zurückkehrten.

»Connor? Ich nehme es an. Er hat gestern Abend lange an seinem Bericht gearbeitet.« Sie hatte nicht einschlafen können und ihn nach zwei die Treppe heraufkommen gehört.

Mrs Hempstead grummelte missfällig. »Ich persönlich bin ein ausgeprägter Morgenmensch, immer schon.« Und es war vollkommen klar, was sie von Nachteulen hielt.

Um zehn nach zehn bog der erste Wagen auf den ausgewiesenen Parkplatz. Hetty, die ihn von ihrem Fenster aus kommen sah, litt an Lampenfieber. Sie war nun doch zur Führung eingeteilt worden, weil eine von Mrs Hempsteads Helferinnen ausgefallen war, und sie stand die größten Ängste aus. Was, wenn sie unfähig war, vor den Leuten zu sprechen, die heraufkamen, um die Schlafzimmer zu besichtigen? Phyllis hatte ihr vorgekaut, was sie sagen sollte, und sie hatte einen Spickzettel mit der Datierung der Möbelstücke und ein paar historischen Fakten über das Haus.

Um halb fünf hatte sie keine Probleme mehr damit, irgendwem irgendwas über das Haus zu erzählen, es hatte sie lediglich erschöpft. Und sie hatte festgestellt, dass es ihr Spaß machte, das Haus mit anderen zu teilen. Die meisten Besucher waren so aufgeschlossen und begeistert gewesen. Sie fanden es interessant, ein Haus zu besichtigen, das tatsächlich noch bewohnt war. Sie mochten die windschiefen kleinen Fenster und die ungleichmäßigen Dielenfußböden. Selbst Dinge, die gar nicht als Besichtigungsobjekte gedacht waren, wurden bewundert. Der Bücherschrank im Korridor voller Ausgaben aus den Zwanzigern und Dreißigern erregte große Aufmerksamkeit, und er stand nur dort, weil Phyllis erklärt hatte, er passe zeitlich nicht in das Himmelbettzimmer.

Völlig erledigt, aber hochzufrieden taumelte Hetty die Treppe hinunter. Ihre Mühen waren nicht umsonst gewesen. Die Leute waren gekommen, und sie hatten Geld verdient.

Phyllis zählte es gerade, als sie in die Küche kam. »Sehen Sie sich das an«, rief sie triumphal. »Wer will da behaupten, das Haus könne seinen Unterhalt nicht verdienen?«

Sie warf Connor einen hochgiftigen Blick zu. Er war kurz vor Toresschluss nach Hause gekommen und hatte sich grollend in der Küche gesetzt.

»Ja.« Er stand auf und trat zur Tür. »Aber wer soll jetzt noch kommen, nachdem alle Leute aus der Gegend hier waren?« Er ging hinaus, ohne eine Antwort abzuwarten.

Phyllis und Hetty sahen sich über die Hügel aus Pfundmünzen, Silber- und Kupfergeld hinweg an.

»So ungern ich es zugebe, aber er könnte Recht haben«, bemerkte Phyllis. »Die meisten, die heute hier waren, waren Leute aus der Umgebung.«

»Egal. Wir können die Zeitungsannoncen und Andy bezahlen. Mit dem Geld vom Trödelmarkt haben wir die Feuerlöscher gekauft. Wenn wir morgen etwas einnehmen, haben wir ein Plus. Und Caroline kennt jemanden von einer großen Zeitung, der über Schlösser und Herrenhäuser schreibt. Sie will ihm von uns erzählen.«

Phyllis hatte kein großes Vertrauen in Carolines Pressekontakt. »Er wird nicht kommen. Aber wenn wir jedes Wochenende so viel einnehmen könnten wie heute und auch ein bisschen während der Woche, würden wir früher oder später Profit machen. Die Frage ist eben nur, ob je wieder so viele kommen wie heute.«

»Es sieht Ihnen nicht ähnlich, so pessimistisch zu sein, Phyllis.«

»Ich weiß, Kind. Ich bin wohl einfach müde. Und Peter hat mir ein ziemlich deprimierendes Gerücht zugetragen.«

Phyllis' Gesichtsausdruck und Peters Name verhießen nichts Gutes. »Was denn?«

»Der Barbar will das Haus abreißen.«

Hetty verspürte für einen Moment Lust, Peter eine Abrissbirne vor den Schädel zu schwenken.

»Das kann er natürlich nicht«, fuhr Phyllis fort. »Das Haus steht unter Denkmalschutz. Aber es verrät seine Einstellung.«

12. Kapitel

»Du schuldest mir was dafür, dass ich an einem Sonntag so früh aufgestanden bin«, raunte Caroline.

»Ich weiß ...«, begann Hetty, aber dann kam auch schon Connor aus dem Haus.

»Hallo!«, rief Caroline. »Das ist ja so nett von dir.«

Hetty trat den Rückzug an und sah Caroline in Connors Wagen steigen. Sie war in einen Hermès-Schal gehüllt und trug eine Sonnenbrille. Er trug seine verschrammte Lederjacke mit Lammfellkragen. Das Verdeck des Citroën war aufgeklappt. Sie sahen aus wie das perfekte junge Paar beim Aufbruch zu einer Spritztour.

Hetty weigerte sich, eifersüchtig zu sein oder niedergeschlagen über Connors unheilvolle Weissagungen vom Vortag. Er mochte Recht haben, vielleicht kamen die Leute nur aus Neugier und würden das Haus nie wieder besichtigen wollen. Aber das Gebäude war in weit besserem Zustand als zuvor. Und schon das allein war etwas wert.

Nachdem Connor und Caroline davongebraust waren, ging Hetty zurück ins Obergeschoss und machte sich bereit, die Geschichte des gestickten Wandteppichs im Schlafzimmer zu erzählen oder die der Patchworkdecke (modern für Courtbridge House, aber sie stammte aus der Zeit vor dem Krieg und war wunderschön). Sie hielt Ausschau nach James, der schließlich um elf eintraf. Hetty verließ ihren Posten und stürzte nach unten.

»Nein, nein! Er braucht keinen Eintritt zu zahlen!«, erklärte sie der Dame an der Kasse. »Er ist mein Gast.« Hetty küsste ihn auf die Wange, um zu verhindern, dass er sie in Jeans und Pulli nicht wiedererkannte, da er sie ja nur im Kleinen Schwarzen gesehen hatte. »Komm, ich führ dich herum.«

James betrachtete das Mädchen einen Augenblick, das ihn so herzlich begrüßte hatte, und erkannte, dass dies tatsächlich die Frau war, mit der er neulich zu Abend gegessen hatte. »Ich kann's kaum erwarten.«

James war zutiefst beeindruckt. Nicht von den Blumen, den Möbeln und den Familienfotos, die, wie Hetty fand, den Zimmern ihren Charakter gaben, sondern von den zweistöckigen Erkern, die, so erklärte er, auf einen echten Söller hindeuteten, einen Hauptraum im Obergeschoss, der aus dem frühen fünfzehnten Jahrhundert stammen mochte. »Dieser Raum sollte dem Publikum zugänglich gemacht werden«, meinte er.

Hetty betrachtete das Schlafzimmer ihres Großonkels, das derzeit Connor beherbergte. »Das wird vermutlich schwierig.«

»Schade. Es ist ein faszinierendes Haus. Hast du was dagegen, wenn ich mich allein ein bisschen umsehe?«

Hetty ging, um die Damen vorzuwarnen, die an strategischen Punkten verteilt waren, um die Besucher genau daran zu hindern. »Er ist Architekt«, erklärte sie Mrs Hempstead, die die Führungen in der großen Halle übernommen hatte.

»Tatsächlich?«

»Er ist auf alte Häuser spezialisiert und wird uns sagen, ob es wirklich in so schlechtem Zustand ist.«

»Ein Haus in schlechtem Zustand würde keine sechshundert Jahre stehen.« Phyllis wandte sich ab, um einer Besuchergruppe, zu der auch ein zweijähriges Kind gehörte, auf die Tapisserien aufmerksam zu machen. »Achten Sie bitte darauf, dass Ihr Junge nicht an den Wandbehängen zieht, sie sind sehr alt.«

Hetty konnte Phyllis' üble Laune verstehen. Sie selbst war auch völlig erschöpft nach dem Gewaltakt, den sie unternommen hatten, um das Haus rechtzeitig fertig zu bekommen. Und deprimiert bei dem Gedanken, dass vielleicht alles vergeblich gewesen war. Selbst wenn das Haus denkmalgeschützt war, hieß das noch lange nicht, dass Connor es nicht verkaufen konnte, und die Vorstellung, dass hier vielleicht Menschen wohnen würden, die das Haus nicht so liebten wie sie, war niederschmetternd genug.

Nach einem zweistündigen Erkundungsgang kam James in die Küche. Er war schmutzig und überglücklich. »Man findet nur ganz selten ein Haus, an dem so wenig verändert worden ist. Meistens hat irgendein viktorianischer Gentleman versucht, die kleinen Unregelmäßigkeiten auszubügeln.«

»Wenn Samuels Vorfahren auch nur entfernt so waren wie er, haben sie das bestimmt nicht getan. Obwohl das Haus nicht immer in direkter Linie vererbt worden ist.«

»Bis zum Beginn des neunzehnten Jahrhunderts sind immer wieder kleine Um- und Anbauten vorgenommen worden, aber seither ist es unverändert geblieben. Die Stallungen ...«

»Ich weiß. Man meint, die Pferde seien eben erst auf die Koppel rausgebracht worden.«

»Und die Leiterwagen stehen einfach so in der Scheune, wie sie irgendwann dort abgestellt wurden. Niemand hat sie restauriert und Primeln hineingepflanzt.«

»Hast du die Schmiede gesehen? Am liebsten würde ich sie wieder so herrichten, dass man sie benutzen kann. Peter meint, wir könnten einen Schmied finden, der Vorführungen macht, sodass ein Feuer in der Esse brennt und gehämmert wird, wenn die Besucher da sind.«

»Eine wunderbare Idee. Und was du in der Molkerei gemacht hast, ist phantastisch, aber auch da solltest du Vorführungen machen.«

»Ich hoffe, das bedeutet nicht, dass wir Kühe halten müssten.«

»Das kann ich mir nicht vorstellen. Es gibt Kühe genug hier in der Gegend. Was du brauchst, ist eine Farmerfrau, die Interesse hätte, sich in der Herstellung von Butter und Käse zu versuchen. Kann wohl sein, dass du sie bezahlen musst.«

Hetty reichte James einen Becher Tee. »Und was ist mit dir? Was bin ich dir schuldig dafür, dass du mir an einem Sonntag deinen Expertenrat zur Verfügung stellst?«

»Sei nicht albern, Hetty. Es hat mir Spaß gemacht.«

Unglücklicherweise tauschten James und Hetty gerade einen sittsamen Abschiedskuss, als Caroline und Connor in den Hof einbogen. Connor gab keinen Kommentar ab, aber er warf Hetty einen missfälligen Blick zu, ließ Caroline aussteigen und fuhr den Wagen hinters Haus. Caroline war weitaus verbindlicher. Hetty blieb nichts übrig, als sie vorzustellen. »Das ist James, der Architekt, von dem ich dir erzählt habe.«

»Ach ja! Von dem ich Connor fern halten sollte. Tut mir Leid, dass wir so früh zurück sind. Ich habe wirklich ein Auto gefunden, aber es war nur hundert Meilen weit weg und Connor fährt zügig. Er hat gesagt, er müsse noch arbeiten.« Carolines perfekt gezupfte Brauen zogen sich in einem Stirnrunzeln zusammen. »Ich bin nicht ganz sicher, ob ich das glauben soll.«

»Und hast du eine plausible Ausrede gefunden, um den Wagen nicht zu kaufen?«

»Nein«, erwiderte Caroline fröhlich. »Aber er ist genau das Richtige für Jacks Geburtstagsgeschenk.«

»Caroline! Aber woher kriegst du das Geld?«

Caroline winkte lässig ab. »Ich sag ihm, ich hätte gern einen neuen Gartenteich oder ein Kleid oder so. Ich gebe immer schrecklich viel Geld aus, wenn er weg ist. Um mich zu trösten, weißt du.«

Andere Leute fraßen sich Kummerspeck an, dachte Hetty. Caroline mit ihrer perfekten Figur und sagenhaften Garderobe hatte eine weniger destruktive Methode. Ein Jammer, dass Schokolade so viel billiger war als Designerkleider.

James war fasziniert, und teils, um ihn loszuwerden, teils um ihn zu belohnen, schlug Hetty vor: »Wir müssen unbedingt mal alle zusammen essen. Wenn Jack wieder da ist.«

»Das wäre wunderbar, Hetty«, sagte James.

»Das ist ja wohl das mindeste, das ich tun kann. Da ist nur noch eine andere Sache…« Sie führte James zu seinem Auto, weg von Carolines sirenengleicher Ausstrahlung. »Könntest du nochmal nachprüfen, ob das Haus wirklich unter Denkmalschutz steht? Ich weiß, ich hör mich komplett neurotisch an, aber … na ja, wahrscheinlich bin ich das auch.«

»Ehrlich, Hetty, es ist so gut wie ausgeschlossen, dass ein Haus wie dieses den Behörden durch die Finger geschlüpft sein könnte.«

»Aber du erkundigst dich?«

James seufzte wie ein Mann, der zum vierten Mal gebeten wird nachzusehen, ob das Gas auch wirklich abgestellt ist. »Wenn du unbedingt willst.« Er stieg kopfschüttelnd ein, offenbar hielt er Hetty für völlig verrückt.

Ein paar Stunden später rief Mrs Makepiece an, um die Buchung perfekt zu machen, da James ihr so enthusiastisch von Courtbridge House vorgeschwärmt hatte. Hetty war selig, aber gleichzeitig beunruhigt. Die Teile des Hauses, die James so begeistert hatten, mussten nicht zwangsläufig die gleiche Wirkung auf Mrs Makepiece haben. Aber eine Buchung war eine Buchung, und sie beschloss, den Flügel auf der Stelle zurückzuholen.

Connor war unerwartet hilfsbereit. Er fand einen Klavierspediteur und einen Stimmer, der versprach anzurücken, sobald das Instrument an Ort und Stelle sei. Der Transport dauerte Stunden, aber die Möbelpacker mussten zugeben, dass der Flügel, wenn er aus dem Haus herausgebracht worden war, logischerweise auch irgendwie wieder hineingeschafft werden konnte. Eine nervenaufreibende halbe Stunde lang wollten sie darauf bestehen, dass zu diesem Zweck das bleiverglaste Erkerfenster herausgenommen werden müsse. So lange brauchte Connor, um ihnen klar zu machen, dass es solche Fenster nicht zum kinderleichten Selbsteinbau im Baumarkt zu kaufen gab.

Hetty hatte irgendwo Platz für all die Möbel gefunden, die der Flügel verdrängte. Nun musste sie obendrein auch die aus dem Wege schaffen, von denen sie anfangs angenommen hatten, sie würden den Transport nicht behindern, die es dann aber doch taten. Als der Flügel schließlich sein Ziel erreicht hatte, war sie völlig erschöpft, obwohl es erst Mittag war. Sie machte einen langen Spaziergang mit den Hunden und überließ Connor, den Klavierstimmer und Mrs Hempstead sich selbst. Glücklicherweise war es ein Wochentag, und die wenigen Besucher, die da waren, genossen das Schauspiel.

Als sie sich schließlich an den Ort des Geschehens zurückwagte, war der Stimmer verschwunden, und Connor und Phyllis waren sich nicht an die Kehle gegangen. Noch nicht.

»Sie waren großartig, Phyllis«, versicherte sie voller Inbrunst. »Ich konnte es einfach nicht länger mit ansehen. Ist er beschädigt?«

»Ja«, sagte Phyllis.

»Aber nur ein winziger Kratzer«, schränkte Connor ein. »Sie wollen jemanden vorbeischicken, der die Schellackpolitur ausbessert.«

»Das wird nicht reichen. Die Männer, die ihn zuletzt transportiert haben, haben ihn auch nicht beschädigt. Warum mussten diese Trottel ihn dann demolieren?« Sie sah sie beide gleichermaßen vorwurfsvoll an. »Im Übrigen gebe ich zu bedenken, dass er ursprünglich im Musikzimmer stand. Ihn hier aufzustellen«, sie wies auf ihre geliebte Halle, als sei sie eine öffentliche Bedürfnisanstalt, »ist ein furchtbarer Anachronismus. Das polierte Holz wirkt vollkommen fehl am Platz inmitten der Steinmauern und Wandbehänge.«

Connor, der den ganzen Nachmittag in Mrs Hempsteads Gesellschaft verbracht hatte, ging mit langen Schritten davon und überließ es Hetty, die Wogen zu glätten. »Es ist ein wundervoller Flügel. Es wäre schade, ihn im Musikzimmer zu verstecken, während ihn hier Hunderte – na ja, Dutzende von Leuten bewundern könnten.«

»Man könnte im Musikzimmer wunderbare Kammermusikabende veranstalten«, entgegnete Phyllis. »Es ist ideal dafür.«

»Aber Mrs Makepiece hat so viele Gäste, sie würden gar nicht alle ins Musikzimmer passen.«

»Doch, das würden sie, wenn sie mit Stuhlreihen einverstanden wäre. Ich persönlich verstehe nicht, was es daran auszusetzen gibt.«

Hetty fand die Vorstellung, nach so langer Pause vor Publikum zu singen, schon erschreckend genug. Auf keinen Fall wollte sie Zuhörer, die kein Glas in der Hand hielten, das sie ablenkte. »Ich finde die Tischidee ganz gut. Entspannter.«

»Ich finde es ausgesprochen vulgär.«

Hetty beschloss, ihr besser nichts von den rubinfarbenen Heliumballons zu sagen, den braunen Mini-Teddybären für die Partytüten und von der Torte, die Felicity bestellt hatte: außen weiß, aber leuchtend rot von innen. »Ich möchte lieber nicht der einzige Mittelpunkt des Interesses sein. Was denkst du, Connor?«

Connor, der gerade in die Küche zurückgekehrt war, enthielt sich jeden Kommentars. »Ich setz den Kessel auf. Irgendwer eine Tasse Tee?«

»Für eine Tasse Tee würde ich einen Mord begehen. Mein Mund fühlt sich an wie der Boden eines Papageienkäfigs«, sagte der Stützpfeiler der vornehmen Gesellschaft.

»Phyllis!«, rief Hetty aus, erleichtert, dass die Atmosphäre sich ein bisschen entspannte. »Ich hätte nie gedacht, so etwas ausgerechnet von Ihnen zu hören!«

Als Phyllis endlich aufbrach, holte Connor ein Stück sehr kräftigen Landhaus-Cheddar aus dem Kühlschrank, dann ein Stück Stilton, der so reif war, dass man ihn streichen konnte. Beide hatte er im Laden im Dorf erstanden. Dazu gab es kräftiges Brot, eine Flasche Rotwein und Salami. Er stellte alles mit einer Schale Farmbutter und Cherrytomaten auf ein Tablett. Hetty verstand endlich, warum die Brewsters aus dem Laden, die einerseits die Rettung des Hauses nach Kräften unterstützten, andererseits die einzigen Leute im Dorf waren, die nett von Connor sprachen.

»Hast du Lust, in der Halle zu essen und den Flügel auszuprobieren?«, fragte er. »Oder ist es da zu kalt?«

»Ich hol' mir noch einen Pullover. Hast du irgendwelche Noten?«

»Ich brauche keine Noten. Ich spiel nach Gehör.«

Hetty folgte ihm mit den Gläsern in die Halle und war gleichzeitig beeindruckt und entsetzt. Wie sollte er sie begleiten, wenn er ihre Noten nicht lesen konnte?

Hetty setzte sich auf einen zeitlich passenden, aber extrem unbequemen Stuhl und legte sich eine Wolldecke über die Beine. Sie trank ihren Wein, aß Brot und Käse und hörte Connor zu.

Er spielte sagenhaft. Er fing mit ein paar Dave-Brubeck-Nummern an, ging zu seiner eigenen Version von Jacques Loussier und Keith Jarrett über und wechselte dann zu Oldies aus den Zwanzigern und Dreißigern.

»Komm schon«, sagte er schließlich, ohne innezuhalten. »Ich weiß, dass du das hier kennst.«

Hetty stand auf und stellte sich neben den Flügel. Sie begann leise, wurde jedoch mutiger, je mehr der Wein sie entspannte und all ihre alten Fertigkeiten zurückkehrten. Sie harmonierten beinah instinktiv und erfüllten die große Halle trotz der dämpfenden Wandteppiche mit Musik.

»Du bist gut«, sagte Hetty, als Connor eine Pause einlegte, damit sie wieder zu Atem kommen konnte.

»Du bist auch nicht übel. Wir müssen diese Wandteppiche wegschaffen, sie verderben die Akustik.«

»Das können wir nicht machen! Was würde Phyllis sagen?«

»Zur Hölle mit Phyllis. Es sind sowieso keine Antiquitäten. Samuel hat sie in den fünfziger Jahren gekauft, er hat's mir erzählt.«

»Das ist ziemlich alt für mich. Und für Phyllis.«

»Blödsinn. Phyllis' goldenes Zeitalter war in den Zwanzigern. In ihren Augen sind die Fünfziger modern.«

Hetty wollte widersprechen und darauf hinweisen, dass Phyllis mit Sicherheit wusste, dass die Wandteppiche aus den Fünfzigern stammten, aber Connor legte die Hand in ihren Nacken und drehte sie zur Tür um. »Komm, mir ist kalt. Lass uns sehen, ob wir das Feuer noch mal in Gang bringen können, und dann essen wir die Reste im Warmen.«

Es erforderte hartnäckigen Blasebalgeinsatz und eine neue Ladung Kleinholz, ehe das Feuer wieder aufflackerte, aber schließlich konnte Connor sich zurücklehnen und sein Werk sich selbst überlassen. Er stand auf, streckte sich und entdeckte Hetty auf dem Sofa: Füße hoch, Weinglas in der Hand, ein Stück Brot mit Käse auf halbem Weg zu ihrem Mund.

Sie dachte, er wolle sich zu ihr setzen, und zog die Beine ein, um ihm Platz zu machen. Aber nach einem kurzen Zögern zog er sich einen kleinen Sessel ans Feuer und setzte sich hinein.

Hetty zog in Erwägung, beleidigt zu sein, entschied sich dann aber doch dagegen. Ihr war es recht so. Und die vergangene Stunde war perfekt gewesen. Sie waren einander gefolgt, hatten sich gegenseitig angespornt, ein Lied führte zum nächsten. Manchmal verließ er sie, spielte eine Variation, während Hetty noch ihren Ton hielt, oder flocht eine völlig andere Melodie ein, die sich irgendwie um das Lied herumrankte, es umtanzte, wie Schwalben an einem Sommerabend, die nie kollidierten, sondern sich immer in perfekter Harmonie bewegten.

Dann war es wieder Hetty, die sich löste und sich in Improvisation versuchte, sie folgte der Klavierführung für ein paar Takte, nur um dann kleine, anarchische Motive einfließen zu lassen. Sie fühlte sich losgelassen, befreit, als könnte sie alles singen. Kein Ton war ihr zu hoch, keiner zu tief. Ihr Vertrauen in sein Spiel und ihre eigene Stimme führte sie auf bislang unbekannte Pfade und zu ungeahnten Höhen.

Nie zuvor hatte sie Musik als so vollkommen, so frei erlebt, und sie zweifelte, ob dies je wieder so sein würde. Sie würden ein Programm für die Rubinhochzeit festlegen. Er würde spielen, sie würde singen, jeder würde seinen festgelegten Part übernehmen, keiner die Grenze überschreiten. Das hoffte sie jedenfalls. Sie für ihren Teil hätte nie den Mut dazu.

Hetty trank ihren Wein und starrte ins Feuer. Sie fühlte sich so glücklich wie schon sehr lange Zeit nicht mehr. So hatte sie nicht mehr empfunden, seit sie zu Hause ausgezogen war. Das Singen hatte einfach diese Wirkung auf sie, es beanspruchte ihre volle Konzentration und löste Gefühle und Gedanken aus, die niemals an die Oberfläche ihres Bewusstseins drangen. Sie war herrlich müde. Vom Möbelschleppen, aber ebenso von der ungewohnten Zwerchfellatmung. Sie schloss die Augen.

»Und wo hast du so Klavierspielen gelernt?«, fragte sie.

»Zu Hause. Meine Tanten hatten ein Klavier, und ich habe ständig darauf rumgeklimpert. Ich hab es beibehalten, weil es eine gute Methode ist, sich mit jemandem zu verständigen, dessen Sprache man nicht versteht. Dem Klavierspieler geben die Leute immer gern einen aus. Apropos. Du hast den ganzen Wein getrunken.«

Hetty schlug die Augen auf. »Tut mir Leid. Hol doch noch eine neue Flasche.« Sie machte die Augen wieder zu, bis Connor mit der geöffneten Flasche zurückkam.

»Du kriegst keinen mehr.« Er füllte sein eigenes Glas und ging zu seinem Platz zurück.

Obwohl sie halb schlief, nahm sie wahr, dass er sie finster anstierte, und sie schüttelte den Schlaf ab. »Was ist los? Warum schaust du so brummelig?«

»Das tu ich nicht.«

»Dann komm her und setz dich zu mir.« Sie stellte die Füße auf den Boden. »Ich kann dich gar nicht richtig sehen da drüben.«

»Nein.«

»Warum nicht? Das ist nicht gerade nett von dir. Wir hatten einen so schönen Abend, und jetzt willst du dich nicht mal neben mich setzen.«

»Du weißt genau, weshalb.«

»Nein, keine Ahnung!«

Jedenfalls nicht bis zu diesem Augenblick. In Carolines knappem schwarzen Kleid und ihrem Push-up-BH, das Make-up ein bisschen verwischt und verrucht, die glänzenden Haare ein wenig zerzaust, ja, sie begriff, dass sie in der Aufmachung möglicherweise eine Bedrohung für sein Keuschheitsgelübde dargestellt haben mochte. Aber jetzt? Sie hatte nicht mehr getan, als sich die Hände zu waschen, seit sie heute Nachmittag die Möbel umgeräumt hatte. Sie trug dreckige Jeans, mehrere Lagen T-Shirts und uralter, formloser Pullis. Ihre Haare waren eingestaubt, und wenn sie überhaupt irgendeinen Duft verströmte, dann den ihrer unparfümierten Seife.

»Ernsthaft, Connor«, fuhr sie fort. »Samuel hätte bestimmt nichts dagegen, dass du dich neben mich setzt. Wenn er mich jetzt sehen könnte, würde er einsehen, dass du unmöglich versucht sein könntest, mich zu verführen.«

Connor stand auf, und für einen Moment schlug ihr das Herz bis zum Hals bei der Vorstellung, er werde sich zu ihr setzen. Doch das tat er nicht. Stattdessen stellte er sein Glas entschlossen auf dem Kaminsims ab, mitten zwischen den sorgsam angeordneten Meissner Porzellanfiguren. Dann nahm er das Tablett.

»Komm schon, Hetty. Zeit zum Schlafengehen. Wir hatten einen langen Tag. Ich jedenfalls bin total gerädert.«

Hetty seufzte. »Meine Güte, wie romantisch. Er spielt

Klavier wie ein junger Gott und flirtet wie ein Spießer. Ein verheirateter Spießer«, fügte sie hinzu.

»Ich flirte nicht mit dir, und das weißt du. Aber wenn ich es täte«, musste sein Männerego entgegen seiner besten Vorsätze protestieren, »dann wäre es weder spießig noch verheiratet. Und jetzt verschwinde.« Er packte ihre Hand und zog Hetty gegen ihren Willen auf die Füße. »Wenn du auf dem Sofa einschläfst, wirst du steif wie ein Brett sein, wenn du aufwachst.«

»Quatsch.«

»Jetzt komm endlich. Wenn du es nicht vertragen kannst, solltest du nicht trinken. Geh nach oben, ich mach eine Runde mit den Hunden und schließe ab. Und nimm ein Bad«, fügte er hinzu. »Du bist schmutzig.«

Um zu beweisen, dass sie nicht betrunken war, hob sie das Tablett auf, nachdem sie sein Glas vom Kaminsims genommen hatte. »Wenn Phyllis das sieht, kriegt sie einen Herzinfarkt.«

»Von mir aus kann Phyllis auch der Schlag treffen«, knurrte er, hielt ihr die Tür auf und folgte ihr dicht auf den Fersen in den Flur hinaus.

Er rief die Hunde und verschwand mit ihnen in die Nacht hinaus. Es sah verdächtig nach einem Fluchtversuch aus.

Als sie oben war, sann Hetty darüber nach, wie die Dinge zwischen Connor und ihr sich verändert hatten. Bevor er hergekommen war, hatte sie ihn gehasst und seither meistens mit ihm gestritten. Jetzt plötzlich versuchte sie, ihn zu verführen, und er ging nicht darauf ein. War sie ein Flittchen? War er ein Mönch? Wie war sie nur in diese erniedrigende Situation geraten?

Im Bad war es eisig, aber das Wasser war kochend heiß. Hetty atmete den Dampf ein und fragte sich, ob sie es fertig bringen würde, sich auszuziehen, oder ob es nicht besser wäre, sich dreckig, wie sie war, ins Bett zu legen. Aber sie widerstand der Versuchung. Ein Bad würde sie entspannen und sie beruhigen.

Sie zog ihre Sachen aus und warf sie in eine Ecke, wo sie einen unordentlichen Haufen bildeten. Sie musste daran denken, sie wegzuräumen, ehe die nächsten Besucher kamen, denn Phyllis hatte verkündet, dass das Bad zwar wenig Bequemlichkeit bot, fürs Publikum aber durchaus von Interesse wäre.

Das heiße Wasser war himmlisch. Sie lag lang ausgestreckt in der Wanne, nur ihr Gesicht über der Oberfläche und genoss die Hitze, die Lockerung ihrer Muskeln. Sie spürte, wie ihr die Augen zufielen. Als sie erkannte, dass sie im Begriff war einzuschlafen, setzte sie sich auf, schnappte sich ihr Handtuch und stieg schnell aus der Wanne.

Tropfnass wickelte sie sich in ihren Bademantel, putzte sich die Zähne und zog den Stöpsel aus der Wanne. Das schmuddelige Wasser verschwand gurgelnd im Abfluss, und sie hielt sich nicht damit auf, die Wanne zu putzen. Connor nahm jeden Morgen ein Bad. Geschah ihm recht, sie einmal dreckig vorzufinden, er selbst machte sich in dieser Beziehung nämlich auch keine große Mühe.

Als sie mehr oder minder trocken war und in ihrem karierten Pyjama unter der Decke lag, war alle Schläfrigkeit verflogen. Das war typisch. Connor war bestimmt schon im Bett, überlegte sie. Sicher konnte sie sich gefahrlos in die Küche wagen, um sich eine heiße Schokolade zu machen. Es war nicht so, dass sie Connor nicht traute. Es war auch nicht so, dass sie sich selbst nicht traute. Aber sobald sie zusammen waren, fühlte sie sich beunruhigt.

13. Kapitel

Connor war nicht schlafen gegangen. Als Hetty in die Küche kam, stand er an den Ofen gelehnt und starrte in sein Glas.

Bei seinem Anblick wurde ihr unbehaglich zumute, so als könnte er ihre Gedanken lesen. Sie war versucht, kehrtzumachen und wieder nach oben zu fliehen, aber das konnte sie natürlich nicht, ohne sich vollständig zu blamieren. »Ich wollte mir nur eine Tasse Kakao machen.« Ihre Stimme war rau vom Singen. Sie räusperte sich. »Möchtest du auch?«, fügte sie hinzu und tat so, als sei nicht das Geringste zwischen ihnen, nichts als schwelende Feindschaft.

Er antwortete nicht, also holte sie die halb volle Milchflasche aus dem Kühlschrank und leerte den Inhalt in einen Topf.

»So macht man keinen Kakao.«

»Nein?«

»Du musst das Pulver mit kochendem Wasser mischen, bis es zu einer Paste wird, dann fügst du Kondensmilch hinzu und lässt es aufkochen. Vorzugsweise über einem Lagerfeuer.«

»Das klingt eklig, und außerdem haben wir keine Kondensmilch.«

»Dann solltest du lieber heiße Schokolade machen. Aber für mich nicht. Wenn man richtigen Kakao kennt, ist Schokolade nur ein Abklatsch.«

Hetty fragte sich, was sie an diesem Griesgram je gefunden hatte. »Könntest du einen Schritt beiseite gehen, damit ich den Topf auf den Herd stellen kann?«

»Warum nimmst du nicht den Gaskocher?«

»Es wäre pure Energieverschwendung, da der Herd sowieso heiß ist. Außerdem, wenn ich den Topf aufs Gas stelle, muss ich die ganze Zeit drauf aufpassen, und ich will mir ein Sandwich machen. Wir hatten nur Brot und Käse zum Abendessen, falls du dich erinnerst.«

Er rührte sich nicht.

Sie wartete noch zwei Sekunden, dann versuchte sie, ihn beiseite zu schieben.

Er ergriff ihr Handgelenk. »Schubs mich nicht herum.«

»Wenn du dich nur einen Schritt bewegen würdest, bräuchte ich das nicht.« Sie starrte wütend zu ihm auf, Milchtopf in der Hand und tiefe Abneigung in ihrem Herzen.

Sie standen da wie Tiere, die ihr Revier verteidigen wollen, keiner rührte sich. Sie konnte ihren Puls unter dem Druck seiner Finger spüren, obwohl sein Griff nicht fest war. Er sah auf sie hinab, die Lippen ärgerlich zusammengepresst, die Augen verengt. Mit der freien Hand nahm er ihr den Topf ab und stellte ihn beiseite, ohne hinzusehen, so dass er ganz hinten auf dem Herd landete.

Sie holte Luft, um ihm Vorhaltungen zu machen – aber kein Wort kam heraus. Sie hatte genug damit zu tun zu atmen, fand es plötzlich enorm schwierig. Ein und aus, rief sie sich ins Gedächtnis. Ein und aus, es ist ganz einfach, du hast es gelegentlich schon gemacht.

Er legte ihr die Hand auf den Hinterkopf und vergrub die Finger in ihren noch feuchten Haaren. Sie wankte auf ihn zu, obwohl er keinerlei Druck ausübte. Ihre Nase landete auf seinem Brustbein. Sein Pullover roch nach Kaminfeuer und fühlte sich rau auf ihrer Wange an. Ein winziger Mooskrümel hatte sich in der Wolle verfangen. Sie studierte ihn eingehend.

Schließlich ließ er ihr Handgelenk los und hob ihr Kinn. »Das sollte ich wirklich nicht tun«, murmelte er und drückte die Lippen ganz sanft auf ihre.

Sie schloss die Augen und rührte sich nicht, spürte nur, wie jede Anspannung aus ihrem Körper wich unter diesem Kuss, der so unschuldig war, dass man ihn kaum einen Kuss nennen konnte, nur die zarte Berührung ihrer Lippen. Von ihrem Mund streifte er ihre Wange hinauf und ließ ihr Kinn los. Über dem Jochbein schloss er die Lippen und verstärkte den Druck ein wenig.

Sie schlug die Augen auf und sah, dass seine geschlossen waren. Er wirkte beinah, als bete er, die Wimpern dunkle Halbkreise oberhalb der scharfkantigen Wangen. Plötzlich schien er verwundbar, und sie legte die Arme um ihn und drückte seinen großen, rauen Körper an sich. Sie hörte sein Herz hämmern, dann rumpelte ein Protestlaut in seiner Brust.

»Tu das nicht.« Es klang wie das wütende Knurren eines Bären, aber er wich nicht zurück.

Sie kam ihm näher, stellte ihre Füße in den Zwischenraum zwischen seinen, sodass sie ihn von Kopf bis Fuß berührte. Unter der Wolle konnte sie seine harten, wohlgeformten Muskeln fühlen. Es schien furchtbar lange her, seit sie zuletzt einen Mann in den Armen gehalten hatte. Alistair hatte nie viel dafür übrig gehabt.

Er legte die Arme um sie, und so standen sie lange Zeit reglos, Connor an den Ofen gelehnt, sie an Connor. Doch sie spürte die Wärme seiner Hände durch ihr Pyjamaoberteil, und plötzlich war die Umarmung nicht genug.

»Was ist mit meiner Schokolade?«, hauchte sie, als sie schließlich alle Hoffnung aufgegeben hatte, dass er den nächsten Schritt tun würde.

»Zur Hölle mit deiner Schokolade.« Dieses Mal waren seine Lippen nicht sanft, und sie landeten mitten auf ihrem wartenden Mund.

Dieser harte, wütende Kuss weckte ihre lang vernachlässigten Sinne. Aber sie hatte auch noch ein Hühnchen mit ihm zu rupfen und erwiderte den Kuss ebenso zornig. Dann verblassten die offenen Rechnungen nach und nach, und die Lust übernahm das Ruder.

Hettys Kopf und Rücken hatten sich unter dieser Attacke bedenklich nach hinten verbogen. Sie schwankte ein wenig, und er spürte es und richtete sich auf. Sie befürchtete, er wolle den Kuss beenden, also tastete sie unter seinem Pullover nach seiner Taille und fand die Stelle am Rücken, wo zwischen Hosenbund und Haut eine kleine Lücke klaffte. Sie packte ihn mit festem Griff am Gürtel, sodass er ihr nicht so einfach davonlaufen konnte, aber er war immer noch zu weit weg und ihr Hals war nach wie vor verbogen.

»Das ist schrecklich unbequem. Lass uns ins Wohnzimmer gehen«, regte sie an, als er eine kleine Atempause einlegte. Sie keuchte ein bisschen.

Ihr Vorschlag brachte ihn zu Verstand. »Bist du verrückt? Wir sollten das hier überhaupt nicht tun, schon gar nicht in der Horizontalen.«

»Aber wo wir doch schon mal dabei sind, warum sollten wir es dann nicht ein bisschen bequemer haben? Es sei denn, du willst nicht?« Sie hatte bis zu dem Moment nicht gewusst, dass sie kokett sein konnte. Es war noch nie nötig gewesen. Doch jetzt sah sie mit großen, bittenden Unschuldsaugen zu ihm auf, während ihre Hand seinen Nacken liebkoste.

Er knurrte, griff nach ihrer Hand und führte Hetty durch den Flur und weiter ins Wohnzimmer, wo das Feuer mittlerweile richtig in Gang gekommen war.

An der Tür blieb er stehen. »Im Ernst, Hetty ...«

Diesmal ergriff sie seine Hand und zog ihn zum Sofa. »Ich bin viel zu lange viel zu ernst gewesen. Lass uns ein bisschen verrückt sein.« Sie setzte sich und zog sanft an seiner Hand.

Connor stieß einen lang angehaltenen Atemzug aus, und mit der Luft entwich eine Vielzahl guter Vorsätze.

Hetty stellte fest, dass ihn die Überwindung seiner Vorbehalte völlig veränderte. Er hob sie hoch und setzte sie auf seinen Schoß, rückte sie so zurecht, dass ihr Kopf in seiner Armbeuge ruhte und ihre Füße auf dem Sofa, vor allen kalten Luftströmen in Bodennähe sicher. Dann erst kam er zur Sache.

Sie war schon vorher geküsst worden, viel Male, aber bei Alistair war Küssen immer nur eine Formalität vor dem Sex gewesen. Connor hingegen küsste mit größter Hingabe und Gründlichkeit. Das hier war der Hauptgang, kein Appetithäppchen.

Alles in Hetty begann zu schmelzen, als seine Zähne über das weiche Fleisch in ihrem Mund fuhren und seine Zunge die ihre in ein liebevolles Zusammenspiel verwickelte.

Sie seufzte, als er die Lippen schließlich von ihren löste und ihr Gesicht und ihren Hals mit kleinen Küssen bedeckte. Sie sog seinen unwiderstehlichen, männlichen Duft tief ein, der mehr mit Natur denn mit Yves Saint Laurent zu tun hatte und ihre Lust nur noch weiter anfachte. Sie wollte, dass er den Kopf senkte und das kleine V aus nackter Haut küsste, das aus ihrem Pyjamaausschnitt hervorlugte. Aber der karierte Kragen war offenbar seine Demarkationslinie.

Sie konnte sich trotzdem nicht beklagen. Sein Mund löste eine Welle von Empfindungen aus, die keine von Alistairs ausgefeilten Techniken je zustande gebracht hatte. Sie wäre damit zufrieden gewesen, einfach hier auf dem Sofa liegen zu bleiben und sich küssen zu lassen. Für eine Weile jedenfalls.

Seine Finger spielten mit den winzigen Härchen in ihrem Nacken, bis sie sich sträubten. Dann tasteten sie sich weiter nach vorn, erkundeten die kleine Mulde hinter ihrem Ohr, das Ohrläppchen, ehe sie langsam Richtung Schlüsselbein hinabwanderten. Da hielten sie an, berührten nichts, das nicht schon frei lag, schoben keinen Zentimeter Stoff beiseite.

Irgendwie war es egal. Unter seinen rauen Fingerspitzen wurde ihre gesamte Hautoberfläche zu einer einzigen erogenen Zone. Aber es war nicht genug.

Sie nahm seine Hand und platzierte sie über ihre Brust, sodass ein Finger unter das Revers ihres Pyjamas geriet. Er zog die Hand nicht sofort zurück, aber er ließ auch nicht zu, dass sie sie weiter schob. Er lenkte sie mit neuen Küssen ab und legte die fragliche Hand dann um ihren rechten Fuß.

Hier gestattete er seinen Fingern, unter das Hosenbein zu gleiten und ihren Knöchel zu umfassen, ihn mit köstlichen kleinen Liebkosungen zu umspielen, bis sie sich in halb kitzliger Wonne wand, die bis in die intimsten Regionen ihres Körpers zu reichen schien.

Doch auch wenn die Hand an ihrem Fuß die erstaunlichsten Dinge vollbrachte, gab es andere Bereiche, wo ihr so hingebungsvolle Liebkosungen willkommen gewesen wären.

»Ich würde dir keine Vergewaltigung vorwerfen, wenn du mir das Pyjamaoberteil ausziehst, im Gegenteil, ich hätte ganz und gar nichts dagegen.«

»Ich kann nicht. Ich habe Samuel versprochen, dich nicht zu verführen, und meine Selbstbeherrschung hat Grenzen.«

Das galt auch für Hetty, und so bewundernswert seine Prinzipientreue auch sein mochte, fing sie doch langsam an, ihr ernsthaft auf den Wecker zu gehen. »Aber ein, zwei Knöpfe wären doch sicher vertretbar, oder?«

»Du weißt ganz genau, dass es nicht bei ein, zwei Knöpfen bliebe. Ich habe Samuel mein Wort gegeben.«

Hetty sandte ihrem kranken Onkel eine gemurmelte Verwünschung. »Kein Problem. Ich habe ihm nichts weiter versprochen, als das Haus zu hüten. Ich könnte dich verführen.«

Connor sah sie eindringlich an, stundenlang, so schien es ihr. Dann zeichnete sich allmählich ein unwiderstehliches Lächeln in seinen Mundwinkeln ab und wurde breiter, bis er grinste. »Dann nur zu. Wenn du dich traust.«

Diese Herausforderung vernichtete ihre letzten Reserven. Sie hatte beim Sex noch nie die Initiative ergriffen und hatte ganz bestimmt nie die Absicht gehabt, Connor zu verführen, aber sie war absolut sicher, dass sie sich traute. Die Frage war nur, wo? Sie wusste, wenn sie nach oben gingen, würde sie der Mut verlassen und Connor würde all die Skrupel, mit denen er so reichlich gesegnet war, wiederentdecken.

»Steh mal auf.« Sie zupfte an seinem Pullover. »Ich muss ein paar Vorbereitungen treffen.«

Er erhob sich und sah zu, wie Hetty die Sofakissen auf den Boden warf und zu einer Matratze anordnete. Dann nahm sie die Wolldecke von der Sofalehne und breitete sie darüber. Schließlich zündete sie die Kerzen an, die Phyllis in die Halter gesteckt hatte – zu rein dekorativen Zwecken. Hetty verdrängte die leisen Schuldgefühle, die beim Gedanken an Phyllis kurzzeitig aufflackerten, und vervollständigte ihr Arrangement. Sie sammelte die Kissen von allen Sitzmöbeln und verteilte sie um das provisorische Bett.

»Na also«, sagte sie, als sie fertig war. »Wie findest du das?«

»In einem Bett hätten wir es weitaus bequemer. Warum gehen wir nicht nach oben?«

Wenn sie ihm ihre Bedenken bezüglich eines Ortswechsels gestand, würde er annehmen, sie hätte ihre Ansicht geändert, und kneifen.

»Meins ist nur ein Einzelbett. Viel zu schmal.«

Er nickte. »Und wir können es unmöglich in Samuels Bett tun. Also muss der Fußboden herhalten.«

Er schien zu spüren, dass sich ihre Verwegenheit mehr oder minder verflüchtigt hatte, während sie die Kissen zusammensuchte, und zog sie zu sich herunter, als er sich darauf kniete. Er nahm ihr Gesicht zwischen die Hände und küsste es.

»Bist du sicher?«

Hetty nickte. »Absolut.«

Er küsste sie so sanft wie zu Anfang, doch als sie sich entspannte, wurde er wieder drängender und weckte die gleiche Lust in ihr wie zuvor. Ihre knienden Figuren warfen riesige Schatten an die Wände, bis sie sich zurückfallen ließ, ihn auf sich zog und an seiner Kleidung zerrte.

Als sein Oberkörper entblößt war und jeder Muskel, jede Rippe sich deutlich im Feuerschein abzeichnete, befeuchtete sie ihre Lippen. Sie sehnte sich danach, seine Haut auf ihrer zu spüren. Aber ihr Pyjama war immer noch bis oben hin geschlossen.

»Du könntest mein Oberteil aufknöpfen«, regte sie an, nur zu bewusst, dass er das abgelehnt hatte, als sie es vorhin vorgeschlagen hatte.

Er sah sie so lange an, dass sie glaubte, er werde sich wieder weigern. »Tu es selbst«, sagte er dann. »Du bist hier der Boss.«

Sie drückte ihn auf die Kissen nieder, sodass sie über ihm kniete, und riss beinah die Knöpfe ab in ihrer Hast, sich von ihrer Schlafanzugjacke zu befreien. Dann kam ihr in den Sinn, dass sie es langsam hätte tun sollen, unerträglich langsam, Knopf für Knopf, und ihn auf den Anblick ihrer Brüste warten lassen.

Doch ihre selbstsichere Geste gab ihr ein Gefühl der Macht, erregte sie selbst ebenso wie ihn. Sie hatte die Kontrolle über seine Lust ebenso wie über ihre. Sie beugte sich über ihn und strich mit den Brustwarzen über seine Haut. *Jetzt* würde sie ihn warten lassen.

Er stöhnte.

»Tu ich dir weh?« Vielleicht kniete sie auf irgendeiner empfindlichen Stelle?

»Nein«, sagte er heiser. »Hör bloß nicht auf.«

Schließlich nahm er eine ihrer Brustwarzen zwischen die Lippen und streichelte die andere. Jetzt stöhnte sie, ließ sich neben ihn sinken und ergab sich all den Empfindungen, die seine Berührung in ihr auslöste. Sie seufzte zufrieden, als er ihr das Pyjamaunterteil auszog und sie endlich nackt war.

Als sie sich schließlich an seinem Gürtel zu schaffen machte, hob er plötzlich den Kopf und nahm ihre Hände. »Was ist mit Verhütung? Nimmst du die Pille?«

Sie errötete, weil sie bis zu diesem Augenblick keinen Gedanken an Verhütung verschwendet hatte. Eine ihrer ersten Reaktionen auf Alistairs Verrat war gewesen, jede einzelne Pille einer Dreimonatspackung in die Toilette zu werfen.

»Du hast nicht zufällig ein Kondom?«, fragte er.

Sie schüttelte den Kopf. »Was ist mit dir?«

Er seufzte. »Nein. Ich hatte versprochen, dich nicht anzurühren, schon vergessen?«

»Aber du hättest schließlich jemand anders anrühren können. Samuel hat dir schließlich kein Keuschheitsgelübde abverlangt, oder?«

Er richtete sich auf und kniete sich hin. »Nein, aber ich hatte nicht damit gerechnet, eine wie auch immer geartete Affäre anzufangen, solange ich in England bin. Und ich gehöre nicht zu denen, die für alle Fälle immer eins dabei haben.«

»Oh.«

»Die Pubs haben schon geschlossen, sonst würde ich einen Automaten suchen.«

»Soll das heißen … wir müssen aufhören?«

»Was bleibt uns übrig? Ich würde mir nie verzeihen, wenn du schwanger würdest, und Samuel würde mich enterben.«

Ihr kam der Gedanke, dass das für das Haus von Vorteil sein könnte, aber sie verdrängte ihn sofort wieder. Nur für einen Moment stellte sie sich vor, wie sie Phyllis und Peter erklären würde, dass das Haus außer Gefahr sei, weil Connor sie geschwängert und Samuel ihn daraufhin enterbt hatte. Würden sie denken, sie habe ihre Tugend für einen guten Zweck geopfert? Oder würden sie sie einfach für eine Schlampe halten?

Sie wandte ihre Gedanken wieder dem unlösbaren Problem zu. Sie fühlte sich betrogen, unerträglich enttäuscht. Sie würde nie wieder den Mut aufbringen, so etwas hier zu inszenieren, und er würde sich wegen seines blöden Versprechens nicht rühren.

»Können wir's nicht einfach drauf ankommen lassen?«

»Nein.«

»Könntest du mich dann vielleicht einfach nur halten?« Sie wusste, das klang erbärmlich, aber sie konnte die Vorstellung nicht ertragen, dass sie sich beide einfach wieder anziehen und jeder in sein kaltes, leeres Bett steigen sollte.

»Ich könnte sogar noch ein bisschen mehr tun als das.« Er drückte sie sanft zurück in die Kissen, zog sie an sich und küsste sie, bis sie ihre Enttäuschung vergessen hatte. Dann erkundete er mit sanften, geschickten Fingern ihre intimsten Körperstellen und liebkoste sie, bis sie schließlich zu einem bebenden Höhepunkt gelangte. Dann nahm er sie in den Arm und zog die Decke über sie, damit sie nicht fror.

Hetty kämpfte mit den Tränen, zutiefst bewegt von seiner Zärtlichkeit. Trotz ihrer geringen Erfahrung erkannte sie, dass er außergewöhnlich selbstlos gewesen war. Er musste enttäuscht sein, angespannt von unerfüllter Lust, aber er hielt sie, fuhr mit den Lippen über ihre Haare und fand schließlich ihren Pyjama.

»Komm«, sagte er dann, als er Hemd und Pullover wieder übergestreift hatte. »Ich bring dich ins Bett.«

»Ich fühl mich so schuldig. Ich hab dich gegen deinen Willen verführt, und dann konnten wir noch nicht mal miteinander schlafen.«

»Ich war ganz und gar willig. Mach dir keine Gedanken.«

»Es tut mir so Leid.«

»Was passiert ist?«

»Was nicht passiert ist. Ich hätte an Verhütung denken sollen. Es war so unfair.«

»Es war genauso mein Fehler. Ich habe an Verhütung gedacht, als ich dich vorhin ins Bett geschickt hab. Wenn ich das gleich gesagt hätte, wärst du nicht mehr in meine Nähe gekommen.«

»Aber du hast nichts gesagt.«

Er schüttelte den Kopf. »Der Pfad zur Hölle ist mit guten Vorsätzen gepflastert. Und jetzt komm nach oben.«

Sie kam auf die Füße. »Ich muss aufräumen. Wenn Phyllis das hier sieht...«

»Wird sie falsche Schlüsse ziehen. Keine Angst, ich bring das in Ordnung.«

Sie legte ihm leicht die Hand auf die Brust. »Kommst du noch und sagst mir gute Nacht?«

Er seufzte schaudernd. »Wenn du nicht schon schläfst. Jetzt verschwinde. Meine Willensstärke hat Grenzen.«

Hetty ging hastig zur Tür, blieb dann aber noch mal stehen. »Du vergisst die Hunde nicht, oder?«

»Jetzt geh schon!«

Sie hörte ihn die Treppe heraufkommen, das Bad betreten, an ihrer Tür Halt machen und dann weiter zu seinem Zimmer gehen. Sie wusste, dass ihm vermutlich klar war, dass sie nicht schlief, aber er kam nicht herein.

Sie hoffte, dass er selbst derjenige war, dem er nicht traute, aber sie hatte den schrecklichen Verdacht, sie sei diejenige. Er hatte so unglaubliche Selbstbeherrschung gezeigt – im Gegensatz zu ihr, die sie bereit gewesen war, jedes Risiko einzugehen. Ihre Gefühle für ihn waren so unkontrolliert. Bei Alistair hatte sie die Pille genommen, gewartet, bis der volle Empfängnisschutz eintrat, und dann immer noch darauf bestanden, dass er ein Kondom benutzte.

Er hatte bemängelt, das sei wie Gürtel und Hosenträger – sie hatte entgegnet, dass die Pille nicht vor Infektionen schütze. Sie hörte sich jetzt noch, ihre Stimme so vernünftig, dass es schon schulmeisterlich klang. Damals hatte sie sich gewundert, dass Alistair auch nur erwägen konnte, auf ein Kondom zu verzichten. Aber er hatte natürlich gewusst, dass sie Jungfrau war. Sein Risiko war gleich null. Ihres nicht.

Mit Connor war alles umgekehrt. Sie hatte die Initiative ergriffen, und er hatte alles versucht, sie sich vom Leib zu halten. Um ihretwillen.

Sie musste ihren ganzen Willen aufbieten, um nicht aufzustehen und sich zu ihm zu legen. Nicht um den Akt nachzuholen, den sie sich verkniffen hatten. Sondern weil sie sich nach der Nähe und Zärtlichkeit sehnte, die sie geteilt hatten. Ihr letzter Gedanke war, dass sie Gefahr lief, sich in Conan den Barbaren zu verlieben.

14. Kapitel

Natürlich war es ihr unendlich unangenehm, Connor am nächsten Morgen unter die Augen zu treten. Alles, was passiert oder nicht passiert war, war ihre Schuld gewesen. In der Theorie war es wunderbar, das Heft in die Hand zu nehmen und die Initiative zu ergreifen. In der Praxis konnte man aber auch eine riesige Torte ins Gesicht kriegen.

Sie öffnete die Küchentür, fragte sich, was in aller Welt sie sagen sollte und kam zu dem Schluss, dass ein schlichtes »Hallo« reichen musste. Zu ihrer Erleichterung brauchte sie jedoch gar nichts zu sagen, da er telefonierte.

Sie setzte den Kessel auf und versuchte zu lauschen, ohne dass er es merkte. Da sein Gesprächsbeitrag jedoch hauptsächlich aus Grunzlauten und »Aha« bestand, brachte sie wenig in Erfahrung. Als er auflegte, hob sie den Kopf.

Sein Ausdruck war ernst und liebevoll und brachte ihr Herz ins Trudeln.

»Hetty, ich muss dir etwas sagen.«

Ihr Mund wurde trocken, und sie spürte, wie ihr das Blut aus den Wangen wich. »Nicht Samuel?«

Er lächelte. »Nein, es sind in gewisser Weise gute Neuigkeiten, aber ich muss für eine Weile weg.« Das Lächeln wurde eine Spur breiter. »Worüber du vielleicht selig bist.«

Sie war so erleichtert, dass sie das Lächeln erwidern konnte. »Vielleicht.« Aber sie war keineswegs selig. »Wohin gehst du denn?«

»Ich hab einen neuen Auftrag bekommen, da wo ich zuletzt war. Es wird nicht gerade ein Vergnügen, aber sie zahlen sehr gut. Ich denke, dass wenigstens zwei Raten dabei rausspringen.«

»Wann willst du los?«

»Sobald ich mein Zeug zusammengepackt habe. Ich nehme ein Taxi zum Flughafen.«

»Das wird teuer.«

»Sie können es sich leisten.«

»Was ist mit deinem Auto? Würdest du es nicht lieber mitnehmen?«

Er schüttelte den Kopf. »Das ist hier sicherer. Es sei denn, du bist aus irgendeinem Grund wütend auf mich?« Er sah sie mit einem herausfordernden Grinsen an. Sie hatte Mühe, es zu erwidern.

»Wann wirst du wieder zurück sein?« Die Vorstellung, mit den Sorgen um den Kredit wieder allein zu sein, war niederschmetternd.

»Ich komm zurück, sobald ich kann.«

»Es ist nur so ...«, sie gab sich Mühe, keine ehefrauliche Besorgnis zu zeigen, »... ich frag nur für den Fall, dass ich mir einen anderen Pianisten suchen muss. Wegen der Rubinhochzeit.«

»Ich denke, bis dahin sollte ich längst zurück sein. Wenn es so lange dauert, hat das Land verdient, eine Wildnis zu bleiben.«

Hetty ging auf, dass sie keine Ahnung hatte, was Connor eigentlich tat. Und auch wenn jetzt nicht der geeignete Zeitpunkt war zu fragen, wollte sie es plötzlich doch unbedingt wissen. »Was genau treibst du da eigentlich?«

»Ich bin eigentlich Bauingenieur, aber ich kümmere mich vornehmlich um ökologische Probleme.«

Sie nickte. »Verstehe. Soll ich dir vielleicht Frühstück machen, während du packst?«

Er zeigte dieses besonders charmante Lächeln, das gewöhnlich für Caroline reserviert war. »Das wäre wunderbar.« Dann flitzte er aus der Küche wie eine Comicfigur. Hetty glaubte beinah die Kondensstreifen hinter ihm sehen zu können.

Sie holte Eier, Schinken, ein paar Pilze und Tomaten aus dem Kühlschrank und machte sich ans Werk. Es war das erste Mal, dass sie für ihn kochte, ging ihr auf, wenn man von heißen Toddys mal absah, und aus irgendwelchen unerfindlichen, unfeministischen Gründen wollte sie, dass es ein unvergesslich gutes Frühstück wurde. Alles brutzelte vor sich hin, und sie wartete den richtigen Moment ab, um die Eier in die Pfanne zu geben, als er wieder in der Küche erschien. Er war kaum wiederzuerkennen in seinem Anzug.

Hetty schlug zwei Eier in eine Untertasse und bugsierte sie mit intaktem Eigelb in die Pfanne. Das beschäftigte sie hinreichend, sodass es ihr im Augenblick erspart blieb, sich mit Connor oder seiner Abreise zu befassen. Sie wärmte die alte Emaillekaffeekanne vor. Filterkaffee zu kochen gab ihr einen guten Grund, ihm stundenlang den Rücken zuzukehren.

Doch schließlich blieb ihr nichts anderes mehr übrig, als sich mit einem Teller voller Eier, Schinken und Toast und der Kaffeekanne zu ihm umzuwenden. Sie wollte gerade anfangen, die Pfanne zu spülen, als er ihr befahl, sich hinzusetzen.

»Ich hab dir ein paar Dinge zu sagen. Setz dich zu mir, iss eine Scheibe Toast und hör zu.«

Sie zog sich einen Stuhl heran, setzte sich, aß aber nichts. »Schieß los.«

»Entschuldige, dass ich so kurz angebunden bin, aber wir haben nicht viel Zeit.« Er wies auf seine Armbanduhr, ein Ungetüm von der Sorte, das auch auf dem Gipfel des Mount Everest oder zwanzigtausend Meilen unter dem Meer garantiert noch funktionierte. Hetty hatte sie noch nie gesehen. »Das Taxi wird in weniger als einer Stunde hier sein.«

»Lass dich von mir nicht aufhalten.«

Connor sah sie finster an. Hetty versuchte, jeden Ausdruck aus ihrem Gesicht fern zu halten und ihn ja nicht merken zu lassen, dass sie todunglücklich sein würde, sobald er das Haus verließ.

»Ich will, dass du mir versprichst, nichts Katastrophales anzustellen, während ich weg bin.«

Sie war beleidigt. Sie war die Hüterin seiner Erbschaft, und das ließ nicht viel Raum für Katastrophen. Aber irgendein Teufel trieb sie dazu, provokativ zu sein. »Zum Beispiel? Mit Peter durchzubrennen?«

Er ließ sich nicht provozieren. Er biss in seinen Toast und antwortete mit vollem Mund. »Nein. Das scheint mir eine ausgesprochen vernünftige Idee. Er ist ein guter Mann, und er wird dich sehr glücklich machen. Wenn er dich nicht zu Tode langweilt.« Er schluckte. »Ich dachte eher an das Haus.«

Hetty wankte noch von dem Schlag, den er ihr gerade so beiläufig verpasst hatte, und vergaß die guten Vorsätze bezüglich ihrer ausdruckslosen Miene. »Was soll das heißen? Du bist doch derjenige, der das Haus abreißen will!«

»Ich meinte, verkauf keine weiteren Antiquitäten oder Ähnliches.«

Sie schnappte nach Luft, entsetzt und entrüstet, dass er ihr auf die Schliche gekommen war. »Ich weiß überhaupt nicht, was du ...« Den Rest der Lüge brachte sie nicht heraus.

»Das weißt du sehr wohl. Mir ist egal, dass du mehr oder minder das ganze Geschirr auf einem Trödelmarkt verscherbelt hast, und die Clarice-Cliff-Vase war abscheulich. Aber jetzt ist nichts mehr da, das ich nicht vermissen würde, und ich will nicht, dass du diesen Ausverkauf meines Geburtsrechts fortsetzt, ist das klar?«

Hetty ergriff seine Kaffeetasse und trank einen großen, kochend heißen Schluck. Der Kaffee war widerlich stark. »Du weißt genau, dass ich es für Samuel getan habe. Um die nötigsten Arbeiten am Haus zu bezahlen.«

»Ich weiß.« Connors Zähne zermalmten das nächste Stück Vollkorntoast. »Und wie gesagt, es ist mir egal. Aber ich möchte bei meiner Rückkehr keine weiteren unangenehmen Überraschungen erleben.«

»Und wäre es eine angenehme oder unangenehme Überraschung, wenn ich mit Peter davonliefe?«

Er hätte eigentlich vor Eifersucht toben sollen, aber er zeigte nicht die leisesten Anzeichen. »Es wäre in gewisser Weise ein Jammer. Er ist so ein Langweiler.«

»Ich dachte, du hättest gesagt, es sei vernünftig.«

»Stimmt. Aber reicht dir ›vernünftig‹ für den Rest deines Lebens?«

Sie wollte ihn fragen, ob er etwas Besseres zu bieten hätte, aber sie wusste, dazu hatte sie kein Recht.

Er legte seine Hand auf ihre. »Es tut mir wirklich Leid, dass wir keine Zeit haben, in Ruhe darüber zu reden, was gestern Abend passiert ist. Oder nicht passiert ist. Aber dazu reicht«, er sah auf die Uhr, »eine knappe Dreiviertelstunde einfach nicht. Also versprich mir: Nichts Schreckliches mit dem Haus und nichts Unwiderrufliches mit Peter?« Einer seiner Mundwinkel verzog sich nach oben. »Du würdest sein Herz brechen und er meine Schienbeine.«

»Warum in aller Welt sollte er denken, es habe irgendwas mit dir zu tun?«

»Wir wohnen unter einem Dach. Das ganze verfluchte Dorf würde sagen, es sei meine Schuld, wenn dir eine Füllung aus dem Zahn fällt, geschweige denn wenn du den beliebtesten Junggesellen am Ort zurückweisen würdest. Sind wir mal ehrlich, selbst wenn der Blitz in den Kirchturm einschlüge, würden sie anklagend mit dem Finger auf mich zeigen.«

»Die Brewsters haben dich gern.«

»Sie sind die Einzigen, die auch nur den leisesten Versuch unternommen haben, mich kennen zu lernen.«

Hetty versuchte ein Lächeln. »Ich habe mir verdammt große Mühe gegeben, dich zu erkennen, ohne großen Erfolg.«

Er seufzte. »Nur du bringst es fertig, in einem solchen Moment ein Wortspiel wie das hier vom Stapel zu lassen. Das ist der Grund, warum...« Er brach ab.

»Warum was?«

Er sah sie an, halb bekümmert, halb verwirrt. Dann legte er ihr eine Hand auf die Wange. Sie schmiegte sich an diese Hand, genoss ihre Wärme, das Gefühl der Finger, die sich in die Mulde hinter ihrem Ohr legten. Ein schwacher Duft nach Imperial Leather stieg von seinem Handgelenk auf, und sie wusste, sie würde den Duft nie wieder wahrnehmen, ohne eine gewisse Traurigkeit zu verspüren.

»Ich komme wieder, Hetty. Dann klären wir alles. Aber bitte versprich mir, keine Katastrophen, während ich weg bin.«

Sie gab ihm ihr Wort mit brüchiger, beinah unhörbarer Stimme.

Sein Stuhl fuhr kreischend auf den Steinfliesen zurück, und er sprang auf die Füße. »Ich muss fertig packen.«

Er kam mit seinen Taschen zurück in die Küche, ehe Hetty den Tisch abgeräumt hatte.

»Das ging aber schnell. Bist du sicher, dass du alles hast?«

»Ja. Packen dauert nicht lange, wenn man Routine hat. Ich lass dir für alle Fälle ein paar Telefonnummern hier.« Er griff nach einem Block und blätterte durch seinen Terminkalender, bis er die richtige Seite gefunden hatte. Dann fing er an zu schreiben. »Nur für den Notfall. Es ist nicht immer leicht durchzukommen ...«

»Ich weiß.«

»... und ich weiß nicht, unter welcher von diesen Nummern ich erreichbar sein werde. Die Leute am anderen Ende sprechen kaum Englisch, du musst es einfach versuchen.«

»Welche Sprache sprechen sie?«

»Offiziell Russisch, aber es kann alles Mögliche sein.«

»Oh.«

»Um Mitternacht hast du die besten Chancen, dann sind die Leitungen nicht so überlastet.« Endlich legte er den Stift beiseite. »Wenn irgendwas mit Samuel ist, ruf mich an. Ich werde wohl nicht drei Kontinente überqueren, um zu seiner Beerdigung zu kommen, aber sollte die Aussicht bestehen, dass er noch lebt, wenn ich ankomme, werd ich's versuchen. Verstehst du?«

»Sicher. Aber die Leute im Dorf wären furchtbar schockiert, wenn du nicht zu seiner Beerdigung kämst.«

»Die Leute im Dorf können mich mal. Es geht um Samuel.«

»Du sagst mir das nicht, weil es Samuel schlechter geht, oder?«

»O nein. Aber er ist alt und gebrechlich, und ich werde sehr weit weg sein.«

Hettys Kehle wurde eng, und sie gab ihm nur ein kleines Lächeln zur Antwort.

»Sing weiter, ja?«

Hetty hatte im Moment das Gefühl, sie würde nie wieder auch nur summen, aber sie nickte.

»Gutes Kind. Jetzt rufe ich im Krankenhaus an und hinterlass eine Nachricht für Samuel. Ruf mich, wenn das Taxi kommt.«

Das folgsame kleine Mädchen, das sie neuerdings war, gehorchte.

Connor gab ihr einen harten, raspelnden Kuss auf die Wange, ehe er hinauseilte, den Laptop unter dem Arm. Hetty murmelte ihren Abschiedsgruß ungefähr in seine Achselhöhle, und dann war sie allein, fühlte sich verlassener als an dem Tag, als ihre Mutter sie hier ausgesetzt hatte und Alistair jeden ihrer Gedanken beherrschte. Sie rieb sich die Wange an der Stelle, wo er sie geküsst hatte, und fragte sich, ob er je lernen würde, sich vernünftig zu rasieren.

Doch nachdem sie kaltes Bratfett, Eierschalen und Kaffeesatz beseitigt hatte, fühlte sie sich schon besser. Connor war geschäftlich weggefahren, er hatte sie nicht verlassen. Und außerdem, was bedeutete er ihr schon? Er war schließlich der Mann, der dieses wunderbare Haus bedrohte und all ihre Pläne durchkreuzen wollte.

Conan der Barbar – der Mann, der nur zu klar bewiesen hatte, dass er in mancher Hinsicht alles andere als barbarisch war. Sie drängte ihn entschlossen aus ihren Gedanken. Gerade als sie mit den Hunden einen Spaziergang machen wollte, klingelte das Telefon.

Für einen Sekundenbruchteil durchzuckte sie die Hoffnung, es könne Connor sein, der anrief, um zu sagen, es sei alles ein Irrtum gewesen und er komme nach Hause. Dann nahm sie den Hörer ab und wusste, dass es nicht Connor war.

»Hetty? Hier ist James Taylor.«

Der Architekt. Sie brachte Namen und Gesicht gerade noch rechtzeitig in Verbindung, um herzlich reagieren zu können. »James! Wie schön, von dir zu hören.«

»Überhaupt nicht schön, fürchte ich. Ich habe ziemlich beunruhigende Neuigkeiten.«

»Was denn?«

»Ich habe mich überall erkundigt, bei jeder County-Verwaltung gefragt, zu der ihr vor der Neugliederung gehört haben könntet, aber Courtbridge House ist nirgendwo aufgeführt.«

»Wie meinst du das?«

»Es steht nicht unter Denkmalschutz. Ich kann mir nicht erklären, wie es durchs Netz schlüpfen konnte. Vermutlich haben alle gedacht, jemand anders sei für die Gegend zuständig. Es ist ja ziemlich abgelegen.«

»Heißt das, nichts kann Connor davon abhalten, es abzureißen?«

»Im Augenblick nicht. Aber das Gute an der Sache ist, du selbst könntest beantragen, dass das Haus unter Denkmalschutz gestellt wird, oder ich könnte das für dich arrangieren. Dann könnte er es nicht mehr abreißen. Ist Connor vielleicht in den nächsten Tagen noch mal weg? Ich würde gern vorbeikommen und alles besprechen.«

Hetty kniff die Augen zu und biss sich auf die Unterlippe. »Ähm … kann ich dich zurückrufen? Ich muss ein Ründchen nachdenken.«

»Natürlich. Hast du meine Nummer?«

»Gib sie mir sicherheitshalber noch mal.« Sie fand ein

winziges freies Eckchen auf der Pappe unter dem Telefon und schrieb die Nummer auf. »Es ist schrecklich nett, dass du dir all die Mühe gemacht hast.«

»War mir ein Vergnügen. So ein Haus ist schon ein bisschen Mühe wert.«

Hetty verzichtete darauf anzumerken, dass das Haus ihr bereits mehr als genug Mühe gemacht hatte.

Nachdem sie sich verabschiedet hatten, rief Hetty Phyllis an, sagte ihr, sie müsse dringend etwas erledigen und bat sie, mit ihrem Schlüssel hereinzukommen. Dann machte sie sich auf die Suche nach ihrem Wagenschlüssel und fuhr mit den Hunden zu Caroline.

»Hi! Hast du Lust, mit mir und den Hunden ein Stück zu laufen?«

Caroline trug ein Gewand aus cremefarbener Wolle, das sie geheimnisvoll und verblüffend anziehend umhüllte. »Du weißt doch, dass ich nie zu Fuß gehe, wenn es sich irgendwie vermeiden lässt. Musst du denn heute nicht die Führungen durchs Haus machen?« Sie sah Talisker und Islay ergeben durch ihre Diele Richtung Küche trotten.

»Phyllis übernimmt das. Ich dachte, wir haben uns länger nicht gesehen, und du hättest vielleicht Lust zu einem Spaziergang.«

»Komm in die Küche und erzähl mir, wo der Schuh drückt. Was hältst du von diesem Dingelchen hier?« Sie zupfte an ihrem Gewand, das in perfekten Falten fiel und ihre Formen an genau den richtigen Stellen betonte. »Es war ziemlich teuer, aber eine wirklich lohnende Anschaffung. Man kann es auf so viele verschiedene Weisen tragen. Wenn Jack sagt: ›Schon wieder ein neues Kleid?‹, kann ich erwidern: ›Was denn, dieser uralte Lumpen? Das ist doch nur meine Strickjacke.‹«

»Es ist wunderschön.« Hetty zog sich einen Hocker heran und setzte sich an Carolines antiken Tisch, der einmal ein Refektorium geziert hatte und ein Ende ihrer riesenhaften Küche beanspruchte. »Connor ist weg.«

»Ist das eine gute oder eine schlechte Nachricht?«

»Oh, gut. Es bedeutet, dass er sich nicht mehr in alles einmischen kann. Du weißt ja, wie grässlich er sein kann.«

Caroline war dabei, Kaffee zu kochen, aber jetzt wandte sie sich um. »Liebes, bist du sicher, dass du dir nichts vormachst? Ich meine, mir ist schon aufgefallen, dass ich offenbar die Einzige hier bin, die bemerkt, wie sagenhaft sexy er ist, aber du klingst ein bisschen … traurig.«

»Wirklich? Müde vielleicht, aber nicht traurig. Er ist schrecklich dominant, weißt du. Ein klassischer Macho eben.«

»Ich dachte, er geht einkaufen und kocht?«

»Er ist ein Gourmet und traut niemandem zu, die Pasta *al dente* zu kochen, nur deswegen.«

»Und in so einen Kerl hast du dich verliebt.«

»Was? Sei nicht albern. Wie in aller Welt kommst du auf so eine Idee?«

»Du hast so was gesagt, Liebes.«

»Blödsinn! So was hab ich nie gesagt.«

»Doch, das hast du, wenn auch unabsichtlich. Es tut mir so Leid, Liebes. Kommt er zurück?«

»Ja. Aber wirklich, Caroline, ich weiß, dass du hoffnungslos romantisch bist, und es würde genau in deine Vorstellungen dessen passen, was Leute tun, aber ich verspreche dir …« Sie wurde immer zögerlicher, je klarer ihr wurde, dass sie log. »Ich bin nicht in ihn verliebt. Jedenfalls nicht sehr«, schränkte sie der Wahrheit zu Ehren ein.

Caroline ließ die Kaffeeutensilien stehen, setzte sich ihr gegenüber und verzichtete auf die erstklassige Gelegenheit, ›Wusste ich's doch‹ zu sagen. »Und empfindet er genauso für dich?«

Hetty war entsetzt. Es war schlimm genug, ihre eigenen Gefühle zu erkennen, ohne sich auch noch über Connor den Kopf zerbrechen zu müssen. »Um Himmels willen! Natürlich nicht! Eher ein Fall von ›Der Feind in meinem Bett‹!«

»Nun übertreib aber nicht.«

»Und selbst wenn er eine Schwäche für mich hätte, woher in aller Welt sollte ich das wissen?«

»Er hat auf jeden Fall eine Schwäche für dich. Aber beruhige dich. Ich frage ja nur.« Sie inspizierte ein Astloch in der Tischplatte. »Ihr hattet keinen ungeschützten Sex, oder?«

»Also ehrlich. Stellst du deinen Wichteln auch so persönliche Fragen?«

»Nein. Also?«

»Nein. Zufrieden?«

»Das heißt, es steht nicht zu befürchten, dass du schwanger bist?«

»Nein.« Hetty stellte fest, dass sie den Tränen nahe war. Es wäre ihr weitaus leichter gefallen, Caroline zu erzählen, sie hätten zusammen geschlafen, geschützt oder ungeschützt. Aber was letzte Nacht zwischen ihr und Connor vorgefallen war, schien zu persönlich, weitaus intimer als hätten sie einfach nur Sex miteinander gehabt.

Caroline kam um den Tisch herum, setzt sich neben Hetty und legte den Arm um sie. »Weiß er … hat er eine Ahnung, wie du für ihn empfindest?«

Hetty zuckte die Schultern. »Vielleicht. Vielleicht nicht.«

»Hat er dich geküsst?«

Hetty nickte.

»Mehr?«

Sie nickte wieder.

»Das volle Programm?«

Sie schüttelte heftig den Kopf.

»Entschuldige, dass ich bohre, aber ich muss es wissen…« Sie unterbrach sich, sodass Hetty sich fragte, warum Caroline es unbedingt wissen musste und welche Foltermethode sie anwenden würde, um es zu erfahren. »Wie hast du es nur geschafft, die Finger von ihm zu lassen?«

Hetty fühlte sich ein bisschen besser und sah ihre Freundin direkt an. »Wann kommt Jack zurück? Mir scheint, er ist schon zu lange weg.«

Caroline seufzte. »Das scheint mir auch so, Liebes.«

»Aber du möchtest keinen weiten Spaziergang machen, um dich auf andere Gedanken zu bringen?«

»Nein. Ich habe kein Bedürfnis nach anderen Gedanken. Nachher werde ich mich vielleicht mit einem schlechten Buch und einer Schachtel Pralinen aufs Sofa verkriechen, aber jetzt habe ich einen atemberaubenden Katalog zu studieren. Wunderbare Kleider. Nicht ganz billig, aber hinreißend. Kann ich dich nicht überreden, mir Gesellschaft zu leisten? Wir könnten später zusammen zu Mittag essen.«

»Frische Luft und Bewegung halten mich aufrecht«, erklärte Hetty. »Teure Kataloge und Mittagessen nicht. Ich überlasse dich deiner Genusssucht. Talisker, Islay, kommt! Caroline möchte in Frieden ihren Geist veröden lassen.«

»Das ist nicht fair! Vielleicht werd ich mir *Countdown* ansehen!«

Hetty überlegte, dass Caroline zu der seltenen Spezies Mensch gehörte, die enorm viel erledigt bekam – meistens für andere Leute –, ohne je beschäftigt zu wirken. Bei den meisten war es genau umgekehrt.

Sie streifte durch die Wälder, die das Dorf umgaben, und nahm den beginnenden Frühling bei jedem Schritt tiefer in sich auf. Sie ging schneller und weiter, als sie es in Carolines Begleitung getan hätte, obwohl sie ihre Gesellschaft sehr genossen hätte.

Doch selbst bei ihrem kurzen Besuch hatte Caroline es geschafft, sie aufzuheitern, auch wenn sie sie zu der beunruhigenden Einsicht gezwungen hatte, dass sie sich in Connor verliebt hatte. Wäre das Debakel mit Alistair nicht gewesen, hätte sie es sich schon viel eher gestanden. Doch so hatte sie sich lieber etwas vorgemacht. Wie ihr das so gründlich hatte gelingen können, war ihr nicht ganz klar.

Bis jetzt hatte sie sich eingeredet, alles, was sie für ihn empfinde, sei Lust, dass es nur sein Körper war, den sie wollte. Schließlich konnten es kaum seine ritterlichen Manieren oder seine charmanten Komplimente sein, die ihr die Knie weich werden ließen. Aber Caroline hatte ihr vor Augen geführt, dass Lust bei ihr nur dorthin folgen konnte, wo ihr Herz sie hinführte.

Hetty stellte den Wagen ab, ließ die Hunde heraus und betrat die Küche, ihre Wangen gerötet von Kälte und Bewegung. Phyllis war damit beschäftigt, Gläser mit Orangenmarmelade zu beschriften, die sie von zu Hause mitgebracht hatte und an die Besucher verkaufen wollte. Sie schnalzte missbilligend, als die Hunde auf ihren dreckigen Pfoten in die Küche kamen.

»Sie sollten den Hunden wirklich beibringen, an der Tür zu warten, bis Sie ihnen die Pfoten abgewischt haben«, sagte sie.

»Ich weiß. Aber es sind nicht meine Hunde, und ich habe keine große Autorität.«

»Doch. Sie sind natürlich zu nachgiebig, aber Sie könnten es lernen. Wenn Sie sich ein bisschen Mühe gäben. Es hat übrigens jemand für Sie angerufen.«

Hetty wandte sich um, ihr Herz hämmerte. »Ah ja?«

»Dieser Architekt, der hier war. James Taylor.«

»Ach, der schon wieder.«

»Er hat eine ziemlich merkwürdige Nachricht hinterlassen.« Hetty wartete, aber Phyllis ließ sich nicht hetzen. »Zum einen hat er eine weitere Telefonnummer durchgegeben, unter der Sie ihn erreichen können. Auf die Frage nach dem Grund seines Anrufs sagte er, Sie sollten ihn lieber früher als später wissen lassen, ob Sie wollen, dass er sich um den Denkmalschutz des Hauses kümmert.« Oh, James! Warum konntest du nicht einfach die Nummer hinterlassen? »Natürlich habe ich ihn gefragt, wovon in aller Welt er spricht«, fuhr Phyllis fort und sah Hetty dabei finster an, als sei alles ihre Schuld. »Er sagte, dass Courtbridge House nicht unter Denkmalschutz steht. Und dass jeder damit tun kann, was er will.«

15. Kapitel

»Das glaube ich nicht«, sagte Hetty. »Ich meine, es gibt alle möglichen Beschränkungen, Bebauungspläne und so weiter.«

»Aber mein liebes Kind, ist Ihnen denn nicht klar, wie schrecklich das ist? Unser geliebtes Haus ist in noch größerer Gefahr! Gott sei Dank, dass wir es noch rechtzeitig herausgefunden haben.«

Hetty löffelte Pulverkaffee in zwei Becher und fragte sich, wie in aller Welt sie Phyllis daran hindern sollte, in Aktion zu treten. Sie reichte ihr eine Tasse. »Plätzchen?«

Phyllis schüttelte den Kopf. »Nein, danke, Kind. Wir haben keine Zeit für Plätzchen. Wo ist er?«

»Wer? James? Ich bin nicht sicher ...«

»Nicht James! Der Barbar! Wenn wir ihn nur aus dem Weg schaffen könnten ...«

Hetty war müde und niedergeschlagen und nicht auf der Höhe. »Er *ist* aus dem Weg. Er ist zurückgegangen nach ...« Wie hieß es doch gleich wieder? »Dorthin, wo er war.« Kaum hatte sie ausgesprochen, wünschte sie schon, sie hätte den Mund gehalten. Die bedrohliche Aussicht auf sein plötzliches Erscheinen hätte Phyllis vielleicht in Schach gehalten.

»Gott sei Dank! Das heißt, wir können handeln, ohne dass er etwas davon erfährt. Welche Erleichterung! Ich hatte schon das Schlimmste befürchtet. Er hätte die Bulldozer anrollen lassen können, ehe irgendwer einen Finger rühren könnte, um es zu verhindern.«

»Aber das hat er nicht getan.« Hetty konzentrierte sich darauf, ruhig und emotional unbeteiligt zu wirken. »Und darum können wir nichts hinter seinem Rücken veranlassen.«

»Liebes Kind, sind Sie noch ganz gescheit? Was meinen Sie damit, hinter seinem Rücken? Was denken Sie denn, wofür all das Aussortieren und der Trödelmarkt gut waren? Natürlich müssen wir es hinter seinem Rücken tun.«

Hetty schüttelte den Kopf. »Ich habe ihm vor seiner Abreise versprochen, dass ich in seiner Abwesenheit nichts Unwiderrufliches wegen des Hauses unternehmen werde.« Sie vermutete, das Wort »schrecklich« hätte Phyllis nur weiter in Rage gebracht. »Er wird bald zurückkommen, wir brauchen nicht lange zu warten.«

Phyllis hatte offenbar den Eindruck, sie habe es mit einer gefährlichen Irren zu tun. »Wenn wir warten, wird er uns hindern. Oder noch schlimmer, er wird das Haus abreißen, ehe wir ihn aufhalten können.«

Hetty schüttelte den Kopf. »Wenn er das wollte, hätte er es längst getan. Er wird nichts wegen des Hauses unternehmen, solange Samuel lebt.«

»Aber wie lange ist das noch? Der arme Mann sah ziemlich schlecht aus, als ich ihn zuletzt besucht habe.« Phyllis machte eine Geste, die ein beruhigendes Tätscheln gewesen wäre, wenn sie zu solchen Überschwänglichkeiten in der Lage gewesen wäre. »Ich will Sie nicht beunruhigen, Kind, aber er könnte ganz plötzlich von uns gehen.«

»Ich weiß. Als ich ihn besucht habe, sah er auch nicht gerade blendend aus. Ich muss unbedingt zu ihm. Irgendwas kommt immer dazwischen.«

»Tun Sie das. Und überlassen Sie es *mir*, Denkmalschutz für das Haus zu beantragen.«

»Phyllis, bitte. Ich schwöre, ich werde alles tun, um Connor davon zu überzeugen, dass das Haus unter Denkmalschutz gestellt werden muss. Aber ich kann nicht zulassen, dass irgendetwas ohne sein Wissen veranlasst wird.« Sie wusste ganz genau, dass sie keine Möglichkeit hatte, Phyllis zu hindern, alle möglichen Schritte in die Wege zu leiten, aber sie fuhr trotzdem fort: »Sie müssen meine Situation verstehen. Ich habe mein Ehrenwort gegeben. Er würde niemals glauben, wenn ich sagte, ich hätte nichts damit zu tun gehabt. Sie haben nur durch mich erfahren, dass das Haus nicht denkmalgeschützt ist. Auch wenn ich nicht diejenige wäre, die es beantragt, wäre ich trotzdem schuldig.«

»Schuldig? Mein liebes Kind, Sie vergessen, wer hier im Recht ist und wer im Unrecht. Dieser Mann ist im Augenblick in der Lage, dieses wunderbare Haus zu zerstören mit allem, was darin ist, und ein Stück wunderschöner Landschaft noch obendrein. Also wer hat hier verbrecherische Absichten?«

»Ich sagte doch, er wird nichts tun, solange Samuel lebt.«

»Und wir waren uns darüber einig, dass das vielleicht nicht mehr sehr lange sein wird. Es dauert eine Weile, so einen Verwaltungsakt in Gang zu bringen, glauben Sie mir.«

»Okay, ich sehe ein, dass wir vielleicht nicht mehr viel Zeit haben, aber Connor kommt bald zurück. Ich werde ihn dazu bringen, dass er es tut.«

»Wie in aller Welt wollen Sie das anstellen?«

Hetty zuckte die Achseln. »Mit stichhaltigen Argumenten und einem Appell an sein Gewissen ...«

Phyllis lächelte ein verhalten zynisches Lächeln. »Wenn Sie eine andere Art Frau wären, würde ich vorschlagen, Sie sollten mit ihm ins Bett gehen.«

»Aber so wie die Dinge liegen, wäre das keine ausreichende Bestechung?«, fragte Hetty spitz.

»So habe ich es natürlich nicht gemeint, Hetty. Ich meinte lediglich, Sie sind nicht diese Sorte Frau.«

Wenn du wüsstest ... »Aber Sie lassen mich versuchen, ihn zu überreden?«

»Ich werde natürlich nichts unternehmen, das Sie in Zwiespalt bringt. Aber wie kommen Sie darauf, er könnte zustimmen, das Haus unter Denkmalschutz zu stellen, wenn er bislang die Absicht hatte, es abzureißen?«

»Ich weiß es nicht!« Hetty war den Tränen nahe. Hätte sie doch nur nicht versprochen, Samuels finanzielle Probleme geheim zu halten, dann wäre Phyllis vielleicht nicht so hartnäckig. »Aber ich kann es versuchen. Und lieber trete ich Auge in Auge gegen ihn an oder vor Gericht oder sonst wo, als ihn zu hintergehen.«

Phyllis schwieg ein paar Sekunden, während sie das verdaute. »Wie lange wird er fort sein?«

»Er sagt, zur Rubinhochzeit ist er zurück.«

Phyllis seufzte. »Nun, ich fürchte, dann muss es eben so lange warten Ich hoffe nur, wir werden es nicht bereuen.«

»Und Sie werden Peter nichts davon sagen?«

»Wovon?«, fragte Peter von der Tür.

Hetty kniff die Augen zu und zählte bis zehn, um nicht zu schreien. Dieser Mann hat einen geradezu unheimlichen sechsten Sinn dafür zu wissen, wann Connor nicht zu Hause ist, dachte sie. Tagelang lässt er sich nicht blicken, und kaum ist Connor weg, kommt er zur Hintertür herein wie eine streunende Katze. Sie wünschte, sie würden allesamt aus ihrer Küche verschwinden und sie zufrieden lassen. Sie öffnete die Augen wieder und versuchte zu lächeln.

»Oh, komm doch rein, Peter. Du kannst es ruhig hören, schätze ich. Phyllis wird es dir erzählen.«

Während Phyllis dies tat, starrte Hetty aus dem Küchenfenster und distanzierte sich innerlich von dem Rufmord, der hinter ihr verübt wurde.

Clovis, der alte Kater, schritt erstaunlich behände durch den Hof. Connor war einer der wenigen Menschen, der Clovis auf seinen Knien duldete. Die meisten fanden seinen Atem zu schlimm. Selbst Peter hatte gemurmelt, dass es vielleicht gnädiger wäre, ihn einschläfern zu lassen. Aber man konnte doch ein Tier nicht töten, nur weil es Mundgeruch hatte.

Diese Gedanken beschäftigten eine Ebene ihres Bewusstseins, auf einer anderen Ebene ärgerte sie sich über Peter und Phyllis, die Menschen, die sie so gern hatte, die so viel getan hatten, um ihr zu helfen. Das Problem war, dass sie jetzt meinten, Hetty sei ihr persönliches Eigentum und sie könnten ihr vorschreiben, was sie zu tun habe, weil sie ihr geholfen hatten.

»Besteht Hoffnung auf eine Tasse Kaffee?«, fragte Peter und holte sie damit zurück ins Hier und Jetzt.

»Tut mir Leid, ich war in Gedanken. Auch noch eine, Phyllis?«

»Nein, danke, Kind.«

Hetty füllte Wasser in den Elektrokessel, den Connor angeschafft hatte. Auf dem Ofen hätte es zu lange gedauert, das Wasser zum Kochen zu bringen.

Als sie schließlich einen Becher Kaffee zum Tisch brachte, sahen Phyllis und Peter sie an wie besorgte Eltern, die ihrem schwer erziehbaren Kind gleich eröffnen würden, dass es ins Internat geschickt wird. Du wirst unglücklich sein, wollten sie sagen, aber es ist zu deinem eigenen Besten.

»Ich denke, ich trinke noch einen Kaffee«, verkündete sie, um ihrer Predigt zu entgehen. Zu viel Koffein machte sie flatterig, aber das war sie so oder so schon.

Phyllis wartete, bis Hetty ihre Tasse gefüllt hatte. »Kommen Sie her und setzen Sie sich, Kind. Wir müssen Pläne machen.«

Hetty setzte sich. »Ich habe es Phyllis schon erklärt«, sagte sie zu Peter. »Ich kann nichts hinter Connors Rücken unternehmen. Nichts Unwiderrufliches. Und ich kann auch nicht zulassen, dass ihr beide es tut.«

»Auf die Gefahr hin, wie ein Schurke zu klingen, aber wie willst du uns hindern?«, fragte Peter und rührte in seinem Kaffee, in den Hetty versehentlich keinen Zucker gegeben hatte.

»Ich kann euch nicht hindern. Ich kann euch lediglich daran erinnern, dass das Haus Connor noch nicht gehört. Ich bin einigermaßen sicher, dass Samuel weiß, dass es nicht unter Denkmalschutz steht, und wenn er es gewollt hätte,

hätte er es veranlasst. Ihr könnt nicht jemanden hintergehen, der so alt und krank ist.« Phyllis hatte diese Karte ausgespielt, also konnte sie es ebenso gut.

Phyllis und Peter wechselten einen Blick. Das Kind hatte ein Argument ins Feld geführt, das sie erwägen mussten.

»Und ich finde nicht, dass jetzt der geeignete Zeitpunkt ist, um mit Samuel darüber zu reden, oder? Ich meine, er ist so schwach, und ihn ausgerechnet jetzt an seine Sterblichkeit zu erinnern wäre nicht sehr rücksichtsvoll.«

Hetty trank von ihrem Kaffee, damit sie ihren triumphalen Gesichtsausdruck nicht sahen. Sie mochte den Krieg nicht gewonnen haben, aber mit ein bisschen Glück würde es sie bremsen, bis Connor zurückkam.

»Willst du denn nicht, dass das Haus unter Denkmalschutz gestellt wird, Hetty?« Peters braune Augen waren vorwurfsvoll und verwirrt.

»Doch, natürlich! Aber nicht auf eine Art und Weise, die Samuel oder Connor kränken könnte. Ich habe Connor versprochen, nichts hinter seinem Rücken zu unternehmen.« Sie wandte sich an Phyllis. »Er weiß, was wir alles verkauft haben, die Clarice-Cliff-Vase und so weiter.«

»O je, das war bestimmt unangenehm für Sie, oder?«

»Eigentlich nicht. Er war nicht böse. Aber er hat gesagt, er will auf keinen Fall, dass sonst irgendetwas verkauft oder ohne sein Einverständnis verfügt wird.«

»Sie ist in einer äußerst unangenehmen Position«, sagte Phyllis zu Peter.

Er wandte sich an Hetty. »Kannst du ihn irgendwie erreichen, sodass du nicht hinter seinem Rücken handeln müsstest?« Er zuckte zusammen, als er an seinem Kaffee trank.

Hetty dachte an die Liste mit den Telefonnummern, die Instruktionen, die Zeitverschiebung, die Tatsache, dass niemand dort Englisch sprach. »Nein«, log sie überzeugend und fuhr fort: »Es gibt nur eins, was wir tun können. Wir müssen das Haus in noch besseren Zustand bringen, damit es bis zu seiner Rückkehr eine Einnahmequelle wird und nicht länger eine Belastung für Samuels begrenzte finanzielle Kapazitäten.«

Phyllis zog ihre Marmeladengläser zu sich heran. »Ich verstehe Ihre Bedenken, hinter jemandes Rücken zu handeln. Aber in außergewöhnlichen Situationen kann man doch einmal über die allgemein gültigen Regeln des Anstands hinwegsehen?« Ihr Tonfall machte aus der Feststellung eine vorsichtige Frage.

Hetty schüttelte den Kopf. »Nicht in diesem Fall. Und ich glaube, da kommen Besucher.«

An diesem Abend nahm Hetty die Hunde mit ins Bett, auch wenn sie eigentlich zu müde war, um sich zu sorgen, weil sie allein im Haus war. »Solange die Einbrecher leise sind und mich nicht wecken, ist es mir gleich«, eröffnete sie Islay, die aufgrund ihres Geschlechts vermutlich eher besorgt war als Talisker.

Einer von Carolines Handwerkern war im Laufe des Nachmittags erschienen und hatte eine Alarmanlage eingebaut. Hetty war erleichtert, weil Connor nicht da gewesen war und außerdem die Hausratversicherung jetzt gültig war, andererseits sorgte sie sich darum, wovon sie den Mann bezahlen sollte. Er hatte ihre diesbezügliche Frage mit einem Wink abgetan. »Ich gebe Ihnen Bescheid.«

»Können Sie mir ungefähr sagen, wie viel es sein wird? Damit ich das Geld schon mal abholen kann?«

»Ich mach' Ihnen die Rechnung fertig und schick sie mit der Post.«

Hetty schrieb »£ 500?« auf ihren Notizblock und beschloss, Caroline danach zu fragen.

Sie schlief wie ein Stein.

Hetty hatte kaum Zeit, Connor zu vermissen. Das Haus hatte jede Menge Besucher. Diverse Handwerker gingen ein und aus; manche wurden bar bezahlt, andere wollten irgendwann eine Rechnung schicken. Auch der Sachverständige von der Versicherung schaute noch mal vorbei, und er war von ihren Fortschritten tief beeindruckt.

»Ich bin froh zu sehen, dass hier alles in Ordnung kommt und keine Gefahr mehr besteht, dass das Haus in Flammen aufgeht.« Er lachte fröhlich. »Es wäre zu schade um all Ihre Mühe.«

Ein Mann mit einer Tochter mit einem Pony sprach sie an und fragte, ob er eine Weide pachten könne, von deren Existenz Hetty bislang gar nichts gewusst hatte. Er bot Geld oder Arbeit. Da die Pachtsumme sehr klein schien, fragte sie ihn, was er beruflich mache. »Ich bin Installateur«, sagte er.

So wurden also all die tropfenden Hähne repariert und die Dusche in Ordnung gebracht.

Als Connor eine Woche weg war, erhielt sie einen weiteren Brief von den Kredithaien. Offenbar hatten sie eine Nase dafür, dass ihr Kredit gefährdet war, und drohten an, die Forderung fällig zu stellen. Sofort.

Hetty war allein und hatte niemanden, den sie um Rat fragen konnte. Sie wusste nicht, ob ein solches Vorgehen legal war. Ihr war bekannt, dass normale Banken einen Überziehungskredit jederzeit kündigen und Firmen in den Bankrott treiben konnten. Hatten Kredithaie die gleichen Rechte?

Sie erwog, sich die Liste mit den Nummern vorzunehmen und Connor zu fragen. Aber vielleicht wusste er es auch nicht, und warum sollte sie ihn in Sorge versetzen, wenn er ja doch nichts tun konnte? Sie könnte den netten Bankangestellten fragen. Er würde es wissen. Aber Hetty war so furchtbar beschäftigt. Und angenommen, die Wucherer könnten wirklich eine sofortige Rückzahlung verlangen? Von dem Wissen würde sie sich bestimmt nicht besser fühlen. Zu erfahren, dass ihr angedrohtes Vorgehen illegal war, hätte sie natürlich beruhigt, aber das Risiko war zu hoch.

Lieber lebte sie in hoffnungsvoller Unwissenheit als in sicherer Verzweiflung. Also schickte sie ihnen stattdessen einen gewaltigen Scheck, der Samuels Kontoguthaben ernstlich schmälerte, und zog im Dorf diskrete Erkundigungen ein, ob vielleicht jemand eine hübsche kleine Ente kaufen wolle.

Aber es war nicht nur diese zusätzliche Sorge, die ihr bewusst machte, dass Connor ihr fehlte. Sie vermisste ebenso das Gefühl, dass er jeden Moment zur Tür hereinpoltern konnte, um zu fluchen und zu schimpfen oder irgendeine Bemerkung zu machen, die sie todsicher zum Lachen brachte. Lieber wollte sie mit ihm streiten, als auf ihn verzichten, und sie verbrachte geraume Zeit damit, sentimentale Songs vor sich hin zu summen, deren Texte besagten, dass sie lieber einsam nach ihrem Liebsten schmachten wolle, als mit jemand anderem glücklich zu sein. Es war jämmerlich, aber sie konnte nichts dagegen tun.

Sie verließ das Haus so oft wie möglich. Im Haus fühlte sie sich von Phyllis' und Peters vorwurfsvollen Blicken bedrängt. Aber sie fand jede Menge Ausreden, um unterwegs zu sein.

Sie musste alles Mögliche für die Rubinhochzeit organisieren. Sechs Wochen war für die Vorbereitung eines solchen Festes nicht viel Zeit, erklärte Hetty nachdrücklich. Sie hatte Verpflegung und Unterhaltung versprochen, also musste sie diese auch beschaffen, und zwar vorzugsweise bevor der Verkauf ihres Wagens sie wieder lahm legte.

Glücklicherweise erwies die Fraueninitiative sich als reichhaltiger Quell kulinarischer Talente, wie Hetty gehofft hatte.

»Mrs Makepiece will nichts zu Aufwendiges, nur Quiches und Salate und Pudding zum Nachtisch, solche Sachen.«

»Oh.« Die Dame, in deren Küche Hetty diese vermeintlich beruhigende Botschaft verkündete, schien enttäuscht. Sie war ein Stützpfeiler der Fraueninitiative, hatte vier Kinder, ein sanftes Wesen und, so wurde erzählt, einen begnadeten Umgang mit Pasteten. »Ich hatte gehofft, ich könnte mal etwas Neues ausprobieren«, sagte sie. »Es ist langweilig, immer nur Quiches zu machen.«

»Nun, ich bin sicher …«

»Ich mache einen ganz ordentlichen Pork Pie. Habe ich für die Hochzeit meiner Schwester gemacht, und der ist vielleicht angekommen, sag ich Ihnen.«

»Das klingt wunderbar. Ich werde mit Mrs Makepiece reden. Aber ich denke, wir bräuchten etwa sechs?«

»Und Blinis. Mit ein bisschen Crème fraîche und Räucherlachs – das mögen die Leute immer.«

»Aber Sie müssten ganze Berge davon machen.«

»Nicht unbedingt. Ich kann ja immer fünfzig auf einmal machen und sie einfrieren.«

Diese Vorschläge schienen viel aufregender als alles, was Hetty und Felicity Makepiece eingefallen war. »Woran haben sie sonst noch gedacht?«

»Ich stell ein Menü zusammen und geb Ihnen eine Liste. Wie viel pro Kopf?« Hetty sagte es ihr. »Und es sind doch bestimmt ein paar Vegetarier dabei? In der Regel etwa zehn Prozent.«

»Ja, ähm … Was immer Sie denken.«

»Wollen Sie Salate? Ich könnte eine schöne Curry-Pasta machen, einen Weißkohlsalat und einen griechischen Salat. Aber ich nehme Cheddar dafür. Ich kann diesen Feta nicht ausstehen.«

So ging es Hetty auch. »Was ist mit Nachtisch?«

»Ich frage meine Freundin Maureen. Sie macht sehr gute Profiteroles und winzige Törtchen mit Karamell und Baiser. Bananen-Toffee-Kuchen wird den Leuten langsam langweilig, finden Sie nicht?«

Hetty fand nur, dass sie die gesamte Menüfrage dieser erstaunlichen Frau übertragen sollte. Kurz darauf verließ sie das Haus und winkte dem kleinsten der Kinder zu, während die Mutter etwas aus dem Ofen holte, das jedem kalorienbewussten Menschen die Tränen in die Augen getrieben hätte.

Später rief sie Felicity Makepiece an, angeblich, um sie über ihre Arrangements in Kenntnis zu setzen, die neue Speisefolge absegnen zu lassen und zu fragen, wann die endgültige Zahl der Gäste feststehen würde. Vor allem jedoch wollte sie herausfinden, ob Felicity auch wirklich einverstanden war, einen Partyservice zu verpflichten, den sie nicht kannte und der streng genommen aus Amateuren bestand.

Mrs Makepiece reagierte mit geradezu erschütternder Gelassenheit. »Natürlich bin ich einverstanden. Hotels können so ungemütlich und ungastlich sein. James hat mir erzählt, was für ein wundervolles Haus es ist, mir ist vor allem an einer zwangslosen Atmosphäre gelegen.«

»Die können wir garantieren«, murmelte Hetty.

»Was die Gästezahl angeht ... Ich habe die Einladungen noch nicht verschickt, Liebes. Eingeladen werden etwa zweihundert Leute, vorausgesetzt, ich habe niemand Wichtigen vergessen.«

»Verstehe.« Zweihundert Menschen, die in der großen Halle um Tische herumsaßen. »Groß« schien plötzlich enorm übertrieben.

»Zum Glück weiß ich nun endlich, was ich John für ein Geschenk machen will!«

»Oh.« Und was habe ich damit zu tun?

»Ja. Ich will es ihm auf der Party überreichen, nachdem Sie gesungen haben.«

»Das ist kein Problem. Wir können ein bisschen Platz schaffen ...«

»Es ist eine Kuh.«

»Wie bitte?«

»Ich sagte, es ist eine Kuh. Eine Devon Red. In Devon nennt man sie Devon Rubies. John wollte immer schon eine eigene Kuh, und als mir die Rubies einfielen, hab ich mir gedacht: Welch besseres Geschenk könnte es geben?«

So ungefähr alles! »Und Sie wollen sie ihm bei der Party, ähm … überreichen?«

»Ich dachte, ich könnte sie mit Girlanden und so weiter schmücken. Es ist eigentlich noch ein Kälbchen. Schrecklich süß, finden Sie nicht?«

»Meinen Sie, wir könnten Ihr Windeln anziehen?«, fragte Hetty, als sie daran dachte, was Phyllis von frischem Naturdünger auf dem unlängst polierten Parkett halten würde.

»Oh, ich kann mir nicht vorstellen, dass ihr das sonderlich gefallen würde, oder?«

Als Hetty aufgelegt hatte, fühlte sie sich, als sei eine ganze Herde Devon Rubies über sie hinweggetrampelt. Zweihundert Menschen, ein Flügel und eine Kuh in der großen Halle. Vielleicht sollte sie zu ihrer Mutter zurückflüchten und Phyllis und Peter den ganzen Schlamassel vererben. Hätte sie Zeit genug gehabt, das zu organisieren, hätte sie genau das getan.

»Du wirst ernsthaft depressiv. Du musst öfter mal raus.«

Caroline war in rosa Wildlederhosen und Fransenshirt hereingeschneit. Bei jeder anderen wäre die Wahl ein Beweis schlechten Geschmacks gewesen. An Caroline sah es hinreißend aus.

Hetty seufzte. Wenn sie Caroline sah, wurde ihr jedes Mal bewusst, wie wenig Zeit sie sich für ihr Äußeres nahm – im Unterschied zu der vielen Zeit, die sie für das Haus aufbrachte.

»Ich komme genug raus. Ich ziehe kreuz und quer durch die Gegend auf der Suche nach geeigneten Tischen, aber sie sind alle zu groß.«

»Ach, nimm doch einfach Bierkästen, stell sie auf den Kopf und leg Decken drauf. Sie benötigen wenig Platz und geben den Leuten das Gefühl, dass sie ihre Gläser darauf abstellen könnten, wenn sie wirklich wollten.«

»Caroline, du bist brillant!« Hetty machte sich eine Notiz auf einem Zettel. »Aber woher kriege ich so viele Bierkästen?«

»Frag im Pub. Er wird sie für dich sammeln. Aber das ist nicht der Grund, warum ich gekommen bin. Ist dir aufgefallen, dass der Frühling gekommen ist? Tatsächlich haben wir fast schon Sommer.«

Hetty war dazu übergegangen, »As I Walked Out on a May Morning« vor sich hinzusummen, wenn sie mit den Hunden durch den Wald streifte. Sie hatte durchaus bemerkt, dass jetzt Blätter an den Bäumen waren und die Vögel sangen. Aber die Freude darüber wurde jedes Mal von ihren Sorgen hinweggefegt, wenn sie zum Haus zurückkam.

Der dritte Juni schien mit jedem neuen Blatt an Baum und Strauch schneller heranzurasen. Eine weitere Zinszahlung war fällig, und auch wenn dafür noch gerade genug übrig war, wollte sie doch gerne eine kleine Reserve an Bargeld behalten. Sie versuchte immer noch, ihren Wagen zu verkaufen, doch sie wollte Caroline nichts davon sagen.

Sie brachte ein halbwegs überzeugendes Lächeln zustande. »Ich kann nie glauben, dass der Sommer Ende Juni schon halb vorbei ist. Der Mai scheint irgendwie zu früh dafür.«

»Nun, noch ist ja nicht Ende Juni. Wir haben gerade mal Anfang Mai, aber du musst trotzdem mal hier raus und dich ein bisschen amüsieren. Schließlich kannst du nicht den ganzen Sommer in der Küche verbringen.«

Hetty seufzte. Immer noch sagten ihr gar zu viele Leute, was sie zu tun habe. Es waren nicht nur Phyllis und Peter, sondern auch viele andere aus dem Dorf, die in Scharen anrückten, um ihren Beitrag für Courtbridge House zu leisten. Sie war es satt, jedem zu erklären, dass es nicht ihr Haus war, dass sie im Grunde keine Entscheidungen treffen könne, weil sie nur die Hüterin sei. Niemand hörte auf sie.

Caroline machte ihr auch Vorschriften, aber wenigstens hatte sie Hettys Wohl im Sinn, nicht das Gemeinschaftserbe des Dorfes.

»Was schlägst du vor? Jogging? Ein Picknick am Fluss? Das klingt doch nett.«

Caroline verwarf diese Vorschläge mit einem Wink, der ihre perfekt manikürten Nägel zur Geltung brachte. »Nein, Schatz, nichts Wetterabhängiges. Irgendwas, das wirklich Spaß macht.«

»Zum Beispiel?«

Caroline machte eine unbestimmte Geste. »Ich weiß nicht. Ein Einkaufsbummel oder so.«

»Ich kann mir keinen Einkaufsbummel leisten.«

»Connor sollte dich für all die Arbeit hier bezahlen.«

Hetty lachte auf. »Schlag ihm das lieber nicht vor, es sei denn, du bist lebensmüde. Samuel zahlt für meinen Unterhalt, aber er hat nicht viel Geld, also versuche ich, sparsam zu sein.« Das war eine Meisterleistung in Understatement.

Caroline überlegte. »Na schön. Also, was könnten wir anstellen, das nicht viel kostet und dich aufheitert? Warst du je auf einer Tupperware-Party?«

»Nein, vielen Dank.«

Carolines Gesicht nahm einen geheimnisvollen Ausdruck an. »Ich habe eine Idee.«

»Dann lass hören.«

»Nein, ich glaube, vorerst nicht, wenn du nichts dagegen hast.«

Hetty protestierte, aber Caroline wechselte das Thema. »Also, wann kommt Connor nach Hause?«

Hetty zuckte die Schultern.

»Fehlt er dir?«

Sie zuckte nochmals die Schultern. »Es ist so, als wär man immer hungrig. Manchmal hat man Magenschmerzen, manchmal lassen sie nach, und man vergisst es. Aber in dem Moment, da man nicht mehr beschäftigt ist, fängt es wieder an.«

Caroline glitt vom Tisch. »Komm heute Abend auf eine Flasche Wein und ein Video rüber. Irgendwas Kitschiges mit Happy End.«

»Das klingt wunderbar. Aber es darf nicht zu spät werden.«

»Kannst du nicht über Nacht bleiben?«

Hetty schüttelte den Kopf. »Nein. Das hieße, meine Pflichten als Haussitter zu vernachlässigen. Und wie ich mein Glück kenne, würde genau in der Nacht eingebrochen, wo ich nicht im Haus bin.«

Was sie Caroline nicht anvertraute, war, dass sie seit einer Weile jede Nacht auf Connors Heimkehr lauschte.

16. Kapitel

Connor kam jedoch nicht mitten in der Nacht nach Hause, womit Hetty felsenfest gerechnet hatte, sondern um zehn vor zehn an einem Samstagmorgen, in genau dem Moment zwischen der Ankunft einer Busladung voller Damen der Haueninitiative und ihrem Erscheinen an der Tür. Hetty hatte den Bus vom Badezimmer aus gesehen, wo sie sich gerade die Zähne putzte. Das Taxi entdeckte sie während des Ausspülens. Sie brauchte einen Augenblick, ehe ihr seine Bedeutung klar wurde. Sie stürmte die Treppe hinunter und erreichte die Küche, als er durch die Hintertür trat. Er sah verknittert und schmuddelig und zu Tode erschöpft aus.

»Du hättest vom Flughafen aus anrufen können«, sagte sie auf dem Weg durch die Küche.

»Komm her, du.«

Connor umarmte sie und presste sie an sich, als wolle er sie erdrücken. Sie teilte genauso viel aus, wie sie einsteckte. Schließlich brachte er genügend Abstand zwischen sie, um den Kopf zu senken und ihr einen atemberaubenden Kuss zu geben, zusammen mit einer ausgiebigen Kostprobe seines Dreitagebarts. Sie hatte gerade die Arme um seinen Hals gelegt, als er sie abrupt losließ.

»Oh«, sagte Peter, der ein paar Birnen ausgewechselt hatte. »Tut mir Leid, dass ich störe.« Er klang ganz und gar nicht so, als täte es ihm Leid. »Phyllis sagt, die Damen seien angekommen und haben Kaffee bestellt. Weißt du irgendwas darüber, Hetty?«

Hetty löste sich aus Connors Umarmung. »Ja, sicher. Alles in Ordnung. Ich hab Connor nur hallo gesagt.«

»Das habe ich gesehen. Hallo. Gute Reise gehabt?«

»Ja, danke.« Er wandte sich an Hetty. »Gibt es ein Bad,

das ich benutzen kann, oder sind sie alle voller älterer Damen, die sich die blauen Löckchen zurechtzupfen?«

»Nur das große Bad ist für Besucher zugänglich. Samuels nicht, wie du sehr genau weißt. Und die Dusche funktioniert wieder.«

Connor knurrte vor sich hin, hob seine verschrammte Ledertasche auf und ging aus der Küche.

Peter sah Hetty an, als verdiente sie, geteert und gefedert zu werden, weil sie mit dem Feind auf so freundschaftlichem Fuße stand. Connor war zu seinem Normalzustand anhaltender Brummigkeit zurückgekehrt, und sie war ziemlich verärgert. Doch weil sie die Frau war, fiel es ihr zu, dafür zu sorgen, dass alle sich besser fühlten.

»Schön, Connor wieder zu Hause zu haben«, sagte sie betont fröhlich, und als ihr einfiel, dass sie das keineswegs schön finden durfte, fuhr sie hastig fort: »Jetzt kann ich mit ihm über den Denkmalschutz für das Haus reden.«

»Ich wusste nicht, dass ihr euch so nahe steht.«

»Wie meinst du das?«

»Er hat dich ziemlich gründlich geküsst.«

»Das war nur zur Begrüßung. Ich geb dir auch einen Kuss zur Begrüßung.«

»Aber nicht so.«

»Das war seine Schuld, er ist irgendwie ... na ja ...«

»Leidenschaftlich?« Hetty nickte fast unmerklich. »Ich könnte auch leidenschaftlich sein, wenn du mir die Chance geben würdest.«

Hetty schloss für einen Moment die Augen. »Das würde ich aber nicht wollen, Peter. Ich brauche dich als guten, verlässlichen Freund. Leidenschaft würde das verderben.«

Er durchquerte den Raum und trat auf sie zu. »Nicht unbedingt. Liebe kann aus Freundschaft wachsen.«

Sie schüttelte den Kopf und trat einen Schritt zurück. Connor hatte gesagt, Männer seien platonischer Freundschaften mit Frauen nicht fähig – gebe Gott, dass er Unrecht hatte. »Aber nicht ...«

Es war zu spät. Peter hatte beschlossen, dass Taten mehr als Worte sagten, und Hetty in die Arme gezogen. Sein Kuss war so viel sanfter – er hatte sich am Morgen noch rasiert –, und der Duft seines Aftershaves war rein und frisch. Als er ihre Lippen öffnete, schmeckte sie Mundwasser. Sie befreite sich sanft.

»Peter, bitte, das geht nicht. Ich muss Kaffee für zwanzig Gäste kochen.«

»Ich bin froh, das zu hören«, sagte Phyllis, die hereingekommen war, um zu fragen, wie es damit stünde. »Die Damen haben einen weiten Weg hinter sich und sind durstig.« Sie bedachte Peter mit einem strafenden Blick. »Und wirklich, Peter, dies ist weder der Ort noch die Zeit für solcherlei Dinge.«

Hetty legte einen Arm um seine Taille und drückte ihn sanft. Sicher brannte er darauf zu sagen: »Connor hat das auch gemacht.«

»Die Tassen stehen schon auf den Tabletts, Phyllis. Und beide Kessel werden jeden Moment anfangen zu kochen. Meinen Sie, sie wollen heiße Milch?«

»Gott sei Dank denkt hier auch mal jemand an unsere Gäste. Ich habe ›diesen Mann‹ die Treppe hinaufstürzen sehen, mit sturmumwölkter Miene. Sind Sie sicher, dass Sie es mit ihm aufnehmen wollen?«

Peter murmelte irgendetwas vor sich hin, das sich anhörte wie: »Das hat sie schon«, und Hetty erhob ihre Stimme, um sein Gebrummel zu übertönen. »Ich warte wohl besser, bis er seinen Jetlag überwunden hat. Vermutlich wird er nicht sehr zugänglich sein, wenn er an Schlafmangel leidet.«

Phyllis schnaubte. »Was immer Sie für das Beste halten. Aber schieben Sie es nicht zu lange auf. Samuel ging es überhaupt nicht gut, als ich ihn zuletzt besucht habe. Überhaupt nicht gut.«

»Ich werde das Thema anschneiden, wenn er nicht müde und nicht hungrig und das Haus nicht voller Besucher ist. Aber für heute kann ich nichts versprechen.«

Phyllis bedachte sie mit einem verächtlichen Blick. »Ich denke, Sie sollten die Milch lieber anwärmen und in dieser Thermoskanne servieren.«

Obwohl sie alle Hände voll zu tun hatte, schleppte der Vormittag sich unter zahllosen kleinen Ärgernissen zäh dahin. Die Damen der Besuchergruppe stellten Hetty lauter Fragen, die sie nicht beantworten konnte – sie alle wussten weit mehr über Wandbehänge als sie. Peter war fertig mit den Glühbirnen und besserte ein Stück der Wandtäfelung aus. Hetty war keineswegs sicher, ob das abgesprochen war; sie hatte eher den Verdacht, dass er sich weigerte zu verschwinden, weil Connor heimgekommen war. Da er aber kaum hier einziehen konnte, schien ihr dieses Verhalten äußerst merkwürdig. Doch es war durchaus möglich, dass Phyllis ihn gebeten hatte, die Reparatur vorzunehmen, ohne mit Hetty darüber zu reden, also äußerte sie sich lieber nicht dazu.

Sie wusste, wenn sie nicht bald von all diesen Leuten wegkam, würde sie früher oder später zu irgendwem eklig werden. Also sprach sie mit Debbie, die ein Stützpfeiler der »Courtbridge-gegen-die-Autobahn«-Kampagne gewesen war und sich jetzt ebenso als Stützpfeiler für Courtbridge House erwies, und gab ihr Bescheid, sie gehe ins Dorf, um Connor etwas zum Abendessen zu besorgen. Sie hatte noch reihenweise Bohnenkonserven und ein paar Stücke schwitzigen Cheddar, aber sie wollte nicht, dass er gleich am ersten Abend zu Hause mit einem kärglichen Mahl vorlieb nehmen musste, zumal er vermutlich nicht mehr vernünftig gegessen hatte, seit er von hier aufgebrochen war.

Debbie mochte Connor, weil er ihr immer half, ihren Wagen in Gang zu bringen, und so stimmte sie zu, Hetty könne ruhig einkaufen gehen, vorausgesetzt, sie bringe ihr ein Mars mit. Nach den Damen der Fraueninitiative waren die Besucher nur noch tröpfchenweise gekommen – Debbie konnte ihrer ohne weiteres allein Herr werden.

Nachdem also weder Debbie noch ihr Gewissen Einwände erhoben, nahm Hetty die Hunde und machte sich auf den Weg. Die Hunde waren eine wunderbare Tarnung, um zu verheimlichen, dass sie letzte Woche endlich ihre Ente verkauft hatte. Sie wollte nicht, dass irgendwer es früher als unbedingt nötig erfuhr, vor allem Caroline und Connor nicht, denn sie würden ein furchtbares Theater machen. Doch wie sie an ihrem ersten Tag in Courtbridge gelernt hatte, wunderte sich niemand darüber, dass man zu Fuß ging, wenn man alibihalber Hunde bei sich führte. Und sie waren anspruchslose Gesellschaft.

Es war ironisch, wie einsam sie sich gefühlt hatte, als sie anfangs hergekommen war. Jetzt sehnte sie sich danach, allein zu sein, so wie sie sich damals nach Alistair gesehnt hatte. Doch sie war ehrlich genug, sich einzugestehen, dass sie vor allem deshalb so frustriert war, weil Connor zu Hause war und nicht eher zum Vorschein kommen würde, bis die Luft rein war.

Warum hatte Peter unbedingt in diesem denkbar unpassenden Moment in die Küche kommen müssen? Hätte Connors Kuss ein paar Sekunden länger Zeit gehabt, sich zu entwickeln, hätte sie eine Menge daran ablesen können. Sie hatte Connors Feindseligkeit Peter gegenüber gespürt, auch wenn er kürzlich noch behauptet hatte, Peter würde einen guten, treuen Ehemann abgeben. Aber vermutlich betrachtete Connor Güte und Treue nicht als übermäßig anziehende Charaktereigenschaften. Und irgendwie waren sie das auch nicht. Nur bei einem Ehemann waren sie unabdingbar.

Hetty lächelte in sich hinein, weil sie Connor mit dem Wort »Ehemann« in Zusammenhang brachte und weil sie wie ein gutes Eheweibchen für sein Abendessen einkaufte. Sie band die Hunde an, betrat den Laden und hoffte, Angela Brewster werde sie deswegen nicht auslachen.

Das tat sie natürlich nicht, und Hetty verließ den Laden mit, wie es hieß, erstklassigen Würstchen, einem Schälchen früher Erdbeeren und Sahne.

»Träufeln Sie ein bisschen Beaujolais über die Erdbeeren«, riet Angela. »Das unterstreicht ihr Aroma.«

»Ich glaube kaum, dass ein Schuss von meinem Pennerglück den gewünschten Effekt hätte.«

»Nein, aber Connor hat doch bestimmt irgendwo eine gute Flasche, die Sie öffnen könnten?«

Hetty nickte.

»Ich höre, Sie haben haufenweise Besucher?«

»Wir können nicht klagen.«

»Ich bin schon gespannt zu hören, wie die Rubinhochzeit über die Bühne geht. Wir haben dieses Jahr zehnjährigen Hochzeitstag, und es ist so ein wunderschönes Haus, es wäre der perfekte Rahmen für eine Feier.«

Hetty lachte. »Ich kann verstehen, dass Sie erst einmal abwarten wollen, wie es läuft. Mrs Makepiece scheint es nichts auszumachen, dass ich nicht viel Erfahrung habe – oder gar keine, genauer gesagt. Aber Sie sind ja sozusagen selber vom Fach und sicher anspruchsvoller.«

»Das würde ich nicht sagen. Auf keinen Fall will ich irgendwas Formelles. Hotels können so grässlich sein.«

»Das hat Mrs Makepiece auch gesagt.« Hetty biss sich auf die Unterlippe. »Ich hoffe nur, ihr Vertrauen in mich und Courtbridge House wird nicht enttäuscht.«

»Bestimmt nicht.« Angela lächelte. »Bei so viel gutem Willen kann einfach nichts schief gehen.«

Als Hetty zurückkam, betrat sie nicht sofort das Haus, sondern ging die Außentreppe zur oberen Etage der Wagenscheune hinauf. Dort oben war jede Menge Platz, eigentlich ideal, um es als Ferienwohnung zu vermieten. Wie üblich würde es eine Menge Arbeit bedeuten, es herzurichten, aber der Fußboden war in gutem Zustand, die Farbe an den Wänden nicht zu sehr abgeblättert, und das Dach war dicht. Es könnte mehrere hundert Pfund pro Woche an Miete einbringen während der Ferienzeit, vielleicht sogar im Winter, wenn man die herrliche Gegend bedachte und die Tatsache, dass viele Leute von einem Weihnachtsfest auf dem Land träumten. Sie wollte es Connor vorschlagen, falls sie je Gelegenheit finden würden zu reden.

Sie hängte das »Geschlossen«-Schild an die Tür. Es war eine Viertelstunde zu früh, aber das war ihr gleich. Endlich allein.

Auf dem Weg in die Küche fragte sie sich, wie sie sich je hatte einsam fühlen können. Allein zu sein war einfach himmlisch. Dann wandte sie sich praktischeren Gedanken zu und wählte Kartoffeln aus. Sie fühlte sich nur deswegen nicht einsam, weil Connor oben war, selbst wenn er schlief.

Sie schälte reichlich Kartoffeln für sie beide, packte die Würstchen aus und wünschte, sie hätte daran gedacht, frisches Gemüse mitzubringen. Sie persönlich hielt große Stücke auf Dosentomaten zu Würstchen, aber Connor war so ein Gourmet, er würde vermutlich die Nase rümpfen. Also beschloss sie, eine Zwiebel anzubraten, die Tomaten zu zerkleinern, ein bisschen Basilikum hinzuzufügen und das ganze Salsa zu nennen. Er würde trotzdem die Nase rümpfen, aber immerhin würde es den Anschein erwecken, sie habe sich bemüht.

Sie probierte gerade den Kartoffelbrei und überlegte, ob genug Butter daran war, als Connor erschien. Sie ließ den hölzernen Kochlöffel wieder in den Topf fallen und fühlte sich ertappt, weil sie keinen Probierlöffel genommen hatte.

»Hi, Connor, da bist du ja! Wie fühlst du dich? Hast du schlafen können, oder haben die Besucher dich wachgehalten?«

»Das kann man wohl sagen. Zwei standen vor meiner Tür auf dem Flur und diskutierten über Liebesromane, insbesondere über die Frage, ob Ethel M. Dell erotischer sei als E. M. Hull. Offenbar haben wir ein paar romantische Klassiker in unserem Bücherschrank da oben.«

»Wirklich? Vielleicht können wir sie ja verkaufen.« Sie lächelte, um zu zeigen, dass sie nur Spaß machte. »Tut mir

Leid, dass sie dich gestört haben. Aber die reparierte Dusche hast du doch bestimmt in vollen Zügen genossen.«

»Ich hätte sie noch unbeschwerter genießen können, hätte ich mich nicht die ganze Zeit gefragt, wovon du die Reparatur bezahlt hast. Du hast doch nichts verkauft, oder?«

Sie errötete schuldbewusst. Sie wollte den Augenblick nicht dadurch verderben, dass sie ihm von dem Drohbrief oder vom Verkauf ihres Autos erzählte. »Nein, nein, keine Bange. Ich habe die große Weide an ein kleines Mädchen mit Pony verpachtet, deren Vater zufällig Klempner ist. Er hat die Pacht mit Naturalien bezahlt, wenn du so willst.«

Connor schnaubte. »Und ist mein Wagen in Ordnung?«

Bitte frag nicht nach meinem! »Als ich zuletzt nachgesehen hab, ja.«

Er grummelte. »Wie wär's mit einem Schluck zu trinken? Soll ich eine Flasche Wein aufmachen, oder hättest du lieber was Stärkeres?«

»Wein, bitte.« Sie war froh, dass sie ihn noch nicht geöffnet hatte. »Dann kann ich etwas davon über die Erdbeeren träufeln. Angela Brewster hat mir das empfohlen.«

»Aber träufel nicht zu viel. Das hier ist guter Wein.«

Die Würstchen fanden Gnade vor Connors Augen, über den Kartoffelbrei geriet er geradezu in Ekstase. Und mit untypischer Zurückhaltung enthielt er sich jeden Kommentars über die Tomaten. »Ich wusste gar nicht, dass du kochen kannst, Het. Warum hast du das nie erwähnt?«

»Ich wollte vermeiden, dass du denkst, ich wolle mir auf dem Umweg über deinen Magen deine Liebe erschleichen.« Es war scherzhaft gemeint, und sie klang übermütig, aber plötzlich hatte sie das Gefühl, sie habe sich auf dünnes Eis begeben. »Aber bei Würstchen mit Kartoffelbrei ist die Gefahr wohl eher gering.«

»Oh, das würde ich nicht unbedingt sagen.« Connor lächelte träge.

Hetty hatte plötzlich den Verdacht, dass sie sich mit Connor einfach übernommen hatte. Die Nacht, da sie versucht hatte, ihn zu verführen, schien Lichtjahre entfernt. Was war nur in sie gefahren? Sich mit Connor einzulassen war in etwa so, wie zu einem Löwen in den Käfig zu steigen. Sie sollte lieber schleunigst den Rückzug antreten, ehe ihm aufging, dass die Gitterstäbe zwischen ihnen verschwunden waren.

»Ich habe mir heute die Wagenscheune angesehen. Man könnte ein wunderbares Ferienhaus daraus machen. Im Erdgeschoss liegt bereits Wasser, und oben könnte man zwei geräumige Zimmer einrichten. Am Ende ist noch eine kleine Kammer, die sich prima als Schlafzimmer eignet.« Sie kratzte den letzten Rest Kartoffelbrei mit der Gabel zusammen. »Du musst dir das morgen mal ansehen.«

»Wieso habe ich das Gefühl, dass du das Thema wechselst?«

»Vermutlich, weil es so ist. Es gibt nur eine begrenzte Anzahl sinnvoller Dinge, die man über Würstchen anmerken kann, selbst wenn es Designerwürstchen wären.«

Connor Blick schien Hettys gelassene Fassade mühelos zu durchdringen und die nervöse Anspannung darunter zu erkennen. »Vermutlich hast du Recht. Wie geht es Samuel?«

»Er scheint sich zu erholen. Aber es geht langsam.«

»Du hast doch den Kredit nicht erwähnt?« Die buschigen Brauen deuteten ein Runzeln an.

»Nein.« Ebenso wenig hatte sie ihm erzählt, dass sie die Kreditraten hatte anzapfen müssen, um Reparaturen im Haus zu bezahlen, und ihr Auto verkauft hatte, um es wieder wettzumachen. Dass es ohne Auto nicht leicht sein würde, ihn allein zu besuchen. Und sie hatte ihn auch nicht gefragt, ob er wisse, dass das Haus nicht unter Denkmalschutz stand. Die Umstände hatten sie gezwungen, eine Menge Geheimnisse zu hüten.

»Vermutlich kannst du jetzt kaum von hier weg, wenn das Haus geöffnet ist«, bemerkte er.

Hetty biss sich auf die Lippe. Es war der ideale Aufhänger, um die Unterhaltung auf ihren Wagen zu lenken. Aber sie konnte nicht. »Na ja«, begann sie ausweichend, »Phyllis würde immer für mich einspringen, vor allem für einen Besuch bei Samuel. Wir könnten zusammen hinfahren.«

Er nickte. »Das wäre Samuel sicher recht. Ich fahre morgen. Kommst du mit?«

»Okay.« Und dieser kleine Erfolg bewog sie, ein gutes Wort für Mrs Hempstead einzulegen. »Phyllis besucht ihn ziemlich oft.«

»Ich bin froh, dass sie wenigstens zu etwas taugt.«

»Sie ist eine sehr freundliche, engagierte Person. Sie will nur das Beste für das Haus.«

»Sie ist ein Drachen.«

»Wenn sie ein Drachen ist, dann nur, weil es nötig ist. Und sie bewegt eine Menge.«

»Ja, aber was immer sie bewegt, sind meine Angelegenheiten und nicht ihre. Du kannst nicht erwarten, dass ich begeistert bin.«

»Es sind eigentlich Samuels Angelegenheiten.«

»Stimmt. Nur deswegen habe ich die ganze Meute noch nicht vor die Tür gesetzt.«

Hetty wusste nicht, ob sie auch zu dieser Meute zählte oder nicht. Sie stand auf, um Kaffee zu kochen, und ihr war bewusst, dass Connor zwar ausgesprochen freundlich war, aber offenbar nicht die Absicht hatte, darüber hinauszugehen. Was vor seiner Abreise vorgefallen war, war ein Fehler gewesen, der sich nicht wiederholen durfte.

Ehe am nächsten Morgen die ersten Besucher eintrafen, schleppte Hetty Connor zur Wagenscheune.

»Siehst du? Man könnte ein tolles Ferienhäuschen daraus machen, und es würde jede Menge Geld einbringen.« Connor grummelte unbestimmt. »Dieses Anwesen könnte sich selbst tragen, wenn es nur eine Chance erhalten würde.«

»Und die Hilfe von hundert Freiwilligen.«

»Aber wir *haben* hundert freiwillige Helfer! Alle Leute hier lieben das Haus.«

Connor brummte wieder. Sie stiegen die seitliche Außentreppe zum Obergeschoss hinauf. »Auf jeden Fall müsste man eine andere Möglichkeit schaffen, von einer Etage zur anderen zu gelangen. Mitten in der Nacht und bei Regen wäre die Treppe hier nicht zu empfehlen.«

»Nein. Na ja, man müsste eine Innentreppe einbauen. Ich bin sicher, Peter könnte das. Er hat wirklich ein Händchen für Holzarbeiten. Er würde auch eine Küche einbauen.«

Connor warf ihr einen Blick zu, der sie wünschen ließ, sie hätte Peter nicht erwähnt. »Da bin ich sicher. Aber ob er auch mit Zahlung in Naturalien einverstanden wäre?«

Es war eindeutig, was er meinte, aber sie fragte trotzdem nach. Sie war gekränkt und wütend und wollte, dass er es auch war. »Was soll das heißen? Zwei Einbauschränke und eine Küchenzeile im Austausch für zwei Nächte der Leidenschaft mit mir?«

Er nickte. »Ich bin nur nicht sicher, ob du deinen Wert nicht überschätzt. Ich könnte mir vorstellen, für eine Wendeltreppe wird er mindestens eine Verlobung verlangen.«

»Warum nicht gleich aufs Ganze gehen? Wenn ich mich bereit erkläre, ihn zu heiraten, wird er ein Himmelbett für das kleine Schlafzimmer bauen, und wir könnten es in unserer Hochzeitsnacht einweihen.«

Connor wirkte weder gekränkt noch verärgert, und warum sollte er auch, erkannte Hetty. Ihm war doch völlig gleich, wen sie heiratete. Sie mochte sich einbilden, in ihn verliebt zu sein, aber er litt an keiner solchen Sinnestäuschung.

»Was für eine gute Idee.« Er durchmaß den leeren Raum und mit jedem Schritt drohte er die staubigen Holzdielen zu durchstoßen. »Wo ist dieses Liebesnest?« Er fand es ohne Mühe. Hetty folgte ihm und kam sich furchtbar albern vor.

Als sie den Raum sah, vergaß sie ihre Verlegenheit. Sie

hatte das Himmelbett nur aus dem Grund ersonnen, um Connor zu ärgern, doch jetzt erkannte sie, dass es die perfekte Lösung wäre. »Hey, das ist wirklich keine schlechte Idee, weißt du.« Sie trat ans Fenster und rieb mit dem Ärmel darüber. »Siehst du, die Morgensonne scheint herein. Ideal für ein Schlafzimmer.«

Connor sah auf seine monsterhafte Armbanduhr. »Nicht gerade die frühe Morgensonne. Na ja, für ein Paar in den Flitterwochen vielleicht besser so.«

»Gib's zu, es wäre ein wunderschönes Schlafzimmer.«

»Wenn es einem nichts ausmacht, dass Dutzende von Menschen draußen vorbeilaufen.«

»Niemand läuft hier vorbei! Es liegt so weit ab vom Haus. Die Besucher parken auf der Wiese und gehen dann zur Vordertür. Nur wenn wir die alte Scheune zu Werkstätten umbauen, wird je irgendwer hierher kommen.«

»Noch mehr Pläne für mein Eigentum?«

Das war der beste Aufhänger, den sie kriegen würde. Der perfekte Zeitpunkt, um ganz beiläufig zu sagen: »Wusstest du eigentlich, dass das Haus nicht unter Denkmalschutz steht? Meinst du nicht, wir sollten das nachholen?« Aber das meinte er todsicher nicht, schließlich wollte er es ja abreißen. Während sie noch mit sich rang, sagte sie: »Es ist noch nicht *dein* Eigentum.«

»Ich weiß, du hältst mich für geschmacklos, weil ich Pläne mache, während Samuel noch nicht einmal tot ist. Aber nichts entgeht dem Wandel, weder Samuel noch sein Haus. Der Fortschritt lässt sich nicht aufhalten; er kommt einfach, ob du willst oder nicht. Besser man arrangiert sich damit, als die Augen zu verschließen und einfach so zu tun, als veränderte sich nichts.«

»Ich bin nicht grundsätzlich gegen Fortschritt. Ich sehe es einfach anders. Ich erkenne, wie schön und vielseitig und interessant dieses Anwesen mit all seinen Gebäuden sein könnte, wenn man ein bisschen Zeit und Mühe darauf aufwendet.«

»Und ein paar Millionen Pfund. Spielst du Lotto?«

»Nein, aber das ist ein gutes Stichwort. Du könntest Fördermittel aus der staatlichen Lotterie beantragen. Ich bin sicher, du würdest sie bekommen.«

»Oh, bestimmt, wenn ich sechs Monate Zeit hätte, um all die Formulare auszufüllen. Aber selbst wenn die Mittel bewilligt würden, sie geben einem nicht einfach das Geld. Man muss alle möglichen Auflagen erfüllen, die gleiche Summe, die sie einem auszahlen, auch selbst verdienen.«

»Aber das könnten wir doch. Wenn wir alle an einem Strang zögen und überlegten, womit wir sonst noch Geld machen könnten. Sieh dir nur an, was wir schon erreicht haben. Oh, ich weiß, im Moment sind unsere Besucher hauptsächlich Leute aus der Gegend, die vermutlich nur aus Neugier kommen, aber wir haben auch noch die Rubinhochzeit. Und wir könnten viel mehr solcher Feiern ausrichten. Trauungen könnten hier stattfinden. Wir könnten tausend Dinge tun, um Geld zu verdienen und die Auflagen für einen Zuschuss zu erfüllen.«

In Connors Blick lagen Zärtlichkeit und Unverständnis zugleich, als wäre sie entweder schwachsinnig oder ein kleines Kind, möglicherweise beides. »Ich glaube, du und ich, wir leben nicht auf demselben Planeten.«

Hetty nickte zustimmend. Diese wenigen Worte sagten alles. »Ich weiß. Ein Jammer, was? Aber gestatte dem Alien, dem Erdling die Scheunen zu zeigen.«

Sie führte ihn hinunter und auf die andere Seite, wo eine Reihe eingeschossiger Gebäude die Begrenzung des quadratischen Innenhofs bildete.

»Siehst du?« Plötzlich kam sie sich tatsächlich vor wie ein Kind, das einem Erwachsenen seine neue Schaukel zeigt. »Sie könnten alle in Werkstätten umgebaut werden und brächten das ganze Jahr hindurch Mieteinnahmen, nicht nur im Sommer. Vermutlich würden auch viele Leute die Wagenscheune im Winter mieten wollen. Stell dir vor, wie es wäre, Weihnachten darin zu feiern.«

»Nein, lieber nicht. Und genauso wenig möchte ich mir vorstellen, dass das ganze Anwesen von Fremden bevölkert ist, während ich hier leben muss.«

»Ist es wirklich so schrecklich für dich, wenn wir Besucher im Haus haben?«

»Du kannst nicht erwarten, dass es mir gefällt. Nicht wenn sie an meiner Schlafzimmertür vorbeiflanieren und es im ganzen Haus kein Eckchen gibt, wo ich arbeiten könnte, das nicht stockdunkel wäre oder Bestandteil des Courtbridge-House-Erlebnisses.«

Sie hatte keine weiteren Argumente zu bieten, also bot sie ihm stattdessen etwas zu Essen. »Möchtest du eine Tasse Kaffee und ein Plätzchen, bevor wir zu Samuel fahren?«

»Nein. Dort hinten steigen Scharen von Menschen aus ihren Autos, und ich will nur weg hier.« Sie gingen zum Haus zurück, und Hetty dachte, dass kein Argument und keine Überredungskunst je etwas an Connors Antipathie gegen die Besucher ändern würde. Wenn er nicht wollte, dass das Haus der Öffentlichkeit zugänglich war, was konnte sie dagegen tun?

Die Antwort war natürlich, dass sie Phyllis bitten sollte, alles Nötige in die Wege zu leiten, damit das Haus unter Denkmalschutz gestellt wurde. Dann hätte er gar keine Wahl mehr. Aber konnte sie das wirklich tun? Welches Recht hatte sie, ihm einen Lebensstil aufzuzwingen, den er so sehr verabscheute?

Phyllis kam ihnen an der Tür entgegen. »Hetty, können Sie Caroline zurückrufen? Und ich würde Ihnen gern etwas zeigen. Könnten Sie mal eben mitkommen?«

»Ich warte im Wagen«, sagte Connor. »Beeil dich.«

17. Kapitel

Hetty war hin und her gerissen zwischen ihrem Verlangen, mit Connor zu gehen, und Phyllis' Klammergriff um ihr Handgelenk. Sie folgte Phyllis hinein.

»Und? Haben Sie das Thema angeschnitten?«

»Nein.«

Phyllis war offensichtlich enttäuscht von ihr, sagte es aber nicht. »Oh. Und wohin will er mit Ihnen fahren?«

»Ich wollte Sie fragen, ob Sie hier ein Weilchen die Stellung halten können, während ich mit Connor zu Samuel fahre?«

»Aber natürlich, Kind. Eine schöne lange Autofahrt ist doch die beste Gelegenheit, schwierige Themen anzuschneiden.«

Hetty verbarg ihr Stöhnen hinter einem gekünstelten Lächeln. »Ich ruf nur schnell Caroline an.«

Sie lief nach oben, wo sie einigermaßen ungestört telefonieren konnte, und auf der Treppe überlegte sie, dass ein Besuch bei Samuel vielleicht gar keine so gute Idee war. Wenn sie es nicht fertig brachte, Connor wegen des Denkmalschutzes zu fragen, würde Phyllis sie als hoffnungslosen Fall aufgeben, und wenn sie Connors Argumente noch lange hören musste, würde sie sich vermutlich seinem Standpunkt anschließen. So oder so würde sie sich erbärmlich fühlen, und alle würden böse auf sie sein. Alle außer Connor.

»Caroline? Hi! Ich sollte zurückrufen?«

»Ich wollte dich nur daran erinnern, dass wir heute Abend verabredet sind.«

»Was?«

»Du kommst doch, oder? Du willst doch nicht etwa kneifen? Ich kann unmöglich alleine gehen.«

Hetty war unentschlossen. Sie hätte den Abend viel lieber mit Connor verbracht – selbst wenn das vermutlich bedeutete, dass sie nur streiten würden und er ihr zu guter Letzt den Kopf abriss. Aber sie war Caroline etwas schuldig. »Nein, nein. Ich komm gern. Eine Tupperware-Party ist genau das, was ich jetzt brauche.«

Hetty ging wieder hinunter und entschied, dass sie sich nicht vor der Fahrt ins Krankenhaus drücken würde. Wenn sie Connor jetzt sagte, sie könne nicht mitkommen, und dann heute Abend zu Caroline fuhr, würde er denken, sie ginge ihm aus dem Weg, und er würde wissen wollen, weshalb. Was sie Phyllis sagen würde, wenn sie es nicht fertig brachte, das heikle Thema anzuschneiden, musste sie sich später überlegen.

Connor trommelte mit den Fingern aufs Lenkrad – die archetypische Geste der Ungeduld – und war wenig beeindruckt von ihrer Entschuldigung, dass sie sich einmal kurz über die Haare hatte bürsten müssen und saubere Jeans anziehen, ehe sie ihren Onkel besuchte. »Wenn ich so schmuddelig aussehe, kann ich kein Krankenhaus betreten«, erklärte sie. »Sie würden mich nicht über die Schwelle lassen.«

»Okay, okay, genug der Ausreden. Lass uns fahren. Und knall die Tür nicht zu.«

Das wäre äußerst schwierig gewesen. Die Tür schien eine Tonne zu wiegen.

»Wirklich ein tolles Auto«, sagte sie, als sie ein paar Minuten unterwegs waren.

»Versuchst du, mich einzuwickeln?«

»Guter Gott, nein! Ich mag auf Windmühlenflügel losgehen, aber *so* optimistisch bin ich nun auch wieder nicht. Aber es ist wirklich toll. Lederpolster sind vielleicht nicht unbedingt *politically correct,* aber sie duften herrlich.«

Die Sitze waren dunkelblau, verkratzt und abgewetzt und eine Ecke des Beifahrersitzes war mit Paketklebeband geflickt.

Er warf ihr einen Blick zu, der ihr verriet, dass er im Begriff war, provokativ zu werden. »Es sind Liegesitze, weißt du. Ein Knopfdruck, und wir sind zusammen im Bett.«

Hetty ließ sich nicht ködern. »Ich glaube nicht, dass es so einfach wäre.«

»Stimmt.« Er grinste, eine Spur bedauernd vielleicht. »Und selbst wenn. Zuerst müsste ich den Mechanismus reparieren lassen.«

»Dann ist ja alles in Ordnung«, gab sie glattzüngig zurück.

Connor warf ihr einen Blick zu. »Wo wir gerade von Autos sprechen, wo ist deins?«

Hetty zog scharf die Luft ein.

»Als ich zurückgekommen bin, ist mir aufgefallen, dass es nicht an seinem üblichen Platz stand. Es ist auch in keiner der Scheunen. Was ist passiert? Hast du's zu Schrott gefahren?«

»Verkauft.«

»Um Himmels willen! Warum?«

Die Zeit der Ausflüchte war vorbei. »Ich hab einen Drohbrief von den Kredithaien bekommen, der andeutete, sie könnten die ganze Summe sofort zurückfordern. Ich war nicht sicher, ob sie das tun können, aber ich wollte lieber nichts riskieren, also habe ich ihnen eine doppelte Rate geschickt. Den Wagen hab ich verkauft, um trotzdem noch halbwegs flüssig zu sein.«

Zu ihrer Überraschung explodierte er nicht. »Oh, Hetty, warum hast du mir nichts gesagt?«

»Das tu ich doch gerade!«

»Ich meine von dem Brief. Bevor du deine Ente verkauft hast. Ich kann ihnen eine größere Summe überweisen, sobald ich mein Honorar bekomme. Du hättest den Wagen nicht abstoßen sollen, ohne mit mir zu reden. Jetzt müssen wir ihn zurückkaufen.«

»Nein, kommt nicht in Frage. Wir brauchen jeden Penny.

Luxusgegenstände wie Zweitwagen können wir uns nicht leisten.«

»Dann verkaufe ich meinen.«

»Denk nicht mal dran! Du liebst deinen Wagen.«

»Das ist wahr, aber er säuft zu viel, und es würde ein Vermögen verschlingen, ihn in den Zustand zu versetzen, den er verdient. Ein Luxus, den ich mir nicht erlauben kann.«

»Aber du hast doch keine Frau oder Freundin, die du unterhalten musst, oder?«

Er lachte beinah. »Nein.«

»Siehst du. Wenn du eine hättest, müsstest du für sie Geld ausgeben, und ich wette, der Wagen ist nicht halb so teuer.«

»Vielleicht nicht, aber er ist trotzdem ein Luxus.«

»Das ist er nicht. Wir brauchen ein Auto. Also warum nicht deins?«

»Aber wie willst du ohne Auto zurechtkommen?«

»Oh, ich schaff das schon. Phyllis hat mir ihr Fahrrad geborgt.«

»Und es macht dir nichts aus, zum Radfahrer degradiert zu sein?«

»Nicht degradiert, Connor. Ich betrachte es gewissermaßen als moralischen Aufstieg.«

Connor betrachtete sie forschend. »Du bist eine außergewöhnliche Frau, Hetty.« Aber an seiner Betonung ließ sich nicht erkennen, ob es ein Kompliment oder lediglich die Feststellung einer bedauerlichen Tatsache war.

Natürlich sollte sie hoffen, es sei Ersteres, und die Gunst des Augenblicks nutzen, um das Thema Denkmalschutz anzuschneiden. Nur dazu hatte Phyllis sie schließlich freigestellt. Aber nachdem sie die eine Hürde genommen hatte, fand Hetty, sie brauchte eine Pause, ehe sie die nächste in Angriff nehmen konnte.

Sie fanden Samuel in einem Aufenthaltsraum. Er wirkte sehr klein und schutzlos in Morgenrock und Pantoffeln.

Der uralte Schwarzweißfilm im Fernsehen wurde von allen Patienten im Raum ignoriert. Die Blumen in den Vasen ließen aus Solidarität mit der allgemeinen Stimmung die Köpfe hängen. Der Geruch von Desinfektionsmittel und dem, was es überlagern sollte, vermischte sich mit dem typischen Großküchenaroma.

Als Samuel Connor und Hetty entdeckte, hellte seine Miene sich auf. »Connor, mein lieber Junge. Wie schön, dich zu sehen. Und du hast Hetty mitgebracht! Was für eine Überraschung.«

Hetty küsste ihn. »Ich hoffe, es geht dir ein bisschen besser als beim letzten Mal«, sagte sie und dachte, dass er zumindest besser aussah. Vielleicht weil er sich freute, Connor zu sehen.

»Mir fehlt nichts, das sich nicht von selbst kuriert, sobald ich hier raus bin. Aber ehe ich nicht all ihre Tests bestanden habe, lassen sie mich nicht aus ihren Klauen.«

»Du musst dir einfach mehr Mühe geben«, meinte Connor. »Das hast du mir früher immer gesagt.«

»Und hast du je auf mich gehört?«

Connor hob die Schultern. »Selten.« Er holte zwei Stühle von einem Stapel an der Wand, und er und Hetty setzten sich.

Samuel wandte sich an Hetty. »Ich hoffe, Connor ist nicht allzu sehr im Wege und stört euch dabei, das Haus auf Vordermann zu bringen?« Unter den buschigen Brauen warf er seinem Neffen einen strafenden Blick zu. »Ich weiß, er ist nicht gerade Courtbridges größter Fan.«

»O nein. Er ist sehr folgsam.«

Samuel lachte auf. »Das bezweifle ich!«

»Doch, wirklich. Er hat Todesangst vor Phyllis.«

»Also, *das* glaube ich schon eher. Verdammt entschlossene Person, unsere Phyllis.« Connor schnitt eine Grimasse, die er ignorierte. »Aber sie ist eine Perle, und sie würde alles für das Haus tun. Wenn Connor dir irgendwelchen Ärger macht, brauchst du nur ein Wort zu sagen, und ich enterbe ihn auf der Stelle.«

»Ich wünschte, du würdest es tun«, brummte Connor.

»Nicht wegen mir«, bemerkte Hetty. »Er ist ein ziemlich brauchbarer Koch.«

Connor schien beleidigt, dass sie nichts Besseres über ihn zu sagen hatte. Samuel lachte. »Das ist wahr. Aber er eignet sich nicht sonderlich, um Gruppen interessierter Damen durchs Haus zu führen, was?«

»Wir haben alle unsere Stärken und Schwächen«, murmelte Connor und versuchte, gekränkt zu wirken.

»Und deine Stärke ist es, den Aralsee zu entgiften?«

»So ungefähr.«

»Was genau *tust* du denn da?«, fragte Hetty. »Ich weiß, du bist Ingenieur, aber ...«

»Ich will dich nicht langweilen, Schatz.« Sie hätte ihm mit einer Bettpfanne eins auf den Schädel gegeben, wenn sie eine zur Hand gehabt hätte. Connor erkannte die Gefahr und fügte hastig hinzu: »Oder Samuel. In seinem Alter hätte er sicher Mühe, die Details zu verstehen.«

Samuels dröhnendes Gelächter weckte ein paar ältere Damen auf. Sie sahen zu ihnen herüber, und als sie Connors männliche Figur erkannten, blieben die meisten von ihnen wach. »Ich hoffe, zu dir ist er nicht so unverschämt wie zu mir, Hetty.«

»O nein«, versicherte sie. »Er ist immer ausgesucht höflich. Stimmt's nicht, Connor?«

»Nun, lass es mich wissen, wenn er sich unschicklich benimmt.«

»Klar. Wenn er irgendwas Schreckliches anstellt«, sie dachte an seine Pläne, das Haus abreißen zu lassen, »werd ich es dir sagen.« Auch wenn sie dazu vermutlich ein Medium und eine Kristallkugel brauchen würde.

»Und was würdest du unternehmen, wenn sie sich über mich beklagt, Samuel?«

»Dann vererbe ich alles Phyllis.«

»Leere Versprechungen«, sagte Connor.

Samuel lachte wieder, und Hetty fragte sich, ob diese

plötzliche Anwandlung guter Laune seiner Genesung zuträglich war. »Sie würde sich jedenfalls angemessen darum kümmern«, sagte sie zustimmend. Es würde bedeuten, dass Connor den Rest seiner Tage damit würde zubringen müssen, den Aralsee zu entgiften, damit er den Kredit abbezahlen konnte, aber das Haus wäre in Sicherheit.

Samuel wandte sich an Connor. »Könntest du uns eine Tasse Kaffee oder so was besorgen? Die Mädchen hier werden dir sicher keinen Gefallen abschlagen.«

Als Connor außer Hörweite war, sagte er zu Hetty: »Jetzt hör zu, mein Kind. Ich weiß, dass Connor den alten Kasten nicht so liebt wie wir, aber er ist im Grunde ein guter Junge. Wenn der Tag kommt, wird er das Richtige tun.«

Selbst wenn er will, wird er das vielleicht nicht können, dachte sie. Aber auch wenn Samuel heute sehr viel kräftiger wirkte, wollte sie ihn doch nicht daran erinnern, dass er selbst das Haus in Gefahr gebracht hatte, indem er den Kredit aufgenommen hatte. »Du weißt, dass er erwägt, es abreißen zu lassen, wenn du nicht mehr da bist?«

»Na ja, das sagt er jetzt, aber ich kenne ihn. Er protestiert immer bis zum letzten Augenblick und dann besinnt er sich.«

»Weißt du, dass das Haus nicht unter Denkmalschutz steht? Er *könnte* es abreißen lassen, wenn er sich dazu entschließt.«

»Natürlich weiß ich, dass es nicht unter Denkmalschutz steht!« Er lachte fröhlich über ihre Naivität. »Es war gar nicht so einfach, das zu verhindern, ich musste hier und da ein bisschen schummeln und irreführen.«

»Aber das ist schrecklich!«

»Vielleicht. Aber ich wollte verhindern, dass ich dem Jungen ein altes Herrenhaus aufbürde, wenn er es denn um keinen Preis will.«

»Könntest du es Phyllis vermachen?«

Samuel schüttelte den Kopf. »Nein. Ich könnte es niemals außerhalb der Familie vererben. Es ist das Einzige, was ich weiterzugeben habe, und er ist mein Erbe. Es steht ihm zu. Aber ich will ihn zu nichts zwingen. Ich möchte lieber, dass er sich aus freien Stücken für das Haus entscheidet, nicht weil irgendein Mensch in irgendeinem Amt ihn dazu zwingt.«

Oder irgendein Kredithai? »Aber das ist furchtbar riskant«, sagte sie. »Das Land könnte einen Teil seines Erbes verlieren, nur weil Connor es nicht haben will.«

»Ich weiß, dass es riskant erscheint. Und vermutlich ist es das. Aber es ist nicht nur reine Freude, ein Haus wie Courtbridge zu erben. Es ist ...«, er legte eine bedeutsame Pause ein, »... mit ein paar Problemen belastet, und das ist noch vorsichtig ausgedrückt. Wer mit so einem Haus geschlagen ist, muss es lieben, sonst ruiniert es sein Leben. Und ich will nicht, dass Connors Leben ruiniert wird.« Hetty erkannte, welch eine Bürde Courtbridge House für Samuel selbst war. »Er hat es nicht leicht gehabt«, fuhr Samuel fort. »Seine Eltern sind gestorben, als er noch sehr klein war, und die Schwestern seiner Mutter haben ihn aufgezogen. Sie waren sehr gut zu ihm, haben ihn vermutlich schrecklich verzogen, aber sie waren zu alt, um ihm seine Eltern zu ersetzen. Sie lebten auch in einem Mausoleum und weigerten sich, es zu verkaufen, weil sie es ihm vererben wollten.«

»Ach ja?« Wenn er ein Vermögen geerbt hatte, machte er ein gut gehütetes Geheimnis daraus.

»Tja, aber schließlich ist das ganze Geld für Pflegeheime draufgegangen. Er hat ihnen nie gesagt, dass ihre Ersparnisse nicht reichten und dass er noch draufzahlen musste. Du siehst, er ist ein guter Junge.«

»Aber nicht gerade versessen auf alte Häuser?«

»Nein. Aber er ist gerissen. Er wird mein kleines Problem lösen ...«

In diesem Moment kam Connor mit drei Kaffeetassen zurück, deren Inhalt sich großteils auf den Untertassen befand. Eine stellte er vor Samuel auf den Tisch, eine zweite reichte er Hetty.

»Was habt ihr zwei ausgeheckt?« Er warf ihr einen warnenden Blick zu.

»Gar nichts«, sagte Hetty.

»Schade. Ich dachte, du hättest inzwischen dafür gesorgt, dass ich enterbt werde.«

»Denk nicht, ich hätte es nicht versucht.«

»Wenn ich nur sicher sein könnte, dass sie keinen Schurken heiratet, würde ich es Hetty hinterlassen. Aber wie ich höre, ist ihr Geschmack, was Männer betrifft, nicht immer der beste.«

»Allerdings«, sagten Hetty und Connor wie aus einem Munde.

Als sie ihre Tassen geleert hatten, verabschiedeten sie sich bald, denn Samuels anfängliche gute Laune wich langsam tiefer Erschöpfung.

»Aber es schien ihm ziemlich gut zu gehen, bedenkt man die Umstände. Was meinst du?«, fragte Hetty auf dem Rückweg zum Parkplatz.

»Besser, als ich erwartet hatte. Aber ich habe kurz mit der Schwester gesprochen, und er muss noch ein bisschen kräftiger werden, ehe er nach Hause kommen kann.« Connor warf den Schlüssel in die Luft und fing ihn wieder auf. »Und wenn er nach Hause kommt, braucht er Ruhe und Frieden.«

Seine Stimme hatte einen scharfen Unterton, der Hetty ein schlechtes Gewissen machte. Dank ihrer Umtriebe waren Ruhe und Frieden in Courtbridge House Mangelware. Und was Samuel ihr über Connors Tanten erzählt hatte, machte seine Einstellung verständlich. »Es ist alles meine Schuld. Ich hätte mich nicht breitschlagen lassen sollen, das Haus umzukrempeln und Besucher anzulocken.«

Er legte ihr kurz die Hand auf die Schulter. »Mach dir keine Gedanken. Ich mag es grauenhaft finden, aber es ist genau das, was Samuel wollte. Und wenn ich dich verwünsche und verfluche, tut Samuel das noch lange nicht.« Sein plötzlicher Zuspruch brachte sie völlig durcheinander.

»Und sie sagte, er müsse eigentlich irgendwohin, wo er keine Treppen steigen muss. Zumindest am Anfang.«

Hetty dachte darüber nach. Es gab keine Schlafzimmer im Erdgeschoss von Courtbridge House, und keiner der Räume, die sich möglicherweise umgestalten ließen, war auch nur einigermaßen ansprechend. »Vielleicht könnte er erst mal zu Phyllis? Sie hat ihn schrecklich gern, ich bin sicher, sie würde ihn gern zu sich nehmen.«

Er schüttelte den Kopf. »Nur über meine Leiche.«

»Sie ist wirklich eine sehr intelligente, freundliche, kompetente Frau. Wenn du ihr nur mal eine Chance geben könntest, würdest du das erkennen.«

»Vielleicht würde ich ihr ja eine Chance geben, aber sie gibt mir ganz sicher keine, nicht solange sie in mir eine Bedrohung des englischen Nationalerbes sieht.«

»Daraus kannst du ihr kaum einen Vorwurf machen, denn genau das bist du.«

Er schloss die Beifahrertür auf, öffnete sie für Hetty und stützte sich am Wagendach ab, während sie einstieg.

»Vielleicht sollten wir tatsächlich einfach die alten Schuppen umbauen, die du mir vorhin gezeigt hast. Ein großes Wohnzimmer, Schlafzimmer mit angrenzendem Bad und eine kleine Küche – alles ebenerdig. Und die Ausflügler würden ihn da auch nicht stören.«

Hetty starrte fassungslos zu ihm empor. »Aber das würde ein Vermögen kosten. Wie sollen wir das bezahlen?«

Connor ging um den Kühler herum und stieg ein. »Mit einem Kredit.«

»Was denn, noch einen? Ich glaube, das steh ich nicht durch.«

»Nicht so einen Kredit, sondern von einer anständigen Bank.«

»Aber Connor, wenn du einen Kredit von vielen tausend Pfund aufnimmst, um eine alte Scheune für Samuel umzubauen, wirst du jeden Penny verlieren, wenn er stirbt und du alles abreißen lässt.«

Er sah sie ausdruckslos an. »Das macht nichts. Das Angebot für das Grundstück wird mich entschädigen. Ein paar Tausender für den Umbau der Scheune sollten kein Problem sein.«

»Aber das ist Verschwendung!«

Er zuckte die Schultern. »Samuel für seine letzten Monate ein behagliches Heim zu schaffen ist keine Sache, bei der man knausern sollte.«

»Monate? Denkst du wirklich, er hat nur noch Monate zu leben?«

»Was glaubst du? Du hast ihn gesehen. Die Schwester sagte jedenfalls, er erholt sich immer noch nicht zufrieden stellend.«

Hetty hatte einen dicken Kloß in der Kehle. »O Gott ...«

»Aber du wusstest doch, dass er alt und krank ist. Wir haben darüber gesprochen, was wird, wenn er stirbt«, sagte er behutsam.

»Aber da ging es immer um irgendeinen Tag X, der irgendwann in der Zukunft eintritt. Von Monaten war nie die Rede.«

»Ich weiß.« Seine Stimme war immer noch ungewöhnlich sanft. »Aber sieh es mal aus meiner Perspektive. Wenn er zu lange lebt, werden meine Käufer vielleicht abspringen und sich ein anderes Gelände suchen.«

Für einen Augenblick glaubte sie, es sei sein Ernst. Dass er wirklich wollte, dass Samuel starb, damit er ein Vermögen machen konnte. Sie starrte ihn voller Entsetzen an – und dann sah sie es wirklich aus seiner Perspektive. Sie erkannte, dass er zum zweiten Mal in seinem Leben tatenlos mit ansehen musste, wie geliebte, ältere Verwandte sich in finanzielle Schwierigkeiten brachten. Und der einzige Ausweg aus Samuels misslicher Lage, den er sah, war der Verkauf des Hauses.

Schließlich fragte sie: »Wenn ich ... oder wenn das Haus so viel einbringt, dass wir den Kredit zurückzahlen können, ohne dass du große Opfer bringen müsstest, wie etwa dein Auto zu verkaufen, versprichst du dann, dass du es nicht verkaufst?«

Es folgte ein langes Schweigen. Dann antwortete er: »Ich werde kein Versprechen abgeben, das ich vielleicht nicht halten kann, Hetty.«

Hass spülte jedes Verständnis hinweg wie die Wassermassen eines gebrochenen Staudamms. »Ich hoffe, er lebt lange genug, dass dein Deal scheitern wird!«

»Er könnte noch zehn Jahre leben, ohne dass das Gelände an Wert verliert. Ganz gleich, wie sehr du dir wünschst, es wäre anders.«

Das Gelände würde mächtig an Wert verlieren, wenn ein denkmalgeschütztes Haus darauf stünde, dachte sie, war aber klug genug, den Gedanken für sich zu behalten. Solange auch nur die geringste Hoffnung bestand, dass Connor seine Meinung ändern könnte, musste sie alle Drohgebärden vermeiden, die ihn zu etwas treiben könnten, das sie alle später bereuen würden.

Und sie schwor sich, dass das Haus die restliche Kreditsumme allein erwirtschaften würde, ohne dass er sein blödes Angeberauto verkaufte. Damit er wenigstens für alle Zeiten ein schlechtes Gewissen hätte, wenn er das Haus eines Tages abreißen ließ.

18. Kapitel

Phyllis wartete schon auf sie, als sie nach Hause kamen.

»Gott sei Dank, dass Sie zurück sind, Kind. Mrs Makepiece hat angerufen. Sie will ihre Party verlegen.«

Hetty wünschte, sie könne in Ohnmacht fallen und so lange bewusstlos bleiben, dass man sie auf einer Trage in ein stilles Eckchen bringen würde, wo man mit leiser Stimme beruhigend auf sie einsprach und ihr kühles Wasser einflößte. Sie schloss die Augen einen Moment und merkte, dass es nicht dazu kommen würde.

»O mein Gott. Ich rufe sie besser an.«

»Tun Sie das. Ich habe ihr gesagt, das sei sehr schwierig, um nicht zu sagen unmöglich. Sie ist ziemlich aufgelöst.«

Das war sie allerdings. Es dauerte ein Weilchen, ehe Hetty herausfinden konnte, auf welchen Termin sie ihr Fest verschieben wollte. Vorher musste sie sich Mrs Makepieces ausführliche Entschuldigung anhören, weil sie dummerweise ihren Hochzeitstag mit dem der Hochzeit ihres Neffen verwechselt hatte. »Es liegt an meiner neuen Brille, Liebes«, erklärte sie schließlich. »Ich kann damit kaum etwas sehen.«

»Nun, so was kann ja jedem passieren«, log Hetty diplomatisch. »Also, wann *möchten* Sie denn nun Ihre Rubinhochzeit feiern?«

»Oh, heißt das, Sie können sie vielleicht doch verschieben? Ich dachte, die Vorbereitungen seien schon zu weit gegangen.«

Sie waren auf jeden Fall zu weit gegangen, um noch alles abzusagen. »Ein bisschen Spielraum haben wir schon noch«, sagte Hetty.

»Ginge es dann an dem Sonntag? Am zweiten Juni statt dem ersten?«

»Kein Problem«, versicherte Hetty.

»Ich kann Ihnen ja gar nicht sagen, wie erleichtert ich bin«, beteuerte Mrs Makepiece und versuchte es dann trotzdem ein paar Minuten. Und obwohl sie versprach, Hetty aus Dankbarkeit für ihr Entgegenkommen schon mal vorab einen Scheck zu schicken, beschloss Hetty, daran erst zu glauben, wenn sie ihn vor sich sah.

Sie hoffte inständig, Mrs Makepiece werde Wort halten. Der gefürchtete dritte Juni, der Tag, da der Kredit fällig wurde, schien mit jedem Atemzug näher zu rücken. Konnte sie Mrs Makepiece bitten, bar zu bezahlen? Nein. So eine Frau bezahlte vermutlich nicht mal den Milchmann bar. Hätte sie doch nur Connor fragen können, wie viel er bei seinem letzten Auftrag verdient hatte. Aber das war ausgeschlossen. Er war felsenfest davon überzeugt, dass das Haus niemals seinen Unterhalt verdienen könne, dass ein Verkauf der einzige Ausweg sei. Wenn sie gestand, dass die Rubinhochzeit möglicherweise nicht genug einbringen würde, gäbe sie ihm damit nur Gelegenheit zu feixen.

Obwohl sie einige Dutzend Telefonate führen und alle von der Terminänderung informieren musste, gelang es ihr leider nicht, Phyllis dauerhaft aus dem Wege zu gehen. Nachdem sie sich liebevoll nach Samuel erkundigt hatte, fragte sie geradeheraus, ob Hetty Connor überredet habe, das Haus unter Denkmalschutz stellen zu lassen.

»Das ist nicht so einfach, Phyllis.« Hetty versuchte, jeden flehenden Unterton zu vermeiden. »Ich habe mit Samuel darüber gesprochen, und er weiß, dass es nicht geschützt ist, er selbst hat es sogar so hingebogen. Ich habe darauf hingewiesen, dass das ziemlich gefährlich sei, aber er sagt, er will auf keinen Fall, dass das Haus Connors Leben ruiniert. Dass ihm die Möglichkeit bleiben muss, es abzureißen, wenn er es wirklich will.«

»O je. Das erschwert die Lage erheblich. Er zieht nicht zufällig in Erwägung, das Haus Ihnen zu überlassen?«

Hetty schüttelte den Kopf. »Ich habe einen grauenhaften Geschmack, was Männer betrifft.«

»Peter ist nicht grauenhaft! Er ist ein sehr netter junger Mann. Einer der Besten.«

Hetty sah auf ihre Hände hinab. »Aber er ist nicht so ganz nach meinem Geschmack. Ich habe Samuel vorgeschlagen, Ihnen das Haus zu überlassen«, fuhr sie hastig fort, »aber er will, dass es in der Familie bleibt.«

»Natürlich. Da hat er völlig Recht. Außerdem bin ich viel zu alt. Dieses Haus braucht einen jungen Menschen mit unerschöpflicher Energie.«

»Und unerschöpflichem Enthusiasmus, und den hat Connor eindeutig nicht.«

Phyllis dachte einen Augenblick nach. »Aber Samuel will nicht, dass das Haus abgerissen wird? Das mag vielleicht eine dumme Frage sein, aber ich muss sichergehen.«

»O nein. Aber er will, dass Connor sich aus freien Stücken dafür entscheidet, es zu erhalten, nicht weil er von Amts wegen dazu gezwungen wird.«

Phyllis schnaubte verächtlich. »Wie kommt Samuel nur auf solche Ideen? Das klingt für meinen Geschmack wie diese neumodischen Erziehungsmethoden. Eine Unmenge psychologischer Firlefanz, wo eine Ohrfeige weitaus wirksamer wäre.«

»Wenn Sie ihn festhalten, übernehme ich die Ohrfeige«, sagte Hetty. Offensichtlich hatte Phyllis vorübergehend vergessen, mit wem sie es hier zu tun hatten.

Phyllis lachte in sich hinein. »Nun, Sie wissen, was ich sagen will, mein Kind. Aber wenn wir mit einem Frontalangriff bei ihm nichts ausrichten können, müssen wir es eben mit psychologischer Kriegführung versuchen.«

»Ich hoffe, Sie schließen mich da nicht mit ein?«

»Oh, aber sicher. Sie müssen ihm erzählen, was Samuel gesagt hat. Üben Sie möglichst viel moralischen Druck aus und ...« Ein Leuchten trat in Phyllis' Augen, das entweder eine Reflexion des Kupfertopfes war, den sie gerade polierte, oder aber der Glanz schierer Gehässigkeit. »Streuen Sie ganz beiläufig ein, dass es illegal sein könnte, das Haus nicht unter Denkmalschutz zu stellen.«

Hetty schüttelte den Kopf. »Das klingt wie eine Drohung. Davon würde er sich nie beeindrucken lassen.«

Phyllis stellte endlich den Kupfertopf beiseite. »In diesem Falle werden Sie an seinen Anstand appellieren müssen, mein Kind.« Ihr Gesichtsausdruck besagte, dass sie bezweifelte, ob er so etwas wie Anstand besaß.

Könnte ich Phyllis doch nur von dem Kredit erzählen, dachte Hetty, und Connor von der Denkmalschutzproblematik, mich dann zurückziehen und aus sicherer Entfernung das Feuerwerk anschauen. »Ich werd's versuchen«, versprach sie. »Wenn ich ihn das nächste Mal sehe.« Und beschloss, diesen Moment so lange wie möglich aufzuschieben. Sie war jetzt von Herzen dankbar, dass sie den Abend mit Caroline verbringen würde.

Aber Hetty konnte Connor nicht ewig aus dem Weg gehen, und als das unvermeidbare Zusammentreffen in der Küche schließlich stattfand, bemühte sie sich nach Kräften, ganz normal zu wirken. Auch wenn sie sich nicht ganz sicher war, was normal war.

Er kochte irgendetwas. Ein dampfender Topf stand auf dem Herd, klein geschnittenes Grünzeug lag auf dem Hackbrett auf dem Tisch, ein kräuterbesprenkeltes Messer daneben. Connor summte einen von Hettys Lieblingssongs vor sich hin. Sie beschloss, das als gutes Omen zu werten, und wappnete sich dafür, das D-Thema, wie sie es in Gedanken nannte, anzuschneiden.

»Duftet wunderbar wie immer, Connor.«

Er sah von der Sauce auf, die er mit einem Schneebesen schlug, dass sie einem Leid tun konnte. »Was willst du?«

»Gar nichts. Ich mache nur eine freundliche Bemerkung. Willst du das etwa alles alleine essen, oder gibst du mir was ab?«

»Würde ich die Lieblingsnichte zweiten Grades um drei Ecken meines Lieblingsonkels vielleicht verhungern lassen?«

»Vermutlich, ja. Soll ich den Tisch decken?«

Er nickte. Hetty spülte auch den Großteil der Töpfe und kleinen Schüsseln, die er gebraucht hatte, weil sie später zum Abwaschen nicht hier sein würde. Als sie schließlich jeder einen Teller mit gefüllter Hähnchenbrust und Spinat vor sich stehen hatten, beschloss sie, den Stier bei den Hörnern zu packen. Caroline würde in einer Stunde kommen, um sie abzuholen, die Flucht stand ihr somit offen.

»Ich habe mit Samuel gesprochen …«, begann sie zögerlich.

»Ich weiß. Ich war dabei.«

»Er sagt, er wünschte, du könntest Courtbridge House lieben.«

»Aber er hat nicht gesagt, dass er glaubt, irgendwer könne mich dazu bewegen.« Es war eine Feststellung, keine Frage.

Hetty häufte Spinat auf ihre Gabel. »Nein. Er hofft, dass du irgendwann deine Einstellung änderst. Von allein.«

»Wenn ich je allein hier wäre, stünden die Aussichten vielleicht besser.«

Hetty legte ihr Besteck beiseite. »Connor, wenn du möchtest, dass ich ausziehe, brauchst du es nur zu sagen. Du bist jetzt hier, um nach dem Rechten zu sehen …«

»Halt den Mund und iss! Natürlich will ich nicht, dass du ausziehst. Ohne dich käme ich mit all dem hier gar nicht zurecht.«

Dieses dicke Lob lenkte Hetty für den Rest des Essens von allen unangenehmen Themen ab. Erst zehn Minuten bevor Caroline eintrudeln sollte, wagte sie, noch einmal darauf zurückzukommen.

»Connor, ich weiß nicht, ob du dir darüber im Klaren bist, aber durch irgendeinen Zufall oder Irrtum steht das Haus nicht unter Denkmalschutz.«

»Natürlich weiß ich das. Es bedeutet, dass ich es abreißen kann, wenn ich will.« Sein Gesicht zeigte einen beunruhigenden Ausdruck größter Selbstzufriedenheit, so als wolle er gleich nach Kaffee und Brandy aufspringen, um das Haus mit bloßen Händen einzureißen.

»Aber Samuel will nicht, dass das Haus zerstört wird.«

»Das hatten wir alles schon mal. Worauf willst du hinaus?«

Hetty schloss die Augen und stürzte sich kopfüber hinein. »Die Sache ist, Phyllis weiß – hat rausgefunden – dass es nicht unter Denkmalschutz steht. Und wenn du es nicht veranlasst, wird sie es tun.«

Connor stand vom Tisch auf, und seine Statur schien zusammen mit seinem Zorn zu wachsen. »Und wie hat sie das herausgefunden?«

»Es ist keine Geheiminformation, Connor. Jeder kann es rausfinden, der an der richtigen Stelle fragt.«

»Wer hat es ihr gesagt, Hetty?«

Es hatte keinen Sinn zu behaupten, sie habe nichts damit zu tun gehabt. »Niemand hat es ihr *verraten,* aber indirekt hat sie es durch mich erfahren.«

»Ah ja. Und hättest du vielleicht Lust, mir das ein bisschen näher zu erklären?«

»Nicht besonders, aber was bleibt mir schon anderes übrig. James Taylor, den ich bei dieser Dinnerparty kennen gelernt habe, kam vorbei und hat mir gesagt, es stehe nicht unter Denkmalschutz. In dem Zusammenhang hat er später noch mal angerufen und bei Phyllis eine Nachricht für mich hinterlassen.«

»Das heißt, es war kein rein privater Besuch, als er hier war?«

»Ja und nein. Er ist hergekommen, weil ich ihn darum gebeten habe.«

»Aber du hast ihn nicht ausschließlich um seiner angenehmen Gesellschaft willen eingeladen, nein?«

Hetty seufzte. »Ich hab ihn gebeten, sich das Haus anzusehen und mir zu sagen, ob es in so schlechtem Zustand ist, dass ein Abriss der einzig gangbare Weg wäre.«

»Und?«

»Er sagte, es sei ein wunderbares Haus und wir sollten dein Schlafzimmer zur Besichtigung freigeben.«

»Was?«

»Und weil ich ihn gebeten hatte, die Sache zu überprüfen, hat er für mich rausgefunden, dass das Haus nicht unter Denkmalschutz steht.«

Connor kam in beängstigendem Tempo um den Tisch herum, aber der Adrenalinstoß machte sie so schnell, dass sie ihm entwischte.

»Komm sofort zurück!«, brüllte er. »Wo zur Hölle willst du hin?«

»Zu einer Tupperware-Party. Mit Caroline!«

Hetty hatte großes Glück – Caroline kam nur zehn Minuten zu spät. Hetty versteckte sich auf der Rückseite des Hauses, während sie auf sie wartete, statt sich frisch zu machen und umzuziehen.

»Hey! Was ist denn mit dir los?«, fragte Caroline, als Hetty einstieg. »Du siehst aus, als seiest du auf der Flucht vor dem Zorn Gottes.«

»Bin ich auch. Connor wird mich in Stücke reißen, wenn er mich erwischt.«

»Das klingt aufregend. Warum?«

»Weil ich ihm nicht gerade taktvoll eröffnet habe, dass Phyllis rausgekriegt hat, dass das Haus nicht denkmalgeschützt ist.«

»Schande! Wie hat sie das denn herausgefunden?«

»Das ist eine lange Geschichte, aber indirekt durch mich.«

»O Gott. Und das weiß Connor?«

Hetty nickte. »Ich hab's ihm gesagt.«

»Kein Wunder, dass du Reißaus nimmst. Obwohl die

Vorstellung von einem wütenden Connor durchaus ihre Reize hat.«

Hetty schauderte. »Nicht für mich.«

»Das liegt nur daran, dass du keine Phantasie hast.« Caroline warf ihr einen kurzen Blick zu. »Und außerdem stinkst du nach Sidol.«

»O Mist, ist das wahr? Ich weiß, ich hätte mich umziehen sollen, aber ich musste aus dem Haus verschwinden.«

»Verstehe.«

»Können wir eben bei dir vorbeifahren? Dann könnte ich mir wenigstens die Hände waschen. Und vielleicht könntest du mir ja was zum Anziehen borgen?« Hetty war verwundert, dass sie fragen musste. Unter gewöhnlichen Umständen hätte Caroline sie schon längst in ihr Bad abgeführt.

Caroline warf ihr wieder einen kurzen Seitenblick zu. »Na ja, ich denke, es bleibt uns nichts anderes übrig, aber es darf wirklich nicht lange dauern. Ich will nicht zu spät kommen.«

Das war ausgesprochen ungewöhnlich. Caroline gehörte normalerweise eher zu den Frauen, die lieber erst ankamen, wenn die Party halb vorbei war, als zu riskieren, nicht perfekt auszusehen. Eigentlich war Hetty diejenige, die gern rechtzeitig kam.

»Seit wann bist du versessen auf Pünktlichkeit? Das sieht dir überhaupt nicht ähnlich.«

»Ich weiß, aber ich habe noch niemandem verraten, um was für eine Party es sich handelt.«

»Tupperware, oder?«

Caroline schüttelte den Kopf. »Reizwäsche. Und da kannst du wirklich nicht so hingehen.«

Hetty öffnete ein paar Mal den Mund und schloss ihn wieder. »Willst du damit sagen, du hast weder mir noch der Gastgeberin gesagt, um was für einen Abend es sich handelt?«

»So ist es. Ich dachte, es ist besser, wenn keiner vorher Bescheid weiß.«

Während Caroline ins Haus stürmte und einen Rock und eine Bluse von ihren Bügeln riss, dachte Hetty, dass sie einen höllischen Tag hinter sich hatte. Und es gab nur eine Möglichkeit, wie sie diese Reizwäsche-Party überstehen konnte: Sie musste sich absolut hemmungslos betrinken.

Das hätte nicht weiter schwierig werden sollen, denn der Wein floss in Strömen. Doch obgleich Hetty einiges getrunken hatte, bis Caroline sich endlich bereit fand, nach Hause zu fahren, fühlte sie sich immer noch stocknüchtern.

»Du bist unmöglich, Caroline«, sagte sie, sobald sie im Auto saßen und außer Hörweite waren. »Der armen Amelia nicht zu sagen, was für eine Party es ist.«

»Na ja, ich hatte schon ein etwas schlechtes Gewissen, als ich gesehen hab, wie anzüglich das Zeug war, aber mal ehrlich, Amelia hat einen Heidenspaß gehabt. Alle haben was gekauft. Außer dir.«

»Ich habe keinen Mann, dem ich gefallen will, darum brauch ich mein Geld nicht für so ein Zeug zu verschwenden.«

Caroline äußerte sich nicht dazu. »Ich werde Amelia alles abkaufen, was sie in Kommission nehmen musste. Ich *habe* einen Mann, dem ich gefallen will.«

»Arme Amelia. Ist ihr Mann wirklich so schrecklich?«

»Ja, aber ich denke, sie haben ihre Beziehung im Griff. Es ist vielleicht nicht perfekt, aber es funktioniert.«

»Keine sehr romantische Sicht der Ehe.«

»Nein, und mir wäre das auch nicht genug. Aber Amelia kommt damit zurecht, sonst hätte sie ihn längst verlassen.« Caroline hörte sich an wie eine Kummerkastentante. »Sie hat Romantik für Sicherheit aufgegeben. Kompromissfähigkeit ist der Schlüssel zu einer glücklichen Ehe.«

Hetty schlug sich plötzlich die Hand vor den Mund. »Oh, jetzt hast du mich an was erinnert.«

»Was denn?«

»Schlüssel. Ich habe meinen vergessen.«

»Vielleicht ist Connor noch auf.«

»Das will ich nicht hoffen. Lieber breche ich ein, als ihm jetzt unter die Augen zu treten. Aber das wird nicht so einfach sein, jetzt wo wir das Sicherheitssystem haben. Verflucht!«

»Möchtest du, dass ich mit dir komme? Ich könnte dir helfen, ein Regenrohr raufzuklettern oder so.«

»Nein, nein. Ich könnte jetzt keine Regenrohre raufklettern. Ich muss im Erdgeschoss eine Möglichkeit finden.«

»Dann könnte ich dir vielleicht helfen, ein Fenster aufzustemmen?«

»Nein, danke. Es ist schon furchtbar spät. Du musst nach Hause. Lass mich einfach an der Ecke raus.«

»Das finde ich nicht gut. Ich muss mich vergewissern, dass du sicher nach Hause kommst.«

»Das hast du doch. Aber ich werde vermutlich nicht mehr sicher sein, wenn ich seine Lordschaft aufwecke.«

Caroline sah auf ihre diamantenbesetzte Cartier. »Bestimmt nicht. Ich hatte keine Ahnung, dass es schon so spät ist. Zwei Uhr. Er ist in der Tiefschlafphase.«

»Halt einfach an, ja, hier ist es prima. Und vielen Dank für den wunderbaren Abend.«

»Ja, es hat Spaß gemacht, nicht? Auch wenn's ein bisschen anrüchig war. Ruf mich an, wenn du nicht ins Haus kommst.«

»Nachdem ich zu Fuß ins Dorf gelaufen bin? Sicher. Keine Bange, ich komm schon rein.« Hetty stieg aus und schloss die Tür so leise wie möglich. »Ciao!«

Caroline rauschte mit dem üblichen Kavalierstart davon, aber da sie noch ein gutes Stück vom Haus entfernt waren, hoffte Hetty, Connor würde davon nicht gestört. Doch als sie näher kam, sah sie, dass das Küchenlicht eingeschaltet war, und sie erkannte Connors unverwechselbare Gestalt, die sich vom Tisch zum Herd bewegte.

Nun, auf gar keinen Fall würde sie ihm um zwei Uhr

morgens unter die Augen treten. Außerdem hatten Carolines Kleidungsstücke sie schon mal in böse Schwierigkeiten mit Connor gebracht. Aber Carolines Vorschlag, ein Fenster aufzustemmen, hatte sie auf eine Idee gebracht. Der Mann, der die Fenstersicherungen im Wohnzimmer montiert hatte, hatte eins vergessen. Es sah aus wie abgeschlossen, aber man konnte es aufschieben, wenn man den Dreh raushatte. Und da Hetty Stunden damit verbracht hatte zu versuchen, die Sicherung in Ordnung zu bringen, damit sie den Mann kein zweites Mal für teures Geld herbestellen musste, hatte sie den Dreh raus.

Bitte mach, dass die Hunde mich nicht hören, dachte sie und schlich auf Zehenspitzen um das Haus herum. Der Duft der frühen Rosen erfüllte die Luft, ein paar Blütenblätter regneten herab, als sie an den Büschen vorbeistreifte. Hetty wollte vermeiden, dass die Dornen Carolines Sachen zerrissen, und vergeudete kostbare Sekunden damit, Dorn um Dorn zu lösen. Man müsste sie mal gründlich zurückschneiden, dachte sie. Aber dann ging ihr auf, dass es angesichts des schadhaften Fensterschlosses keine bessere Einbruchssicherung als Rosen geben konnte. Sie stellten jeden Stacheldraht in den Schatten.

Endlich erreichte sie das Fenster und stemmte es auf. Es war nicht schwierig, hineinzuklettern, und sie durchquerte den dunklen Raum ohne Schwierigkeiten. Hetty klopfte sich im Geiste auf die Schulter und drückte die Klinke, aber die Tür ließ sich nicht öffnen. Sie zog, hob und zerrte, aber all ihre Bemühungen führten nur zu dem einen Schluss: Die Tür war abgesperrt. Irgendwer, vermutlich Phyllis, hatte das defekte Fensterschloss entdeckt und die Tür abgeschlossen, um das Wirkungsfeld für potentielle Einbrecher auf einen Raum zu beschränken.

Zu wissen, warum abgesperrt war, machte die Tatsache an sich nicht weniger frustrierend. Sie lehnte an der Tür und fluchte leise. Ihr letzter Wunsch war, dass Connor sie hörte, sie für einen Dieb hielt und niederschlug. Und wenn er feststellte, dass sie es war, würde er vielleicht noch etwas viel Schrecklicheres tun.

Sie könnte wieder aus dem Fenster klettern, um das Haus herumgehen und an die Küchentür klopfen. Connor gegenübertreten. Aber er würde sie bestimmt anbrüllen, und auch wenn der Wein sie nicht betrunken gemacht hatte, Kopfschmerzen hatte er ihr trotzdem eingebracht.

Nein, sie wollte Connor jetzt nicht sehen. Sie war zu erledigt. Sie schaltete eine der Tischlampen ein und betrachtete das Sofa. Es hatte ihr früher schon als Bett gedient, warum also nicht heute. Sie musste morgen früh nur rechtzeitig aufwachen. Es war ja nicht unbedingt nötig, dass Phyllis sie hier entdeckte.

19. Kapitel

Vogelstimmen weckten Hetty, und Geräusche aus dem Inneren des Hauses, die sich nach einem tobsüchtigen Elefantenbullen anhörten. Beide Geräuschquellen waren entschieden zu laut für ihren dröhnenden Schädel. Sie mochte sich letzte Nacht nicht betrunken gefühlt haben, aber heute morgen war sie verkatert.

Sie verfluchte sich, weil sie nicht früher aufgewacht war, stand auf und suchte nach der Plastiktüte mit ihren Kleidungsstücken. Wenn sie in Carolines eleganten Sachen zum Vorschein kam, würde sie noch größere Verwunderung erregen, als es vielleicht ohnehin schon der Fall war. Alles hing davon ab, ob irgendwer, genauer gesagt, Connor, bemerkt hatte, dass sie nicht in ihrem Bett geschlafen hatte. Irgendwie musste sie ins Haus kommen, ohne dass er sie bemerkte.

Es war wesentlich einfacher, aus dem Fenster heraus- als hineinzuklettern, vor allem weil sie sich nicht darum sorgen musste, Carolines Sachen zu zerreißen. Sie bückte sich tief, damit man sie durch die Erdgeschossfenster nicht sehen konnte.

Ein verstohlener Blick durchs Küchenfenster sagte ihr, dass die Luft rein war. Sie ging zur Hintertür in der Hoffnung, dass Connor das Elefantengetrampel verursacht hatte und sie die Tür unverschlossen finden würde. Wenn er mit den Hunden draußen war, hatte er bestimmt nicht abgesperrt.

Die Hunde waren keineswegs draußen und begrüßten sie überschwänglich. Connor, der vor einem der Küchenschränke hockte und irgendetwas suchte, tat nichts dergleichen. Er richtete sich auf, gerade als Hetty eintrat, und er wirkte zerfurchter als gewöhnlich. »Wo zur Hölle bist du gewesen? Ich bin halb *verrückt* vor Sorge!«

Hetty öffnete und schloss den Mund mehrmals, während ihr aufging, dass er immer noch die gleichen Sachen trug wie gestern. Der Küchentisch stand voller Kaffeebecher, die eine halb leere Brandyflasche umringten.

»Ich habe Caroline angerufen. Sie sagte, sie hätte dich an der Ecke rausgelassen. Ich nehme an, sie hat inzwischen die Polizei verständigt. Peter hab ich auch angerufen, er sagt, er hat dich nicht gesehen. Verflucht, ich habe sogar Phyllis angerufen!«

»O Gott.«

»Also wo warst du, verdammte Scheiße?«

»Im Wohnzimmer.«

Alles, was er bislang gesagt hatte, schien ein Flüstern verglichen mit der Lautstärke, die er jetzt zustande brachte. *»Wo? Warum?«*

»Im Wohnzimmer. Ich bin durchs Fenster eingestiegen, aber die Tür war abgeschlossen.«

»Natürlich! Ich hab sie abgesperrt.«

»Aber wieso?«

»Wegen des verfluchten Fensters! Phyllis hat mich erst gestern darauf angesprochen, sie dachte, ich könnte es vielleicht reparieren. Aber warum hast du nicht die Haustür genommen, wenn das keine blöde Frage ist?«

Nicht so blöd wie das Eingeständnis, dass sie ihm nicht hatte unter die Augen treten wollen. »Ich wollte dich nicht wecken.«

Er schob sich ungeduldig die Haare aus der Stirn. »Die Sorge war unbegründet. Ich hab nicht geschlafen!«

»Du hast doch nicht etwa auf mich gewartet?«

»Doch! Aber selbst wenn nicht, du hättest mich kaum aufgeweckt, wenn du wie ein vernünftiger Mensch durch die Tür ins Haus gekommen wärst!«

Hetty wünschte, er würde nicht so brüllen. »Ich hatte meinen Schlüssel vergessen.«

»Also, warum hast du nicht geklopft?«

»Wie gesagt, ich wollte dich nicht wecken.«

»Oh, verflucht noch mal ...«

»Warum hast du auf mich gewartet?«

Connor starrte sie ein paar Sekunden an. »Stell du mir keine Fragen. Du bist schließlich diejenige, die nach Hause geschlichen kommt wie eine ... eine ...«

Sie merkte, dass er nach Worten suchte, und nutzte ihren Vorteil. »Eine entflohene Strafgefangene? Eine halbwüchsige Tochter? Eine Ehefrau auf Abwegen? Aber ich bin nichts dergleichen, oder? Also, warum hast du auf mich gewartet?«

Dieses Mal war Connor nicht um Worte verlegen. »Weil ich Samuel versprochen habe, auf dich aufzupassen!«

»Ich dachte, du hättest nur versprochen ...«

Er fegte ihren Einwand beiseite. »Ich habe kein Formular ausgefüllt! Aber er hat mir zu verstehen gegeben, dass ich dafür sorgen soll, dass dir nichts zustößt! Und jetzt sag mir verdammt noch mal endlich, warum du nicht durch die Scheißtür gekommen bist, sodass ich die ganze Nacht halb tot vor Sorge war!«

»Ich wollte keinen Streit mit dir um zwei Uhr morgens. Und eigentlich will ich auch jetzt keinen Streit mit dir.« Es klang armselig, und indem sie die Auseinandersetzung letzte Nacht gemieden hatte, hatte sie alles nur noch schlimmer gemacht. Mit Connor zu streiten war unter günstigeren Umständen schon aufreibend. Jetzt war er obendrein auch noch im Recht, und das war mehr, als sie mit ihrem hämmernden Schädel im Moment aushalten konnte. »Bitte ...« Sie hob die Hand zu einer versöhnlichen Geste. »Ich hab Kopfschmerzen.«

»Kein Wunder. Caroline hat mir erzählt, du hättest dich besoffen. Und du hast viel Schlimmeres als einen Kater verdient dafür, dass du das ganze Dorf in Angst und Sorge versetzt hast!«

»Hab ich nicht! Das hast du getan, indem du alle angerufen hast. Eine ziemlich heftige Überreaktion, findest du nicht?«

»Nein, finde ich nicht. Es war das einzig Logische. Du warst Gott weiß wohin verschwunden …«

»Ich hab dir doch gesagt …«

»Oh, natürlich! Die Tupperware-Party! Hast du im Ernst erwartet, dass ich das glaube?«

Es klang unwahrscheinlich, aber konnte sie ihm die Wahrheit sagen? Nein. »Ich war mit Caroline …«

»Aber du bist nicht mit Caroline zusammen heimgekommen, oder jedenfalls hat sie dich nicht bis vor die Tür gebracht. Du warst verschwunden, und das Vernünftigste war doch wohl, deine Freunde anzurufen!«

»Leute mitten in der Nacht anzurufen ist niemals vernünftig«, flüsterte sie.

Connor starrte sie mit so viel Zorn und Abscheu an, dass sie nur mit Mühe den Impuls niederrang, zurückzuweichen. »Ich glaube, ich werde mir jeden weiteren Kummer ersparen und dich einfach umbringen.«

Ihre Kopfschmerzen waren so furchtbar, dass sie versucht war, ihn gewähren zu lassen. Doch ihr Selbsterhaltungsinstinkt war noch intakt, und fast ohne es zu merken wich sie zur Küchentür zurück. Sie wollte sich gerade umwenden, fliehen und riskieren, dass er sie auf halber Treppe erwischte, als sie ein Auto vorfahren hörte. Connor hörte es ebenfalls.

»Aber bevor ich das tue«, fuhr Connor fort, baute sich vor Hetty auf und schnitt ihr den Fluchtweg ab, »wirst du Phyllis erklären, was passiert ist.«

Hetty hätte es vorgezogen, wenn Phyllis sie halb erdrosselt angetroffen hätte, Connors Hände verräterisch um ihren Hals gelegt. Aber er war nicht in der Stimmung, ihr einen Gefallen zu tun. »Hör mal, sag ihr einfach …«

»O nein. Ich werde nicht für dich lügen. Ich werde stattdessen zusehen, wie du dich windest!«

Hetty strich ihre Kleidung glatt und fuhr sich kurz mit den Händen durch die Haare, und kaum war Phyllis eingetreten, begann sie: »Es tut mir ja so Leid, dass Connor

Sie letzte Nacht angerufen hat, ich weiß gar nicht, wie das passieren konnte, aber er hat mich nicht gehört, als ich nach Hause gekommen bin, und hat sich in den Kopf gesetzt, mir sei irgendwas Furchtbares passiert. Hätte ich gewusst, dass er so einen Wirbel macht, hätte ich ihn geweckt.«

Connors Grummeln klang so unheilvoll wie ein Vulkan kurz vor dem Ausbruch. »Du weißt ganz genau, dass ich nicht geschlafen habe. Ich hab auf dich gewartet!«

»Aber ich wusste doch nicht, dass du in der Küche warst, ich dachte, du liegt im Bett!«

»Das ist eine verdammte Lüge! Du wusstest, dass ich in der Küche war. Das war ja der Grund, warum du nicht gewagt hast, durch die Hintertür ins Haus zu kommen!«

»Ich hab dich nicht gebeten, aufzubleiben und auf mich zu warten! Und ganz sicher hab' ich nicht erwartet, dass du das halbe County alarmierst, weil ich deiner Meinung nach zu spät nach Hause kam!«

»Ich war halb wahnsinnig vor Sorge, was hätte ich deiner Meinung nach tun sollen?«

»Was weiß ich! Dir die Haare raufen! Nägel kauen! Meditieren?«

Hetty schien es, als spanne er die Muskeln an, um sich mit einem Hechtsprung auf sie zu stürzen – entweder hatte er vergessen oder es war ihm einerlei, dass es eine Augenzeugin für seine Bluttat geben würde. Phyllis hatte vielleicht den gleichen Eindruck, jedenfalls räusperte sie sich vernehmlich, und er schien seine Absichten zu ändern.

»Ich glaube, ich weiß schon, wo hier der Hase im Pfeffer liegt: ein komplettes Missverständnis. Aber sagen Sie, Hetty, wo waren Sie denn nun?«

Einen furchtbaren Moment lang fürchtete Hetty, sie müsse Phyllis und Connor von der Reizwäsche-Party erzählen, aber dann erkannte sie, dass Phyllis wissen wollte, wo sie die Nacht verbracht hatte. »Im Wohnzimmer. Ich bin durch das Fenster geklettert.«

»Aber ich schließe die Wohnzimmertür immer ab. Und ich hatte Connor gebeten, dasselbe zu tun.«

»Ich weiß. Ich meine, gestern Nacht wusste ich nicht, dass ihr die Tür grundsätzlich abschließt. Warum haben Sie mir nichts davon gesagt?«

»Sie waren in dem Moment nicht in der Nähe, und ich hatte das defekte Fensterschloss gerade erst entdeckt.«

»Oh.« Hetty hatte schon seit Ewigkeiten gewusst, dass es kaputt war, aber sie hatte ständig vergessen, sich darum zu kümmern.

»Wussten Sie darüber Bescheid?«

Hetty wurde vage. »Ähm, ja, ich hab's vor ein paar Tagen gesehen. Ich wollte es Peter sagen, aber dann hab ich nicht mehr dran gedacht.«

»Macht ja nichts«, bemerkte Connor. »Du kannst es ihm jetzt sagen. Da kommt er.«

»Hetty! Alles in Ordnung? Ich hab kein Auge mehr zugetan, nachdem Connor angerufen hat.«

»Mir geht's bestens ...«

»Lüg doch nicht. Du hast einen lausigen Kater«, murmelte Connor.

»Oh.« Peter schien ob dieser Neuigkeit genauso schockiert, wie Connor beabsichtigt hatte. »Nun, es tut mir Leid, dass du dich nicht wohl fühlst, aber du hast allen einen großen Schrecken eingejagt.«

»Ich bin diejenige, die sich entschuldigen muss.« Sie warf Connor einen Blick zu, der ihre Worte Lügen strafte. »Aber ich bin nicht auf den Gedanken gekommen, dass irgendwer sich beunruhigen könnte. Ich bin mit Caroline ausgegangen und spät nach Hause gekommen. Das war alles.«

»Es sah aber so aus, als wärst du gar nicht nach Hause gekommen, spät oder sonst wie«, sagte Connor. »Sie hat im Wohnzimmer geschlafen«, erklärte er.

»Was?«, rief Peter. »Warum?«

»Das wüsst' ich auch zu gern. Sag's uns, Hetty.«

Bevor sie ihn umbrachte, würde sie dafür sorgen, dass

Connor ebenso fürchterliche Kopfschmerzen litt wie sie, beschloss Hetty. Erst wenn sie besser wurden, würde sie ihm den Gnadenstoß versetzen. »Weil ich wusste, dass Connor Streit anfangen würde, und das wollte ich nicht.«

»Aber warum sollte er das tun?«

»Weil ich getan habe, worauf ihr, du und Phyllis, bestanden habt: Ich hab ihm gesagt, dass wir wissen, dass das Haus nicht unter Denkmalschutz steht!« Es war wenigstens ein kleiner Trost, dass sowohl Phyllis wie auch Peter den Mund sperrangelweit aufrissen. »Und natürlich war er nicht begeistert.«

»Ich will verflucht sein, wenn ich mich erpressen lasse!«, fing Connor an.

»Um jeden weiteren Streit zu vermeiden ...«, fuhr Hetty fort.

»Um zwei Uhr morgens«, murmelte Connor.

»... habe ich versucht, ihm aus dem Wege zu gehen. Und wenn ihr alle nicht so sicherheitsfanatisch wäret, wäre ich problemlos in mein Bett gekommen!«

»Aber, aber, Kind, kein Grund, sich aufzuregen. Sie wissen doch, wie wichtig eine gute Einbruchssicherung ist. Es gibt Wertgegenstände im Haus ...«

»Ah ja? Sind noch welche übrig?«, erkundigte sich Connor.

Phyllis warf ihm einen finsteren Blick zu. Er erwiderte ihn unbeeindruckt.

»Alles, was wir in diesem Haus getan haben, junger Mann, war zu seinem und zu Samuels Besten!«, erklärte Phyllis. »Hätten Hetty und Peter und ich in Ihrer Abwesenheit nichts unternommen, hätte Ihr Onkel kein anständiges Heim mehr gehabt, in das er hätte zurückkehren können!«

Hetty applaudierte im Geiste.

Phyllis' gerechter Zorn konnte Connor nicht schrecken. »Jetzt hingegen hat er ein Haus, das ständig von Besuchergruppen überfallen wird, sodass man keine Privatsphäre mehr hat! Bitte erwarten Sie nicht, dass ich dankbar bin!«

»Niemand erwartet irgendetwas von Ihnen«, gab Phyllis zurück. »Aber Samuel ist mein Freund, und ich werde mein Bestes tun, um seine Interessen zu schützen.«

»Ähm … also …« Hetty versuchte, die Aufmerksamkeit auf sich zu lenken, aber sie beachteten sie nicht, sondern starrten sich feindselig an. Sie überlegte, ob sie sicherheitshalber einen Eimer Wasser holen sollte.

»Blut ist immer noch dicker als Wasser, Mrs Hempstead!«, brüllte Connor. »Er ist mein einziger Verwandter, und *ich* entscheide, wo seine Interessen liegen!«

»Entschuldigung!«, unterbrach Hetty. »Ich störe ja wirklich nur ungern …«

Connor fuhr zu ihr herum, die Augen glommen immer noch gefährlich. »Was?«

»Ein Reisebus ist gerade vorgefahren. Ist das eine von Ihren Gruppen, Phyllis?«

»O verflucht«, brummte Connor. »Ich verschwinde.«

»Verflucht!«, rief Phyllis aus, und sowohl Peter als auch Hetty starrten sie völlig verdattert an. »Ich muss mich um sie kümmern. Aber glauben Sie ja nicht, dieses Thema sei erschöpfend behandelt, junger Mann.« Phyllis eilte durch die Hintertür in den Hof hinaus, um ihre Gruppe in Empfang zu nehmen. Hetty hatte das merkwürdige Gefühl, dass sie insgeheim in sich hineinlachte.

Hetty und Connor stießen an der Tür zusammen; beide drängte es zur Flucht: Hetty, damit sie wenigstens noch zwei Paracetamol schlucken konnte, ehe sie anfing zu arbeiten, und Connor, um der Besuchergruppe zu entkommen.

Wenig später hörte sie seinen Wagen davonbrausen, aber Phyllis aus dem Weg zu gehen war weitaus schwieriger. Hetty entschuldigte sich noch einmal bei ihr und war überrascht, als sie feststellte, dass Phyllis gar nicht böse auf sie war.

»Ich habe Connor nie ausstehen können, das wissen Sie. Und seine Pläne, was das Haus betrifft, sind barbarisch.

Aber bis heute war mir nicht bewusst, wie sehr sein Onkel ihm am Herzen liegt. Das muss man respektieren.«

Noch gestern wäre Hetty froh und dankbar für das leiseste Anzeichen gewesen, dass das Eis zwischen Phyllis und Connor taute, denn ihr ewiges Knurren und Kläffen war schlimmer, als hätte man das Haus mit zwei rivalisierenden Terriern geteilt. Aber heute war sie selber so fuchsteufelswild auf Connor, dass sie kein gutes Wort über ihn hören wollte, schon gar nicht von Phyllis.

»Kann schon sein«, stimmte sie unwillig zu. »Und er spricht davon, die alten Scheunen umzubauen, drüben auf der anderen Hofseite. Damit Samuel eine Erdgeschosswohnung hat, für den Fall, dass er anfangs im Rollstuhl sitzen muss. Denn unabhängig davon, ob das Haus voller Besucher ist oder nicht, haben wir kein Bad im Erdgeschoss.«

»Das ist wahr. Aber wie in aller Welt sollen wir das Geld für so einen Umbau zusammenbekommen, wo doch noch so viel anderes anzuschaffen ist?«

»Das hab ich ihn auch gefragt. Er sagt, er will einen Kredit aufnehmen.«

»Wirklich? Er ist doch kein so übler Bursche.«

»Vergessen Sie nicht, dass er das Haus abreißen will!«, antwortete Hetty gereizt. Die Kopfschmerzen lauerten immer noch in ihrem Nacken.

»Will er das denn wirklich? Wissen Sie, ich könnte mir vorstellen, dass wir alle noch sehr angenehm von diesem jungen Mann überrascht werden.«

»Das glaube ich kaum«, brummte Hetty verdrossen, aber erst nachdem Phyllis hinuntergegangen war, um ihren Vortrag über die Wandteppiche zu halten.

Einige Zeit später machte Hetty sich auf die Suche nach Peter, um sich bei ihm dafür zu entschuldigen, dass er mitten in der Nacht aus dem Bett geklingelt worden war. Sie hatte seinen Wagen im Hof gesehen, also musste er irgendwo auf dem Gelände sein. Sie wollte ihn auch bitten, etwas wegen jenes verfluchten Fensters zu unternehmen. Aber sie konnte ihn nirgendwo finden, und als sie ihn schließlich sah, war er mit Connor zusammen. Sie unterhielten sich anscheinend von Mann zu Mann.

Judas!, dachte Hetty wütend. Erst Phyllis und jetzt Peter. Sie waren zum Feind übergelaufen und hatten sie allein zurückgelassen. Caroline hatte sich der Wir-hassen-Connor-Fraktion nie angeschlossen, sodass sie auch ihr nichts vorjammern konnte. Sie rief sie trotzdem an, um sich auch bei ihr für Connors nächtlichen Anruf zu entschuldigen.

»Oh, das war okay. Ich war gerade erst nach Hause gekommen und noch nicht im Bett. Und ich fand es ziemlich süß von ihm, dass er sich Sorgen um dich gemacht hat. Meinst du nicht auch?«

»Wenn er meine Mutter oder Großmutter wäre, vielleicht. Da er aber nur ein entfernter Verwandter ist, mit dem ich zufällig zusammen wohne, nein.«

»Er war vor nicht gar zu langer Zeit ein bisschen mehr für dich als nur das.«

»Aber jetzt nicht mehr. Und das Schlimmste ist, Phyllis hat ihn plötzlich ins Herz geschlossen. Und mit Peter hab ich ihn auch gesehen. Vermutlich wird sich rausstellen, dass er den Umbau der alten Scheune plant, damit Samuel eine ebenerdige Wohnung bekommt.«

»Ich verstehe nicht, was dich daran ärgert. Peter ist ein großartiger Handwerker. Du wärst wütend, wenn Connor jemand anderen damit beauftragen würde.«

Hetty atmete tief durch. »Ich weiß. Es ist nur so teu …« Im letzten Moment unterbrach sie sich.

»Was?«

»Ach, ich weiß auch nicht.« Sie wechselte hastig das Thema. »Ist schon abzusehen, wann Jack nach Hause kommt? Wirst du deine neuen Spitzenhöschen mit dem offenen Schritt vorher bekommen?«

»Er ist auf jeden Fall rechtzeitig zu der Rubinhochzeit zurück. Ich hab am Telefon mit ihm darüber gesprochen; er will die Bar übernehmen.«

»Hast du ihm gesagt, dass die Feier am Sonntag stattfinden wird?«

»Natürlich. Aber er will unbedingt helfen. Und das heißt, dass ich deine Zeremonienmeisterin sein kann.«

Nach den Erfahrungen vom letzten Abend schoss Hetty eine Vision von Caroline als Domina durch den Kopf. »Du wirst doch das schwarze Kleid anziehen, über das wir gesprochen haben, oder?«

»Sicher, Liebes. Was hast du denn gedacht, was mir vorschwebt? Lange schwarze Stiefel und eine Peitsche?«

»Quatsch!«, sagte Hetty schuldbewusst.

Hetty hatte Caroline gebeten, sich während der Feier unter die Gäste zu mischen und dafür zu sorgen, dass alles reibungslos lief, während Hetty hinter den Kulissen im Einsatz war. Sie konnte unmöglich gleichzeitig das Auftragen überwachen, die Kuh verstecken, sich den Kopf darüber zerbrechen, wie sie all die Menschen unterbringen sollte, und die Party im Auge behalten. Der Vorteil an Caroline war, ganz abgesehen von ihrer atemberaubenden Erscheinung, dass sie keine Bezahlung verlangte. Das galt auch für Jack.

Felicity hatte für den nächsten Tag ihren Besuch angekündigt, also verbrachte Hetty den Morgen damit, kleine Möbel und allen möglichen Krimskrams wegzuschaffen, damit die Räume größer wirkten. Doch als Felicity schließlich kam und einen Rundgang machte, schüttelte sie schließlich den Kopf.

»Nirgendwo wäre genug Platz fürs Essen außer in der Halle. Und wenn wir dort essen, wie sollen wir dann Platz für den Flügel schaffen?«

Hetty hatte schon geraume Zeit über dieses Problem nachgegrübelt, aber sie hob ratlos die Schultern. »Wir können die Leute unmöglich bitten, sich nach dem Essen für den Kaffee auf die anderen Räume zu verteilen. Es würde Stunden dauern, sie wieder von den Sofas loszueisen.«

Felicity nickte. »Ein Jammer. Ich hatte mich so darauf gefreut, hier zu feiern. Und es wird schwierig, so kurzfristig noch etwas anderes zu finden.«

Hetty hatte sich vor allem auf den dicken Batzen Geld gefreut, den die Party einbringen würde. Sie verzichtete darauf, Felicity daran zu erinnern, dass die Gästezahl, von der sie ursprünglich ausgegangen waren, sich inzwischen verdoppelt hatte. Wenn sie den Auftrag jetzt verlor, bliebe ihr als einzig ehrenvoller Ausweg der Selbstmord.

»Die Scheunen!«, rief sie plötzlich aus. »Sie könnten dort essen.«

»Scheunen? Ich wusste gar nicht, dass Sie so etwas auch haben.«

»Oh, Dutzende. Aber zwei liegen gleich gegenüber der Rückseite des Hauses, und wir sind gerade dabei, sie zu leer zu räumen. Wir wollen sie für Onkel Samuel in eine Wohnung umbauen lassen. Eine ist ziemlich groß.«

»Sehen wir sie uns mal an.«

Felicity war ganz verliebt in die Scheunen, trotz oder vielleicht auch gerade wegen all der alten Landwirtschaftsgeräte, die dort herumstanden. »Das ist ja noch viel romantischer, als ich es mir erträumt hätte!« Hetty gab keinen Kommentar ab. »Ich kann's mir schon genau vorstellen: Die gedeckten Tische und überall Blumengirlanden ...« Hetty schärfte sich ein, eine zweite Floristin für den Blumenschmuck in der Scheune zu engagieren. Die Frau, die derzeitig dafür zuständig war, war eher auf sehr konventionelle Arrangements spezialisiert, die am besten in einer spätgotischen Kirche zur Geltung kamen. »... und natürlich ist es perfekt, um Ruby zu übergeben.«

»Ähm ...?«

»Sie wissen schon, die kleine Kuh. Sie ist ja so niedlich. Erst vor ein paar Tagen zur Welt gekommen, also wird sie noch ganz winzig sein.«

»Und wenn's mit der Kuh ein Malheur gibt, sind die Spuren hier leichter zu beseitigen als in der Halle.«

»Natürlich! Glauben Sie, es bleibt genug Zeit, um hier noch alles zu streichen?«

»Kein Problem«, versprach Hetty und kreuzte sicherheitshalber die Finger. »Und Sie sind sicher, dass wir jetzt die endgültige Gästezahl haben?«

»O ja. Mein Mann sagt, mehr Leute kennen wir nicht.«

Hetty hoffte inständig, Felicitys Mann habe Recht.

Ehe sie diese neue Entwicklung mit Connor und Peter besprechen wollte, rief sie Caroline an. Glücklicherweise kannte die Frau mit den weitreichenden Beziehungen einen Trupp Wölflinge, denen nichts mehr Spaß machen würde, als eine Scheune auszuräumen und sie mit Wandfarbe voll zu klecksen.

»Ihr Gruppenleiter ist ein guter Freund von mir. Er ist wild auf jede Gelegenheit, bei der seine Jungs etwas fürs Allgemeinwohl tun können.«

»Na ja, mit Allgemeinwohl hat es wohl wenig zu tun...«

»Liebes, das ganze Dorf ist mit dem Projekt beschäftigt, also dient es sehr wohl der Allgemeinheit. Es gibt allerdings eine Bedingung...«

»Und zwar?«

»Dass meine Wichtel auch mitmachen dürfen.«

»Aber Caroline, deine Wichtel haben schon so viel getan, und ihre Eltern wollen bestimmt nicht, dass sie sich von Kopf bis Fuß mit Farbe einsauen.«

»In welchem Jahrhundert lebst du? Warum sollen nur die Jungen den ganzen Spaß haben? Ich werde das für nächstes Wochenende arrangieren.«

Hetty sprach zuerst mit Peter, der dabei war, das Fenster zu reparieren. »Was würdest du davon halten, wenn ich Freiwillige hätte, die die Scheune ausräumen und anstreichen?«

»Das kommt darauf an, wer die Freiwilligen sind. Ich will

auf keinen Fall, dass Carolines Wichtel auch nur in die Nähe dieser Scheune kommen.«

Das war enttäuschend. »Oh. Und was ist mit Wölflingen?«

»Die sind noch schlimmer.«

»Ich dachte, ich tue dir einen Gefallen, wenn ich dir ein paar Helfer besorge.«

»Sie werden nur ein riesige Schweinerei anrichten. Und außerdem sind meine Entwürfe noch gar nicht fertig. Die Sache eilt doch noch nicht.«

Hetty räusperte sich. »Du irrst dich.«

20. Kapitel

Schließlich war es Connor, der den Einsatz der Wichtel und Wölflinge leitete. Und Hetty war die Einzige, die den Verdacht hatte, dass nicht Hilfsbereitschaft sein Motiv war, sondern eher die Tatsache, dass Caroline befunden hatte, ein Bikini sei das praktischste Kleidungsstück zum Anstreichen.

»Das hab ich aus *Superwoman,* ehrlich«, versicherte sie Hetty. »Es ist einfacher, die Farbe von der Haut abzukriegen als aus der Kleidung. Außerdem wird einem bei dieser Arbeit schnell zu warm.«

»Ich bewundere deinen Sinn fürs Praktische, Caroline«, sagte Connor.

Connor und Hetty sprachen immer noch nicht wieder miteinander. Hetty konnte einfach nicht vergessen, was für ein unmögliches Theater er gemacht hatte, und sie gab sich die größte Mühe, ihn zu hassen. Wenn sie sich nur genug anstrengte, würde es ihr irgendwann schon gelingen.

Connor kochte, Hetty räumte den Tisch ab und spülte. Sie sagten »Bitte« und »Danke«, »Guten Morgen« und »Gute Nacht«, aber das war ungefähr alles. Eigentlich hätte Hetty froh sein sollen, denn jetzt bestand keine Gefahr mehr, dass er irgendetwas Peinliches über ihre verunglückte Liebesnacht sagen würde.

Hetty war nicht gerade glücklich zu sehen, dass Phyllis und Connor dicke Freunde geworden waren. Selbst Peter, der beim Umbau der Scheune eng mit Connor zusammenarbeitete, hatte eine bessere Meinung von ihm. Und das führte dazu, dass Hetty plötzlich niemanden mehr hatte, denn auch Caroline hatte seit jeher auf Connors Seite gestanden.

Die ganze Zeit, als sie Connor gegen Phyllis und Peter in

Schutz genommen hatte, hatte sie das Gefühl gehabt, dass sie Freunde hatte und er ganz allein dastand. Jetzt kam sie sich isoliert vor, so als sei sie diejenige, die das Haus abreißen und dem Dorf sein historisches Erbe nehmen wollte.

Im Augenblick gab es im Dorf allerdings nur ein einziges Thema: Die Rubinhochzeit. Jeder hatte irgendwie damit zu tun; wer nicht direkt beteiligt war, kannte zumindest jemanden, der eine tragende Rolle dabei spielen sollte. Die Köchinnen waren inzwischen zu einem beachtlichen Team angewachsen – eine redselige Schar, die Hetty ständig über die Vorräte an Blattgelatine im Dorfladen oder Sonderangebote für Kuchenformen in der Stadt auf dem Laufenden hielt.

Die Floristinnen waren nur zu zweit und stillere Wasser. Sie redeten von Weidenflechtwerk und Sumpfmoos, wenn sie Hetty auf einem Spaziergang mit den Hunden begegneten.

Zuerst hatte es echten Champagner geben sollen, dann Sekt, schließlich nur noch schlichten Weißwein. Jetzt war die Champagnerbestellung wieder aktuell. Alan Brewster erzählte ihr das ganze Drama in allen Einzelheiten.

»Als ihr Mann erfuhr, dass wir bei Chardonnay angelangt waren, wurde er stinkwütend und sagte, wenn er seinen Gästen nicht mal einen anständigen Schampus anbieten könnte, könnte er seine Firma auch gleich verkaufen.«

»Na, das ist ja wunderbar. Das muss den Umsatz doch merklich steigern, oder?«

»Tja, ich mache ihm natürlich einen guten Preis. Ich will ja nicht, dass er ihn in seinem Supermarkt billiger bekäme. Aber mein Weinhändler wird mir die Füße küssen.«

Auf dem Heimweg kam Hetty in den Sinn, dass alle sich benahmen, wie sie selbst mit dreizehn, als sie mit ihrer Freundin zusammen ihre erste Party gegeben hatte. Sie hatten zahllose Listen aufgestellt: Welche Speisen, welche Getränke, welche Musik, welche Spiele, welche Gäste. Doch letztlich waren es ihre Eltern, die alles organisiert und erledigt und die eigentliche Arbeit gemacht hatten. Heute kam sie sich vor wie eine allein erziehende Mutter mit einem Stall voller Teenager.

Auch der Kredit isolierte sie. Nur Connor wusste davon. Sie war gezwungen gewesen zu akzeptieren, dass er das Recht hatte, seinen Verdienst beizusteuern, aber sie war wild entschlossen zu verhindern, dass er seinen Wagen verkaufte. Sie hätte es vorgezogen, wenn sein Geld überhaupt nicht nötig gewesen wäre, aber so noble Gesten konnte sie sich nicht leisten. Sie hatte schon Samuels Konto für die Vorbereitungen der Rubinhochzeit plündern müssen, und sie würden das Geld erst wieder reinbekommen, wenn es zu spät war. Außerdem musste sie herausfinden, wie hoch genau die Rückzahlungssumme war. Connor wusste es vermutlich, aber er war der Letzte, den sie fragen wollte. Also wartete sie, bis sie endlich einmal allein im Haus war und der Regen alle Besucher fern hielt. Dann rief sie die Geldverleiher an. Mit ein paar Lügen und ein bisschen Geschicklichkeit erhielt sie die nötigen Informationen. Die Endsumme war deutlich niedriger, als sie befürchtet hatte – Connor hatte es offenbar geschafft, einen Großteil der Rückstände zu zahlen –, aber es war trotzdem immer noch mehr, als auf dem Konto stand. Und da die Rubinhochzeit nur einen Tag vor dem Zahlungstermin stattfand, hatte sie ein Problem. Sie konnte nicht erwarten, dass Mrs Makepiece auf der Stelle bezahlte, und selbst wenn sie es tat, würden einige Tage vergehen, bis der Scheck eingelöst war. Und auch wenn sie sie um Vorkasse hätte bitten können, fehlten trotzdem noch ein paar hundert Pfund. Keine unüberschaubare Summe. Wenn es doch nur noch etwas gäbe, das sie verkaufen könnten. Ihr Blick glitt über die Meissner Figürchen. Hätte sie sicher sein können, dass sie ausreichend versichert waren, hätte sie eins zerbrochen.

Zwei Tage vor der Party wurde die Scheune fertig.

»Ich hoffe nur, die Farbe bleibt bis nach der Feier an den

Wänden. Danach kann sie meinetwegen abfallen.« Hetty kehrte den Scheunenboden mit einem breiten Besen.

»Viel länger wird sie bestimmt nicht halten«, brummelte Peter hinter dem Klapptisch, den er trug. »Diese Kinder haben den Untergrund bestimmt nicht richtig vorbehandelt.« Er stellte seine Last ab. »Wo soll der Tisch hin?«

»Da oben parallel zur Stirnwand, als hohe Tafel, die anderen im rechten Winkel dazu in einer langen Reihe.« Sie nahm ein Ende des Tisches. Für einen allein war er zu schwer und sperrig. »Es sind ziemlich viele. Soll ich die Pfadfinder um Hilfe bitten?«

Sie meinte es nur halb im Scherz. Ein paar starke, wenn auch ungelernte Hilfskräfte waren nötig, um all die Möbel aufzustellen. Im Augenblick war sie die einzige Kandidatin – sie war zwar nicht besonders stark, aber immerhin ungelernt –, doch sie hatte so furchtbar viele andere Dinge zu tun. Ein Blick auf die Uhr sagte ihr, dass sie gleich ins Dorf radeln musste, um zu überprüfen, ob genug junge Leute zum Servieren, Kellnern und so weiter eingeteilt waren.

»Die Pfadfinder sind in der Schule«, sagte Connor von der Tür. »Ich helfe dir, Peter.«

»Dann überlasse ich euch eurem Werk.« Hetty floh, stieg auf Phyllis' Fahrrad und gab sich alle Mühe, nicht eingeschnappt zu sein.

Auf dem Heimweg fuhr sie bei Caroline vorbei, um einen Kaffee zu trinken und sich eine kleine Ruhepause zu gönnen.

»Und? Wie läuft's?« Caroline stieß ein Paket Kekse in Hettys Richtung. »Wird alles klappen am Sonntag?«

»Das will ich doch hoffen. Ich habe einen Verleih gefunden, der genug kleine Bistrotische hat. Für das Musikprogramm in der Halle.« Die Vorbereitungen nahmen sie so in Anspruch, dass sie praktisch vergessen hatte, wer dieses Programm bestreiten würde. »Klapptische haben wir genug, auch wenn ein paar Leute ziemlich zusammengedrängt sitzen werden. Die Scheune sieht wunderschön aus.«

»Wer macht den Blumenschmuck in der Scheune? Doch sicher nicht Mrs Willbury und ihre Freundin?«

»Nein, die machen den fürs Haus. Aber als ich sie gefragt habe, ob sie Lust hätten, etwas Ausgefallenes für die Scheune zu probieren, haben sie entsetzt abgelehnt.«

»Also muss es ohne Blumen gehen?«

Hetty schüttelte den Kopf, den Mund voller Gebäck. Als sie alles hinuntergeschluckt hatte, sagte sie: »In den Wänden sind zahllose Haken. Ich werde Einmachgläser dranhängen und irgendwas Üppiges, Dekoratives reinstellen.«

»Üppig und dekorativ? Und an was dachtest du da?«

Hetty zuckte die Achseln. »Keine Ahnung. Was mir an dem Morgen eben in die Quere kommt. Wiesenkerbel vermutlich.«

»Und mit dem Essen ist alles geklärt?«

»Ja. Genug, um die hungernden Millionen zu füttern und trotzdem etwas übrig zu behalten. Die Getränke liegen alle im Laden auf Eis, sodass wir unseren Kühlschrank nicht voll stopfen müssen. Ich habe Messer und Gabeln und Teller von der Fraueninitiative geborgt. Ich musste noch ein paar dazukaufen, aber die können wir bestimmt immer mal gebrauchen. Was sonst?«

»Stühle?«

»Stühle?« Hetty überlegte. Sie wusste, beim Thema Stühle gab es irgendein Problem. »Ach ja. Die muss ich noch abholen.«

»Wie willst du das anstellen? Du wirst nicht besonders viele auf dem Gepäckträger unterbringen.«

»Ich weiß. Aber aus irgendeinem Grund konnte der Verleih nur zusagen, wenn ich sie abhole. Mist.«

»Auf Peters Pick-up passen doch bestimmt einige. Wie viele sind's denn?«

»Zweihundertfünfzig. Zumindest hoffe ich, dass wir so viele kriegen. Ich hatte nur zweihundert bestellt, aber die gute Felicity hat noch ein paar Leute zusätzlich eingeladen.«

»Wird das Essen denn dann reichen?«

Hetty nickte »Mein Catering-Team sagt, je mehr Leute da sind, um so weniger wird gegessen. Hat irgendwas damit zu tun, dass man so schlecht ans Büfett kommt und ständig die Ellbogen gebrauchen muss.« Hetty betrachtete ihre Freundin versonnen. »Du kennst nicht zufällig einen hilfsbereiten Farmer mit einem Viehtransporter?«

Caroline griff nach einem Ordner, der mit *Wichtel* beschriftet war, blätterte durch Berge von Papier, Abzeichen, Formulare und Broschüren. Schließlich fand sie, was sie suchte: »Viehtransporte. Bill Jones. Soll ich ihn anrufen?«

»Wenn du je eine Niere brauchst, frag mich ruhig, Caroline. Das ist das mindeste, was ich dir schulde.«

Hetty hatte gehofft, sie könnte unbemerkt in ihr Zimmer schleichen, um noch mal in Ruhe ihre Listen durchzugehen. Das war gar nicht so einfach, wenn einen ständig ein halbes Dutzend Leute unterbrach und irgendwas von einem wollte. Aber Connor lauerte ihr auf, packte sie am Handgelenk und zog sie ins Wohnzimmer, wo sich gerade zufällig niemand sonst aufhielt.

»Hetty, du kannst mir nicht ewig ausweichen. Wir müssen proben! Du scheinst vergessen zu haben, dass wir für die Unterhaltung dieser Leute zuständig sind.«

Vergessen nicht gerade, sie hatte es nur in die hinterste Ecke ihres Bewusstseins verbannt. »Ich hab keine Zeit!« Und das stimmte, sie hatte wirklich keine Zeit. Aber es war ebenso eine Ausrede. »Außerdem habe ich geprobt.« Das entsprach schon weniger der Wahrheit. Sie hatte ein paar Übungen gemacht, ihre Stimme war mehr oder weniger im Training, aber sie hatte sich noch nicht entschieden, welche Stücke sie singen wollte, und darum auch noch nicht gezielt üben können.

»Wir müssen zusammen proben! Komm schon. Es sind

gerade nur ein paar Leute in der Halle, die die Tische aufstellen.« Er nahm ihren Arm, und sie ertappte sich dabei, dass sie sich willig mitziehen ließ.

»Ich kann vor diesen Leuten nicht proben«, zischte sie.

»Es sind alles Helfer. Im Moment sind keine Besucher hier. Und stell dir vor, wie viel schlimmer es wäre, ohne vorherige Proben vor zweihundert zahlenden Gästen zu singen!«

»Zweihundertundfünfzig«, murmelte sie. Sie wusste, er hatte Recht.

Aber Hetty fand es fast unmöglich zu singen, jetzt da es zwischen ihr und ihrem Pianisten keine Verständigung mehr gab. Das letzte Mal, als sie zusammen gespielt und gesungen hatten, schien in einem anderen Leben stattgefunden zu haben. Es war so wunderbar gewesen, sie hatten auf so natürliche Weise harmoniert, intuitiv die Absichten des anderen erkannt, hatten sich zusammen bewegt wie Fische in der Strömung.

Jetzt brachte Hetty kaum die Zähne auseinander. Ihre Stimme war gepresst, ihr Kiefer steif, ihre Atmung flach und kurz. Connor hingegen, dieser verfluchte Mistkerl, spielte so entspannt wie eh und je.

»Das funktioniert einfach nicht«, sagte Hetty. *»Ich* funktioniere nicht. Aber ich bin sicher, an dem Abend selbst wird es schon klappen.«

»Du lügst. Wenn du das wirklich glauben würdest, würde ich es drauf ankommen lassen. Aber du bist höllisch nervös und verdrängst es einfach die ganze Zeit.«

Und wessen Schuld ist das, wollte sie fragen, aber das konnte sie ihm nicht anhängen. Es gab noch etwa zweihundertfünfzig weitere Leute, die ebenso schuld waren.

»Sing etwas, das dir wirklich vertraut ist.«

»›Alle meine Entchen‹?«, witzelte sie. Sie war flapsig, weil sie nervös war.

»›Summertime‹. Und lass uns nicht zu hoch anfangen.« Er spielte ein paar Takte zur Einleitung.

Hetty brachte es irgendwie hinter sich, und gegen Ende klang es besser, aber nicht überzeugend. »Ging doch einigermaßen. Und jetzt muss ich wirklich weiter.«

»Wenn es noch schlechter gewesen wäre, hätte man es nicht mehr erkannt«, sagte Connor, aber Hetty war schon fast an der Tür.

Es war nicht so, als läge ihr nichts daran, eine gute Vorstellung zu geben – im Gegenteil, das wollte sie unbedingt. Aber sie glaubte nicht, dass es augenblicklich viel Sinn hatte, mit Connor zu proben. Zu viele andere Dinge beschäftigten ihre Gedanken, und sie konnte nur dann gut singen, wenn sie sich vollkommen auf die Musik konzentrierte.

Der Tag der Feier brach klar und wolkenlos an. Hetty stand zeitig auf, denn sie brauchte noch ein bisschen Zeit, ehe alle anderen auftauchten, um die letzten Kleinigkeiten zu erledigen, den Blumenschmuck für die Scheune zu holen und tausend andere unvorhergesehene Dinge zu tun.

Sie machte einen weiten Spaziergang mit den Hunden. Zwar brauchten sie die Bewegung eigentlich nicht, aber Hetty dagegen schon. Sie machten den gleichen Weg wie am Tag, als sie hier angekommen war und der Winter das Land noch in seinem eisigen Griff hielt.

Jetzt lag Dunst in den Tälern und verhieß einen heißen Tag, Spinnweben glitzerten an jedem Grashalm. Alles war mit Tau bedeckt, und hin und wieder funkelte einer der Tropfen wie ein Prisma, alle Farben des Spektrums in einer winzigen Sphäre. Als sie klein war, hatte Hetty geglaubt, die Feen machten diese Tropfen. In ihrem tiefsten Inneren glaubte sie es immer noch.

Im Wald war es kühl, und die Kühle würde sich hier auch halten. Die Luft war erfüllt vom Gesang der Vögel und dem durchdringenden Geruch nach wildem Knoblauch, wo zuvor die Sternhyazinthen geblüht hatten. Zweige knackten unter Hettys Füßen, und sie musste den Impuls niederringen, sie als Anzündholz aufzusammeln. Sie würde nicht mehr in Courtbridge House sein, wenn die Kaminsaison zurückkehrte. In Zukunft musste Connor sein Anzündholz selber sammeln.

Ihr war gar nicht bewusst gewesen, dass sie an irgendetwas anderes dachte als an Schüsseln voller Kartoffelsalat und Kerbelsträusse, aber sie war in den letzten Tagen zu dem Entschluss gekommen, dass sie gehen würde, sobald der Kredit zurückgezahlt war.

Ihre Aufgabe war erfüllt. Connor war hier. Er und Phyllis und Peter waren jetzt dicke Freunde und konnten das Haus zusammen führen. Und sollten zukünftig irgendwelche Leute ihre Feste hier feiern wollen, stand ein eingespieltes Team zu ihrer Verfügung.

Samuel brauchte sie nicht. Er würde eine hübsche, umgebaute Scheune haben und zugleich eine ebenerdige Wohnung beziehen, die mit breiten Türdurchbrüchen und allen Bequemlichkeiten und Hilfsmitteln ausgestattet war, die je für Behinderte erdacht worden waren. Und vielleicht kam er ja sogar ohne Rollstuhl nach Hause. All diese Vorbereitungen waren Connors Art, ihn nach Hause zu locken. Connor argumentierte, wenn sie ihm ein angenehmes Heim schufen, einen Pflegedienst engagierten und dafür sorgten, dass er wieder auf die Beine kam, würde er sich zu Hause viel schneller erholen als im Krankenhaus. Connor hatte Samuel von seinen Plänen erzählt, und der alte Herr tat jetzt alles, um wieder zu Kräften zu kommen.

Connor hatte den Kredit für den Umbau ohne größere Schwierigkeiten erhalten, und der Gedanke machte sie wahnsinnig. Vielleicht hätte er auch mühelos einen Kredit bekommen, um Samuels Schulden zu bezahlen. Es sei denn, er hatte die Bank mit dem Argument überzeugt, dass der Umbau der Scheune eine lohnende Investition sei. Das war die Befriedigung von Samuels Kredithaien wohl nicht – jedenfalls nicht in den Augen des Bankdirektors.

Und auch die Hunde, Islay and Talisker, brauchten sie

nicht. Ihnen war gleich, wer sie ausführte, und sie schliefen willig neben oder auf jedem, der es zuließ. Selbst Clovis, den sie jeden Morgen suchte, voller Angst, ihn kalt und steif vorzufinden, hatte Connor auf seiner Seite. Connor war der Einzige, der nicht der Meinung war, der Kater müsse aus Klimaschutzerwägungen eingeschläfert werden.

Und Connor brauchte sie ganz bestimmt nicht. Er brauchte niemanden, und das würde sich nie ändern. Seit seiner Rückkehr hatte er jeden Körperkontakt mit ihr gemieden. Was zwischen ihnen vorgefallen war, hatte bestenfalls mit schlichter körperliche Begierde zu tun gehabt, und die hatte er jetzt vollkommen unter Kontrolle.

Sie musste ihre ganze Konzentration den Schönheiten der Natur widmen, um zu verhindern, dass sie vor Selbstmitleid in Tränen ausbrach. Zum Glück waren die Naturschönheiten zahlreich.

Sie war gerade erst zurück, hatte kaum ihre Gummistiefel ausgezogen, als ihre Mutter anrief. Es war erst sieben Uhr. »Ich hoffe, ich habe dich nicht geweckt, Schatz?«

»O nein. Ich bin seit fünf auf.«

»Ich dachte mir, ich ruf mal schnell an und frage, wie alles klappt, ehe du zu beschäftigt bist.«

»Ich war den ganzen Morgen schon gut beschäftigt, Mum. Wie geht es dir?« Das sollte ein taktvoller Hinweis darauf sein, dass sie nicht plaudern wollte.

»Gut, Schatz, aber was ich dich eigentlich fragen wollte: Hast du Interesse an einem Job? An einem bezahlten, meine ich.«

Hetty erkannte, dass sie ihre Mutter wirklich nicht genug zu schätzen wusste. »Ja. Was ist das für ein Job?«

»Nur ein befristeter, fürchte ich, aber vielleicht macht es dir ja Spaß, und wer weiß, was daraus wird?«

»Was für ein Job?« Ihre Mutter mochte wunderbar sein, aber sie war nicht perfekt.

»Als Hotelmanager. In Shropshire, gleich an der walisischen Grenze. Die Eigentümer wollen mal Urlaub machen.«

»Das könnte ich nie. Ich bin nur eine arbeitslose Schreibkraft, das weißt du.«

»Das bist du nicht! Du führst ein großes Haus, ein Museum, und das ganz allein! Du richtest Feste aus, koordinierst den Partydienst und all das.«

»Aber nicht ganz allein, Mum.«

»Das müsstest du in Shropshire auch nicht. Es gibt jede Menge Angestellte, sie brauchen nur jemanden, der die Leitung übernimmt.«

»Ich weiß nicht...«

»Du musst deine Talente nutzen, Liebes. Denk nur, was du alles in Courtbridge House gelernt hast. All diese Fähigkeiten, von denen du gar nicht wusstest, dass du sie besitzt. Ich sag den Leuten in Shropshire, du machst es, ja?«

»Ich sollte mich wirklich selbst um einen Job kümmern...«

»Ja, aber sie brauchen dich so bald wie möglich. Du kannst sie nicht im Stich lassen.«

»Warum nicht? Ich kenn die Leute doch gar nicht.«

»Die Frau ist eine entfernte Cousine deines Vaters, Schatz.«

Damit war die Sache dann ja wohl entschieden.

Hetty rief die Hunde, kramte die Küchenschere hervor und ging durch die Hintertür auf die Weiden hinaus. Sie musste Blumen für die Scheune holen, und jetzt war vielleicht die einzige Gelegenheit, selbst wenn sie riskierte, dass sie bis zum Beginn der Party schon die Köpfe hängen ließen. Sie ging über die Parkplatzwiese bis zu der Stelle, wo der Kerbel ganz besonders hoch und dicht stand.

Während sie die Blumen schnitt, dachte sie an ihre Mutter und fragte sich, warum sie sich immer verpflichtet fühlte, die Probleme anderer Leute zu lösen, und darüber hinaus immer Hetty zum Lösungsmittel erkor. Natürlich sollte sie sich weigern, dieses Hotel in Shropshire zu führen. Für entfernte Verwandte zu arbeiten hatte sich als extrem gefährlich erwiesen.

Auf der anderen Seite musste sie einräumen, dass die Vorstellung, nach London zurückzugehen und in einem Büro zu sitzen, auch nicht besonders reizvoll war. Und das lag nicht nur daran, dass ein goldener Junimorgen sie umgab. Als sie hier angekommen war, herrschten Winter und bittere Kälte. Sie hatte diesen Ort trotzdem schnell lieben gelernt.

Gott, wie unglücklich sie damals gewesen war. Ein gebrochenes Herz und keinen Funken Selbstbewusstsein mehr. Nun, jetzt mochte ihr Herz wieder gebrochen sein, aber dieses Mal wenigstens wegen eines Mannes, der den Kummer wert war. Und in jeder anderen Hinsicht war sie weiser, stärker und mutiger. Sie war so viel erwachsener geworden, hatte so viel Verantwortung auf sich genommen. Tatsächlich musste sie Alistair beinah dankbar dafür sein, dass er sie in eine Situation gebracht hatte, wo ihre Mutter sie manipulieren konnte. Wäre sie nicht arbeitslos gewesen, als Onkel Samuel ins Krankenhaus musste, wäre sie nie nach Courtbridge House gekommen.

Sie sammelte ihren taufeuchten Kerbel ein und brachte ihn ins Haus, Jeans und Pulli wurden völlig durchnässt. Courtbridge House, Samuel und alle anderen zu verlassen würde schrecklich sein. Aber nie hergekommen zu sein wäre eine wirkliche Tragödie gewesen. »Du kennst ja das Sprichwort«, sagte sie zu Islay, die mit leicht geneigtem Kopf um Hettys Füße herumsprang. »›Besser lieben und verlieren, als nie geliebt zu haben.‹ Und nein, ich habe keinen Ball in der Tasche.«

Bis sie den Blumenschmuck arrangiert hatte – riesige, herabhängende Büsche, die die Scheunenwand fast wie eine Hecke bedeckten –, wimmelte es im Haus von Menschen.

Sie machte sich gerade ein Schinkenbrot zurecht, als Connor in die Küche trat. »Hetty«, sagte er in ihren Rücken. »Komm mit.«

Hetty legte eine zweite Scheibe Brot auf den Schinken, griff sich einen Teller und folgte ihm. Er führte sie in einen kleinen Raum, der früher voller Gerümpel gestanden hatte, neuerdings aber als kleines Wohnzimmer eingerichtet war. Der hübsche Erker war perfekt für zwei gemütliche Sessel und einen kleinen Tisch.

»Wir müssen wenigstens unser Programm für heute Abend festlegen.«

»Du wirst doch nicht etwa nervös?«, fragte Hetty mit vollem Mund.

»Nein, aber wir müssen wissen, was wir spielen wollen, oder wir werden wie ein Paar verdammter Amateure dastehen.«

»Genau das sind wir.«

»Aber das soll niemand merken, sonst müssen wir das Geld zurückgeben.«

Hetty schluckte. »Stimmt.«

»Ich hab eine Liste gemacht.« Er steckte die Hand in die Tasche und zog ein verknittertes Stück Papier hervor.

»Ich auch.« Hetty wühlte in ihrer Jeans und brachte einen gleichermaßen verknitterten, alten Briefumschlag ans Licht.

Sie tauschten die Listen, warfen einen Blick darauf, dann trafen sich ihre Blicke.

»Es scheint wenigstens eine Sache zu geben, bei der wir uns einig sind«, sagte Connor.

Hetty sah auf den Zettel. Sie hatte ihre Liste erst am Tag zuvor gemacht, als sie einen kurzen Moment Ruhe hatte. »Zufall ist schon was Komisches.«

Connor nickte. »Aber eine komplette Blamage ist kein bisschen komisch. Wir müssen proben.«

Obwohl sie genau wusste, dass er Recht hatte, verspürte sie nicht die geringste Lust, ihm zu folgen. Sie hatte beschlossen, Courtbridge House zu verlassen, sobald der Kredit abbezahlt war, was sehr bald der Fall sein würde. Und Teil ihres Fortgehens war, dass sie sich emotional von Connor löste.

Ihre Probe lief nicht gut. Hetty war zu angespannt, konnte die Kiefermuskeln nicht lösen und atmete in winzigen, abgehackten Zügen.

»Heute Abend werd ich besser sein«, versprach sie.

Connor klappte den Deckel der Klaviatur herunter. »Das will ich hoffen.«

»Ich lauf nur schnell nach oben und seh nach, ob in der Damengarderobe alles in Ordnung ist«, sagte Hetty der Putzkolonne, die dabei war, den Fußboden zu polieren – vornehmlich weil es Spaß machte, in so einer fröhlichen Schar zusammenzuarbeiten, und nicht so sehr, weil es nötig gewesen wäre.

In Wahrheit hatte Hetty keineswegs die Absicht, die Garderobe zu überprüfen. Sie wusste, in dem Schlafzimmer mit dem ausladenden Bett war alles in bester Ordnung. Aber sie wollte eine schnelle Dusche nehmen und sich die Haare waschen, solange noch Zeit war. Doch sie brachte es einfach nicht fertig, den anderen Frauen, die alle so fleißig waren, zu gestehen, dass sie etwas so Unproduktives tun wollte.

Caroline hatte ihr das schwarze Kleid geliehen, das sie auf Felicity Makepieces Dinnerparty getragen hatte. Sie hatte ein kurzes Leinenjäckchen, das sie drüberziehen wollte, lediglich während ihres Auftritts würde sie es ablegen. Hetty wusste, dass ihr später nur sehr wenig Zeit zum Umziehen bleiben würde, darum zog sie Carolines BH und die schwarzen Nylons schon jetzt unter Jeans und Pulli an. Dann trug sie ein dezentes Make-up auf und fönte sich die Haare. So brauchte sie später nur die äußere Hülle mit dem Kleid zu vertauschen.

Es war ein weiser Entschluss. Die ersten fünfzig Gäste waren schon da, ehe sie eine Sekunde Zeit fand, um aus den Jeans zu steigen.

21. Kapitel

»Die Toilette im Erdgeschoss spült nicht«, sagte Felicitys Mann, dessen Namen Hetty sich einfach nicht merken konnte, ganz gleich, wie sehr sie sich bemühte. »Wir haben auch so eine zu Hause: Normalerweise funktioniert sie einwandfrei, aber sobald Besuch da ist, tritt sie in Streik.«

Hetty versuchte zu lächeln. Das war genau die Sorte Panne, die ein erfolgreiches Fest in ein komplettes Desaster verwandeln konnte. »Unsere funktioniert normalerweise immer. Ich komme und kümmere mich darum.«

Sie hätte Peter oder auch Connor bitten sollen, aber sie zu finden wäre ein ziemliches Problem gewesen – sie konnten überall sein. Die Party hatte ein Eigenleben entwickelt und ihre ursprünglich geplanten Grenzen gesprengt.

Connor hatte vor zwei Tagen angemerkt, dass die Gäste vielleicht auf den Rasen hinaus wollten, wenn das Wetter es zuließ. Da die Zahl der Gäste sich verdoppelt hatte, seit Mrs Makepiece das Haus für die Party gebucht hatte, hatten alle übereinstimmend erklärt, das sei eine gute Idee. Nur Hetty war negativ genug, darauf hinzuweisen, dass sie keinen Rasen hatten, sondern nur ein Stück extrem überwucherter Wiese, die in ihrem ganzen Leben noch keinen Rasenmäher gesehen hatte. Niemand nahm Notiz von ihrem Einwand.

Mit Peters Sachverstand war es ziemlich einfach gewesen, die Glastüren dazu zu bewegen, sich problemlos zu öffnen. Schwieriger war es schon, etwas zu kreieren, *worauf* die Glastüren sich öffnen konnten. Während der großen Restauration hatte niemand sich um dieses Seite des Hauses gekümmert, denn sie war von keinem der Besichtigungsräume aus einsehbar, und sie hatten weiß Gott genug andere Dinge zu tun gehabt.

Aber plötzlich hatte sie höchsten Prioritätsstatus. Sicheln und Wetzsteine wurden aus einem der vielen vergessenen Lagerräume hervorgeholt. Connor und Peter schliffen die Sicheln zu Rasiermesserschärfe und rückten den hüfthohen Brennnesseln, Disteln, Karden und vielfältigen Unkräutern zu Leibe, weil sie hofften, darunter könnte sich eventuell Gras verbergen.

Hetty war sicher, einer von beiden würde sich eine Hand oder einen Fuß abhacken, und versteckte sich, damit nicht sie die abgetrennten Gliedmaßen einsammeln und in Tiefkühlerbsen verpackt ins Krankenhaus tragen musste.

Glücklicherweise war es keine sehr große Fläche, etwas annähernd Grünes vegetierte unter dem Wildwuchs, und keiner der Männer schnitt sich auch nur in den Finger. Die Hecke, die den Garten umgab, bildete einen hübschen Hintergrund. Es gab keine Blumenbeete, um die man sich hätte kümmern müssen. Und als Connor noch einmal mit einem normalen Rasenmäher über die Fläche ging, sah sie fast gepflegt aus.

Tische und Stühle waren dort aufgestellt worden, wo der Boden eben genug war. Hetty hatte Decken auf die Tische gelegt und Teelichter in Marmeladengläsern in die Zweige des alten Pflaumenbaums gehängt. Kerzen in Flaschen standen auf den Tischen. Ein paar Leckereien auf kleinen Tellern, und sie war beinah zufrieden. Dann hörte sie die Makepieces vorfahren und stürzte davon, um sie zu begrüßen. Doch als sie auf dem Weg ins Haus über die Schulter zurücksah, fand sie den Anblick durchaus ansprechend. Die Hecke war voller Waldrebe und Geißblatt und erfüllte den kleinen Hof mit betörenden Düften. So lange die Autos, die auf der anderen Seite parkten, nicht alles verdarben, war es wunderbar romantisch.

Das war eine Stunde und zweihundert Gäste her. Jetzt raffte Hetty ihren engen Rock und stieg auf die Toilettenbrille, froh, dass Mr Makepiece sich wieder davongemacht hatte. Sie nahm den Deckel vom Spülkasten und entdeckte, dass die Verbindung zwischen Kette und Spülhebel gerissen war. Sie besorgte sich ein Stück Schnur, und nach einigem Gefädel und Gefriemel sprang sie schließlich wieder auf den Boden und machte die Probe aufs Exempel. Die Spülung rauschte vernehmlich, und Hetty tätschelte den Kasten zufrieden, ehe sie ihren Rock zurechtzog.

Als sie wieder zum Vorschein kam, fing Connor sie ab. »Ich hab dich gesucht. Felicity will irgendwas von dir. Komm schon.«

Sie folgte Connor, der ihr einen Weg durch die Menge zu Felicity bahnte, die im Garten Hof hielt.

»Das scheinen eine unglaubliche Masse Menschen zu sein, Liebes. Habe ich die wirklich alle eingeladen?«

»Ich glaube schon. Sie sehen nicht wie Einbrecher und Schmarotzer aus.«

Felicity seufzte. »Nein, und die meisten kenne ich wirklich. Zumindest vom Sehen. Ich habe mich nur gefragt, ob wir wohl genug Platz haben werden.«

»Sie werden schon alle an die Tische passen.«

»Oh, gut. Und hier kommt neuer Champagner.« Sie tauschte ihr leeres Glas gegen ein gefülltes. »Ich denke, der steht mir zu, meinen Sie nicht?«

Kurz darauf gelang es Peter und Connor, die Aufmerksamkeit der Gäste zu erregen, um das Büfett zu eröffnen. Sie machten sich auf den Weg über den Hof zur Scheune, die ländlich und blumig genug wirkte, um jeden Thomas-Hardy-Fan glücklich zu machen.

Entlang der Mittellinie der Tische standen Brotkörbe, Butterteller, Salatschüsseln und Weinflaschen. Für die eigentlichen Speisen mussten die Gäste ans Büfett kommen, immer ein Tisch nach dem anderen. Hetty hatte zuvor keine Gelegenheit gefunden, das aufgebaute Büfett in der Scheune zu begutachten, und sie war verblüfft, wie verführerisch und appetitlich alles wirkte.

Das Catering-Korps, wie es inzwischen genannt wurde, hatte ihnen Ehre gemacht. Sie alle trugen hübsche geblümte

Kleider mit weißen Schürzen und standen bewaffnet mit Serviergabeln und Kellen hinter den Büfetttischen. Niemand würde die Scheune hungrig verlassen. Die meisten würden sich eher gemästet fühlen.

Glänzende Pasteten, Quiches und gefüllte Eier häuften sich Seite an Seite mit italienischen Gemüsetörtchen, winzigen Vollkornblinis und Räucherlachs in Blätterteig. Riesige Rinder- und Schweinebraten und Schinken im Kräutermantel, einladend aufgeschnitten. Ganze Lachse im Gurkenbett, die wie moderne Kunstwerke aussahen, konkurrierten mit den gefüllten Truthähnen um die Starrolle.

Ein Blick auf Felicitys Gesicht sagte Hetty alles, was sie wissen wollte. »Ihr seid klasse«, raunte sie der Chefköchin des Teams zu, als sie an ihren Platz bei den Remouladeneiern und den kleinen frittierten Bällchen aus Reis, Käse und Gemüse trat. »Es sieht phantastisch aus.«

Die Frau schnitt eine Grimasse. »Das sollte es auch. Ich möchte in meinem Leben kein Hühnchen mehr sehen. Darum steh ich hier beim Gemüse.« Doch als sie Hettys enttäuschtes Gesicht sah, fuhr sie fort. »War nur ein Scherz. Eigentlich hat es mir riesigen Spaß gemacht. Ich würde es sofort wieder tun.« Und sie lächelte freundlich, als die ersten Gäste auf sie zusteuerten.

»Na, Gott sei Dank«, sagte Hetty. »Möchten Sie ein Remouladenei, Sir? Oh, hallo Alistair.« Sie hätte wissen müssen, dass er kommen würde. Jeder, der eine Nacht unter Felicitys Dach verbracht hatte, war selbstverständlich eingeladen.

»Hallo, Hetty.« Er lächelte. Offenbar hatte er sie schon von weitem entdeckt, sonst wäre er nie in die Vegetarierecke gekommen. »Also das ist es, was du jetzt tust. Kellnern.«

Hetty konnte sich nicht erklären, wie sie sich je in so einen Snob hatte verlieben können. Sie lächelte. »Stimmt. Ein echter Aufstieg verglichen mit meinem Job bei dir. Also«, brummte sie mit zusammengebissenen Zähnen. »Möchtest du das Ei auf den Teller oder auf dein Hemd?«

Verblüfft und sprachlos floh Alistair in die Fleischfresserabteilung, und Hetty erklärte ihrer Nachbarin, wer er war. »Ich hätte das nicht zu ihm sagen sollen. Ich bin einfach erledigt, das ist alles.«

»Sieht aber zum Anbeißen aus.« Die Frau nickte in Alistairs Richtung.

»Mag sein, ist aber substanzlos. Nichts, wo man so richtig die Zähne reinschlagen kann.«

»Anders als Connor.«

»Ähm ... Ja.« Hetty wünschte, sie hätte diese Konversation nie begonnen. »Haben Sie die Blinis probiert? Sie sind köstlich.«

Hetty hatte gerade ein Blini in den Mund gesteckt, als zwei Frauen, offensichtlich Mutter und Tochter, zu ihr traten.

»Sie sind vielleicht unsere Rettung«, verkündete die Jüngere.

Hetty hatte den Mund voll und nickte daher stumm.

»Es ist eine Katastrophe«, sagte die Ältere.

Hetty schluckte. »Oh?«

»Sehen Sie, es geht um meine Hochzeit«, erklärte die Junge. »Und das Hotel, wo der Empfang stattfinden sollte ...«

»Und die Party am Abend ...«

»Ist abgebrannt. Sie mussten absagen.«

»Aus verständlichen Gründen, würde ich sagen«, meinte Hetty.

»So etwas Unangenehmes.«

»Aber sie konnten doch nichts dafür, Mummy ...«

»Nein, aber wir müssen jetzt sehen, wie wir damit fertig werden. Und wir haben uns beide in dieses Haus verliebt.«

Es war wohl zu optimistisch zu hoffen, dass sie es kaufen wollten. »Und?« Hetty fuhr sich mit der Zunge über die Mundwinkel, um eventuelle Sauerrahmreste zu entfernen.

»Könnten wir den Empfang hier abhalten?«

»Tja ...«, begann Hetty.

»Uns ist klar, dass es schrecklich kurzfristig ist«, sagte die Mutter.

»Aber Felicity meinte, Sie könnten uns vielleicht helfen.«

»Ich bin sicher ...«

»Es ist eben nur die Sache mit dem Datum.«

»Oh?« Bitte, Gott, mach, dass sie nicht nächstes Wochenende heiraten.

»Der letzte Samstag im August.«

»Oh ...«

»Natürlich ist uns klar, dass sie vermutlich ausgebucht sind ...«

»Ich müsste nachsehen.«

»Es wäre so wunderbar.« Die Braut schien den Tränen nahe zu sein. »Wir haben schon überall angerufen, aber keiner kann uns helfen.«

»Ich sag Ihnen was.« Die Mutter der Braut hatte eine Eingebung. »Ich gebe Ihnen eine Anzahlung. Sind fünfhundert Pfund genug für eine Reservierung?«

»Ich glaube, so können wir verbleiben«, sagte Hetty. Nicht genug, um den Kredit zurückzuzahlen, aber trotzdem ein nettes Sümmchen.

Die Frau wühlte in ihrer Handtasche und fischte ein Scheckbuch heraus. Ein paar Minuten später ließ Hetty einen Scheck in ihrem Dekolleté verschwinden, und die Welt sah auf einmal sehr viel freundlicher aus.

Während die Gäste den Hauptgang vertilgten, wurden die Büfetttische neu organisiert. Für alle, die es nach einem Nachschlag verlangte, wurden die warmen und herzhaften Speisen auf einem Tisch zusammengestellt, der Rest wurde für die Nachspeisen geräumt.

Hetty wusste, irgendwann später würde sie hungrig werden und sich nach etwas Köstlichem sehnen, und dann voller Bedauern an diese Parade von Süßspeisen zurückdenken: Obsttörtchen mit Baiser, die wie die Hüte in Ascot aussahen, zart, duftig und mit Sahnehäubchen und Waldbeeren verziert, zahllose Schüsseln mit Mousse au Chocolat mit Sahne und geraspelter Schokolade rangelten mit Trifle und Früchtepudding. Berge von Profiteroles, gefüllt mit Sahne und mit Zuckerfäden und Weintrauben verziert, ganze Wannen voll Obstsalat, Berge von Erdbeeren, und Pagoden aus sahnegefüllten Windbeuteln bedeckten jeden Quadratzentimeter Platz. Es gab sogar Bread-and-Butter-Pudding, eine Art Früchtebrot für diejenigen, die sich gerne einbilden wollten, einen kalorienarmen Nachtisch zu essen.

Aber Hetty hatte weder Zeit noch Appetit, um irgendetwas zu kosten. Nachdem sie »ein bisschen von allem« auf etwa dreißig Teller gehäuft hatte, was immer zu einem eher unansehnlichen Ergebnis führte, musste sie sich um die Kuh kümmern. Die Gäste, die immer noch an ihren Plätzen saßen, hatten noch einen ganzen Stilton und einen Farmhouse-Cheddar zu vertilgen.

Ruby, das Kalb, war vollauf zufrieden in dem kleinen Stall, wo es untergebracht worden war. Es labte sich an süßem Heu und Kälbernahrung und hatte kein gesteigertes Interesse daran, sich eine Girlande um den Hals hängen zu lassen. Blumen, so fand es offenbar, waren zum Essen da, nicht als Schmuck.

Peter hatte Hetty eigentlich mit Ruby helfen sollen, aber er war offenbar beim Beschaffen des Weinnachschubs aufgehalten worden. Die Gäste schienen alle relativ viel zu trinken.

Endlich hatte Hetty Rubys Kopf aus dem Futtereimer bugsiert und dem Kalb ein Halfter angelegt. Sie fragte sich gerade, wie sie in Erfahrung bringen sollte, wann der richtige Moment sei, als Peter in Begleitung eines festlich gekleideten kleinen Mädchens aufkreuzte.

»Hi. Das hier ist Sophie, Felicitys Großnichte. Felicity

fragt, ob Sophie Ruby hineinführen und John überreichen kann.«

»Hallo, Sophie. Was für ein hübsches Kleid!«

»Von Laura Ashley«, erklärte Sophie. »Ich find's nicht so toll. Claras Kleid ist viel schöner. Grün. Und nicht diese blöden Rüschen.«

Sophie gehörte ganz offensichtlich zu den Kindern, die einen kinderunerprobten Erwachsenen schon auf zehn Meilen Entfernung erkennen.

Hetty war sich bewusst, dass sie zu dieser Kategorie Erwachsener zählte, gab sich aber alle Mühe. »Dafür darf Clara aber nicht das süße kleine Kalb hier führen, richtig?«

»Nein«, stimmte Sophie zu. »Aber ich hätte das Kalb ja auch geführt, wenn ich das grüne Kleid hätte, oder?«

Hetty gab auf. »Vermutlich, ja. Also, du musst Folgendes tun …«

Sie erklärte Peter und Sophie, dass sie selbst sich zu Felicity durchschlagen und sie um ein Signal bitten würde. Mit etwas Glück würde Felicitys Mann bei dem allgemeinen Lärmpegel nichts davon mitbekommen. Dann würde Hetty Sophie das Zeichen geben, die Kuh hereinzuführen.

Es dauerte ein Weilchen, bis Hetty sich bis an Felicitys Seite zu ihrer kleinen Konferenz durchgekämpft hatte, doch sie kamen überein, dass Felicity im entscheidenden Moment Phyllis ein Signal geben und diese es an Hetty weiterleiten würde.

Hetty war enorm erleichtert, dass nicht sie das Kalb hereinführen und so zum Mittelpunkt der Aufmerksamkeit werden würde, aber sie fragte sich, ob Sophie damit nicht ein bisschen überfordert wäre. So charakterstark das Kind auch sein mochte, war es doch von eher zierlicher Statur. »Was ist, wenn Ruby sie zu Fall bringt?«, wisperte sie Peter zu, während sie darauf warteten, dass Phyllis am Eingang erschien und winkte.

Peter zuckte die Achseln. »Ein Tier als Geschenk ist so oder so eine blöde Idee.«

Hetty antwortete nicht. Er hatte wahrscheinlich Recht, aber es war trotzdem eine liebenswerte Idee.

Phyllis erschien am Scheunentor. Hetty, Peter, Sophie und Ruby schlichen heran. Das Tier hatte keinen Sinn für gutes Timing und zerrte an seinem Halfter, weil es die Scheune stürmen wollte.

Drinnen wurden Reden gehalten. Hetty hörte, dass ihr Name erwähnt wurde, oder vielleicht wurde ihr auch gedankt. Es gab Gelächter, Applaus, und einmal wurde vernehmlich mit Gläsern und Flaschen auf die Tische getrommelt. Hetty hoffte, dass alle genug feste Nahrung im Magen hatten, um den Alkohol aufzusaugen.

Dann kehrte beinah Stille ein, was vermutlich bedeutete, dass Felicity ihre Ansprache hielt. Sie endete in Gelächter, Phyllis winkte, und Hetty versetzte Sophie einen Stups.

»Du bist dran!«

»Was soll ich tun?«

»Sophie! Das haben wir doch alles besprochen! Bring Ruby nach vorn zu deinem Onkel ... du weißt schon. Ganz einfach! Na los.«

Ruby jedenfalls schien den Marschbefehl verstanden zu haben. Die kleine Kuh setzte sich in Bewegung und legte ein beachtliches Tempo vor, zerrte ihre hübsche Melkerin einfach mit.

Ein explosionsartiges Gelächter begrüßte ihr Erscheinen, und als Ruby es hörte, änderte sie ihre Meinung, floh Richtung Tür und schleifte Sophie hinter sich her.

Leider konnte Ruby nicht ahnen, dass viele der Gäste junge, fitte, Rugby spielende Männer waren, denen eine kleine Kälberjagd nach dem Essen gerade recht kam. Als Ruby mit der auf dem Bauch rutschenden Sophie im Schlepptau in Richtung Kälberfutter flüchtete, stellten fünf junge Männer sie zum Bodycheck.

Und so kam es, dass Ruby, die kleine Devon-Red-Kuh mit dem tadellosen Stammbaum, ihrem neuen Herrn von jemandem überreicht wurde, den er kaum kannte, der aber wenigstens nicht heulte.

»Es ist eine Devon Red, Liebling!«, schrie Felicity gegen das Getöse an. »Man nennt sie auch Devon Rubies. Und es ist doch unsere Rubinhochzeit!« Sie fügte nicht ausdrücklich »Hast du's jetzt endlich kapiert?« hinzu, es lag lediglich in ihrem Tonfall.

Bis jetzt hatte Hetty keine Zeit gehabt, wegen ihres Auftritts nervös zu werden. Es gab so viele andere Dinge, um die sie sich kümmern musste, dass sie einfach nicht dazu gekommen war, Lampenfieber zu entwickeln. Jetzt, in der plötzlichen Stille in der großen Halle, war sie wie gelähmt vor Angst.

Sie konnte sich kaum ausreichend bewegen, um die Tische zurechtzurücken. Sie fummelte an den Tischtüchern und Kerzen herum und gestattete ihrem Blick nicht, Richtung Klavier zu gleiten, das riesig und bedrohlich an der Stirnseite des Saales stand.

Als Connor sie schließlich ausfindig machte, zitterte sie vor Angst, vor Hunger und nervöser Erschöpfung. Sie stand mit dem Rücken zum Flügel und hatte das Gesicht in den Händen vergraben.

»Hetty?« Seine Stimme war sanft, und sie fürchtete einen Moment, sie werde in Tränen ausbrechen. »Alles in Ordnung?«

Sie schüttelte den Kopf.

»Komm mit.« Er legte ihr einen Arm um die Schultern und führte sie in das kleine Wohnzimmer, wo sie ihr Programm besprochen hatten. Hinter einer Blumenvase zauberte er eine Whiskeyflasche hervor und schenkte einen ordentlichen Schuss in ein Glas. »Hast du irgendwas gegessen?«

Hetty schüttelte wieder den Kopf, unfähig zu sprechen, geschweige denn zu singen.

»Gut«, sagte Connor. »Hier, trink.«

Verblüfft aber gehorsam führte Hetty das Glas an die Lippen. Als sie es hustend wieder abstellte, nahm Connor sie in die Arme und küsste sie.

Es war ein langer, durchdringender Kuss, der ihr Schwindelgefühl noch verstärkte. Seine Arme umschlossen ihren Rücken hart und fest, vertrieben mit ihrer Stärke Hettys Ängste. Als er sie schließlich losließ, wankte sie, fühlte sich aber weitaus sicherer auf den Beinen als zuvor.

»Jetzt knall mir eine«, befahl er. »Davon wird dir bestimmt viel besser.«

Hetty lächelte. »Danke, nicht nötig. Ich fühl mich schon besser.«

»Du wirst keine zweite Chance kriegen.«

»Ich verzichte trotzdem auf das Privileg.«

Er erwiderte ihr Grinsen, Übermut glitzerte in seinen Augen. Sie wussten beide, dass die Kriegshandlungen nur ausgesetzt waren, das hier war kein dauerhafter Waffenstillstand. »Gut. Ich war nicht wild darauf, mit geschwollener Backe vors Publikum zu treten. Ich geh und hol meine Noten.«

»Noten?«, rief Hetty, während sie ihm aus dem Zimmer folgte. »Ich dachte, du kannst keine Noten lesen.«

Er warf ihr über die Schulter einen Blick zu. »Ich habe nur gesagt, dass ich es normalerweise vorziehe, ohne Noten zu spielen. Hast du deine Liste?«

Hettys gerade erst wiedergefundene Selbstsicherheit geriet ins Wanken. »Nein.«

»Macht ja nichts. Ich hab meine. Und jetzt komm, noch ist keiner da, du kannst dich ein bisschen warm singen.«

Connor hielt es offenbar für überflüssig, seiner Solistin zu sagen, was sie singen sollte – er spielte einfach eine längere Einführung. Das erste Stück, das er auswählte, war ausgesprochen passend, dachte Hetty: »It Had to Be You« – Ausgerechnet du.

Hetty und Connor musizierten weiter, leise, fast für sich,

während die Leute ihre Plätze einnahmen, etwas zu trinken besorgten, zur Toilette gingen, die Handtasche ihrer Frau suchten und – zu Hettys Entsetzen – Zigaretten anzündeten.

»Wird es gehen?«, fragte Connor leise, als er das Paar am vordersten Tisch rauchen sah.

Hetty beschloss, dass es allein die Schuld dieser beiden sein würde, falls sie eine miserable Vorstellung gab. »Morgen bin ich so oder so heiser«, antwortete sie murmelnd, während Connors musikalische Finger in den oberen Oktaven trillerten.

»Ich denke, es wird Zeit, dass die Meute zur Ruhe kommt.«

Hetty hörte auf zu singen, und Connor spielte lauter. Nach und nach ebbte der Lärm ab.

»Du bist ein Genie. Hast du so was schon öfter gemacht?«, fragte Hetty wispernd.

»Natürlich. Wofür hältst du mich? Für einen beschissenen Amateur?«

Die Musik sprudelte einfach nur so aus ihr hervor. Der Whiskey und Connors Kuss schienen alle innere Anspannung gelöst zu haben, sodass sie die Melodien so herausschmettern konnte, wie sie sie im Kopf hörte. Es gab keine Hemmnisse. Ihre Stimme war wunderbar flexibel, treffsicher, gehorchte jeder Eingebung. Und hierbei, wenn schon bei keiner anderen Sache der Welt, war Connor der perfekte Partner.

Es war kein übermäßig großer Saal, aber er war voller Menschen, deren Leiber den Schall absorbierten und die darüber hinaus dazu neigten, zu hüsteln und zu rascheln. Trotzdem füllte Hettys Stimme den Raum ohne erkennbare Mühe.

So werde ich nie wieder singen, dachte sie. Küsse und Alkohol würden ihre Stimme nie wieder zu einer so natürlichen Entspannung verführen. Es war, als liebten sie sich mit der Musik statt mit ihren Körpern, und der Effekt war beinah ebenso wunderbar.

Das Publikum war begeistert. Das ganze Programm war schon abgespult, ehe Hetty auch nur das Gefühl hatte, richtig in Fahrt gekommen zu sein, und sie wurden mit Zugaberufen bestürmt. Sie konferierten kurz und spielten zwei weitere Stücke. Dann war Schluss, sie ließen sich zu keiner weiteren Zugabe überreden. Ihr Auftritt war schließlich nur als Auflockerung des Abends gedacht gewesen, nicht als Hauptattraktion. Sie bekamen beinah so stürmischen Applaus wie Ruby, stellte Hetty zufrieden fest.

»Das war wunderbar.« Rubys neuer Besitzer fing Hetty ab, als sie Connor aus der Halle folgte. »Der ganze Abend ist wunderbar. Und ich möchte, dass Sie diesen Scheck nehmen.«

Hetty zierte sich und versuchte, ihm den Fetzen Papier nicht aus den Fingern zu reißen.

»Ich kann mich noch gut daran erinnern, wie schwierig es ist, ein neues Geschäft aufzubauen. Und wenn die Kunden ihre Rechnungen nicht pünktlich zahlen, geht der Cashflow zum Teufel und im Handumdrehen macht man pleite. Also habe ich Ihnen einen Scheck ausgestellt, als Akontozahlung, damit Sie flott bleiben, bis Sie die endgültige Summe ausgerechnet haben.«

Hetty dankte seinem entschwindenden Rücken und steckte den Scheck zu dem anderen. Dann machte sie sich auf die Suche nach Connor.

Sie fand ihn ihm Garten. Er saß allein an einem der kleinen Tische und spielte mit dem Wachs, das an der Kerze herabgeronnen war.

»Du musst völlig erledigt sein«, sagte er und zog einen Stuhl für sie heran.

»Hm, aber es hat gut geklappt, oder?«

»Sehr. Wir könnten mit dieser Art Musik Geld verdienen. Es professionell aufziehen.«

»Aber das werden wir nicht«, sagte Hetty. Es herrschte einen Moment Stille. Schweigen war die andere Sache, die sie gut gemeinsam tun konnten.

»Trink was.« Unter der Hecke hatte Connor eine Flasche und zwei Gläser versteckt. Er drückte den Korken behutsam mit beiden Daumen heraus. »Nicht sehr kalt, fürchte ich.«

»Aber köstlich.« Hetty schloss die Augen. Gleich würde sie Connor von den beiden Schecks erzählen, die in ihrem Ausschnitt steckten. Aber im Moment war sie zu müde zum Reden.

Nach dem, was sie gerade zusammen erlebt hatten, konnten sie nicht einfach wieder das Feuer eröffnen, aber sie konnten auch nicht so tun, als seien sie immer die besten Freunde gewesen. Hettys Augen wollten sich nicht mehr öffnen. Spätestens in einer Minute würde ein Dutzend Leute auftauchen und sie und Connor stören. Sie musste es ihm jetzt sagen, solange sie allein waren.

»Morgen kommt ein Mann, der meinen Wagen kauft«, begann Connor plötzlich. »Er ist schon seit Jahren scharf drauf. Es wird genug sein, um den Kredit abzuzahlen.«

»Aber Connor, das ist doch nicht nötig! Wir haben heute genug verdient, um den Kredit zu bezahlen, und ich habe zwei Schecks ...«

»Das ist nicht alles Gewinn.«

»Das *weiß* ich doch, aber das meiste davon und ...«

»Es dauert vier Arbeitstage, bis Schecks eingelöst werden. Aber ich bekomme Bargeld für den Wagen. Phyllis leiht mir ihr Auto, sodass ich nach London fahren und uns diese Bastarde ein für allemal vom Hals schaffen kann. Abgesehen davon schulde ich dir achthundert.«

»Ah ja?«

»Du hast deinen Wagen verkauft, richtig? Und mit dem Geld eine der Raten bezahlt? Du musst es zurückbekommen.«

Verletzt und erschüttert starrte sie ihn an. »Aber doch

nicht *jetzt!* Du brauchst dein Auto nicht zu verkaufen, um mich für meins zu bezahlen. Ich kann warten. Außerdem waren's nur fünfhundert.«

»Es geht um *mein* Auto, den Kredit *meines* Onkels, und ich kann ihn zurückzahlen, wie es mir passt.«

»Aber siehst du denn nicht, dass das ein völlig unnötiges Opfer wäre? Ich habe die Schecks ...«

»Es hat keinen Sinn, darüber zu streiten, meine Entscheidung steht fest.« Er erhob sich, stellte das Glas auf den Tisch und stolzierte ins Haus zurück.

Hetty sah ihm nach. Sie bebte vor Zorn. Er war so unerträglich stolz und arrogant, dass er lieber seinen Wagen verkaufte, als anzuerkennen, dass das Haus sich selbst finanzieren konnte. Ihr Beitrag war einen Dreck wert, wurde einfach ignoriert. All die harte Arbeit, die Planung, die Schinderei und die Sorge – alles, was sie auf sich genommen hatte, war sinnlos gewesen.

In diesem Moment hasste sie ihn. Nicht weil er sich von dem wunderbaren, einfühlsamen Pianisten wieder in den Mann zurückverwandelt hatte, der nichts auf seine Erbschaft gab, sondern weil er immer Recht behalten musste.

Sie konzentrierte sich darauf, in ihr Schlafzimmer zu gelangen, ohne auf dem Weg dorthin die Fassung zu verlieren, als Sophie zu ihr trat. Das hübsche Kleid war verrutscht, die Zöpfe hingen auf Halbmast.

»Ruby ist in die Scheune gegangen und hat den ganzen Blumenschmuck aufgegessen.«

Hetty sah sie verständnislos an. Sie hatte keine Ahnung, wer Ruby war. »Wirklich? Wie eigenartig. Ich hoffe, sie bricht nicht auf den Teppich.«

Sophie öffnete den Mund zu einer Erklärung, aber Hetty war schon verschwunden.

22. Kapitel

Obwohl ihr vor Müdigkeit jeder Knochen wehtat, schlief Hetty kaum. Ein schlechtes Gewissen, weil sie die Party vor den letzten Gästen verlassen hatte, war einer der Gründe. Sie war so wütend auf Connor, weil er ihre enorme Leistung mit einem schroffen Wink abgetan hatte. Die Folgen straften ihn selbst mehr als sie, und darüber war sie froh. Aber als sie ein bisschen geschlafen hatte und der Tag anbrach, wusste sie, dass sie auf keinen Fall wollte, dass er sein geliebtes Auto verlor.

Natürlich würde der Wagen Bargeld einbringen, und er hatte ja Recht, es dauerte ein paar Tage, bis Schecks eingelöst wurden. Und Connor würde Geld übrig behalten, um sich ein anderes Auto zu kaufen. Aber er würde bestimmt kein so Ausgefallenes finden. Es *musste* doch noch eine andere Lösung geben.

Um fünf sah sie endlich ein, dass sie nicht mehr einschlafen würde, und stand auf. Sie wollte Connor überreden, den Verkauf des Wagens aufzuschieben und die Kredithaie um ein paar Tage Schonfrist zu bitten, bis die Schecks eingelöst waren. Aber mit der Zahnbürste auf halbem Weg zum Mund erkannte sie, dass sie vermutlich ablehnen würden, denn was sie eigentlich wollten, war ja die Pfändung von Courtbridge House. Das war vermutlich der Grund, warum Connor so felsenfest entschlossen war, seinen Citroën zu verkaufen. Und das, so ungern sie es zugab, sprach eindeutig für ihn.

Mit dem Ärmel rieb Hetty die Zahnpastaspritzer vom Badezimmerspiegel und wünschte, ihre Gefühle für Connor ließen sich ebenso leicht wegwischen. Aber das ging nicht. Liebe, Hass, Frustration und Wut schwappten alle in einer einzigen emotionalen Suppe durcheinander, und es war unmöglich, eine einzelne Zutat herauszufiltern und sich separat damit zu befassen.

Außerdem ging es jetzt erst einmal darum, den Kredit zurückzuzahlen. Sie konnte ihre Zeit nicht mit der Frage vergeuden, ob sie Connor denn nun liebte oder hasste, ob sie wollte, dass er seinen Wagen behielt, oder es als gerechte Strafe ansah, wenn er ihn verlor. Den Kredit zu bezahlen war das Wichtigste, und das erforderte Handeln, keine philosophische Innenschau. Hetty ging in ihr Schlafzimmer zurück, um sich anzuziehen, und dabei kam ihr eine Idee, die so verwegen war, dass sie sie einige Male verwarf, ehe sie ihr gestattete, sich zu entwickeln. Aber noch während sie sie aus ihren Gedanken zu verscheuchen suchte, hatte sie saubere, einigermaßen schicke Sachen angezogen statt der Jeans und des T-Shirts, die über der Stuhllehne hingen. Und jetzt da sie sich einmal so aufgedonnert hatte, schien es nur folgerichtig, einfach weiterzumachen. Schließlich wollte sie sich ja nicht noch mal umziehen.

Sie feilte den Plan aus, während sie mit den Hunden einen Spaziergang über die Felder machte. Das Köstliche an der Sache war, dass Connor selbst sie auf die Idee gebracht hatte. Er hatte gesagt, er wolle sich Phyllis' Wagen leihen, um das Geld nach London zu bringen. Was er konnte, konnte sie schon lange. Sie würde sich Connors Wagen borgen, in die Stadt fahren und den freundlichen Bankangestellten um einen Überziehungskredit bitten, der die wenigen Tage überbrückte, bis die Schecks eingelöst waren. Dann würde sie sich das Bargeld auszahlen lassen, es nach London bringen, den Kredit zurückzahlen, heimfahren und Connor seinen Wagen zurückgeben. Und auch wenn er es niemals zugeben würde, würde er in seinem tiefsten Inneren erleichtert sein, ihn nicht verkauft zu haben.

Und wenn der Bankangestellte ihre Bitte ablehnte (damit musste sie immerhin rechnen), konnte sie immer noch zurückkommen und Connor seinen Plan ausführen lassen, ohne dass er von ihrem Versuch etwas erfahren musste.

So beschwingt war sie von der Genialität dieses taktischen und methodischen Meisterstücks, dass sie freudestrahlend bis sieben Uhr abwusch. Sieben, hatte sie beschlossen, war der beste Zeitpunkt für ihren Aufbruch. Früher loszufahren hätte bedeutet, dass sie stundenlang warten müsste, bis die Bank öffnete, und wenn sie sich später aufmachte, würde sie möglicherweise Connor begegnen.

Hetty war wild entschlossen, sich zu konzentrieren und keinen fatalen Fehler zu machen, wie etwa die Schecks zu vergessen. Sie legte ein bisschen Make-up auf, bürstete sich die Haare, vergewisserte sich, dass sie die Korrespondenz von den Kredithaien ebenso wie die Schecks eingesteckt hatte, und schlich auf Zehenspitzen aus dem Haus. Sie hinterließ eine Nachricht, sie sei zu Caroline gefahren. Es war wichtig, dass niemand sie vermisste, ehe der Wagen vermisst wurde. Und der war gestern an einem so entlegenen Winkel geparkt worden, um Platz für die Autos der Gäste zu machen, dass sein Verschwinden erst auffallen würde, wenn der potentielle Käufer erschien.

Es war ziemlich nervenaufreibend, durchs Tor zu fahren und sich vorzustellen, dass Connor jeden Moment ans Fenster treten und sein geliebtes Auto entschwinden sehen könnte. Und der Wagen fuhr sich höchst merkwürdig. Sie wagte nicht, anzuhalten und das Gatter zu schließen, ehe sie nicht ein gutes Stück den Feldweg entlanggefahren war.

Selbst nach geglückter Flucht musste Hetty feststellen, dass sie sich nicht entspannen konnte. Der Wagen war nicht nur merkwürdig, sondern auch äußerst schwierig zu fahren. Er schien ungeheuer schwerfällig und zog nach links. Als Hetty in die Stadt kam, schmerzten ihre Arme vor Anstrengung. Nur gut, dass sie so früh hier war. Es bedeutete, dass es noch reichlich freie Parkplätze gab und sie sich eine breite Lücke aussuchen konnte. Bei dieser tückischen Lenkung hätte sie keine Lust gehabt zu rangieren.

Sie kaufte sich eine Zeitung und setzte sich in das Café, wohin Phyllis sie nach ihrem ersten Besuch bei der Bank geführt hatte. Dort gönnte sie sich eine Kanne Tee und ein Scone, das noch ganz warm war. Dann nahm sie sich einen Kuli und eine Papierserviette und machte sich daran auszurechnen, auf welche Höhe sich die Schulden von Courtbridge House beliefen und wie hoch seine Außenstände waren.

Sie stand vor der Tür, als die Bank öffnete, und brauchte daher nicht lange zu warten, ehe sie zu dem jungen Sachbearbeiter vorgelassen wurde.

»Ich brauche Geld!«, verkündete sie. Selbst in ihren Ohren klang es ein wenig melodramatisch.

Der Angestellte zog die Brauen in die Höhe und wünschte, Hetty hätte den angebotenen Kaffee nicht abgelehnt. Er hatte ihn selber so bitter nötig.

Hetty fand sich in ihre Bittstellerrolle. »Sie haben doch gesagt, Sie könnten uns einen Überziehungskredit gewähren, sobald das Haus anfängt, Geld abzuwerfen.« Sie holte die beiden Schecks hervor. »Wir wären längst in den schwarzen Zahlen, wenn wir für Samuels Kredit nicht einen so unverschämten Wucherzins zahlen müssten.«

»Ah ja?« Er nahm die Schecks. »Was ist das?«

»Einer ist eine Anzahlung für die Ausrichtung einer Hochzeitsfeier. Die endgültige Summe wird gewaltig sein.« Das wusste sie zwar noch gar nicht, aber es schien eine nahe liegende Vermutung. »Der andere ist eine Teilzahlung für eine Party, die gestern Abend stattgefunden hat. Das restliche Geld wird auch bald eintreffen. Hier steht, wie viel wir noch zu bekommen haben.« Sie reichte ihm die Serviette mit ihren Kalkulationen.

»Und wann erwarten Sie die Restzahlung?«

»In Kürze. Mr Makepiece, der Gastgeber der Party, hat mir den Akontoscheck gegeben, weil er weiß, wie schwierig es für kleine Betriebe ist, wenn Kunden nicht pünktlich zahlen.«

»Das ist wahr.«

»Also glaube ich nicht, dass er uns auf den Rest lange warten lässt.«

»Nein. Und aus Ihrer Aufstellung hier«, er blickte auf die Serviette hinab, »geht hervor, dass Ihre Außenstände weitaus höher sind als die Rückzahlungssumme dieses Kredits. Also, wozu brauchen Sie unsere Hilfe?«

Sie zeigte ihm den Brief der Kredithaie. »Ich muss heute zahlen. Wir haben den dritten Juni.«

»Verstehe. Sie wollen einen Überziehungskredit, bis die Schecks eingelöst sind.«

Hetty nickte. »In bar.«

»Und was ist, wenn die Schecks platzen?«

»Werden sie nicht.«

Der Bankangestellte überdachte ihr Ansinnen und die möglichen Folgen für seine Karriere sehr sorgsam. Es schien Stunden zu dauern. »Einverstanden. Da Sie in relativ kurzer Zeit so viel in Bewegung gesetzt haben, um das Haus profitabel zu machen, werden wir Ihnen die Summe zur Verfügung stellen.«

Es dauerte Ewigkeiten, bis das Geld endlich kam – säuberliche Bündel in Papierbanderolen, denen der unverwechselbare Geruch von neuem Geld entströmte. Hetty stopfte es in ihre Tasche, dann umrundete sie den Schreibtisch und umarmte den Bankangestellten. Zu verblüfft, um zu wissen, was er tat, erwiderte er die Umarmung.

Hetty fand den Weg zur Autobahn ohne größere Probleme, und auch wenn ihre Arme schmerzten, lief der Wagen doch einigermaßen manierlich. Einmal hielt sie unterwegs, um zu tanken, dankbar für ihre Voraussicht, ein Geldbündel griffbereit in ihre Handtasche zu stecken. Der Rest der umfangreichen Barschaft lag in einer Einkaufstasche, versteckt unter einer Tüte voller Milchbrötchen und Schmalzgebäck, die sie gekauft hatte, als sie darauf wartete, dass die Bank ihre Tore öffnete.

Kurz bevor sie Hammersmith erreichte, ging ihr auf, dass sie nach Rückgabe des Wagens nicht ins Haus gehen konnte, jedenfalls nicht solange Connor dort war. Denn selbst wenn ihr Plan funktionierte (und sie hatte diesbezüglich selbst jetzt noch Zweifel), würde er sie hassen, weil sie die Kontrolle über die Situation an sich gerissen und ihm nicht gesagt hatte, was sie vorhatte. Bekanntlich hatte er nicht viel dafür übrig, wenn man irgendwas hinter seinem Rücken tat.

Selbst an guten Tagen fuhr Hetty nicht gern durch London, und heute war kein guter Tag. Also suchte sie sich einen Parkplatz in einer stillen Gegend in Hammersmith. Nur gut, dass Connors Wagen so runtergekommen aussah; es bestand durchaus Hoffnung, dass er nicht geklaut wurde, während sie mit der U-Bahn in die Stadt fuhr.

Es schien Ewigkeiten her zu sein, seit Hetty zuletzt in London gewesen war, aber mit der U-Bahn kannte sie sich noch bestens aus, und so erreichte sie gegen ein Uhr ihr Ziel, das Geld immer noch sicher unter seiner Gepäcktarnung.

Jetzt muss ich nur noch das Haus finden, dachte sie. Sie erstand eine Zeitschrift und fragte den Jungen, der sie ihr verkaufte, nach dem Weg. Er begleitete sie ein Stück die Straße entlang, bis sie vor dem richtigen Gebäude anlangten.

»Wehe, diese Mistkerle sind alle in der Mittagspause«, brummte sie, während sie die Eingangsstufen hinauflief.

Waren sie nicht. Ein Mann hielt die Stellung, aber er war irritiert, Hetty und nicht Connor zu sehen. Er nahm das Geld mit finsterer Miene entgegen – es wäre ja so viel befriedigender gewesen, Courtbridge House zu pfänden. Mit angewidert gespreizten Fingern betastete er die Plastiktüte. Nun gut, das Schmalzgebäck hatte ein bisschen geschwitzt und ein paar der Geldbündel waren ein wenig klebrig, aber die Summe stimmte, wie der Mann zögernd einräumen musste, nachdem er die Scheine mit pedantischer Gründlichkeit gezählt hatte.

Hetty trödelte am Treppenabgang der U-Bahn herum. Plötzlich wollte sie nicht zurück nach Courtbridge. Connor würde so wütend auf sie sein. Vermutlich waren sie ihr alle böse. Niemand würde verstehen, warum sie es für nötig befunden hatte, Connors Wagen aus dem Weg zu schaffen, außer vielleicht Jack. Und auch er würde anführen, sie hätte den Citroën bei ihm verstecken sollen, statt mit einer Menge Bargeld im Gepäck damit nach London zu fahren.

Statt also die U-Bahn nach Hammersmith zu nehmen, ging sie ins Kino. Dann rief sie Penny, ihre Freundin aus Alistairs Firma, an und verabredete sich nach Feierabend mit ihr. So war es schon nach sieben und der schlimmste Berufsverkehr vorbei, als Hetty schließlich zu Connors Wagen nach Hammersmith zurückkam. Sie sprach ein kurzes Dankgebet, weil er noch da und unbeschädigt war, und machte sich auf den Heimweg.

Die meiste Zeit hatte sie die Sonne im Gesicht, und der Schlafmangel machte sich plötzlich bemerkbar. Warum gerade jetzt, nachdem sie sich nächtelang schlaflos umhergewälzt und um Schlaf gebetet hatte? Müdigkeit senkte sich wie eine erstickende Decke auf sie hinab. Sie versuchte, dagegen anzukämpfen, verließ die Autobahn aber an der nächsten Ausfahrt, fuhr an den Straßenrand und schloss für eine Weile die Augen.

Danach setzte sie ihre Fahrt fort. Sie fühlte sich ein wenig erfrischt und naschte von den Milchbrötchen und dem Schmalzgebäck aus der zerknitterten Tüte auf dem Beifahrersitz. Doch der Wagen schien immer bockiger zu werden. Er wollte nicht auf der Straße bleiben, fühlte sich stattdessen scheinbar unwiderstehlich von der Hecke angezogen, die die Landstrasse säumte. Sie hörte auf, sich darüber zu sorgen, was Connor mit ihr anstellen würde, wenn sie heimkam, weil sie langsam bezweifelte, dass das je geschehen würde. Sich von dem Mann, den man liebte, den Kopf abreißen zu lassen, war doch irgendwie immer noch besser, als kopfüber durch die Windschutzscheibe zu gehen oder in einen Laster zu rasen.

Sie war noch etwa zwanzig Meilen von Courtbridge entfernt und hatte gerade entschieden, dass sie den Wagen ein gutes Stück vom Haus entfernt parken und in die Küche schleichen würde, wenn gerade niemand hinschaute, als die seltsame Vorliebe des Wagens für die Hecke sich durchsetzte. Als Hetty in eine Kurve einbiegen wollte, fuhr der Citroën stur gerade aus, vorbei an einem Telegrafenmast, und kam erst zum Stehen, als er gänzlich in Weißdorn gebettet stand und mit späten Blüten bedeckt war. Hetty wurde nach vorn geschleudert, der Gurt rastete ein, und sie stieß hart mit dem Kopf gegen den Türholm.

»Alles in Ordnung?«

Hetty schlug die Augen auf. Ein Polizist füllte ihr gesamtes Blickfeld aus. Sie fühlte sich vollkommen gelassen. »Ich denke schon.«

»Glauben Sie, Sie haben sich irgendwas gebrochen?«

Sie schüttelte den Kopf, und da setzten die Schmerzen ein. »Ich weiß nicht genau. Die Seite tut mir weh, und ich fühle mich ein bisschen schwindelig.«

»Wann haben Sie zuletzt etwas getrunken?«

Hetty musste nachdenken.

»Etwa gegen halb sechs.«

»Und was haben Sie getrunken, Madam?«

»Ähm ... einen Grapefruit Henry.«

Der Polizist verengte die Augen. »Was ist das?«

Hetty stellte fest, dass sie schon wieder scharf nachdenken musste. »Grapefruitsaft mit Limonade.«

Der Polizist wandte ihr den Rücken zu und sprach murmelnd in sein Funkgerät. Als er sie wieder ansah, war sein Gesicht finster. »Dieser Wagen ist als gestohlen gemeldet.«

»Tja, das wundert mich nicht«, sagte Hetty. »Ich hab ihn gestohlen.«

»Was dagegen, wenn ich mal Ihren Atem schnupper?«

»Ich bin nicht gerade wild drauf, aber wenn Sie meinen, dass es sein muss ...«

Das meinte er allerdings. »Riecht nicht, als hätten Sie getrunken, und Sie sehen auch nicht aus wie ein Autodieb, wenn ich das so sagen darf.« Er tastete ihre Arme und Beine behutsam nach Knochenbrüchen ab.

»Ich fände es weitaus schlimmer, wenn Sie sagen würden, ich sehe aus wie ein Autodieb. Autsch. Aber ich hab's trotzdem gestohlen.«

»Hm«, machte der Polizist. »Der Krankenwagen wird gleich hier sein, und ich glaube nicht, dass der Wagen in Flammen aufgehen wird, also bleiben Sie einfach ruhig sitzen.«

»Ist der Wagen schlimm beschädigt?«

»Machen Sie sich darüber mal keine Sorgen, Kindchen. Sitzen Sie einfach still.«

»Aber ich *mach* mir Sorgen. Wie schlimm ist es? Was meinen Sie?«

Der Polizist schüttelte den Kopf. »Mit etwas Glück brauchen wir Sie nicht rauszuschneiden, aber er hat einen Telegrafenmast gestreift. Ich würde sagen, es ist ein Totalschaden.«

Hetty schloss die Augen. Sie hatte sich all die Mühe gemacht, um Connors Wagen zu retten, und das Ergebnis war, dass sie ihn zu Schrott gefahren hatte. »O Gott.«

»Es hat keinen Sinn zu weinen, Kindchen. Wenn Sie nicht wollten, dass der Wagen Schaden nimmt, hätten Sie ihn nicht stehlen sollen.«

Er entfernte sich ein paar Schritt. Hetty hörte, dass er zu seinem Kollegen sagte, es sei offenbar ein verdammter Ehekrach und dass Leute ihre privaten Streitereien doch gefälligst nicht auf öffentlichen Straßen austragen sollten.

Hetty sank in einen unruhigen Schlummer, das schien

besser, als der Realität ins Auge sehen zu müssen. Die Sanitäter weckten sie, schnallten sie auf ein unglaublich unbequemes Brett und luden sie in den Krankenwagen.

»Wo bringen Sie mich hin?«, fragte Hetty, während sie die Trage feststellten.

»Zum Wheatstone General Hospital.«

»Oh.« Das war ein gutes Stück von Courtbridge entfernt. Und es war auch nicht das Krankenhaus, in dem Samuel lag. Das war doch immerhin etwas. Ob sie von dort aus wohl direkt zu ihren Eltern fahren konnte?, überlegte sie. Würde ihr Vater kommen und sie holen, ehe Connor aufkreuzte? Connor würde sich sicher zuerst einmal um seinen Wagen kümmern. Anschließend würde er herkommen, um sie zu erwürgen. Sie versuchte zu schätzen, wie viel Zeit ihr bis dahin blieb, als ihr Hirn sich vernebelte.

In der Notaufnahme war es einigermaßen ruhig. Eine Hand voll Leute saß auf Stühlen und blätterte in Zeitschriften. Einer hatte den Fuß bandagiert, ein anderer trug den Arm in einer sehr schmuddeligen Schlinge. Zwei weitere schienen auf Patienten zu warten, die gerade behandelt wurden. Hetty wurde sofort in eine Behandlungskabine gebracht.

Es war eine Erleichterung, von dem Brett befreit und auf die Untersuchungsliege gehoben zu werden, und eine noch größere Erleichterung war es, die beiden Sanitäter los zu sein, die sich auf dem kurzen Weg vom Krankenwagen bis hierher über den Schaden an Connors Wagen unterhalten hatten, welchen Schrottwert er wohl bringen mochte und ob man ihn ausschlachten könnte. Sie hätten ebenso gut darüber diskutieren können, ob Hettys Organe recyclingfähig waren, dachte sie.

Eine Schwester mit sehr kalten Händen und einem warmen Lächeln tastete Hetty vorsichtig ab, nachdem sie sie ausgezogen und in ein Krankenhaushemd gesteckt hatte. »Sie müssen auf jeden Fall über Nacht hier bleiben«, sagte sie schließlich. »Bleiben Sie schön hier liegen, der Doktor kommt gleich.«

Hetty waren gerade wieder die Augen zugefallen, als sie harte, lange Schritte draußen auf dem Korridor hörte. Es folgte leises Gemurmel, dann kamen die Schritte näher. Hetty hoffte wider besseres Wissen, es möge der Doktor sein. Der Vorhang wurde heftig beiseite gerissen, und nicht der Doktor trat ein.

»Geht es dir gut?« Unter der verblassenden Sonnenbräune war Connors Gesicht kreidebleich, Schweiß glitzerte auf dem Hals und im Ausschnitt des offenen Hemdkragens. Er war unrasiert, und seine Haare waren zerwühlt.

»Mir geht's bestens. Aber der Wagen …«

»So, dir geht's also bestens, ja? Das ist doch wunderbar! Dir geht's bestens, und mein Wagen ist Schrott. Gott, ich wusste, dass du Grund hattest, mich nicht zu mögen, Hetty, aber ich hätte nie gedacht, dass du mich so hasst. Und ich hätte auch nicht geglaubt, dass du zu solcher Niedertracht fähig wärst! Ich war sicher, du hättest genug Ehrgefühl, offen gegen mich zu kämpfen. Nicht zu stehlen und zu vernichten, woran ich am meisten hänge!«

»Ich hab doch nur …« Ihre Stimme war fast unhörbar.

»Oh, jetzt fang bloß nicht davon an, dass du den Kredit zurückgezahlt hast. Ich will lieber nicht wissen, wie du dir das Geld beschafft hast. Was ich hingegen gern wüsste, ist, warum zur Hölle du mir nichts davon gesagt hast, warum du unsere Differenzen nicht einfach außer Acht lassen und mit mir reden konntest? Ich hätte das Geld nach London bringen können, ohne meinen Wagen zu opfern.«

»Bitte …«

»Halt bloß die Klappe! Du weißt ganz genau, was dieses Auto mir bedeutet hat. Du hast einen Weg gefunden, wie du mich wirklich verletzen konntest, und du hast es getan. Gott, wenn du nicht schon im Krankenhaus liegen würdest, würde ich dafür sorgen, dass du hier landest! Du hättest dich umbringen können! Oder dein Leben lang querschnittgelähmt sein! Oder gehörte das auch zu deinem Plan, dass ich wegen Totschlags dran bin?!«

»Totschlag?«

»Willst du mir etwa erzählen, du hättest nicht gewusst, dass die Lenkung nicht in Ordnung war?«

»Woher hätt ich das denn wissen sollen?«

Er ignorierte ihr ersticktes Flüstern. »Denkst du wirklich, das Haus ist das Risiko wert, das du eingegangen bist? Wenn die Lenkung auf der Autobahn versagt hätte, wärst du draufgegangen und hättest Dutzende anderer Leute mitgerissen. Es war das Blödeste, Kindischste, Hysterischste, Idiotischste, was ich je erlebt hab. Warum hast du mir nichts gesagt, verdammte Scheiße?«

Hetty zögerte einen Moment, um festzustellen, ob er ihr Redezeit zubilligte.

»Also?«, fragte er ungeduldig.

»Ich dachte, dass du nicht gerade begeistert wärst, wenn ich dich morgens um zwei aus dem Bett werfe, als mir die Idee kam …«

»Ach, wirklich?« Sarkasmus rann über die Weißglut seines Zorns wie geschmolzenes Metall. »Aber du dachtest, ich wäre begeistert festzustellen, dass mein Wagen verschwunden war, als er verkauft werden sollte, und du obendrein auch wie vom Erdboden verschluckt warst? Du meinst, es würde mir Spaß machen, den ganzen Tag halb tot vor Angst darauf zu warten, dass die Polizei kommt und mitteilt, dass du tot bist? Mir das Hirn zu zermartern, was für einen irrsinnigen Plan du wohl gefasst haben könntest, um den Kredit zu bezahlen. Und dabei hatte ich die Sache völlig im Griff. Aber nein, du konntest natürlich nicht zulassen, dass ich, Conan der Barbar, das Haus rette. Es musste Hetty, die Helferin in der Not sein, und zur Hölle mit den Folgen.«

»Ich hab doch nur …«

»Zu denken, dass ich geglaubt habe … Gott sei Dank hab ich rausgefunden, was für ein blödes, herzloses, rücksichtsloses Miststück du bist, ehe es zu spät war!«

Hetty schloss die Augen und wartete darauf, ihn gehen zu hören. Aber nichts rührte sich.

»Und wann kann ich dich aus diesem Scheißladen nach Hause holen?«

»Nicht bevor die Platzwunde an ihrem Hinterkopf versorgt ist und wir gründliche Tests durchgeführt haben«, sagte eine Frauenstimme.

Hettys Augen klappten auf, und sie sah ein winziges Persönchen in einem weißen Kittel mit einem Stethoskop um den Hals. Connor starrte sie einen Augenblick sprachlos an und fuhr dann wieder zu Hetty herum. »Also bist du obendrein auch noch eine Lügnerin, ja?« Und damit stürmte er hinaus auf den Flur.

»Gott, sie sind wirklich zu niedlich, wenn sie wütend sind«, sagte die Ärztin, als die Schritte verhallt waren. »Machen Sie sich keine Sorgen, ich bin sicher, er wird Ihnen verzeihen.«

»Das glaub ich nicht«, erwiderte Hetty. »Ich hab seinen Wagen zu Schrott gefahren.«

Caroline holte Hetty ab, nachdem sie noch eine zweite Nacht im Krankenhaus verbracht hatte. Die Kopfwunde war säuberlich geklammert, und es waren keine weiteren Verletzungen festgestellt worden. Die Polizei hatte ihr mitgeteilt, dass Connor keine Anzeige gegen sie erstattet hatte. Vermutlich, damit er mich im Gerichtssaal nicht wiedersehen muss, dachte Hetty zutiefst deprimiert. Caroline hatte sie während des vorherigen Tages mit Weintrauben, Zeitschriften und einer Flasche Champagner versorgt, die sie mit dem ganzen Stationspersonal geteilt hatte, und brachte sie jetzt zu Phyllis.

»Es ist alles geregelt. Deine Mutter wird dich abholen, sobald sie kann, aber du brauchst ein paar Tage absolute Ruhe, darum kannst du nicht nach Courtbridge House zurück.«

»Warum sagst du mir nicht die Wahrheit, Caroline? Connor würde mich niemals über die Schwelle lassen, selbst wenn ich wollte.«

»O nein. Ich glaube nicht, dass er irgendwas in der Richtung gesagt hat. Obwohl er natürlich immer noch fuchsteufelswild ist.« Caroline warf ihr beim Schalten einen schnellen Seitenblick zu. »Apropos. Welcher Teufel hat dich nur geritten?«

»In dem Moment schien es das einzig Logische. Ich wollte nicht, dass Connor sein Auto verkaufte, und ich musste nach London, um den Kredit zurückzuzahlen. Also hab ich zwei Fliegen mit einer Klappe geschlagen. Ich wusste ja nicht, dass die Lenkung nicht in Ordnung war.«

»Das hab ich ihm auch gesagt, aber ich fürchte, er ist zu wütend, um auf vernünftige Argumente zu hören.«

»Ich kann's ihm nicht mal verübeln.«

»Und ich *glaube,* die Vorstellung, was dir alles hätte passieren können, macht ihm mehr zu schaffen als der Wagen.«

»Aber du weißt es nicht genau? Na, ich schon. Er mag sich vielleicht um mich gesorgt haben, aber das wird er bald vergessen. Schließlich komm ich wieder völlig in Ordnung. Der Citroën nicht.«

»Ich fürchte, da hast du Recht.«

Hetty wandte den Kopf ab, starrte aus dem Fenster und kämpfte mit den Tränen.

»Die Leute mit der Hochzeit haben angerufen und die Sache festgemacht«, berichtete Caroline ihrem Hinterkopf. »Und Mrs Makepiece hat ihre Rechnung bezahlt. Hat Phyllis mir erzählt. Sie hat noch einen Haufen weiterer Anfragen bekommen. Sieht so aus, als wollten alle in Courtbridge House irgendwelche Partys feiern.«

Hetty brachte ihre Stimme unter Kontrolle. »Oh, gut. Das freut mich riesig. Ehrlich. Aber ich werde Courtbridge House nicht mehr betreten können, weißt du. Nie wieder.«

Caroline antwortete nicht sofort. Hetty hatte halb gehofft, sie werde protestieren und sagen, das sei albern. »Na ja«, meinte sie schließlich. »Jedenfalls nicht morgen oder übermorgen.«

Am nächsten Morgen betrat Phyllis Hettys Zimmer mit einem Tablett in den Händen.

»Ich habe Ihre Mutter angerufen, wie Sie gesagt haben. Ich hab sie überredet, nicht herzukommen, aber sie wollte wissen, ob Sie diese Leute in Shropshire angerufen haben.« Sie stellte Hetty das Tablett auf die Knie. »Ich habe ihr gesagt, vermutlich noch nicht, und es könnte noch ein paar Tage dauern. War das recht?«

»Absolut. Und Sie sollten mich wirklich nicht so verwöhnen. Mir fehlt doch gar nichts.«

»Sagen Sie das noch mal, wenn Sie aus dem Bad zurückkommen, dann glaub ich es.« Phyllis reichte Hetty einen Bademantel.

Als sie zurückkam, war sie sehr froh, wieder ins Bett steigen zu können. »Ich fühl mich, als hätte mich ein Bus überrollt.«

»Sie haben großes Glück gehabt, dass nicht genau das passiert ist. Connor sagt, die Lenkung war nicht in Ordnung.« Phyllis hockte sich auf die Bettkante, sodass Hettys Cornflakes beinah überschwappten »Darum hat er den Wagen als gestohlen gemeldet. Er wusste, dass Sie ihn genommen hatten, und wollte, dass Sie angehalten werden, ehe …«

»Ehe ich mich umbrachte?«

Phyllis nickte. »Er wird wahrscheinlich später vorbeikommen und Sie besuchen.«

Plötzlich fühlte Hetty sich furchtbar schwach. »Ich will ihn nicht sehen. Ich hab so ein furchtbar schlechtes Gewissen wegen des Wagens. Weiß er, warum ich ihn gestohlen habe?«

»Ich glaube schon. Er hat mir übrigens von dem Kredit erzählt. Sie armes Kind. Mir konnten Sie nichts von dem Kredit sagen, ihm nichts vom Denkmalschutz. Aber das hab ich inzwischen getan. Und ich *glaube,* er ist einverstanden.«

»Oh, gut.«

»Jetzt sollte ich wohl besser zum Haus rüberfahren, wenn es Ihnen nichts ausmacht, allein hier zu bleiben. Irgendjemand muss ja die Besucher einlassen, falls Connor nicht da ist.«

»Vermutlich besser für die Besucher, wenn sie ihm nicht über den Weg laufen.«

»Wissen Sie, es steckt ein wirklich guter Mann in der rauen Schale.«

Hetty brachte ein schwaches Lächeln zustande. »Ich bin froh, dass er Sie als Leumundszeugin haben wird, wenn er mich ermordet, weil ich sein Auto zu Schrott gefahren habe.«

Hetty schlief fast den ganzen Tag, froh, dass sie weit weg von Courtbridge House und von Connor war. Sie wollte unter allen Umständen vermeiden, ihn zu sehen. Sie musste lernen, mit ihren Schuldgefühlen zu leben, und das würde leichter sein, wenn die Erinnerung an Connors Zorn nicht in ihr Gedächtnis eingebrannt war. Sie hatte ihn einmal erlebt, und das drohte eine bleibende Narbe zu hinterlassen.

Phyllis kam zur Teezeit zurück. »Machen Sie sich darauf gefasst, dass Connor heute Abend herüberkommt, um Sie zu sprechen.«

»O Gott! Können Sie ihm nicht sagen, ich sei zu schwach?«

»Zu spät, fürchte ich. Außerdem hat er sich inzwischen sicher ein bisschen beruhigt. Vielleicht brüllt er ja auch gar nicht.«

23. Kapitel

Connor sah nicht so aus, als würde er sich durch Phyllis' Präsenz vor der Tür von irgendetwas abhalten lassen. Sein Ausdruck war grimmig. Er wirkte müde, ein tiefes Stirnrunzeln schien zwischen seinen Brauen eingemeißelt zu sein. Wäre Hetty nicht nahezu bewegungsunfähig gewesen, wäre sie geflohen. Stattdessen rutschte sie tiefer unter die Decke in der Hoffnung, dass Phyllis' geblümtes Nachthemd, das sie trug, sie unter der mit Gänseblümchen und Stockrosen übersäten Bettdecke tarnen würde.

»Wie fühlst du dich?«, verlangte er zu wissen. »Und sag ja nicht ›bestens‹.«

Hetty fuhr sich mit der Zunge über die Lippen. »Besser.«

»Warum hast du mir nicht gesagt, dass du dich bei dem Unfall verletzt hast?«

Hetty überlegte, wie sie am besten auf diese Frage reagieren sollte. Sie konnte Connors gerechtfertigten Zorn auf sich nehmen oder ihre eigene Wut wiederbeleben, um sich zu wehren. Sie wählte den moralisch fragwürdigen Weg. »Ach, jetzt ist es also doch ein Unfall, ja? Ich dachte, du wärst der Meinung, ich hätte es mit Absicht gemacht!«

»Wenn ich das anfangs gedacht habe, weiß ich es jetzt besser. Ich glaube nicht, dass du Selbstmord begehen wolltest. Auch wenn der Wagen über und über mit Blut besudelt ist.«

»Oh.« Hettys ohnehin schlapper Zorn verrauchte, und sie konnte sich gerade noch bremsen, ehe sie sich entschuldigte, denn dann würde er mit Sicherheit Hand an sie legen. Ein Teil von ihr wünschte, er würde es tun und sie, nachdem er sie bis zur Besinnungslosigkeit geschüttelt hatte, in die Arme schließen, wünschte, sie könnte diese eisige Wut irgendwie besänftigen. Ein anderer Teil, der vernünftige, bewog sie, ihre Worte mit Bedacht zu wählen. »Kopfwunden bluten immer stark.«

»Ich werde die Polster erneuern müssen.«

»Was? Im Citroën? Aber ich dachte, ich meine, ist es denn kein Totalschaden?«

»Nein. Er ist natürlich ziemlich zerbeult, aber kein Schrott. Man kann ihn wieder herrichten.«

»Aber dann, ich meine, warum bist du immer noch … warum bist du nicht überglücklich?«

»Du hättest ums Leben kommen können. Ich glaube nicht, dass das ein Anlass ist, die Korken knallen zu lassen.«

»Schande, im Krankenhaus hatte ich das Gefühl, du würdest mich am liebsten umbringen!«

»Dir mit eigenen Händen die Luft abzudrücken ist eine Sache. Eine Flugrolle durch die Windschutzscheibe meines Wagens eine ganz andere.«

»Ich fahre immer angeschnallt. Ich hab mir nur den Kopf gestoßen, das war alles.«

»Nicht unbedingt dank deiner Vorsicht.«

»Und dein Wagen kann repariert werden, also ist doch alles …«

»Oh, natürlich, Hetty. Mein Wagen kann repariert werden, der Kredit ist bezahlt, das Haus wird unter Denkmalschutz gestellt, und damit ist aus deiner Perspektive alles ›bestens‹, wie du sagen würdest. Also kannst du dich davonmachen und verschwinden. Aus meinem Haus und aus meinem Leben!« Er stierte sie an, seine Augen wie schwarzes Eis, hart und unnachgiebig. Dann wandte er sich ab und ging hinaus.

Hetty zog sich das Kissen über den Kopf und ließ es dort.

Caroline kam am nächsten Morgen, und Hetty erklärte ihr und Phyllis, warum sie nicht nach Courtbridge House zurückkehren konnte.

»Ich wette, ihr braucht mich sowieso nicht. Ich meine, mir ist schon klar, dass jetzt diese große Hochzeit ansteht, aber die Organisation steht ja. Ich wäre ein bisschen überflüssig, selbst wenn Connor mich nicht rausgeworfen hätte.«

»Wollen Sie, dass wir zustimmen oder widersprechen?«, fragte Phyllis. »Und ich meine, Sie sollten wirklich nicht so ernst nehmen, was Connor im Zorn gesagt hat. Wenn Sie bleiben wollen.«

»Will ich nicht. Ehrlich nicht.« Wenn sie nichts für Connor empfunden hätte, wäre es kein Problem gewesen, seinen Rauswurf zu ignorieren – schließlich gehörte das Haus immer noch Samuel, nicht ihm. Aber sie liebte ihn, und darum konnte sie seinen Hass nicht ertragen.

»Ich werde dich so vermissen«, sagte Caroline und schien damit indirekt zu sagen, dass sie Hetty Recht gab und auch glaubte, dass Connor sie hasste.

»Und was wollen Sie jetzt anfangen?«, fragte Phyllis. »Diese Leute in Shropshire anrufen?«

Hetty nickte und berichtete Caroline von der entfernten Cousine ihres Vaters, die so dringend Urlaub brauchte.

»Na, wenn das keine Beförderung ist«, sagte Caroline. »Als du herkamst, warst du der Haussitter. Diesmal wirst du Hotelmanagerin.«

»Trotzdem, den nächsten Job such ich mir selbst«, sagte Hetty. »Aber so habe ich wenigstens einen Ort, wo ich hinkann, und muss keine endlosen Bewerbungsverfahren durchlaufen. Und ich muss wirklich so bald wie möglich ein bisschen Geld verdienen.«

»Aber wie willst du da hinkommen?« Caroline hörte sich an, als liege Shropshire im Himalaja.

»Öffentliche Verkehrsmittel«, antwortete Hetty. »Schon mal davon gehört?«

Caroline schnaubte. »Ich fahre dich. Das würde mir Spaß machen, und ich hätte Gelegenheit, das Material zu sichten. Ich bin immer noch entschlossen, einen netten Mann für dich zu finden. Ich hatte gehofft, du und Connor …«

»Vergiss es«, sagte Hetty mit aller Entschiedenheit.

»Na schön.« Caroline seufzte. »Aber ich fahre dich trotzdem.«

Es stellte sich heraus, dass Hetty keinen Chauffeur brauchte. Denn zwei Tage später stand plötzlich ihre gelbe Ente vor Phyllis' Haustür. Phyllis reichte ihr einen Umschlag mit den Schlüsseln. Ihr Name stand darauf, und Hetty brauchte kein Graphologe zu sein, um zu erkennen, wer ihn in welcher Stimmung geschrieben hatte.

Im Umschlag lag ein Zettel mit einer kurzen Notiz. *Hier hast du deinen Wagen zurück. Ich habe ihn überholen lassen. Ich fahre für zwei Wochen weg.*

Hetty wollte protestieren, aber Phyllis unterbrach sie. »Es ist nur korrekt. Sie haben Ihren Wagen für seine Erbschaft geopfert, und Sie haben Ihr Leben für seine Erbschaft riskiert ...«

»Aber das wusste ich doch nicht!«

»Er ist ein stolzer Mann, Hetty. Sie müssen ihm gestatten, sich so erkenntlich zu zeigen, wie er es für richtig hält.«

Hetty lachte wider Willen. »Wenn er das täte, käme er ins Gefängnis. Ich hoffe nur, er hat nicht zu viel für meine Ente bezahlt.«

Hetty verfuhr sich dreimal, trotz oder vielleicht auch wegen der ausführlichen Wegbeschreibung, die sie bekommen hatte. Es war schon Teezeit, als sie ankam, und es goss wie aus Kübeln.

Das Hotel stand unmittelbar an der walisischen Grenze, auf englischem Boden, aber die Hügel, die man aus den Fenstern sah, gehörten zu Wales. Es war ein lang gezogenes, niedriges Gebäude, das über die Generationen hinweg immer wieder erweitert worden war, und heute war es berühmt für seine Annehmlichkeiten und seine hervorragende Küche.

Anfangs fühlte Hetty sich sehr geschmeichelt, dass die Eigentümer – ein junges Paar mit zwei kleinen Kindern und einem Baby – es ihr anvertrauen wollten. Doch während sie sie herumführten, erkannte sie, wie erschöpft sie waren. Das Baby wachte jede Nacht fünfmal auf, und die anderen beiden Kinder forderten auch ihr Maß an Aufmerksamkeit. Hetty kam der Verdacht, dass sie ihr Hotel auch in der Obhut eines betrunkenen Axtmörders zurückgelassen hätten, so dringend war ihr Bedürfnis nach Urlaub.

Fast alle Angestellten begrüßten Hetty freundlich, wenn auch ein bisschen misstrauisch. Nur die Haushälterin nahm es ihren Arbeitgebern übel, dass sie ihr Hetty vor die Nase setzten. Doch die anderen fanden, dass die Besitzer die Ferien dringend nötig hatten, und wenn Hetty sie ihnen ermöglichte, waren sie bereit, ihr eine Chance zu geben.

»Seit wir das Hotel gekauft haben, haben wir noch keinen freien Tag gehabt, außer als Suky geboren wurde.« Brenda hielt das Baby hoch. »Wir sind meistens ausgebucht. Du wirst nicht viel Freizeit haben.«

»Das ist mir nur recht. Ich bin froh, wenn ich gut beschäftigt bin.« Ich habe festgestellt, dass es das beste Heilmittel für ein gebrochenes Herz ist. Aber das fügte Hetty nur in Gedanken hinzu. Dieses Mal war ihre Mutter nicht vor ihr hier gewesen, um alle und jeden über ihren Gemütszustand zu informieren.

»Du meinst also, du wirst es einen Monat aushalten? Freunde haben uns ihr Haus in Frankreich geliehen, und meine Mutter kommt mit, um uns die Kinder – hier und da abzunehmen.«

»Ich lass euch wissen, wie es klappt, okay? Vielleicht verjage ich all eure Gäste oder vergraule eure Angestellten. Aber ich denke, ich komme einen Monat zurecht, ohne euch zu ruinieren.«

»Ein Monat wäre himmlisch. Wir würden nie in der Hauptsaison wegfahren, aber wir sind so fertig, und deine Mutter hat gesagt …«

»Ich hoffe, sie hat euch nicht weisgemacht, ich hätte eine Hotelfachschule besucht oder Ähnliches?«

»O nein. Eigentlich hat sie gesagt, du hättest keinerlei Ausbildung für so was, aber dass du schnell lernst und gut mit Menschen umgehen kannst.«

Hetty lachte. »Ich hoffe, sie hat Recht. Ich bin sicher, es wird mir Spaß machen.«

Hetty erkannte bald, dass ihre Mutter Recht gehabt hatte: Mit der richtigen Unterstützung konnte sie ein Hotel führen. Ihre Methode war denkbar einfach: Sie fragte jeden Angestellten, was seine Aufgabe war, äußerte sich bewundernd über die Fertigkeiten, die er oder sie besitzen musste, und sagte ihnen in regelmäßigen Abständen, wie gut sie ihre Sache machten.

Der Koch war Italiener und von seiner ersten Anstellung als Chefkoch und der Aussicht, seine Kreativität frei ausleben zu können, hierher gelockt worden. Und auch wenn er schwul war, vergötterte er Hetty. Er war es gewöhnt, dass man ihn argwöhnisch fragte, ob Orangenmarmelade denn *wirklich* zu Schellfisch passe, statt zu hören: »Gott, du bist ja *so* erfinderisch! Das schmeckt sagenhaft!« Er tat alles für sie, und weil er sie zu dünn fand, ging er dazu über, Schinkensandwichs zu machen und ihr in den Garten hinauszubringen, wenn sie wieder mal nichts gegessen hatte.

Die Haushälterin für sich zu gewinnen war schon schwieriger. Hetty gab ihr zu verstehen, ohne es ausdrücklich zu sagen, dass die Wynn-Joneses sie mehr oder minder aus Mitleid eingestellt hatten, weil sie doch keinen anderen Job hatte und langsam mal *irgendwas* lernen musste.

Schließlich taute Beryl auf und wusste es bald zu schätzen, dass sie sich nicht um jede Kleinigkeit selber kümmern musste. Die jungen Mädchen, die je nach Bedarf als Kellnerinnen und Zimmermädchen arbeiteten, waren allesamt mit ihr verwandt und machten ihr keine Schwierigkeiten. Aber mit diesem Giovanni in der Küche sei es schon etwas anderes …

Hetty arbeitete von früh bis spät und tat weitaus mehr, als es der Job erforderte. Aber Nichtstun bekam ihr nicht, und auch wenn sie gelegentlich in den wirklich malerischen Hügeln spazieren ging, waren es doch die falschen Hügel und die Aussicht aus den Fenstern die falsche Aussicht.

Nachmittags, wenn die Hotelgäste alle unterwegs, die Zimmer hergerichtet und die Tische fürs Abendessen gedeckt waren und Giovanni seine Siesta hielt, arbeitete Hetty im ehemaligen Gemüsegarten und ging systematisch daran, ein langes Randbeet vom Unkraut zu befreien.

Es war eine äußerst befriedigende Arbeit. Llew, Beryls Cousin, zog sie damit auf und meinte, sie sei so eifrig beim Herausreißen der Windenwurzeln wie er bei der Kartoffelernte. Hetty gab ihm Recht. Sie wusste, sie konnte das Beet nicht neu bepflanzen, ehe sie nicht das letzte Würzelchen ausgemacht hatte, doch sie fand diesen Prozess des Reinigens und Bodenbereitens ausgesprochen kathartisch.

Während sie grub, ordnete sie ihre Gedanken und versuchte, alle Gefühle, die sie je für Connor gehegt hatte, auszumerzen. Aber das war eine wirklich undankbare Aufgabe. Nicht einmal Windenwurzeln waren so hartnäckig.

Brenda Wynn-Jones rief nach der ersten Woche an. »Und, wie läuft's?«

»Bestens. Langsam hab ich die Sache im Griff.«

»Oh, das ist gut. Es ist nämlich so: Wir werden vielleicht nicht so bald wie geplant zurückkommen können. Paul hat Drüsenfieber …« Hetty versicherte ihr, sie könne die Stellung problemlos auch etwas länger halten, und Brenda sagte zum Abschied: »Und denk dran, ich bin immer telefonisch zu erreichen, falls du mich brauchst.«

Als Hetty auflegte, dachte sie, dass die Muster in ihrem Leben sich zu wiederholen schienen. Sie war als Lückenbüßer nach Courtbridge House geschickt worden, bis Samuel aus dem Krankenhaus zurückkehrte. Das Ganze hatte sich natürlich ein bisschen anders entwickelt, als ihre Mutter vorhergesehen hatte. Und jetzt passierte es wieder. Sie war als Urlaubsvertretung für drei Wochen eingestellt worden, doch es sah eher so aus, als sollten zwei Monate daraus werden. Sie war felsenfest entschlossen, ihr Leben endlich selbst in die Hand zu nehmen, wenn sie nach Hause kam, statt sich einfach so treiben zu lassen.

Die Hauptsaison war vorüber, aber das Hotel war immer noch fast vollständig mit Herbsturlaubern besetzt. Hetty zerrte mit beiden Händen an einer Wildrosenwurzel, als sie eine Stimme hinter sich hörte:

»Man sagte mir, ich würde dich hier finden.«

Hetty ließ die Wurzel los und stand auf. Es war Connor. Sie konnte keine Einzelheiten erkennen, weil er mit dem Rücken zur Oktobersonne stand, aber die riesige, zottelige Gestalt war immer noch dieselbe.

Einen Moment wurde ihr ganz schwach vor Schreck und Sehnsucht und dem Verlangen, ihn zu umarmen und sich zu vergewissern, dass er es wirklich war. Dann erinnerte sie sich an ihre letzte Begegnung und wünschte sich, er hätte sie nicht ausgerechnet in Overall und übergroßen Gummistiefeln erwischt. Warum in aller Welt war er hier? Es musste mit Samuel zu tun haben. Ihr Herz begann, ungesund holprig zu hämmern. Sie zog ihre Gartenhandschuhe aus und lächelte ziemlich förmlich.

»Hallo. Was treibt dich denn hierher?«

»Oh, keine Bange. Ich bin nicht gekommen, um dich zu ermorden. Obwohl sicher jeder Richter Verständnis hätte, wenn ich es täte.«

So würde er nicht reden, wenn Samuel gestorben wäre. »Wegen des Wagens?«

»Weil du weggelaufen bist, als ich außer Landes war und

dich nicht aufhalten konnte.« Sein Blick glitt kurz über ihre Gestalt, als wolle er sich vergewissern, dass sie noch vollständig intakt war.

»Ich bin nicht weggelaufen. Du hast mich rausgeworfen. Mit sehr deutlichen Worten.«

»Ich weiß. Das ist einer der Gründe, warum ich hier bin. Um mich zu entschuldigen.«

Hetty wünschte, sie hätte ihren Abschied nicht erwähnt. Es tat immer noch zu weh. »Eine Postkarte hätte gereicht. Du brauchtest nicht den weiten Weg zu machen, um zu sagen, dass es dir Leid tut.« Sie schluckte. »Danke für mein Auto.«

»Ich hätte es dir nicht zurückgekauft, wenn ich gewusst hätte, dass du es benutzt, um mich zu verlassen.«

»Ich dachte, genau dafür hättest du es zurückgekauft. Damit ich keine Ausrede mehr hätte, um noch zu bleiben.«

Obwohl er immer noch mit dem Rücken zur Sonne stand und sie sein Gesicht nicht erkennen konnte, sah sie ihn zusammenzucken. »Du solltest mich doch gut genug kennen, um nicht ernst zu nehmen, was ich sage, wenn ich in Rage bin.«

»Nein, offenbar nicht.«

»Hetty, mir ist völlig klar, dass ich mich abscheulich benommen habe. Ich habe gebrüllt und getobt, dabei wollte ich dich doch eigentlich ...«

»Wolltest was?«

Er lächelte und runzelte dabei die Stirn, und die Mischung ergab einen ganz und gar kläglichen Ausdruck. »Dich übers Knie legen.«

Hetty war empört. »Tolle Entschuldigung.«

»Ich weiß, wie furchtbar sich das anhört. Was ich meine, ist, wenn ich dich angefasst hätte, hätte ich mich niemals zurückhalten können ... Ich meine, du hättest sofort gewusst, wie ich zu dir stehe.«

»Das hab ich auch so kapiert, vielen Dank.«

»Aber das hast du nicht, das ist es ja gerade. Und du lagst da so blass und mit deiner Platzwunde am Kopf. Und ich hatte solche Angst gehabt und war so frustriert, darum habe ich dich angebrüllt.« Er unterbrach sich. »Ich sag alles falsch … Das Problem ist, ich habe nicht viel Übung darin, mich zu entschuldigen.«

»Das merkt man.« Tatsächlich hatte Hetty ihm schon verziehen, aber sie blickte stur auf ihre Fingernägel hinab, damit er es nicht in ihren Augen sehen konnte.

»Zwischen uns ist so furchtbar vieles unausgesprochen, Hetty.«

Sein Tonfall zwang sie, doch aufzuschauen. »Wirklich?«

»Das weißt du ganz genau. Aber sei beruhigt, ich weiß, hier ist weder Zeit noch Ort, um über die Vergangenheit zu reden.«

»Gut.«

»Und? Was tust du da?« Er wies auf das Beet. »Den Kräutergarten wieder urbar machen?«

»Nur das eine Beet. Und wahrscheinlich nicht für Gemüse. Aber es war ein Unkrautdschungel, und eigentlich eignet sich dieser wunderbar geschützte Platz an der Mauer bestens für Obstbäume oder so. Viel zu schade für Dornengestrüpp und Eschenschösslinge. Ganz zu schweigen von Brennnesseln.« Ihr wurde bewusst, dass ihr Vortrag ausuferte, und sie hielt den Mund.

»Verstehe.«

Was genau er zu verstehen glaubte, blieb unklar. Hetty fühlte sich äußerst unwohl in ihrem Overall. Sie trug ihn zum Schutz gegen das Dornengestrüpp, aber bei der Gartenarbeit geriet man schnell ins Schwitzen – sie hatte nichts als einen Slip darunter an. Und sie hatte keine Ahnung, wie viele Knöpfe sie geöffnet hatte. Ein kleines Schweißrinnsal lief zwischen ihren Brüsten hinab.

Connor hatte das Jackett an einem Finger über der Schulter und die Hemdsärmel aufgekrempelt. »Erstaunlich warm für die Jahreszeit.«

Es war ganz und gar untypisch für ihn, übers Wetter zu reden. Hetty hatte den Verdacht, er wollte etwas andeuten. Sie legte die Hand möglichst unauffällig an ihren Ausschnitt und fühlte, dass zumindest der oberste Knopf offen stand. »Ja.«

Sie wandte sich von ihm ab, entdeckte, dass der Overall fast bis zur Taille aufgeknöpft war, und schloss zwei Knöpfe.

Connor lächelte ein wenig, als sie ihn wieder ansah. »Du hast es dir also zur Gewohnheit gemacht, Sachen wieder herzurichten und instand zu setzen?«

»Irgendwie schon.« Immer dann, wenn ich an gebrochenem Herzen leide, dachte sie bei sich. »Es ist harte Arbeit.«

»Und harte Arbeit tut dir gut?«

Hetty nickte. Harte Arbeit machte müde, sodass sie nachts einigermaßen schlafen konnte.

Connor trat unruhig von einem Fuß auf den anderen. Hetty fiel auf, dass seine Schuhe auf Hochglanz poliert waren. Auch das war so ungewöhnlich für Connor, dass sie annahm, er sei zu einem geschäftlichen Termin unterwegs. »Bist du auf der Durchreise? Oder hast du Zeit für einen Kaffee oder so was?«

»Ich bin hier, um dich zu sehen. Und ich hatte auf ein Mittagessen spekuliert.«

Hetty lachte und entspannte sich, plötzlich konnte sie seine Gegenwart einfach genießen. »Ich kann uns eine Büchse Bohnen aufwärmen.«

Er erwiderte ihr Grinsen. »Wie lange wirst du noch hier bleiben, was meinst du?«

Sie zuckte die Schultern. »Keine Ahnung. Die Eigentümer sind zurück, aber ich denke, sie werden mir eine Dauerstellung anbieten. Es ist nicht so einfach, mit einem Baby ein Hotel zu führen.«

Seine Brauen zogen sich zusammen. »Und wirst du annehmen?«

Hetty zuckte wieder die Schultern. »Ich bin nicht sicher. Vielleicht. Sie sind sehr großzügig, und ich habe eine süße kleine Wohnung. Und es ist so schön hier.« Sie wies auf die baumbestandenen Hügel. Das Laub begann gerade, sich zu verfärben. »Komm, setzen wir uns einen Moment.« Sie wies auf eine Bank, die so ausgerichtet war, dass die Gäste die Aussicht genießen konnten.

Connor setzte sich neben sie, aber er schien im Augenblick wenig Interesse an den Schönheiten der Natur zu haben. Irgendetwas lag ihm auf der Seele. Hetty hatte plötzlich den Verdacht, dass er nach Worten suchte, um ihr eine schlimme Nachricht schonend beizubringen.

»Es ist doch alles in Ordnung, oder? In Courtbridge? Samuel … stirbt nicht oder so?«

»Wir alle sterben, Hetty. Samuel vermutlich ein bisschen eher als wir anderen, aber nichts spricht dafür, dass es in naher Zukunft passiert.«

»Gott, bin ich erleichtert.«

»Selbst Clovis weilt immer noch unter den Lebenden und verpestet die Umwelt, und wenn je eine Kreatur ihre natürliche Lebensspanne überschritten hat, dann er.« Er drehte sich zu ihr um, immer noch verlegen. »Ich bin hergekommen, um mich bei dir zu entschuldigen, nicht um dir schlechte Nachrichten zu bringen.«

»Also musst du auch nicht das Haus verkaufen, damit Samuel Geld zum Leben hat oder Ähnliches?«

»Das Haus verdient Samuels Lebensunterhalt, ohne dass wir es verkaufen müssen.«

»Aber du könntest es doch immer noch verkaufen. Später mal. Wenn du willst.« Sie gab sich Mühe, es so klingen zu lassen, als hielte sie es für eine gute Idee.

»Wirklich? Würdest du nicht einen Weg finden, mich zu hindern?«

»Ich kann schlecht mit Courtbridge House auf und davon fahren wie mit deinem Auto. Und da ich nicht vor Ort bin, sehe ich nicht, was ich tun könnte.«

»Du könntest zurückkommen. Ich wünschte, du würdest es tun. Alle vermissen dich.«

»Wirklich? Ich hätte gedacht, inzwischen haben sich alle dran gewöhnt, dass ich nicht mehr da bin.« Und für die meisten traf das auch zu, wusste sie von Caroline, mit der sie in regelmäßigem Kontakt stand.

»Nein. Du hast eine große Lücke hinterlassen.«

Plötzlich war Hetty ungeheuer heiß in den Gummistiefeln. Sie hätte sie am liebsten ausgezogen, aber sie waren geborgt und hatten einen strengen Eigengeruch, der Connor an einem warmen Tag wie diesem nicht entgehen würde. Sie rollte in den Stiefeln die Zehen ein und fühlte die Gartenerde, die sich darin angesammelt hatte. Vermutlich waren ihre Füße dreckig.

»Also? Wirst du kommen? Zu Besuch?«

Ein Teil von ihr sehnte sich danach, Courtbridge House wiederzusehen, wieder mit allen zusammen zu sein, mit Connor vor allem. Aber ihre Vernunftseite fragte höflich an, wie sie auch nur erwägen konnte, eine kaum verheilte Wunde wieder aufzureißen. »Oh, ich glaube nicht, dass das eine gute Idee ist. Du weißt doch, was man sagt: Blick nicht zurück.«

»Wer ist ›man‹?«

»Ach, du weißt schon.« Sie machte eine vage Geste. »Man eben.«

»Ich finde nicht, dass du dich an Regeln halten solltest, die irgendeine anonyme Instanz aufgestellt hast, die du gar nicht kennst.«

»Nein, vielleicht hast du Recht.« Bitte mich noch einmal zu kommen, und ich sage ja.

Aber das tat er nicht. »Was willst du tun, wenn du nicht hier bleibst?«

»Mir einen Job suchen, denke ich. Ich kann nicht bis in alle Ewigkeiten irgendwelchen Verwandten aus der Klemme helfen, die meine Mutter für mich auftut, selbst wenn es momentan ganz einträglich ist. Vielleicht geh ich auch ins Ausland.«

Er ergriff eine ihrer Hände. Seine war fest und warm. Ihre wurde auf der Stelle feucht. »Komm uns erst besuchen. Um Samuels willen, wenn schon aus keinem anderen Grund.«

»Caroline hat mir erzählt, dass du die Scheune für ihn umgebaut hast. Gefällt sie ihm?«

»Er ist begeistert. Er ist jetzt so viel mobiler, weil er keine Treppen mehr steigen muss.«

»Und es macht ihm nichts aus, nicht mehr im großen Haus zu wohnen?«

»Nein. Ihm ist klar, dass er da nicht zurechtkommen würde, selbst wenn der Großteil der Räume nicht fürs Publikum geöffnet wäre. Er ist froh, dass er unabhängig ist.«

»Was ist mit Phyllis? Hilft sie immer noch? Oder hast du sie vergrault?«

»Phyllis und ich geraten immer noch dann und wann aneinander. Aber sie ist so emsig wie eh und je. Es ist gut, dass wir jetzt ein bisschen Geld machen, das wir investieren können. Wir haben richtig gut verdient, seit Caroline unser Event Manager ist.«

»Ich hoffe, sie hat kein Kasino in Courtbridge House eröffnet oder sonst irgendwas Furchtbares getan?«

»Nein, aber die Idee ist nicht schlecht...«

»Connor!«

»War nur ein Scherz. Aber sie hat wirklich brillante Ideen. Jack ist überglücklich. Nicht nur, dass sie plötzlich Geld verdient, sie hat auch kaum noch Zeit, welches auszugeben. Für ihn ist es ein doppelter Gewinn.« Er fing an, mit ihrer Hand zu spielen, als sei sie ein lebloser Gegenstand. »Sie hat eine Genehmigung beantragt, damit Hochzeiten bei uns stattfinden können. Ich meine die eigentliche Trauung, nicht nur die Feiern, die wir übrigens inzwischen perfektioniert haben. Und wir hatten sogar einen Karaokeabend in der großen Halle...«

»Ach du Schande. Ich wette, Phyllis hat protestiert.«

»Aber nur ganz leise. Es war die Geburtstagsparty von einem der Wichtelväter, und sie weiß genau, wie oft die Wichtel uns helfen.«

Hetty lachte. »Und bist du ans Mikro gegangen und hast ›Great Balls of Fire‹ gesungen?«

»Ich singe nicht, Hetty. Ich spiele Klavier.«

Hetty schluckte. »Stimmt.«

»Du fehlst mir, Hetty.«

Hetty verschluckte sich um ein Haar und holte keuchend Luft. »Ja? Wieso?«

»Man hörte dich immer den ganzen Tag im Haus singen, das vermisse ich irgendwie.«

Hetty errötete. »Kauf dir doch einen Kanarienvogel.«

»Aber Clovis würde ihn doch auffressen.«

Hetty musste lächeln. »Kaum. Höchstens wenn der Vogel sich direkt in seinen Napf legt. Die Hunde würden ihn lange vor Clovis schnappen.«

»Siehst du. Also musst du stattdessen kommen.«

Sie wusste, dass sie keine schmeichelhaftere Einladung von ihm zu hören bekommen würde. »Na schön«, sagte sie schließlich. »Aber nur für einen Besuch. Um Samuel zu sehen.«

Connors Augen verengten sich, sodass Hetty plötzlich aufsprang. »Lass uns was essen«, sagte sie hastig.

24. Kapitel

Es war nebelig, als Hetty aufbrach, und viel später, als sie beabsichtigt hatte. Der Altweibersommer war endgültig vorbei, frostige Nächte und kalte, regnerische Tage hatten Einzug gehalten. Die Kamine im Hotel waren in Betrieb genommen worden, und auch wenn noch vereinzelte Blätter an den Bäumen hingen, lagen sie doch zu Bergen aufgehäuft am Straßenrand wie durchweichte Cornflakes.

Sie hatte große Sorgfalt auf ihre Garderobe verwendet und war dankbar, dass der Wetterumschwung die neuen Stiefel und den eleganten Wollrock rechtfertigte. Sie wollte den schmuddeligen Overall mit dem großzügigen Dekolleté und die miefigen Gummistiefel aus Connors Erinnerung verdrängen.

Sie fuhr ohne Hast und war froh, dass sie die Nacht bei Caroline verbringen würde und erst am folgenden Nachmittag zurückfahren musste. Als sie endlich in Courtbridge ankam, war es früher Abend.

Das Erste, was ihr auffiel, war ein neues Schild am Tor: BIS OSTERN GESCHLOSSEN. Sie erinnerte sich an ihr Entsetzen, als sie herausgefunden hatte, dass das Haus überhaupt geöffnet wurde. Es schien eine Ewigkeit her zu sein.

Connor erschien, als sie gerade das Tor öffnete. Er umarmte sie nicht, aber ein Funkeln trat in seine Augen, das ihr Herz veranlasste, seltsame Sprünge zu vollführen.

»Du bist spät dran«, sagte er, schloss das Tor hinter ihr und öffnete die Wagentür.

»Ich weiß. Tut mir Leid«, antwortete sie und stieg aus. »Eine Krise in letzter Minute. Ich habe jemanden gebeten, hier anzurufen und zu sagen, dass es später wird.« Sie war plötzlich furchtbar scheu und unsicher, wie sie ihn begrüßen sollte. Wäre es irgendjemand anderes als Connor gewesen, hätte sie ihn geküsst. »Wo sind die Hunde?«

»Komm.« Er nahm ihre Hand und führte sie ins Haus. Die Hunde kamen angerannt, als sie ihre Schritte hörten. Hetty hockte sich zu ihnen hinunter und ließ die stürmische Begrüßung über sich ergehen. Sie umarmte sie und versuchte lachend, ihren warmen, trockenen Zungen auszuweichen. »Es ist wunderbar, euch zu sehen, aber eigentlich bin ich gekommen, um euren Onkel Samuel zu besuchen.«

»Er ist nicht hier«, sagte Connor. »Phyllis und er sind zusammen irgendwohin gefahren.«

»Aber ich bin den ganzen Weg gekommen, um ihn zu besuchen!« Connor sollte ja nicht glauben, sie sei wegen ihm hier.

Er hob die Schultern. »Du bleibst doch über Nacht, oder? Du kannst ihn morgen besuchen.«

»Aber ich muss früh los.«

»Du bist gerade erst angekommen, Hetty. Denk nicht gleich wieder an die Rückfahrt. Komm und sag Clovis guten Tag, er ist in der Küche.«

»Daran hat sich also nichts geändert.«

Sehr verändert war hingegen die Küche selbst. Sie war kaum wiederzuerkennen und wirkte auf den ersten Blick wie die Nachbildung einer Küche vergangener Jahrhunderte in einem Museum.

»Du meine Güte!« Hetty hob Clovis auf ihre Schulter, sodass er ihre Nähe spüren konnte, ohne ihr ins Gesicht zu atmen. »Was ist denn hier passiert?«

»Gefällt's dir? Phyllis nennt es eine ›epochengetreue Vorführküche‹. Sie meint damit, dass man den Leuten glaubhaft vormachen kann, hier würde irgendwer wirklich kochen.«

»Aber ist das denn nicht der Fall? Das wär schade. Sie ist so *himmlisch!«*

»Übertreib nicht so. Du hörst dich an wie Caroline.«

»Halt die Klappe, ich will mich in Ruhe umsehen.«

Das alte Gerümpel war durch gute, solide Küchenutensilien ersetzt worden, die Billigfurnierschränke durch meisterhafte Schreinerarbeiten, zweifellos aus Peters Hand. Glänzende Kupfer- und Messingtöpfe hingen an Haken, über der Reling des Küchenherds hingen verdächtig glatt gebügelte Geschirrtücher. Hetty sah auf einen Blick, dass sie allein Ausstellungszwecken dienten. Gnade Gott dem armen Sünder, der es wagte, sie zu benutzen.

»Nicht zu fassen! Aber der französische Küchenschrank mit den Glastüren ist nicht gerade typisch für eine englische Landhausküche.«

»Nein«, grollte Connor. »Ein riesiges Monstrum von einem Möbelstück voller Nippeskram.« Es war unschwer zu erraten, dass das nicht seine Idee gewesen war.

»Also du kochst hier nicht? Dieser Herd ist todschick, es ist eine Schande, wenn er nur hier rumsteht.«

»Ich koche jetzt meistens in Samuels Küche. Die ist rein funktional.«

»Und was ist sonst so passiert, seit ich weg bin?«

Connor machte mit ihr eine Besichtigungstour durchs Haus, und die Hunde folgten ihnen aufgeregt. Nichts hatte sich so dramatisch verändert wie die Küche, aber überall waren kleine Verbesserungen erkennbar. Das Haus hatte sein leicht schäbiges Gutshausflair verloren, aber es war immer noch wunderschön.

»Zeig mir Samuels Scheune«, sagte sie, als sie in der großen Halle angekommen waren. Sie wollte sich hier nicht aufhalten und daran erinnert werden, wie sie zusammen musiziert hatten. »Ich brenne drauf, sie zu sehen.«

Connor zögerte. Offensichtlich spürte er, dass sich mehr als nur Neugier auf die Scheune hinter Hettys Wunsch verbarg.

»Du hast sie doch umgebaut, oder? Du hast Samuel nicht irgendwo im Keller eingesperrt?«

Er bedachte sie mit einem unwilligen Stirnrunzeln und ging voraus über den Hof. Die Hunde rannten los und hängten sie bald ab. Hetty versuchte ein paar belanglose Bemerkungen anzubringen, aber sie versiegten bald. Sie fand es mit jeder Minute schwieriger, ihre turbulenten Emotionen zu beherrschen.

Sie hatte gedacht, ein Besuch in Courtbridge House würde ihr nichts mehr ausmachen. Aber hätte sie geahnt, dass sie mit Connor allein sein würde, hätte sie sich die Sache zweimal überlegt. Zu vieles stand zwischen ihnen, Dinge, die unausgesprochen waren und es vermutlich auch besser bleiben sollten.

»Es ist wunderbar!« Hetty war dankbar, dass sie ihre Begeisterung für die umgebaute Scheune nicht heucheln musste. »Perfekt. Das hat Peter wirklich toll hingekriegt.«

»Es ist größtenteils Ahorn. Helles Holz, und es harmoniert gut mit den Steinmauern.«

»Es muss ein Vermögen gekostet haben!« Sofort wünschte Hetty, sie hätte das nicht gesagt. Es war indiskret und taktlos. »Ich meine ...«

»Ich weiß, was du meinst, Hetty. Du meinst, es muss ein Vermögen gekostet haben. Hat es auch. Die breiten Türen, die Rampen, die niedrigen Waschbecken. Es war teuer. Aber ich hab mir gedacht, wenn Samuel stirbt, können wir es an Behinderte vermieten.« Er sah finster auf sie hinab. »Zu einer überteuerten Miete, versteht sich. Damit ich auch ganz sicher mein Geld wieder reinhole.«

Hetty hätte sich ohrfeigen können. »Das hab ich nicht gemeint! Nur ...«

»Nur was? Ich wünschte, du würdest einmal im Leben sagen, was du wirklich meinst.«

»Es ist wunderschön«, sagte sie. Es klang ein bisschen dürftig, aber wenigstens ehrlich.

»Ich will dir noch was zeigen. Islay, Talisker, ihr bleibt hier.« Er legte die Hand auf Hettys Schulter. »Und du kommst mit.«

Es war die Wagenscheune. Er führte sie die Außentreppe hinauf und durch eine Tür ins Innere.

Es war traumhaft geworden. Doch wo sie sich zwei Zimmer vorgestellt hatte – klein, aber ideal für eine Ferienwohnung – gab es nur einen riesengroßen offenen Raum. Auf den hellen Holzdielen lagen vereinzelt kleine Brücken. Die Möbel waren spärlich und schlicht im Dekor. Dicke cremefarbene Vorhänge reichten bis auf den Boden. Indirekte Beleuchtung dahinter erweckte den Eindruck, als schiene draußen die Sonne. Zwei ausladende Sofas standen vor einem Kamin an der Stirnseite. Die Türen standen offen, und ein paar duftende Scheite glühten noch schwach im Innern.

Connor legte neues Holz auf. »Gerade noch rechtzeitig. Er heizt ziemlich gut, aber es gibt auch Heizkörper.«

Hetty hatte sie gesehen. »Aber was ist mit der Treppe? Oder muss man noch immer die Außentreppe benutzen?«

»Hier.« Hinter einer hölzernen Trennwand, die ihr gar nicht aufgefallen war, lag eine Tür, die zu einer Holztreppe führte, genau parallel zur Außentreppe. »Die Küche ist unten. Komm und sieh sie dir an.«

Er ging voraus und ließ Hetty keine Chance, nach Bad und Schlafzimmer zu fragen, die vermutlich da lagen, wo sie es vor so langer Zeit geplant hatte.

Die Küche war winzig, ergodynamisch und modern, gut beleuchtet und praktisch. Jeder Quadratzentimeter Platz war ausgenutzt. Spülmaschine und Kühlschrank waren nur halb so breit wie normale Küchengeräte, neben dem Kochfeld war ein Stück Schiefer eingelassen, vermutlich als Abstellfläche für heiße Töpfe. Als Nächstes kam eine Porzellanspüle normaler Größe, die aber aus Platzgründen quer in die Küchenzeile eingesetzt worden war. Irgendwo gab es einen Ofen, und Connor zog etwas, das wie eine Schublade aussah, heraus und schuf damit zusätzliche Arbeitsfläche. Auf der tiefen Fensterbank standen Töpfe mit Basilikum und Koriander. Diese Küche hätte sich nicht deutlicher von der in Courtbridge House unterscheiden können.

»Also, was sagst du?« Er klang eigentümlich angespannt.

»Es ist … erstaunlich. Hat Peter das entworfen, oder hast du jemand anderen damit beauftragt?«

»Ich hab's entworfen, Peter hat's gebaut.«

Hetty war beeindruckt. »Und du wohnst hier?«

Connor nickte. »Ich habe meine Wohnung in London verkauft.« Wäre es irgendjemand anders als Connor gewesen, hätte sie gesagt, er wirkte ein bisschen verschämt. »Es ist praktischer für Samuel. Er hat einen Rufknopf, den er drücken kann, wenn er mich braucht. Und ich kann nicht im großen Haus wohnen, jetzt wo es fürs Publikum geöffnet ist.«

»Aber Connor, denk doch nur, was du hierfür an Miete bekommen könntest. Es wäre perfekt für Paare in den Flitterwochen.«

»Es war für die Feriensaison nicht rechtzeitig fertig.«

»Aber du könntest es über Weihnachten vermieten. Du könntest verlangen, was immer du willst. Es ist so ein perfektes Liebesnest mit dem Kamin und so.« Sie hustete plötzlich, als sie erkannte, dass sie ihre Träumereien aussprach. »Wie willst du es bezahlen, wenn du es nicht vermietest?«, fügte sie hinzu und wünschte sofort, sie hätte es nicht gesagt.

Connors Miene verfinsterte sich. »Wir verdienen viel mehr, wenn wir das große Haus vermieten, Miss Pfennigfuchser! An Leute, die ihre gesamte Familie für ein Weihnachtsfest auf dem Land zusammentrommeln wollen. Außerdem müssen Samuel und ich schließlich auch irgendwo wohnen.«

Hetty seufzte und sah aus dem winzigen Fenster in der dicken Mauer. Die große Kastanie im Hof hatte längst ihr Laub verloren, und die nackten Äste bogen sich im Wind, schienen ihr Signale zu geben. Vermutlich rieten sie ihr, den Mund zu halten und sich um ihre eigenen Angelegenheiten zu kümmern.

»Es tut mir Leid, Connor«, sagte sie, den Blick immer noch auf den Baum gerichtet. »Ich hatte kein Recht, das zu sagen. Es geht mich ja gar nichts mehr an.«

Er trat hinter sie und legte ihr die Hand auf die Schulter.

»Schon gut. Die Weihnachtsidee ist mir gerade erst gekommen, weil du mich herausgefordert hast. Wieder mal.«

Wie meinte er das? Sie hatten oft gestritten, aber sie hatte ihn doch nicht herausgefordert, oder? Aber sie wagte nicht, sich umzuwenden und ihn um eine Erklärung zu bitten. Sie fürchtete, er könnte ihre Gefühle erraten und sie nicht erwidern. Er war sehr nett und höflich zu ihr, aber vermutlich nur aus Reue, weil er bei ihrem Abschied so wütend gewesen war.

»Ist aber eine gute Idee.«

»Ja. Ich bin hier jetzt sowieso für die Ideen zuständig, seit du nicht mehr da bist. Und nun geh nach oben und setz dich vor den Kamin, während ich die Kartoffeln aufsetze.«

»Aber ich bin mit Caroline zum Essen verabredet!«

Er schüttelte langsam den Kopf. »Sie muss heute Abend weg. Aber sie kommt nicht spät zurück, du kannst auf jeden Fall bei ihr übernachten.«

»Aber wir wollten den Abend zusammen verbringen! Das war so verabredet!«

»Warum rufst du sie nicht an? Das Telefon steht oben am Fenster. Ich mach uns was zu trinken, sobald die Kartoffeln auf dem Herd sind.«

Verwirrt stieg Hetty die Treppe hinauf und ergriff das Telefon. Sie wählte Carolines Nummer mit dem festen Vorsatz, ein paar ernste moralische Bedenken über Frauen zu äußern, die ihre Freundinnen ohne Vorwarnung in eine Falle locken.

Caroline meldete sich verblüffend schnell.

»Hallo, Hetty! Wo bist du?«

»In der Wagenscheune. Caroline …«

»Ist sie nicht *göttlich* geworden? Wie aus einer Zeitschrift, nur noch schöner. Der Mann hat Geschmack.«

»Es ist ein Liebesnest, Caroline.«

»Na und? Wirst du mit ihm ins Bett gehen?«

»Ich bin hergekommen, um Samuel zu besuchen, und jetzt muss ich feststellen, dass ihr ein Komplott geschmiedet habt, um mir eine Liebesnacht aufzuzwingen!«

»Das ist doch in Ordnung, oder? Du liebst ihn doch immer noch?«

Hetty senkte die Stimme für den Fall, dass Connor lauschte. »Ja, aber ich habe keine Ahnung, was er für mich empfindet. Vermutlich hasst er mich immer noch wegen der Sache mit seinem Wagen. Er hat mir nicht mal einen Begrüßungskuss gegeben oder so.«

»Dann küsst du ihn eben. Und wenn er dich wirklich immer noch hasst, denk daran, dass Liebe und Hass nah beieinander liegen.«

»Caroline, du bist unmöglich!«

»Nein. Nur romantisch. Wenn er dich bekochen und mit gutem Wein abfüllen will, lass ihn nur. Und wenn du nicht mit ihm schlafen willst, wird er dich zu nichts zwingen, und du kannst herkommen. Und jetzt sei mir nicht böse, aber gerade fängt ein toller Film an. Mach's gut!«

Hetty starrte den Hörer an, gekränkt und verblüfft. Sie hielt ihn immer noch in der Hand, als Connor mit einem Tablett hereinkam.

»Und? Was hat Caroline gesagt?«

»Dass gerade ein toller Film anfängt.«

»Du bleibst also?« Connor wandte sich ab, sodass Hetty nicht sehen konnte, ob er erfreut oder entsetzt war.

»Zum Essen, ja.«

»Gut. Und jetzt«, er reichte ihr ein Glas, »Whiskey und Appetithäppchen.« Er stellte einen Teller mit Brot und Hummus auf den Tisch. »Komm rüber ans Feuer. Das Sofa ist sehr bequem.«

Zögernd gab sie den ungemütlichen Hocker am Telefon

auf und sank in das weiche, ausladende Sofa. »Oh, eine Schlafcouch!« Sie fuhr mit der Hand über den Bezug. »Du könntest zwei Leute hier unterbringen, wenn du wolltest.«

»Vermutlich. Ich kann mir aber nicht vorstellen, dass ich das will.«

»Natürlich hab ich das Schlafzimmer noch nicht gesehen. Vielleicht steht es ja voller Etagenbetten.«

»Nein. Nur ein Bett.«

Er setzte sich neben sie – unnötigerweise, denn genau gegenüber stand ein zweites, ebenso einladendes Sofa. Sie tranken schweigend. Dann fingen sie beide gleichzeitig an zu reden. »Wie waren …«, begann sie, brach aber gleich wieder ab.

»Tut mir Leid. Du zuerst«, sagte Connor.

»Nein, erst du. Ich wollte nur fragen, wie hoch die Besucherzahlen denn insgesamt waren.«

Er sah sie verwirrt an. »Ich habe nicht den Schimmer einer Ahnung. Das musst du Phyllis fragen.«

»Und was wolltest du sagen?«

»Wusstest du, dass Jack und Caroline darüber nachdenken, ein Kind zu bekommen?«

Sie nippte an ihrem Whiskey. Sie wusste es, aber wenn sie das sagte, hatten sie wieder kein Gesprächsthema. »Es braucht ein bisschen mehr als nur darüber nachzudenken.«

»Ich nehme an, das tun sie sowieso. Ich frage mich nur, wie es ohne unseren Event Manager mit Courtbridge House weitergehen soll.«

Sie ließ ihr Glas sinken, als ihr der furchtbare Verdacht kam, dass all dies Süßholzraspeln nur dazu dienen sollte, sie als Organisatorin hierher zurückzulocken. »Willst du mir einen Job anbieten?«

»Um Himmels willen, nein!« Er schien genauso entsetzt. »Wie kommst du denn darauf?«

Hetty zuckte die Achseln, gleichzeitig gekränkt und

erleichtert. »Ich hab mich nur gefragt, warum du das Thema angeschnitten hast, wenn du keine Absicht damit verfolgst.«

»Um Konversation zu machen. Du könntest das niemals so gut wie Caroline. Du hast weder ihr Verhandlungsgeschick noch ihre Kontakte.«

»Ich bin sicher, ich könnte Verhandlungsgeschick entwickeln und Kontakte knüpfen.«

»Willst du das?«

»Nicht unbedingt.«

»Dann lass es sein. Noch Whiskey?«

»Nein, danke. Ich muss doch noch zu Caroline fahren.«

Er stand auf, anscheinend, um die Flasche zu holen. »Sie erwartet dich aber erst später.«

»Ich dachte, sie erwartet mich zum Essen? Gestern hat sie mir noch gesagt, sie wollte eine Mousse au Chocolat machen. Mein Lieblingsnachtisch.«

»Hat sie auch. Steht im Kühlschrank.«

Eine Mischung aus Panik und Erregung hüllte sie ein. Wenn sie nur hätte glauben können, dass er sie liebte, wäre sie selig gewesen. »Oh.«

»Du brauchst nicht hier zu schlafen. Ich habe einen Schlüssel zu Carolines Haus, falls sie schon im Bett ist, wenn du kommst. Ich will nur, dass du zum Essen bleibst.«

»Warum liegt dir so viel daran?«

»Bestimmt nicht, weil du unterernährt aussiehst.«

»Also warum?«

»Was glaubst du?«

»Ich hab keine Ahnung, deshalb frage ich doch. Wir führen im Augenblick nicht gerade eine angeregte Unterhaltung, wie sollen wir sie da die nächsten vier Stunden oder so in Gang halten?«

»Mein Problem ist, dass ich mich besser aufs Herumbrüllen verstehe als auf Kommunikation. Vielleicht sollten wir noch was trinken.«

»Glaubst du, das hilft?«

»Wär möglich.«

»Dann nur zu. Ich kann nicht, aber lass dich nicht abhalten.«

»Aber ich habe eine wirklich gute Flasche Wein zum Essen.«

»Dann hätte ich den Whiskey nicht trinken sollen. Mehr darf ich nicht.«

»Du *könntest* natürlich über Nacht bleiben.« Seine Miene verriet nicht, ob er mit dem Angebot irgendwelche Absichten verband.

»Auf dem Sofa?«

»Wo du willst. Courtbridge House hat sieben bewohnbare Schlafzimmer.«

»Sieben? Ich hab nur sechs gesehen. Welches noch?«

»Wechsle nicht das Thema.«

»Warum nicht? Das andere führte doch zu nichts.«

»Ich will nur, dass du weißt, dass du hier bleiben kannst. Ohne Verpflichtungen«, fügte er hinzu.

»Und was wird mit Caroline?«

»Ruf sie an und sag ihr, du bleibst über Nacht hier.«

Hetty wusste nicht, was sie tun sollte. Wenn sie Caroline sagte, dass sie hier übernachtete, gab es kein Zurück mehr. »Könntest du mich nicht zu Caroline fahren?«

Er schüttelte den Kopf. »Ich habe schon ein Glas getrunken, bevor du gekommen bist.«

So viel also dazu, sie nicht vor vollendete Tatsachen zu stellen. »Wenn du ein Gentleman wärst, wärest du abstinent geblieben.«

»Und wenn ich Räder hätte, wär ich vielleicht ein Omnibus. Ich bin kein Gentleman, war niemals einer und werde auch niemals einer sein, und das weißt du ganz genau.« Er sah auf sie hinab.

Sie wusste nichts dergleichen, aber sie nickte trotzdem. »Vermutlich, ja.«

»Also soll ich den Wein jetzt öffnen, ja oder nein?«

»Ich könnte mit dem Taxi zu Caroline fahren.«

»Sicher.«

»Einer der Wichtelväter hat ein Taxi.«

»Natürlich. Ich bin überzeugt, Caroline könnte ihre eigenen Gelben Seiten rausbringen, nur mit Wichtelvätern.«

»Du klingst nicht gerade erfreut. Ich finde eine Lösung für das Problem, und du wirst ganz grantig. Was dir natürlich nicht schwer fällt.«

Er lehnte sich mit der Schulter an das Kaminsims aus Ahornholz. »Erwartest du tatsächlich, dass ich begeistert bin? Ich hab ein wirklich außergewöhnliches Abendessen für dich vorbereitet, und alles, woran du denken kannst, ist zu verschwinden. Nicht gerade schmeichelhaft.«

»Wenn du auf Schmeicheleien aus bist, hast du die falsche Frau zum Essen eingeladen.«

»Ich will keine Schmeicheleien, und es ist die richtige Frau. Das Problem ist nur, jetzt da ich sie hier hab, weiß ich nicht so recht, wie ich sie handhaben soll.«

Handhaben? Das klang ermutigend. »Nein?«

»Sie gehört nicht zu der Sorte, die ich gewöhnlich bevorzuge. Normalerweise suche ich mir blonde Karrierefrauen. Ich liebe sie nicht, sie lieben mich nicht, beide Seiten sind zufrieden. Wenn ich gehe, gibt es weder Kummer noch Tränen, und wir vergessen einander.« Er unterbrach sich kurz. »Aber wenn du nicht da bist, muss ich pausenlos an dich denken.«

Hetty biss sich auf die Lippe und war verzweifelt bemüht, den Sinn hinter diesen Worten zu erfassen. »Sollen wir jetzt das Taxi bestellen?«

»Nein«, sagte er bestimmt. »Komm mit.«

Hetty wusste, sie sollte erleichtert sein, dass er nicht in Aussicht stellte, sie ins Schlafzimmer zu verschleppen, sobald die Mousse verspeist war. Aber stattdessen war sie enttäuscht.

Diese bedenklichen Emotionen wurden zum Glück von dem eisigen Wind weggeblasen, der sie in dem Moment anfiel, als sie die Wagenscheune verließen. Connor hielt ihre Hand und zog sie zum Haupthaus hinüber.

»Ich frag mich, ob das Stück Schnur immer noch die Klospülung zusammenhält«, sagte Hetty. »Ich geh mal schnell nachsehen.«

Sie nutzte die Gelegenheit, um sich mit den Fingern durch die Haare zu kämmen und sich zu vergewissern, dass ihre Wimperntusche nicht abgefallen war.

Connor wartete ungeduldig, bis sie wieder zum Vorschein kam, dann führte er sie in die Halle und schaltete die Lampen ein. »Besser, findest du nicht?«

»Hm. Viel atmosphärischer. Hast du das gemacht?«

Er nickte. »Weder Phyllis noch Peter verstehen viel von Beleuchtung.«

Hetty warf ihm einen neckenden Blick zu. »Du bist ziemlich künstlerisch für einen ... was immer du bist.«

»Bauingenieur.« Er öffnete den Flügel. »Ich wette, du hast seit Ewigkeiten nicht mehr gesungen.«

Er fing an zu spielen, und Hetty erkannte, dass es eins ihrer Lieblingsstücke war. Der Text war leider ganz und gar nicht *unverfänglich.* Bisher hatte sie sich immer geweigert, es mit ihm zu singen.

Doch jetzt hatte der Whiskey seine Wirkung getan, und sie hatte ja auch nichts Besseres zu tun, also summte sie leise zu Gershwins Musik, und nach und nach kam der Text zu »A Woman is a Sometime Thing« aus ihr heraus, zögerlich zuerst. Dann gelang es ihr zu vergessen, dass sie eine weiße Frau mit feministischen Ansichten war, und sie ließ sich von der Musik mitreißen.

Nachdem das Eis gebrochen war, spielte Connor all ihre Lieblingsstücke, und ihre Stimme entfaltete sich im selben Maße, wie sie ihre Hemmungen abschüttelte. Sie waren vielleicht nicht in der Lage, auf konventionellem Wege zu kommunizieren, aber das hier konnten sie wirklich gut.

Nach einer halben Stunde war Hetty erledigt – sie hatte nicht mehr vernünftig geatmet, seit sie auf der Rubinhochzeit aufgetreten waren. Connor sah auf die Uhr. »Komm. Ich muss mich ums Essen kümmern. Aber vorher will ich dir noch was zeigen.«

25. Kapitel

Er führte sie zu einem der Schuppen und schaltete das Licht ein. Sein Citroën funkelte darunter.

»Du hast ihn wieder hergerichtet! Er ist wunderschön!« Sie drehte sich zu ihm um. »Ich bin ja so froh. Ich hatte so ein schlechtes Gewissen, als ich ihn kaputtgefahren habe. Und dabei wollte ich dich doch nur daran hindern, ihn zu verkaufen.«

Er nahm sie bei den Händen. »Ich weiß. Und ihn wieder in Schuss zu bringen war so was wie ein symbolischer Akt. Ich dachte, wenn ich meinen Wagen zurückbekomme, könnte ich dich vielleicht auch zurückbekommen.« Er sah auf ihre Hände hinab, damit er ihr nicht in die Augen schauen musste. »Wenn ich dich überhaupt je hatte.«

Hetty wünschte, er würde sie wieder anbrüllen. Wenigstens verstand sie ihn dann in der Regel. »Hast du das alles selbst gemacht, die ganze Arbeit?«

Er ließ ihre Hände los. »Nein. Das hätte eine Ewigkeit gedauert. Es war so schon lange genug.«

»Wieso?«

»Ich habe mich gezwungen zu warten, bis er fertig war, ehe ich dich besucht habe.«

»Warum?«

»Ich dachte mir, du brauchst Zeit, um mir zu vergeben. Ich hatte mich so abscheulich benommen und dachte, wenn ich dir Zeit lasse, es zu vergessen, hätte ich bessere Chancen, dich...«

»Was? Du wirfst mir vor, nicht zu sagen, was ich meine, dabei bist du noch viel schlimmer.«

»Wirklich? Na ja, ich hab dir gesagt, Kommunikation ist nicht meine Stärke. Ich kann besser kochen.«

Hetty war am Rande der Verzweiflung. Zweimal hatte er

es jetzt beinah geschafft, ihr zu sagen, dass sie ihm etwas bedeutete. Aber solange er es nicht offen aussprach, konnte sie es nicht ohne weiteres glauben. Sie war schließlich ein gebranntes Kind.

»Dann geh lieber und mach dich an die Arbeit. Nachdem du mein Einverständnis erschwindelt hast, es zu essen!«

Connors Augen verengten sich besorgniserregend. Er packte sie bei den Schultern, drehte sie um und schob sie hinaus. »Dann komm.«

Er öffnete die Türen des Kamins und legte Holz nach. Hetty zog die Vorhänge zu und schaltete die Tischlampen ein, was den riesigen Raum ein bisschen behaglicher machte.

»Du brauchst ein paar Wandschirme, um es gemütlicher zu machen.«

»Du kannst natürlich machen, was du willst. Hast du alles, was du brauchst? Willst du vielleicht mal ins Bad?«

»Ich weiß nur leider nicht, wo es ist.«

»Ja, hab ich's dir denn nicht gezeigt?« Sie schüttelte den Kopf. »Durchs Schlafzimmer und dann die kleine Treppe rauf. Geh nur. Ich kümmere mich ums Essen.«

Als Hetty das Schlafzimmer sah, wusste sie, warum Connor es ihr nicht gezeigt hatte. Es war die perfekte Flitterwochenkulisse. Das Bett, das den Großteil der Fläche einnahm, war ein Himmelbett mit kunstvoll drapierten Musselinvorhängen. Die Nachttischlämpchen, die sich eingeschaltet hatten, als Hetty den Wandschalter betätigte, verbreiteten einladendes Schummerlicht. Auf der Kommode am Fußende des Bettes, das einzige andere Möbelstück, stand eine Vase mit einem riesigen Lilienstrauß. Ihr Duft lag über dem Raum und beschwor erotische Phantasien herauf. Auf dem Boden stand neben dem Bett ein Tablett mit zwei Gläsern und einer Flasche Champagner. Irgendwo war vermutlich eine versteckte Stereoanlage eingebaut, die auf Knopfdruck romantische Klänge verströmte. Und zweifellos hatte Connor dieses Mal eine Vorratspackung Kondome besorgt.

Aber wollte er sie denn nun verführen oder nicht? Wenn ja, warum hatte er dann gezögert, ihr das Schlafzimmer zu zeigen? Wenn nein, warum hatte er Lilien und Champagner gekauft?

Eins war jedenfalls sicher: Ihr Körper sehnte sich nach seinem. Mehr als alles wollte sie seine Arme um sich fühlen, seine nackte Haut und seine rauen Hände spüren. Sie schloss die Augen, lehnte sich an einen der Bettpfosten und sog den Lilienduft ein. Beinah konnte sie seine Hände auf ihren Brüsten fühlen, auf ihrer Taille, auf den Hüften ... Sie richtete sich entschlossen auf und ging ins Bad.

Auch hier waren Vorbereitungen getroffen worden. Teure Badeöle, Kerzen, Seife und riesige, flauschige Badetücher warteten auf ihren Einsatz. Die Wanne war ein bisschen klein für zwei, aber davor lag eine großzügige Badematte.

Doch Hetty war keineswegs sicher, ob sie Connors eindeutigen Absichten nicht lieber einen Strich durch die Rechnung machen sollte. Sie war schon einmal tief verletzt worden. Selbst ohne mit Connor geschlafen zu haben, fand sie es schwierig, über ihn hinwegzukommen. Wenn sie jetzt zuließ, dass er sie verführte, würde sie vielleicht nie mehr wirklich von ihm loskommen. Nein, ehe sie das nächste Mal mit einem Mann ins Bett ging, musste sie absolut sicher sein, dass er sie liebte. Und dieses Mal würde sie ein falsches Versprechen, das nur dazu dienen sollte, sie ins Bett zu kriegen, auf zehn Meilen Entfernung erkennen.

Sie traf ihre Entscheidung und wusch sich die Hände, verunzierte das blankpolierte Porzellanbecken mit Wassertropfen und zerstörte die Symmetrie der sorgsam arrangierten Handtücher. Ob Connor wusste, dass man sich mit neuen Handtüchern nicht vernünftig abtrocknen konnte?, fragte sie sich. Wenn nicht, war es ihre Pflicht, ihn darauf aufmerksam zu machen.

Sie ging in die Küche hinunter mit dem festen Vorsatz,

dass nichts auf der Welt sie dazu bewegen würde, mit ihm zu schlafen. Sie würde auf dem Schlafsofa vor dem Kamin nächtigen, allein.

Connor war mit zwei Fleischstücken beschäftigt. Er konzentrierte sich auf seine Arbeit, und eine Haarlocke war ihm in die Stirn gefallen. Als er Hetty kommen hörte, hob er den Kopf. Sein Gesicht war gerötet.

»Jetzt verstehst du, warum ich es dir nicht gezeigt habe, oder?«

»Was?«

»Das Schlafzimmer. Ich wusste, es war keine gute Idee. Aber Caroline hat mich überzeugt...«

»Ja?«

»Dass ich alles so einladend wie möglich herrichten müsse.« Er sah Hetty in die Augen. Er schämte sich. »Im Schlafzimmer hab ich ziemlich übertrieben. Aber du sollst dich nicht unter Druck gesetzt fühlen.«

Genau das war der Fall gewesen, und ihre Entrüstung hatte ihre Entschlossenheit gestärkt. Aber jetzt spürte sie förmlich, wie der metaphorische Dampf aus ihr herausströmte, und das machte sie schwach und verwundbar. »Nein.«

»Ich hoffe jedenfalls, du hast Appetit?«

»Den werde ich kriegen, wenn ich sehe, was es gibt. Das sieht wunderbar aus. Kann ich helfen?«

Er öffnete den Mund, um abzulehnen, dann besann er sich. »Du könntest die Petersilie hacken. Ist schon gewaschen, da drüben.«

»Ich nehm immer tiefgefrorene Petersilie.« Hetty griff zum Messer.

»Ich weiß. Aber ich nicht.« Er schälte ein paar Möhren und eine Orange, ehe er wieder aufsah. »Nein, nicht mit diesem Messer!« Er nahm es ihr aus der Hand. »Und nicht so!« Mit einem anderen Messer vollführte er ein paar kreuzförmige Schnitte, womit er das Bund unter Kontrolle brachte, dann hackte er mit verblüffender Schnelligkeit darauf ein und pulverisierte die Petersilie.

Hetty kicherte. »Du nimmst das viel zu ernst, weißt du. Es ist nur Essen.«

Connor knurrte. »Das ist nicht einfach nur Essen. Es ist Filet Mignon in einer Rotwein-Kräutersauce. Wenn dir nichts anderes einfällt, als respektlose Bemerkungen zu machen, kannst du verschwinden.« Sein Blick nahm die Schärfe aus seinen Worten. »Ich muss mich konzentrieren, und das kann ich nicht, wenn du hier bist.«

»Früher hat es dich nie gestört, wenn ich in der Küche war.«

»Die Küche war auch größer. Und heute ist es was anderes.«

Sie fragte nicht, inwieweit. »Bitte, wenn du einfach so auf einen willigen Hilfskoch verzichtest ...«

»Tu ich. In dem kleinen Schrank in der Ecke am Kamin steht ein Fernseher.«

»Krieg ich noch was zu trinken?« Sie wollte nicht gehen. Sie wollte ihm bei der Arbeit zusehen.

»Nein, dann kannst du den Wein nicht genießen. Und ich will nicht, dass du betrunken wirst.«

»Es ist noch keine halbe Stunde her, da hast du mir Whiskey aufgedrängt.«

Er sah sie an, eine beängstigende Mischung aus Lust, Missfallen und Versprechen in den Augen. »Jetzt verschwinde schon.«

Hetty ging nach oben, lümmelte sich aufs Sofa und kam zu der Erkenntnis, dass ihre Gefühle äußerst widersprüchlich waren. Seine offenkundigen Vorbereitungen für ihre Verführung beleidigten sie, aber als er sie aus der Küche jagte, wollte sie nicht gehen. Sie versuchte, genau das zu provozieren, wovor sie doch eigentlich Reißaus nehmen wollte. Es wäre auf jeden Fall sicherer gewesen, mit Caroline zu Abend zu essen. Sie öffnete die Schranktüren und schaltete den Fernseher ein, fand aber weder die Gameshow noch die düstere Seifenoper aus dem Norden oder die Dokumentation über syphilitische Koalabären ausreichend interessant, um sich darauf zu konzentrieren.

Also stiefelte sie wieder in die Küche hinab. »Im Fernsehen läuft nur Schrott. Kann ich wirklich nicht helfen?«

Er schnitt mit verblüffender Geschicklichkeit Karotten in haarfeine Streifen. »Nicht wenn du deine Finger behalten willst.« Er gab die Karottenstreifen in ein Sieb und wusch sie unter fließendem Wasser.

»Kann ich dann einfach bleiben und mit dir reden?«

»Nein.«

»Also ehrlich! Für jemanden, der sein Schlafzimmer wie ein Bordell hergerichtet hat, könntest du ein bisschen entgegenkommender sein!«

»Ich hab dir doch gesagt, die Sache mit dem Schlafzimmer war Carolines Idee.«

»Ich glaube, wenn Caroline mich verführen wollte, hätte ich das schon bemerkt.«

Connor lachte. »Ich glaube, Caroline ist ziemlich auf Testosteron und all seine grässlichen Nebenwirkungen festgelegt.«

»Du sprichst aus persönlicher Erfahrung, ja?«

»Was soll die Frage?« Seine Augen funkelten bedenklich. »Also willst du heute Abend nun was essen oder nicht? Wenn das Fernsehen dich nicht glücklich macht, unter dem Fenster steht ein Schrank voller Bücher.«

»Intellektuelle Feinkost, darauf wette ich.«

»Das wird alles sein, was es hier heute Abend an Kost gibt, wenn du nicht endlich verschwindest!«

Hetty ging langsam zur Tür. Ein zweites Mal aus der Küche geflogen zu sein bewog sie nicht gerade, sich zu beeilen.

Sie aßen an einem kleinen Klapptisch vor dem Kamin. Connor sagte, ein vernünftiger Tisch wäre ihm lieber gewesen, aber er hatte noch keinen. Peter würde ihn bauen, wenn er Zeit fand. »Und die Küche ist kein geeigneter Ort für ein romantisches Dinner.«

»Ich glaube nicht, dass es den Feriengästen was ausmachen würde, kein Esszimmer zu haben.« Hetty brach sich ein Stück Brot ab. »Das ist köstlich. Ich könnte diese Sauce einfach auflöffeln.«

»Und macht es dir was aus, kein Esszimmer zu haben?«

»Was sollte das für eine Rolle spielen?«

Er legte sein Besteck beiseite. »Weil ich will, dass es dir gefällt!«

»Aber wieso? Ich habe nichts mehr mit Courtbridge House zu tun. Ist es wichtig, was ich denke?«

»Natürlich! Es war doch deine Idee, die Wagenscheune umzubauen.«

»Als Ferienwohnung, nicht als Heim.«

»Aber wie findest du es als Heim?«

»Super. Es ist wunderschön …«

»Aber? Du würdest das Haupthaus vorziehen?«

»Nein … Doch … Keine Ahnung. Es ist, als vergleiche man Orangen mit Äpfeln.«

»Und was magst du lieber? Orangen oder Äpfel?«

Hetty suchte nach der richtigen Antwort. »Obstsalat?«

Er lächelte ihr zu; sie hoffte, es war ein lüsternes Lächeln. Vielleicht sollte dieses Lächeln aber auch nur eine leichte Verstimmung übertünchen. »Ich habe keinen Obstsalat. Wie ist dein Steak?«

»Als ob du das nicht wüsstest! Wenn ich so eine Frage stellen würde, würde ich ganz schön was zu hören kriegen. Es ist natürlich köstlich«, fügte sie hinzu.

Connor sah auf seine Hände hinab. Das Lob schien ihn ehrlich zu freuen. »Gut. Ich …«

»Du?«

»Ich hab es mit größter Sorgfalt ausgewählt.«

»Das war nicht, was du eigentlich sagen wolltest.«

Connor holte tief Luft. »Ich wollte sagen, dass mir wirklich etwas daran lag, dass dieses Essen gut wird.«

»Dir liegt immer daran, dass gut wird, was du kochst. Was ist so besonders an diesem Essen?«

»Wenn ich dir das sage, wirst du vielleicht davonlaufen.«

Hettys Magen schlingerte, und sie fragte sich, ob sie nicht lieber davonlaufen sollte, solange sie noch konnte.

»Wie steht es mit Carolines Mousse?« Connor nahm ihren Teller und stellte ihn auf seinen.

Hetty schüttelte den Kopf, dankbar, dass sie endlich mal eine direkte Antwort geben konnte. »Connor, ich bin satt. Ich könnte keinen Krümel mehr essen.«

»Ich auch nicht. Kaffee und Brandy?«

Sie schüttelte wieder den Kopf. »Nein, danke. Aber lass dich von mir nicht abhalten.«

»Verdammt, jetzt werd bloß nicht höflich, das kann ich nicht aushalten.«

»Sorry.«

»Hetty!«

Sie biss sich auf die Lippen und kam sich blöd vor.

»Ich sag dir was: Lass uns den Tisch beiseite räumen und es uns mit dem Wein gemütlich machen. Diese Stühle sind vielleicht von ästhetischem Wert, aber nicht bequem.«

Irgendwie fand Hetty sich neben Connor auf dem Sofa vor dem Kamin wieder, ein Glas Wein in der Hand.

»Besser?«, fragte er.

»Ja, mir ist nur furchtbar heiß.«

»Dann zieh die Jacke aus.«

Sie hatte eigentlich erreichen wollen, dass sie das Sofa ein bisschen weiter vom Feuer abrückten, lehnte sich aber artig vor, sodass er ihr aus der Jacke helfen konnte.

»Und die Stiefel auch«, sagte er und streifte sie ihr ab, ehe sie seine Absicht noch durchschaut hatte. »Jetzt kannst du dich richtig zurechtkuscheln.« Er nahm ihre Füße und legte sie auf seinen Schoß. »Lehn dich zurück und entspann dich, Hetty. Nichts und niemand drängt dich zu irgendwas.« Er fing an, ihre Füße sanft zu streicheln.

Hetty schloss die Augen. Nichts und niemand drängte sie. Sie hatte sieben Schlafzimmer und ein Schlafsofa zur

Wahrung ihrer Tugend zur Auswahl, und es war nahezu unmöglich, bei so einer Fußmassage angespannt zu bleiben. Aber ein Teil ihres Bewusstseins riet ihr, die Situation nicht außer Kontrolle geraten zu lassen.

Connor stellte ihre Füße behutsam auf den Boden und rückte näher, legte den Arm um ihre Schultern. Seine Hand fühlte sich heiß an durch die dünne Seidenbluse. Und seine Nähe rief ihr ins Gedächtnis, dass sie eine Weste trug, eine von der Antiverführungssorte. Sollte sie unter einem Vorwand verschwinden, um sie auszuziehen?

»Ich muss mit dir reden, Hetty.«

»Dann rede, ich hindere dich nicht.« Obwohl, wenn sie die Wahl gehabt hätte, hätte sie einen Kuss vorgezogen.

»Bist du sicher, dass dieses Haus dir gefällt?«

»Wie oft muss ich es wiederholen? Ich bin hingerissen.«

»Weil ich es nämlich für dich gemacht habe. Ich hab versucht, aus der alten Wagenscheune ein Heim zu machen, das dir gefallen würde.«

»Wirklich? Warum?«

»Stell dich nicht blöd. Das hier ist sehr schwierig für mich. Ich bin es nicht gewöhnt, meine Gefühle in Worte zu fassen.«

Hetty machte den Mund zu, aber ihr ganzer Körper verspannte sich vor Unsicherheit.

»Ich will, dass du weißt, wie viel du mir bedeutest.«

»Ich dachte, ich bin dir ein Dorn im Auge, eine Plage, die dein Leben durcheinander bringt und obendrein deinen Wagen zu Schrott gefahren hat.«

Er presste ärgerlich die Lippen zusammen. »Du weißt doch wohl ganz genau, dass ich diese Dinge nur gesagt habe, weil du dich hättest umbringen können? Ich war so erleichtert, als ich hörte, dass du lebst, nachdem ich den ganzen Tag darauf gewartet hatte zu hören, dass du tot bist. Und meine Erleichterung hab ich in Wut verpackt, das weißt du doch sicher?«

»Wie du selbst sagtest, Connor: Kommunikation ist nicht deine Stärke.«

»Ach, verflucht! Ich liebe dich, Hetty. Ich liebe dich von ganzem Herzen. Es gibt nichts, was ich nicht für dich täte. Nichts, was du je tun könntest, könnte mich dazu bewegen, dich nicht mehr zu lieben. Du kannst meinen Wagen nehmen und vor die nächste Betonwand setzen, wenn du willst, solange dir dabei nichts passiert.«

»Und der Wagen repariert werden könnte?«

»Nein. Keine Bedingungen.« Plötzlich sah er sie sehr ernst an. »Aber mir ist bewusst, dass ich dir nicht viel zu bieten habe. Ich habe Courtbridge House für alle Zeiten am Hals. Und im Moment bringt mein Job es mit sich, dass ich öfter für längere Zeit außer Landes bin. Und weil ich alles, was ich mit meinem letzten Auftrag verdient habe, und den Erlös vom Verkauf meiner Wohnung investiert habe, hab ich nicht viel Geld.«

Hetty befeuchtete ihre Lippen. Sie hatte die schönsten Worte auf der ganzen Welt gehört. Und es war wichtig, dass sie die richtige Erwiderung fand. Wenn sie jetzt etwas Falsches sagte, konnte das ihr Leben für alle Zukunft ruinieren. Sie seufzte leise. »In dem Fall, sag lieber nichts mehr. Ich will nichts mit dir zu schaffen haben, ehe du mir nicht den Nachweis bringst, dass du Millionär bist.«

Er sah sie entsetzt an und stürzte sich dann auf sie, drückte sie unbarmherzig in die weichen Polster. »Du Miststück«, murmelte er, ehe er ihre Proteste mit der altbewährten Methode erstickte.

Ein paar Minuten und eine Thermoweste später setzte Connor sich auf. Sein Oberkörper war nackt, und er war gerade im Begriff, Hettys BH aufzuhaken, als er plötzlich zögerte.

»Wir überstürzen hier auch nichts, oder? Fühlst du dich bedrängt? Caroline meinte, alles sei in Ordnung, wenn ich dich einfach ins Schlafzimmer tragen würde, aber ich war nicht so sicher.«

»Warum?«

»Weil du schon mal verletzt worden bist. Und mir geht's hier nicht um eine Sache für eine Nacht. Ich liebe dich und will dich heiraten. Vielleicht musst du erst darüber nachdenken.«

»Ich denk drüber nach, ich versprech's.«

»Könntest du dich damit ein bisschen beeilen? Ihre sterbe hier nämlich in aller Stille vor mich hin. Ich weiß, es wäre vernünftiger, erst mal einfach zusammenzuwohnen, aber ich hab das Gefühl, dass wir hier, wo wir wohnen, vielleicht den guten alten Konventionen folgen sollten.«

Hetty kämpfte sich in eine sitzende Position hoch. »Noch mal ganz langsam.«

»Was? Dass ich hier vergehe oder das mit dem Heiraten?«

»Das mit den Konventionen. Ich meine, das sind keine Worte, die ich je von dem Connor zu hören erwartet hätte, den ich kenne...« Ein winziges Zögern. »Und liebe.«

»Hast du gesagt, was ich zu hören geglaubt habe?«

»Ja.«

»In dem Fall denke ich, wir sollten nach oben gehen. Ich habe frische Laken auf dem Bett und reine Daunenkissen. Und ich weiß, wie sehr du Verschwendung verabscheust.«

Hetty befürchtete, dass ihr über den Ortswechsel Bedenken kommen würden. Aber die Sorge war unbegründet. Die Laken waren anfangs kühl auf der Haut, aber Connor gab ihr alle Wärme, die sie brauchte. Neugierig erkundete sie ihn, seine breite, behaarte Brust, seine festen Muskeln, seinen männlichen Geruch. Sie hätte ewig einfach so in seinen Armen liegen können, aber er hatte anderes im Sinn.

Ungeduldig zog er ihr BH und Slip aus, und Hetty vergaß alle Scheu. Er betrachtete sie eingehend, und der Ausdruck in seinen Augen sagte ihr, dass sie schön war. Er war zurückhaltender, als sie gedacht hätte. Ihr Instinkt wollte sie verleiten, sich auf ihn zu stürzen und umgehend zur Sache zu kommen. Aber Connor wollte jeden Teil ihres Körpers einzeln lieben. Seine Hände glitten von ihrem Hals an abwärts, kamen ihren Brüsten immer näher, berührten sie aber nicht. Er umkreiste sie mit dem Finger, wo blaue Venen durch ihre Haut schimmerten, drückte sein Gesicht auf die glatte Haut über ihrem Brustbein, und sein Stoppelbart machte sich bemerkbar. Erst als sie ihn bei den Haaren packte und ihn zwang, wandte er seine Aufmerksamkeit ihren Brüsten zu.

Sie brachte es nicht fertig, länger passiv dazuliegen, drehte ihn auf den Rücken und reizte ihn nun ihrerseits mit ihren Brüsten, strich mit den Spitzen über seine Brust, setzte sich dann rittlings auf ihn und bog sich, dass sie fast außer Reichweite war.

Da übernahm er wieder das Ruder. Er drängte sie zurück, bis sie in den Kissen lag, fuhr mit den Händen so emsig über ihre Seiten, dass er sie zum Lachen brachte. Dann änderte er die Taktik und widmete sich mit großer Zärtlichkeit der Innenseite ihrer Schenkel.

Hetty überließ sich der Führung ihres Körpers und ihrer Instinkte und Connors lehrreichen Händen. Er brachte ihr eine Menge bei, und sie genoss jede Sekunde dieser Lektion.

Als sie schließlich still da lagen, befriedigt und eng umschlungen, sagte Connor: »Wie wär's mit ein bisschen Mousse au Chocolat? Caroline wird tödlich beleidigt sein, wenn wir sie nicht essen.«

Hetty kicherte. »Ich wäre nicht ganz abgeneigt, und zwar nicht nur, um Caroline eine Freude zu machen.«

»Und im Kühlschrank ist noch eine Flasche. Ich bring sie mit.«

Seine Rückansicht ist umwerfend, dachte Hetty. Das Rückgrat war ein sanftes Tal zwischen den Hügeln seiner Muskeln, die sich zur Taille hin verjüngten und dann in die festen, wohlgeformten Backen übergingen.

Als er verschwunden war, ergriff sie die Gelegenheit, ins Bad zu gehen und das Bett in Ordnung zu bringen. Als sie die Kissen aufschüttelte, fand sie ein Päckchen Kondome. Sie starrte sie verdattert an, als er mit dem Tablett zurückkam.

»Wir haben eine Kleinigkeit vergessen«, bemerkte sie und rechnete damit, dass er wütend werden würde. Beim letzten Mal war er so unerbittlich in dieser Sache gewesen.

Connor stieg neben ihr ins Bett. »Macht nichts. Wenn du schwanger bist, hast du einen guten Grund mehr, mich zu heiraten.« Er steckte ihr eine Haarlocke hinters Ohr und legte ihr die Hand an die Wange. »Mir war einfach nicht bewusst, wie sehr ich dich liebe. Mir war nicht klar, dass das Liebe ist, wenn man sich um eine Frau sorgt, ständig an sie denken muss und außerdem einen heftigen Drang verspürt, sie leidenschaftlich auf dem Klavier zu lieben. Und jetzt...« Er häufte Mousse und Sahne auf einen Löffel und führte ihn zu Hettys Mund. »Aufmachen.«

Sie probierte und leckte sich die Lippen. »Noch einen Löffel, bitte.«

»Nicht bevor du nicht ja gesagt hast.«

»Wozu?«

»Meine Güte, bist du denn beschränkt? Was glaubst du wohl?«

»Ich mag beschränkt sein, aber nicht so beschränkt, dass ich ja sage, ohne gefragt worden zu sein.«

»Was soll das heißen? Sag bloß, ich hab vergessen zu fragen! Willst du mich heiraten, Hetty?«

»Wenn ich noch einen Löffel Mousse kriege.«

»Wenn du mich heiratest, gebe ich dir all meinen Besitz und den Mond und die Sterne dazu.«

»Ein Löffel Mousse reicht für den Anfang.« Auf keinen Fall sollte Connor merken, wie herrlich romantisch sie ihn fand. »Wenn du mich für den Rest meines Lebens erhalten willst, kannst du mich jetzt schließlich nicht hungern lassen.«

»Na schön. Augen zu und Mund auf.«

»Hey!«, rief sie aus. »Da ist irgendwas Hartes drin. Was ist das?« Sie nahm es aus dem Mund und sah es an.

Es war ein Ring, Granatsteine und Perlen in Rotgold gefasst.

»Gib ihn her, ich wasch ihn für dich ab.«

Er nahm ihr den Ring aus der Hand und spülte ihn in seinem Champagnerglas ab. »Das ist ein Familienerbstück. Antik.« Er steckte ihn ihr an den Finger, und er saß perfekt. »Du brauchst ihn natürlich nicht zu nehmen, wenn er dir nicht gefällt. Ich hab dir zwar den Mond und die Sterne versprochen, aber wenn du einen protzigen Diamanten willst, wirst du warten müssen, bis ich meinen nächsten Auftrag bekomme.«

Sie betrachtete den Ring, der im Kerzenschein funkelte. »Er ist perfekt. Wirst du oft weg sein?«

»Manchmal, jedenfalls zu Anfang. Aber mit ein bisschen Glück kriege ich bald einen anderen Job, für den ich nicht so oft ins Ausland muss. Wird es dir etwas ausmachen, allein zu sein?«

»Es ist nicht so schlimm, solange du immer zurückkommst.«

»Darauf kannst du dich verlassen. Du hast mich ein für alle Mal am Hals. Und der Ring gefällt dir wirklich?«

»Es ist der schönste Ring, den ich je gesehen habe. Ich liebe ihn fast so sehr wie dich. Weiß Samuel, dass du ihn genommen hast?«

Er drückte ihre Schulter. »Natürlich. Er hat ein Schmuckkästchen aus irgendeinem Schrank hervorgekramt und gesagt: ›Hier, wenn du das Mädchen bitten willst, dich zu heiraten, musst du einen Ring haben, den du ihr anstecken kannst‹.« Er klang exakt wie Samuel.

»Dann lass uns feiern und noch ein Glas Champagner trinken.«

Connor stellte das Dessertschälchen beiseite.

»Später.«